Drea Summe

Die Todesbeigaben

Drea Summer

Die Todesbeigaben

Thriller

Empire-Verlag OG, Lofer 416, 5090 Lofer

Bestellung und Vertrieb: Nova MD GmbH, Vachendorf

Lektorat: Sascha Rimpl
https://www.lektorat-textflow.com/

Covergestaltung: Chris Gilcher für Buchcoverdesign.de
https://buchcoverdesign.de
Coverabbildungen: Adobe Stock ID 137 622 416, Adobe Stock ID 99 968 199, Adobe Stock ID 50 673 495, Adobe Stock ID 124 573 637 und freepik.com

Satz: Werneburg Internet Marketing und Publikations-Service
https://www.werneburg-im-ps.de

Über die Autorin:

Drea Summer, gebürtige Österreicherin, lebte im schönen Südburgenland. Sie begann ihre Schreibkarriere mit der Auswanderung nach Gran Canaria vor mehr als vier Jahren. Die „Insel des ewigen Frühlings“ inspiriert sie, schaurige und blutige Geschichten, die in ihrem Kopf herumspuken, niederzuschreiben.

Veröffentlichungen:
„Mit leisen Flügeln“ – ein andalusischer Krimi mit Thrillerelementen
„Sie sind nichts wert“ – Gran-Canaria-Thriller Trilogie Teil 1
„Tu, was ich dir sage“ – Gran-Canaria-Thriller Trilogie Teil 2
„Du bist mein Besitz“ – Gran-Canaria-Thriller Trilogie Teil 3
„Ungerecht“ – Thriller
„ABgehackt“ – Team Gran Canaria Teil 1
„ANgefasst“ – Team Gran Canaria Teil 2
„ANvisiert“ – Team Gran Canaria Teil 3
„Dein Tod ist mein Freund“ – Psychothriller
„Du gehörst bestraft“ – Krimi
„Morgen bist du Vergangenheit“ – Thriller-Kurzgeschichte
„Komm, wir fliegen nach Gran Canaria“ – Humor
(alle Amazon KDP)
„Totennektar“ – Thriller; Empire-Verlag

Über das Buch:

Bist du bereit, Buße zu tun?

In der Friedenskirche des seit dem Zweiten Weltkrieg verlassenen Dorfes Döllersheim wird ein Leichnam gefunden. Die Tote ist übel zugerichtet und verbirgt eine Botschaft des Mörders in ihrem Brustkorb.

Abteilungsinspektorin Susanne Kriegler vom LKA Wien Süd begibt sich auf die Jagd nach dem Täter. Doch noch während die Ermittlungen anlaufen, verschwindet das nächste potenzielle Opfer. Alle Spuren verlaufen im Nichts, bis Susanne selbst in den Fokus des Psychopathen gerät, der gnadenlos auf Rache sinnt. Susanne muss eine Entscheidung treffen, die ihr beruflich wie auch privat den Boden unter den Füßen wegzureißen droht.

Dieses Buch enthält Trigger-Warnungen auf Seite 329, vor der Leseprobe.

Prolog

Vor einem Monat

Rache ist eine Handlung, die einen Ausgleich für Unrecht bewirken soll. Aber sie ist auch ein Gefühl, das sich innerlich wie ein Fegefeuer ausbreitet. Manchmal dauert es nur Momente, doch manchmal dauert es auch Jahre, Jahrzehnte, bis die Glut, die auf der Seele brennt, einen Großbrand verursacht. Angefacht von einem kleinen Windhauch.

Genau dies ging mir durch den Kopf, als ich ihn betrachtete. Es waren die Worte des Psychologen, der mich jahrelang betreut hatte. Dabei hatte er doch wirklich keine Ahnung gehabt.

Ein Augenpaar stierte mich an. Ungläubig! Fast schon unschuldig. Ich grinste bei dem Gedanken, dass er *mich* doch niemals hatte vergessen können.

»Na?«, sagte ich und ließ die Klinge des Messers langsam über seinen nackten Oberkörper streichen. »Du weißt doch sicherlich noch, wer ich bin. Nicht wahr?«

Er zwinkerte einige Male, als ob ihn ein grelles Licht blenden würde. Dabei hatte ich nur die beiden Öllampen angezündet. Dann schüttelte er den Kopf. »Nein. Ich kenne Sie nicht. Bitte! Lassen Sie mich gehen. Ich habe Ihnen nichts getan.« Der flehende Tonfall in seiner Stimme ließ mich erschaudern. Es war fast so, als hätte er mir die Worte entgegengeschrien, obwohl er sie nur geflüstert hatte.

Wie konnte er mich nur aus seinem Gedächtnis löschen? Mich?

Hatte er tatsächlich vergessen, was er mir angetan hatte? Vergessen, wie viele Tränen ich seinetwegen vergossen hatte? Vergessen, was für einen Spaß es ihm gemacht hatte?

Ein weiteres Mal trampelte er auf meiner kaputten Seele herum. Zersprungen wie ein Spiegel von den ganzen Tritten. Mein Leben war von Anfang an ein Scherbenhaufen gewesen. Doch heute war ich stark genug, mich zu wehren. Ihn dafür bezahlen zu lassen, was er mir angetan hatte. Allen angetan hatte. Er musste Buße tun.

Im Raum war es stickig und heiß, sodass mein T-Shirt an meiner Haut klebte. Das Holz knisterte im Küchenofen. Es war an der Zeit.

»Tu Buße!«

1

Vor zwei Wochen

Isabella zog die Haustür hinter sich zu, ließ die Einkaufstüten auf den Flurboden sinken und atmete erleichtert aus.

Was für ein verschissener Tag!

Zuerst der Chef, der sie die ganze Zeit herumgescheucht hatte, dann die Helikoptermutter, die meinte, ihr schreiendes Kind an der Supermarktkasse bespaßen zu müssen. Die Kassiererin brauchte eine halbe Ewigkeit beim Einscannen der Ware, und es dauerte beinahe eine halbe Stunde, bis Isabella endlich das Geschäft wieder verlassen konnte. Dann noch der nervige Nachbar Cedrik, der einen Stock unter ihr wohnte und sie – wie schon so oft – im Treppenhaus abgefangen hatte, um ihr einen Schwank aus seinem tristen Leben zu erzählen, und natürlich um sie in seine versiffte Wohnung zu bekommen. Widerlich! Allein der Gestank nach Schweiß und ungewaschener Kleidung, der ihr entgegenschwappte, wenn er aus seiner Wohnung geschossen kam wie ein Pfeil. Die Härchen auf ihren Unterarmen stellten sich auf, und unmittelbar danach erbebte ihr ganzer Körper wie bei Schüttelfrost.

Menschen sind einfach nur zum Kotzen!

Sie war froh, ab morgen endlich Urlaub zu haben und niemanden sehen zu müssen. Den kompletten Tag auf dem Sofa herumgammeln und in die Glotze starren. Besser könnte es wohl kaum laufen.

Erst jetzt fiel ihr das Papier auf, das jemand unter der Haustür durchgeschoben hatte. »Wieder so ein blöder Werbescheiß!«, fluchte sie, bückte sich und hob es auf. Sie war gerade dabei, es in ihrer Hand zu zerknüllen, da sah sie die rote Schrift:

»HEUTE!«

Verwirrt blickte sie sich um.

Was heute? Was ist heute? Ist das ein neuer Marketing-Gag? Was soll dieser Mist? Oder ist das wieder eine Botschaft von Cedrik, diesem perversen Schwein.

Mit einem genervten Seufzen legte sie das Blatt zu der anderen Post auf den beachtlichen Stapel, der auf der Kommode im Flur lag, nahm ihre Einkaufstüten und ging damit in die Küche.

Es war der Anflug eines Gedankens, der durch ihr Hirn schoss. Nur für einen Moment dachte sie an die aufgebrochene Wohnungstür vor nicht einmal zwei Wochen. Doch im selben Augenblick atmete sie aus. Jetzt war sie sicher, denn sie hatte ein Sicherheitsschloss einbauen lassen, und schließlich war auch nichts gestohlen worden.

Isabella öffnete den obersten Küchenschrank, holte ein Weinglas heraus, in das sie den Rioja aus dem Kühlschrank goss. Zwar genoss sie für gewöhnlich den Wein lieber auf Zimmertemperatur, sie konnte aber nicht mehr warten. Mit einem Schluck trank sie das Glas leer, und ein wohliges Gefühl stellte sich in ihrer Magengegend ein. Ja, das hatte sie sich heute verdient. Jetzt nur noch schnell die Fertigpizza in den Ofen schieben und dann diese genüsslich mit einem weiteren Glas Wein auf dem Sofa vertilgen.

Sie stellte am Backofen die Temperatur ein, und als sie ihren Einkauf verstaut hatte, schob sie das Blech mit der Pizza in die Röhre. Dann aktivierte sie die Zeitschaltuhr und verzog sich auf die Couch im Wohnzimmer. Sie legte ihre Beine auf den Tisch, ließ ihren Kopf nach hinten auf die Lehne sinken und schloss für einen Moment ihre Augen.

Oh ja! Ruhe, einfach nur Ruhe!

Ein Poltern, das aus direkter Nähe zu kommen schien, riss sie aus ihrer Entspannungsphase. Noch während sie ihre Augen öffnete, spürte sie den harten Schlag auf ihren Hinterkopf. Für wenige Sekunden verlor sie die Orientierung. Fluchtgedanken, Panik und die Grundgriffe aus dem Selbstverteidigungskurs zischten wie Projektile durch ihr Hirn. Und doch war sie wie zu Eis erstarrt. Sie schrie, aber der Plastikknebel, der ihr blitzschnell in den Mund gesteckt und fest an ihrem Schädel verzurrt wurde, erstickte ihren Schrei zu einem jämmerlichen Wimmern. Der penetrante Plastikgeruch vermischte sich mit dem Duft nach geschmolzenem Käse. Das Piken der Nadel an ihrem Hals nahm sie kaum wahr, doch die eiskalte Flüssigkeit, die sich nun durch ihre Adern zwängte, ließ sie erschaudern. Wie durch eine Art Nebel auf ihren Augäpfeln erkannte Isabella ihre Umgebung nur noch schleierhaft. Wärme breitete sich in ihrer Leistengegend aus, und von einem Moment auf den anderen fühlte sie sich wohl. Geborgen. In Sicherheit. Fast so, wie es im siebten Himmel sein musste.

Kittys Köpfchen bohrte sich in ihre Seite, gefolgt von einem leisen »Miau«. Isabella bemerkte ein Klicken in ihrer unmittelbaren Umgebung und für Millisekunden ein grelles Licht.

Ein lautes Piepen durchbrach ihre Gedankenwelt. Die Zeitschaltuhr am Backofen war abgelaufen. Wie von Geisterhand verstummte der Signalton. Schritte kamen näher, schlurfend, leise, wie die einer Geisha.

Plötzlich tauchte ein Schatten vor ihr auf, und der Geruch nach Pizza kroch in ihre Nase. Sie spürte die Wärme des Essens an ihrem Kinn. Wie durch Wattebäuschchen nahm sie eine sonore Stimme wahr, die in ihr rechtes Ohr zu flüstern schien: »Magst du nicht essen, liebe Isabella? Du wirst deine Kräfte noch brauchen. Heute wirst du Buße tun.«

Tausend Fragen schossen durch ihren Kopf, doch verschwanden sie alle in dem Nebel, der sich in ihrem Hirn gebildet hatte. Sie fühlte sich schwach, wie bei einer Grippe, die einen tagelang ans Bett fesselte. Eine Schwärze breitete sich in ihr aus und riss sie in die Tiefe.

***

Stunden später erwachte sie aus einem traumlosen Schlaf. Sie presste ihre Lider aufeinander, denn innerhalb von Millisekunden kroch der Schmerz, ausgehend von ihrem Bauch, durch sie hindurch. Das Brennen ließ sie aufschreien, doch der Knebel in ihrem Mund verhinderte jedes laute Geräusch. Der erste Versuch, ihre Augen zu öffnen, scheiterte kläglich. Zu schwer waren ihre Lider, zu träge war ihr Körper. Die Furcht vor dem Unbekannten ließ sie frösteln, und doch nahm sie ihren Mut zusammen und riss ihre Augen auf.

Der Schein einer Lampe, von der Größe her wie die in einem Operationssaal, blendete sie stark, und ihre Augen tränten. Aus der Ferne nahm sie ein lautes Motorengeräusch wahr. Eine Eiseskälte hüllte sie ein. Es kam ihr vor, als läge sie in einer Gefriertruhe.

Ihr Pulsschlag verdoppelte sich, und sie fühlte den Tod, der ihr im Nacken saß. Unter ihren Fingerspitzen spürte sie eine kalte, harte Unterlage.

Wo bin ich? Was passiert hier mit mir?

Panik, gepaart mit unbändiger Angst, durchflutete sie. Sie versuchte, sich zu bewegen, ihre Arme und ihre Beine in die

Höhe zu reißen, fortzulaufen, weit weg von diesem schrecklichen Ort. Doch die Fesseln an ihren Hand- und Fußgelenken saßen fest. An ihrem Kopf spürte sie den Riemen, der ihre Stirn und ihr Kinn fixierte und sich bei jeder Bewegung tiefer in ihre Haut schnitt. Unerbittlich zog sich der Schmerz durch ihren ganzen Körper, als würde ihn jemand mit einem Messer in zwei Teile zertrennen. Wieder entfuhr ein Schrei ihrer Kehle, doch niemand reagierte darauf. Niemand kam ihr zu Hilfe.

Ein Summen drang an ihr Ohr. Wer summte dieses Lied? Bildete sie sich das nur ein? Trotz der Tortur, die sie in diesem Augenblick erlitt, erkannte sie die Melodie. Es kam ihr sogar so vor, als ob sie im Geiste *The Final Countdown* von Europe mitsang.

Was für eine groteske Situation, schoss es ihr durch den Kopf, und der Schmerz verflüchtigte sich plötzlich. Ihr Körper fühlte sich schwerelos an.

Dann hörte sie seine sonore Stimme: »Sag das Vaterunser auf. Tu endlich Buße. Du hast ein Leben zerstört. Du bist schuld.«

Buße? Buße wofür? Ich habe nichts verbrochen. Es muss eine Verw…, dachte sie, doch ein Mann beugte sich über sie und sah ihr direkt in die Augen. Sie kannte ihn nicht. Dennoch sah sie die Entschlossenheit in seinem Blick. Sie konnte seine lodernde Wut in der Luft spüren.

»Ich werde dir das nehmen, was du genommen hast.« Sein Atem legte sich wie ein warmer Wind auf ihre Haut.

Das ist mein Tod. Ich werde sterben, dachte sie, und endlich hatte ihr Hirn die Schutzfunktion aktiviert, sodass sie ohnmächtig wurde.

2

Gegenwart, Samstag, vormittags

»Das ist ja der Wahnsinn hier«, sagte Lisa und drehte sich zu ihrem Freund Tobias um, der wenige Schritte von ihr entfernt stehen geblieben war. Sie fuhr sich mit gespreizten Fingern durch ihr rötliches Haar, das durch ihre hektischen Bewegungen förmlich durch die Luft flog.

Tobias deutete auf das Schild kurz vor dem Ortseingang von Döllersheim und schob seine schwarze Brille ein Stück weiter nach oben. Obwohl Lisa ihm schon so oft gesagt hatte, er solle sich endlich eine neue kaufen, trug er die nerdige Brille mit dem dicken Plastikrahmen noch immer. Dabei war Tobias kein Computerfreak, wie es der erste Eindruck vermuten ließ. Er liebte es, Holz mit der Hand zu bearbeiten, so wie er es im Betrieb seines Vaters gelernt hatte. Von modernen Maschinen hielt er nichts. Genauso wenig wie vom Internet.

»Hier«, sagte er und zeigte auf eine Mauer auf der rechten Seite neben einer Einfriedung. Efeu schlängelte sich die kahlen Wände hinauf. Der Mörtel, der die Steine noch an Ort und Stelle hielt, hatte seine besten Jahre bereits hinter sich. Was auch kein Wunder war, denn die Wand war vor mehr als neunhundert Jahren erbaut worden. Nur noch die Auslässe der Fenster ließen erahnen, dass hier einmal ein komplettes Gebäude gestanden hatte. »Das soll die Bäckerei vom Ort gewesen sein. Und jetzt hat sich die Natur ihren Platz wieder zurückerobert. Eindrucksvoll, echt cool.«

Tobias zückte seine Spiegelreflexkamera. Vor knapp einem halben Jahr hatte er sich dieses sündhaft teure Ding geleistet. Es dauerte eine halbe Ewigkeit, bis er endlich den Auslöser drückte. Er war durch und durch ein Perfektionist. Auch wenn es sich hierbei nur um das Hobby der beiden handelte, wartete er immer auf den besten Moment. Die perfekten Lichtverhältnisse. Es musste alles stimmen, nur dann war er zufrieden. Lisa war jedes Mal aufs Neue beeindruckt, was Tobias mit seiner Kamera einfing. Jedes Bild erzählte eine eigene Geschichte, vermittelte ein Gefühl. Bei manchen einsamen Orten, an denen sie schon gewesen waren, konnte sie auch im Nachhinein noch die Düsternis spüren, sobald sie die Fotos auf die Internetseite lud und alles mit kleinen Texten untermalte. Sie war froh, dass er nicht die Bilder auf die gemeinsame Webseite lud. Denn dann wären wohl noch keine Fotos von ihren vergangenen Ausflügen darauf zu sehen gewesen. Sie schmunzelte bei dem Gedanken, wie sie ihm erst letztens erklärt hatte, wie das Erstellen der kleinen Videos ging, die sie auch auf YouTube präsentierte.

»Komm, lass uns weitergehen«, sagte Lisa und zeigte schon nach wenigen Schritten nach links auf ein halb verfallenes Gebäude. Dort war eine Tafel angebracht. »Also das war mal die Volksschule. Der Bäcker hatte sicher einiges zu tun, wenn die Kinder morgens zum Frühstückholen vorbeikamen. Meinst du nicht?«

Tobias nickte zustimmend.

Obwohl der Ort schon seit Jahrzehnten unbewohnt war, sah er gepflegt aus. Was recht ungewöhnlich war für einen Lost Place. Im Normalfall waren solche Orte stark verwahrlost und verfallen. Lisa blieb stehen und schaute sich weiter um. Vor ihr erhob sich eine Kirche, deren Außenfassade große Risse aufwies. Auf der linken Seite der Kirche sah sie Gräber mit aufwendig verzierten Eisenkreuzen. Nur wenige Grabsteine waren zu sehen. Die meisten Grabstellen sahen verlassen aus. Bei manchen waren die Umrandungssteine im Boden eingesunken. Große Büsche wucherten darauf, und doch machte der Friedhof keinen verwilderten Eindruck.

Damals war es anscheinend nicht modern oder schlichtweg viel zu teuer, um Grabsteine fertigen zu lassen, dachte sie und notierte geistig, dies im Internet zu recherchieren. An zweiter Stelle notierte sie sich, dass sie nach Sagen über Döllersheim suchen musste. Über jeden Lost Place gab es eine Geschichte, die vielleicht schon Jahrzehnte, manchmal auch Jahrhunderte zurücklag, die aber von Generation zu Generation überliefert worden war. Wenn die Leute auch meist etwas dazugedichtet hatten.

»Weißt du etwas über diesen Ort?«, fragte Lisa Tobias, der zielstrebig auf die Kirche zuging. »Schließlich hast du ihn ausgesucht.«

Er blieb stehen und wandte sich ihr zu. »Also im Internet steht, dass hier im zweiten Weltkrieg einhundertzwanzig Menschen ausgesiedelt wurden. Hitler hat hier einen Truppenübungsplatz errichtet. Krass, oder?«

»Echt? Das ist ja krank.«

»Da hinten irgendwo«, sagte er und deutete auf eine Stelle, die hinter der Kirche zu sein schien, »soll das Bürgerspital gewesen sein. Natürlich heute nur mehr eine Ruine. Aber sehenswert. Hohe Türme mit kreuzförmig angeordneten Flügeln. Das Foto, das ich gesehen habe, sah genial aus. Aber ich krieg das natürlich besser hin.« Tobias grinste.

»Natürlich kannst du das besser. Super. Aber zuerst schauen wir uns mal hier um, oder?«

»Auf dem Friedhof soll es auch eine Gruft geben von einem Grafen und seiner Gemahlin, denen hier, ich glaube, im 15. Jahrhundert, fast die ganze Gegend gehört hat.«

»Gruselig«, sagte Lisa. »Aber zu einem Grafen gehört doch ein Schloss, oder? Ist das hier auch in der Nähe?«

»Ich weiß es nicht. So genau hab ich da auch nicht nachgelesen. Das ist ja dann eher dein Job.« Er hauchte ihr einen Kuss entgegen.

»Klar, ich werd wie immer alle Infos zusammentragen.«

»Und …«, sagte Tobias und zog das U in die Länge. Dabei streckte er seinen Zeigefinger in die Höhe. Lisa erinnerte das an ihre Volksschullehrerin, die immer dieselbe Geste gemacht hatte, wenn sie die Aufmerksamkeit der Klasse haben wollte. »Hitlers Großmutter soll hier begraben sein. Leider fand man ihr Grab nicht mehr. Aber danach können wir ja suchen. Vielleicht haben wir Glück.«

»Ja.« Bei der Erwähnung der Großmutter dachte Lisa an ihre eigene Oma. An die einzige, die ihr geblieben war. Sie schluckte, als sie an das Gespräch mit ihrer Mutter dachte, das sie noch führen musste. Am besten noch heute. Sie wusste, ihre Mutter würde ausflippen, wenn Lisa ihr von dem Plan erzählen würde. Es schwebte eine dunkle Wolke über der Beziehung zwischen ihrer Mutter und ihrer Oma, die sich seit dem Tod ihres Vaters in ein Unwetter verwandelt hatte. Genau wie über diesem Dorf. Obwohl die Sonne vom Septemberhimmel warm strahlte, spürte Lisa eine Kälte, die sie komplett einhüllte.

Gruselig. Einfach gruselig.

»In dieser Kirche soll die Großmutter von Adolf Hitler geheiratet haben«, fuhr Tobias fort. »Zumindest glaube ich das. Da steht so viel über diesen Ort im Internet. So was hatten wir echt noch nie. Das wird Wochen dauern, bis wir das alles durchgesiebt haben, welche Infos wir auf die Homepage stellen.«

Lisa ging auf die Gittertür der Kirche zu und lugte ins Innere. Große Steinbrocken, die riesige Löcher in den Wänden hinterlassen hatten, lagen auf dem Boden. Es roch feucht und modrig, und Lisa rümpfte die Nase. Vermutlich war das Dach undicht und hatte den Regen der vergangenen Wochen, Monate oder sogar Jahre ungehindert durchgelassen. Alles in allem sah die Kirche von innen genauso verwahrlost aus wie von außen. Und doch standen moderne Plastikstühle in Reih und Glied im Raum. Lisa war verwirrt.

Ist der Ort doch kein Lost Place?, schoss es ihr durch den Kopf. Sie sah die drei Stufen, die im vorderen Bereich, der wie eine Art Erker angelegt war, auf eine Erhöhung führten, doch einen Altar oder Ähnliches entdeckte sie dort nicht. Die vielen Säulen im Raum versperrten ihr die Sicht. Sie stemmte sich gegen die Gittertür, um mehr von dem Innenraum sehen zu können. Ein lautes Quietschen ertönte, und die Tür öffnete sich. Lisa sprang vor Schreck einen Schritt zurück und trat Tobias auf die Füße.

»Pass doch auf«, sagte er. »Du kennst doch das oberste Gebot von uns Urbexern: Nimm nichts mit und mach nichts kaputt.«

»Aber«, sagte Lisa, und ihr Gesicht begann zu strahlen, »sie ist doch offen. Und dann dürfen wir rein ... zumindest kann mal keiner sagen, dass wir hier eingebrochen sind. Ich will mich doch nur umsehen. Nichts weiter. Sei doch nicht so ein Hosenscheißer.«

In der Kirche war es um gefühlte zehn Grad kühler. Lisa rieb sich mit ihren Händen an den Armen entlang und verfluchte sich selbst. Ihre Jacke hatte sie im Auto gelassen, das mit Sicherheit einen Fußmarsch von gut zehn Minuten entfernt war.

Nur kurz hier umsehen, und gleich bin ich wieder draußen in der Sonne.

Sie blickte nach oben. An der gewölbten Decke war Stuck angebracht, der an den monströsen Säulen zusammenlief. Lisa wagte sich einen Schritt weiter ins Innere. Unter ihren Schuhen knirschten kleine Steine, die auf dem gepflasterten Boden lagen. Trotzdem herrschte eine unheimliche Stille, und ein flaues Gefühl machte sich in ihrer Magengegend breit.

Ungewöhnlich an diesem Ort war, dass kein Beichtstuhl oder andere kirchenübliche Gegenstände zu sehen waren. Wenn Lisa nicht gewusst hätte, dass sie sich in einer Kirche befand, hätte man diesen Raum auch für eine normale Halle halten können. Sie legte ihre Hand auf eine Stuhllehne und fuhr darüber. Eine leichte Staubschicht blieb an ihren Fingern zurück. Vermutlich wurde dieser Ort nur zu besonderen Anlässen genutzt. Der modrige Geruch, vermischt mit einer süßlichen Duftnote, der ihr schon beim Eintritt in die Kirche aufgefallen war, verstärkte sich und löste Ekel in ihr aus. Sie würgte, konnte den Inhalt ihres Magens aber noch im letzten Moment abfangen, indem sie kräftig schluckte. Lisa drehte sich zu Tobias um – er stand stocksteif wenige Schritte hinter ihr.

»Was hast du denn?«, flüsterte sie und folgte sogleich seinem Blick.

Sie schlug ihre Hand auf den Mund, als sie den in sich zusammengesunkenen Körper sah, der auf einem der Stühle in der ersten Reihe direkt neben einer Säule saß. Anhand der schwarzen Blumenmusterung auf dem weißen Oberteil vermutete Lisa, dass es sich hierbei um eine Frau handelte. Der Kopf hing zwischen ihren Schultern nach unten, und die schwarzen Haare verdeckten das Gesicht. Es sah so aus, als wäre die Frau in Gedanken versunken. Das zuvor mulmige Gefühl veränderte sich schlagartig in ein unangenehmes Kribbeln, und Lisa hörte ihren Pulsschlag in den Ohren.

Haben wir etwa jemanden beim Gebet gestört?

Sie schaute Tobias nach, der zielstrebig auf die Person zuging. Sie folgte ihm in geringem Abstand. Doch je näher sie kam, desto mehr breitete sich ein furchtbarer Gestank aus, wie der eines verendeten Tieres. Abermals stieg die Magensäure in ihrer Speiseröhre hoch, und wieder schluckte sie kräftig. Dann ging alles blitzschnell.

Tobias beugte sich ein Stück hinunter, und gerade als er etwas zu der Frau sagen wollte, übergab er sich auf deren Schoß, auf dem ihre Hände wie zum Gebet gefaltet waren. Lisa blieb wie angewurzelt stehen und starrte auf ihren kotzenden Freund. Noch hatte sie keine Erklärung für seine Reaktion, sie ging einige Schritte weiter nach vorne und sah sogleich das Gesicht der Frau. Die Haut wies dunkle Flecken auf und spannte sich ledern über die Knochen, die darunter hervorstachen. Eine Made kroch aus dem Mund heraus.

Lisa schrie, so laut sie konnte, und der Ton hallte in dem hohen Raum wider. Tobias griff nach ihrer Hand und zog sie fluchtartig aus der Kirche. Draußen angekommen schauten sich die beiden in die Augen. Auf Tobias' Stirn standen Schweißperlen, und er schnaufte, als wäre er soeben einen Marathon gelaufen. Niemand brachte auch nur ein Wort über die Lippen.

Es dauerte mit Sicherheit Minuten, bis Tobias seine Stimme wiederfand: »Wir müssen deine Mutter anrufen.«

»Spinnst du?«, sagte Lisa und räusperte sich, da es in ihrem Hals kratzte. »Wir müssen hier weg! Jetzt! Da drinnen sitzt eine tote Frau. Wer weiß? Eventuell ist der Mörder noch in der Nähe.«

»Ich hab da drinnen gekotzt. Schon vergessen? Unsere Spuren sind überall. Überleg mal, was du angefasst hast. Deine Mutter macht uns die Hölle heiß, wenn sie da draufkommt, dass wir hier waren, aber nichts gesagt haben. Und dann landen wir im Gefängnis. Wir müssen das melden!«

Lisa senkte ihren Blick und malte mit ihrem Fuß unsichtbare Kreise in die Wiese. »Mama wird mir den Kopf abreißen.

Kannst du dich nicht mehr an das letzte Mal erinnern, als uns die Polizei aufgegriffen hat und mit auf die Dienststelle …« Doch weiter kam sie mit ihren Ausführungen nicht, denn Tobias unterbrach sie.

»Lisa!«, fauchte er sie an. »Das hier ist kein Spiel. Da drinnen sitzt eine tote Frau. Ich glaube nicht, dass sie einfach so gestorben ist. Entweder du rufst jetzt deine Mutter an oder ich mach es. Egal was sie dir für eine Strafe aufbrummt. Du bist keine zwölf mehr, sondern dreiundzwanzig Jahre alt! Werd endlich erwachsen!«

3

Samstag, vormittags

»Was?«, rief Abteilungsinspektorin Susanne Kriegler. »Lisa! Wie oft hab ich dir schon ge…? Egal. Bleib, wo du bist, und fass nichts an. Ich komme sofort.« Noch während sie sprach, schnappte sie sich ihre Jacke vom Kleiderständer und winkte hektisch ihrem jüngeren Kollegen Alexander zu. »Komm, Grünschnabel. Es wird Zeit, dass du etwas lernst.« Sie konnte sich das Grinsen nicht verkneifen, und er verzog seine Miene. Im ersten Moment schien es, als ob er ihr die Zunge herausstrecken wollte, doch es passierte nichts.

»Wann genau wirst du Alex zu mir sagen und mich nicht mehr als Grünschnabel betiteln? Wir arbeiten seit einem halben Jahr zusammen«, sagte er und presste zwischen seinen Zähnen »als Team« hervor. Er fuhr sich durch sein kurzes braunes Haar, das auch danach noch so aussah, als wäre er soeben aufgestanden.

»Vielleicht liegt es auch an deinem Dreitagebart, dass ich dich so nenne. Weil du dich damit älter machen möchtest, als du eigentlich bist. Also, wir müssen nach Döllersheim. Meine Tochter hat sich mal wieder unbefugt zu einem Ort Zutritt verschafft und dabei in der Kirche eine Leiche entdeckt. Sie macht nur Probleme im Moment. Erst gestern Nachmittag habe ich mich mit Lisa gestritten, weil sie eine Verpackung vom Dönerladen ums Eck im Auto gesehen hat, als ich sie vom Sport abgeholt habe. Sie hat eine Riesenszene gemacht, und ich musste mir mal wieder eine Belehrung von ihr anhören, wie grausam das Tier sterben musste, das ich gegessen habe. Seit sie auf dem veganen Trip ist, darf ich nicht mal mehr essen, was ich will. Es ist zurzeit einfach etwas viel.«

»Moment!«, ertönte die Stimme von Al Capone hinter ihnen, als sie den Flur entlanggingen. »Wo wollen Sie so schnell hin? Werde ich nicht mehr informiert über Ihre Außeneinsätze?«

Susanne drehte sich zu ihrem Chef um. Natürlich hieß er nicht wirklich Al Capone, sondern Chefinspektor Helmut Wagner, Dienststellenleiter des LKA Wien Süd, Abteilung eins, Leib und Leben. Doch durch sein rundes Gesicht, die Knubbelnase und die streng nach hinten frisierten Haare mit den Geheimratsecken sah er aus wie der Zwillingsbruder des berüchtigtsten Verbrechers der Zwanziger- und Dreißigerjahre in Amerika. In seinem Fall mit grauem, statt mit pechschwarzem Haar und ohne Narbe auf der Wange.

»Meine Tochter hat in einer Kirche eine weibliche Leiche gefunden.«

»Wurden wir angefordert?« Al Capone sah sie mit diesem durchdringenden Blick an, der bei ihr immer ein mulmiges Gefühl auslöste. Es kam ihr vor, als würde er ihre Gedanken lesen.

»Chef, ich muss jetzt zu meiner Tochter. Und nein, wir wurden nicht angefordert. Ich sag Bescheid, wenn ich mir vor Ort einen Überblick verschafft habe. Mehr, als dass ich meiner Tochter die Ohren lang ziehe, weil sie wieder mal etwas Verbotenes gemacht hat, kann nicht passieren.«

»Okay, machen Sie das, Frau Abteilungsinspektorin. Ich veranlasse, dass Sie vor Ort Unterstützung bekommen. Und falls Sie weitere Informationen brauchen, rufen Sie bitte Kontrollinspektor Köllner an. Er wird Sie hier aus dem Büro unterstützen.«

Susanne nickte. Sie kannte Siegbert Köllner, hatte früher schon des Öfteren mit ihm zusammengearbeitet. Er war – wenn man das so sagen konnte – eine allwissende Müllhalde. Egal welche Information sie jemals benötigte, Siegbert fand alles! Sie machte sich, gefolgt von Alexander, auf den Weg nach draußen.

Als sie bei ihrem zivilen Dienstwagen angekommen waren, setzte sich Susanne – wie immer – hinters Steuer und fuhr los. Gut eine Stunde Fahrzeit hatten sie vor sich.

»Döllersheim«, wiederholte Alexander und schwieg einige Sekunden, bevor er weitersprach. »Meine Großeltern haben in Rastenfeld gewohnt. Das liegt dort gleich ums Eck. Wenn ich bei den beiden in den Sommerferien war, erzählte mir Opa die schaurigsten Geschichten über diesen Ort. Die Friedenskirche musste sogar neu geweiht werden, weil sie im Zweiten Weltkrieg mehrfach geplündert wurde und Hitler dort seine Truppen stationiert hatte. Es sollen sich furchtbare Szenarien abgespielt haben, als die Bewohner ausgesiedelt wurden.«

»Wow. Ich wusste gar nicht, dass du so ein Geschichts-Experte bist.«

»Haben dir deine Großeltern nie Schauergeschichten erzählt? Also, mein Opa erzählte sie gerne beim Angeln. Ich hing so an seinen Lippen, dass ich den Fisch übersehen habe, der an meiner Angelschnur zappelte.« Alexander lachte, doch gleich darauf wurde er ernst und senkte seinen Kopf.

Susanne wollte ihn fragen, was los sei, doch sie begriff, dass Alexander in Erinnerungen schwelgte und gerade mit seinem Opa angelte und die gemeinsame Zeit genoss. Vermutlich Zeit, die es heute für die beiden nicht mehr gab.

»Was hat deine Tochter über den Leichnam gesagt?«, fragte Alexander.

»Nur, dass es eine Frau ist, die auf einem der Stühle in der Kirche sitzt und anscheinend schon verwest. Wobei ich mir bei ihrer Aussage nicht sicher bin, dass sie richtig ist. Ich meine, Stühle in der Kirche? Sind da nicht Holzbänke drinnen?«

»Nur falls du mir nicht richtig zugehört hast: Die Friedenskirche wurde ausgeraubt. Somit stand da nichts mehr drinnen. Einmal im Jahr, zu Fronleichnam, wird eine Messe abgehalten. Deswegen stehen dort die Stühle.«

***

Knapp eine Stunde später hielt Susanne vor der Schranke, die den Weg hinauf ins Dorf absperrte. Ein junger Polizist ging auf ihren Wagen zu und kam ans Fenster.

»Hier können Sie nicht weiterfahren. Das ist ein Tatort. Bitte verlassen Sie das Grundstück.«

»Abteilungsinspektorin Kriegler. Das ist mein Kollege Bezirksinspektor Braun. LKA Wien Süd. Bitte öffnen Sie die Schranke.« Sie hielt dem Mann ihren Ausweis hin. Alexander tat es ihr gleich. Der Beamte riss seine Augen auf.

»Entschuldigung … ich … ich wusste ja nicht …«, stotterte er und lief zur Schranke, die er gleich darauf öffnete.

»Ist wohl noch sehr frisch dabei.« Alexander lachte und steckte seinen Ausweis wieder in seine Hosentasche zurück. Beim Blick aus dem Fenster deutete er auf ein Hinweisschild. »Militärisches Sperrgebiet«, las er. »Genau! Dahinter ist der Truppenübungsplatz Allentsteig. Ich war das erste Mal hier, als ich zehn Jahre alt war. Mein Opa hat mich hierher mitgenommen. Doch an die Gegend erinnere ich mich kaum.«

Susanne fuhr langsam den Berg hinauf. Die Straße war asphaltiert, doch ragten die Zweige der Büsche, die links und rechts wucherten, auf den Weg. Nur wenige Meter weiter streckten sich auf der linken Seite große Birken dem Himmel entgegen, und Susanne sah ihre Tochter an einer gemauerten Einfriedung kurz vor der Kirche stehen. Tobias hatte schützend seine Arme um sie gelegt.

Sie parkte den Wagen, kramte in ihrer Handtasche nach dem Nikotinkaugummi und schob ihn sich in den Mund. Erst vor zwei Monaten hatte sie das Rauchen aufgegeben. Doch es fiel ihr schwer, besonders in solchen Situationen, ohne ihre geliebten Zigaretten auszukommen.

Lisa löste sich aus der Umarmung ihres Freundes und verschränkte die Arme vor dem Oberkörper. Sie biss auf ihre Unterlippe und kniff die Augen zusammen. Tobias hingegen sah aus, als hätte ihn das schlechte Gewissen gepackt, denn er spielte nervös mit seinen Fingern, die er zu einer Art Dreieck geformt hatte und aneinanderpochen ließ.

»Was hast du dir nur wieder dabei gedacht? Du bringst dich immer nur in Schwierigkeiten und mich gleich mit dazu.« Susanne ging auf Lisa zu, packte sie am Oberarm und zerrte sie von dem Uniformierten weg, der neben ihr stand.

»Aber, Mama«, sagte Lisa und schüttelte ihren Arm so kräftig, dass Susanne losließ. »Es ist nicht verboten, hier zu sein, und die Kirche stand offen. Ich schwör es. Tobi kann es bezeugen. Hör auf, mich wie ein kleines Kind zu behandeln.«

Susanne schnaubte und blickte den Freund ihrer Tochter an. Er nickte kaum merklich und wich sofort ihrem Blick aus.

»Ich will mich ja nicht in Familienangelegenheiten einmischen«, sagte Alexander, »aber es stimmt, was Lisa sagt. Der Ort ist frei zugänglich für jedermann.«

Dann misch dich auch nicht ein, dachte Susanne, doch schluckte sie ihre Wut auf Lisa hinunter. Jetzt war nicht der richtige Zeitpunkt, um ihrer Tochter eine Standpauke zu halten. Sie atmete einmal tief durch.

»Okay, Lisa. Also erzähl, was ist passiert?« Erst jetzt fiel ihr auf, dass Lisas Hände zitterten, sie sah die gerötete Augenpartie und die Blässe, die ihr sommersprossiges Gesicht grau erscheinen ließ. Sofort tat es ihr leid, dass sie sie so angeherrscht hatte. »Willst du dich setzen?«

Susannes sanfte Stimmlage bewirkte, dass Lisa in Tränen ausbrach. »Mama, die ... das ... Tobias ... schrecklich.« Ein heiseres Schluchzen kroch aus ihrer Kehle. Susanne nahm ihre Tochter in die Arme und streichelte ihr sanft über das rötliche Haar. Obwohl die beiden optisch als Schwestern durchgehen könnten, hatten sie noch nie ein inniges Verhältnis zueinander gehabt, war Lisa doch immer ein Papakind gewesen. Vor zwei Jahren war von einer Sekunde auf die andere alles anders. Der Unfall! Lisa war damals einundzwanzig gewesen. Sie wohnte mit ihrer besten Freundin in einer Wohngemeinschaft in der Nähe der Uni, doch plötzlich zog Lisa wieder ins Elternhaus zurück. Damals brauchte sie ihre Mutter mehr als je zuvor.

»Ja, ist schon gut«, sagte Susanne. »Ich bin ja nun da. Weißt du was? Setzt euch in das Auto auf die Rückbank. Alexander und ich gehen mal nachschauen, und dann reden wir, ja?«

Lisa schniefte, löste sich aus der Umarmung und schlurfte Hand in Hand mit Tobias zum Wagen.

Als die beiden außer Hörweite waren, fragte Susanne den Beamten: »War schon jemand in der Kirche?«

Der Mann schüttelte den Kopf. »Nein, wir sollten hier nur alles absperren, hieß es von der Zentrale.«

»Komm«, sagte Susanne zu Alexander. »Lass uns reingehen.«

Schon beim Betreten der Kirche kroch ein Gemisch aus Fäkalien und saurer Milch in Susannes Nase. Eindeutig! Der Geruch des Todes. Sie ging auf die in sich zusammengesunkene Frau zu. Alexander folgte ihr und zückte sein Handy, um Aufnahmen für die spätere Spurensuche zu machen.

Susanne schaltete ihre Taschenlampe ein, die sie immer in ihrer Gürteltasche trug. Trotz der hohen Fenster mit den geschwungenen Verzierungen aus Metall warf die Sonne nicht genug Licht in den Raum. Sie ließ ihren Blick nach oben schweifen auf die gewölbte Stuckdecke. Erst jetzt sah sie, dass einige der Fenster von außen mit Platten vernagelt waren. Vermutlich hatte das Glas im Laufe der Jahrzehnte den Witterungen nicht mehr standgehalten und war aus Kostengründen nicht ersetzt worden.

»Ist das Kotze?«, fragte Alexander und hielt sich seine Hand vor den Mund.

Susanne richtete den Schein ihrer Taschenlampe auf die gelbliche Flüssigkeit mit den braunen Brocken, die aussahen wie Brotklumpen. Eine kleine Lache hatte sich auf dem Boden angesammelt. Mit dem Rest war das Kleid der Frau besudelt.

»Vermutlich. Aber die stammt sicher nicht von unserem Opfer. Dafür ist sie zu frisch. Und sie hier ist schon länger tot.« Sie ging in die Hocke und leuchtete die Frau an, um sie besser in Augenschein nehmen zu können. Susanne legte ihren Kopf schief und musterte die Kleidung. Das weiße Petticoat-Kleid mit dem Muster, das vielleicht einmal in den Fünfzigerjahren modern gewesen war, hatte teilweise dunkelgelbe bis braune Flecken.

»Was denkst du?«, fragte Alexander leise.

»Warum flüsterst du?« Susanne stellte sich wieder aufrecht hin und zog ihre rechte Augenbraue in die Höhe.

»Ich … ich weiß nicht. Wir sind hier in einer Kirche. Da flüstert man halt.«

Trotz des schaurigen Anblicks, der sich vor ihr auf dem Stuhl bot, legte sich ein Grinsen auf Susannes Gesicht.

Grünschnabel hat echt einen an der Klatsche!

Gleich darauf verschwand das Grinsen wieder, und sie fuhr in einem professionellen Tonfall fort: »Ich sehe keine äußerlichen Verletzungen auf den ersten Blick. Könnte auch gut möglich sein, dass die gute Frau nur hier reinkam, um zu beten, und na ja ... dann hat sie eben Gott zu sich genommen. Kannst du mal nachschauen, ob der Arzt schon hier ist? Und fordere Verstärkung an, bitte! Auch die Spurensicherung.«

Alexander nickte und verließ mit schnellen Schritten die Kirche. Susanne konnte ihm diese fluchtartige Reaktion nicht verdenken. Grünschnabel hatte einen nervösen Magen, sie erinnerte sich noch gut an seinen ersten Besuch bei Dr. Malved in der Rechtsmedizin. Und auch an die Sauerei, die Alexander dort angerichtet hatte. Seit diesem Tag durfte er den Obduktionssaal nicht mehr betreten.

Susanne widmete sich wieder der Toten. Über die grünliche Gesichtshaut zog sich ein rotbraunes Sekret, das aus Mund und Nase geflossen war. Susanne wusste aus Erfahrung, dass es sich hierbei nicht unbedingt um Blut handeln musste, sondern dass es genauso gut Fäulnisflüssigkeit sein konnte. Das Gesicht der Toten hatte alle menschlichen Züge verloren und sah eher einer Mumie ähnlich. Trotz des fortgeschrittenen Verwesungsprozesses erkannte Susanne, dass es sich bei dem Opfer um eine jüngere Frau gehandelt haben musste. Sie leuchtete auf die gefalteten Hände, die im Schoß der Frau lagen. Die Blasenbildung hatte bereits eingesetzt, und kleine Hautfetzen lösten sich.

Also, ihr Tod kann gut und gerne schon mehrere Wochen her sein, resümierte sie.

»Hallo.« Eine männliche Stimme hinter ihr ließ sie zusammenzucken, und sie fuhr herum. Sie hatte tatsächlich überhört, dass jemand in die Kirche gekommen war. So sehr war sie mit ihren Gedanken beschäftigt gewesen. Wie leichtsinnig von ihr.

»Hallo«, antwortete sie missmutig und ärgerte sich über sich selbst. Stand ihr doch ein äußerst ansprechender Mann gegenüber, der sie mit einem Zweiunddreißig-Zähne-Lächeln anstrahlte. Vom Alter her schätzte sie ihn auf Anfang oder Mitte fünfzig. Seine Jeans schmiegte sich an seinen schlanken Körper, und das weiße T-Shirt unterstrich seinen dunkleren Hautton. In der rechten Hand trug er eine Arzttasche.

Sie hatte sich heute nicht mal die Mühe gemacht, ihre Haare zu kämmen, sondern sie nur auf die Schnelle mithilfe eines Bleistiftes zu einem Dutt hochgesteckt. Auch der Lidschatten und die Abdeckcreme, die sie sonst benutzte, waren heute der fehlenden Zeit zum Opfer gefallen. Nervös drehte sie an dem Ring an ihrer rechten Hand.

»Darf ich?«, sagte der Mann und deutete auf die Frau. Susanne war wie erstarrt neben der Toten stehen geblieben und hatte den Fremden wohl angehimmelt wie ein kleines Mädchen ihren Rockstar auf dem Poster über dem Bett.

Sie trat einen Schritt zur Seite und räusperte sich. »Sie sind der Arzt, richtig?«

Der Mann war in die Hocke gegangen und schaute von unten zu ihr hoch. »Ach so. Verzeihen Sie«, sagte er. »Ich bin ... na ja ... sagen wir Dorfdoktor dazu.« Er lachte, und die Grübchen neben seinen Augen lachten mit.

»Aha.«

Der Doktor stellte sich wieder hin. Vielleicht war es nur Einbildung, aber sie glaubte, sein Aftershave riechen zu können, trotz des starken Leichengeruches. »Ich bin Klaus Otto. Also mit Vornamen heiße ich Klaus.«

»Abteilungsinspektorin Kriegler. Landeskriminalamt Wien Süd, Abteilung eins«, murmelte sie und leckte mit ihrer Zunge über die Lippen, die sie dann mit ihren Zähnen bearbeitete. Eine Macke, die sich auch auf ihre Tochter übertragen hatte. »Sie brauchen mich hier nicht mehr?« Und noch während sie sprach, wandte sie ihm den Rücken zu und verließ die Kirche.

Draußen angekommen atmete sie tief durch. Sie schüttelte den Kopf, um sich auf den Fall zu konzentrieren. Sofern es überhaupt ein Fall werden würde. Susanne schaute sich um und sah ein wenig abseits der Kirche, in der Nähe des Friedhofs, Alexander stehen. Er telefonierte und fuhr sich aufgeregt durch sein Haar, das im aufkommenden Wind kreuz und quer stand. Ein kontrollierender Blick zu ihrem Auto bestätigte ihr, dass Lisa und Tobias noch auf der Rückbank saßen und wie befohlen auf Susanne warteten. Doch zuerst brauchte sie mehr Informationen, die sie hoffentlich von Alexander bekam.

»Ja, ich melde mich ... ich verspreche es«, hörte sie noch und trat näher an ihn heran, bevor er sie sah und das Telefonat rasch beendete. »Also, ich habe mit einer Dame vom Gemeindeamt gesprochen. Sie meinte, dass die Tür der Kirche immer verschlossen sei. Nur einmal im Jahr, so wie ich es dir schon erzählt habe, versammeln sich hier die Menschen, und es gibt eine Predigt in der Kirche, die dann am Friedhof endet. Das Gelände hier wird von freiwilligen Helfern des Vereins ›Freunde der alten Heimat‹ mit Unterstützung vom Bundesheer gepflegt, aber sonst ist hier niemand.«

»Okay. Lisa sagte, dass die Tür offen war. Also, wer hat alles einen Schlüssel?«

»Laut der Gemeindemitarbeiterin gibt es nur zwei Schlüssel. Einer liegt im Gemeindeamt und der andere im Pfarramt in Altpöllau.«

»Und mit wem hast du zuletzt telefoniert?«

Sie bekam keine Antwort, somit nahm sie an, dass es wieder einmal seine Mutter gewesen war, die ihn behelligt hatte. Sie rief ständig an, und ging er einmal nicht ans Telefon, machte sie den Kollegen im Büro die Hölle heiß, wieso er nicht erreichbar war. Er hatte Susanne bei einem gemeinsamen Umtrunk – er hatte schon das dritte Bier intus gehabt – erzählt, dass er nach der Uni wieder zu seiner Mutter ins Haus gezogen sei, doch dies habe sich als großer Fehler herausgestellt.

»Okay. Alles klar. Ich weiß Bescheid«, sagte sie, und Alexander nickte.

»Frau Abteilungsinspektorin, die mir ihren Vornamen nicht nennen möchte?« Es war die Stimme von Doktor Otto, und einen Moment überlegte sie, ob sie sich überhaupt umdrehen sollte, aber sie schimpfte in Gedanken mit sich selbst, dass sie doch ein Profi und kein kleines Kind mehr war. Gleich darauf stand er neben ihr, und ihr Herz pochte schneller. »Ich kann Ihnen sagen, die Frau ist tot.« Sein Grinsen ging fast bis zu den Ohren.

»Stellen Sie sich vor, das hab ich auch schon festgestellt, ohne die medizinische Ausbildung, die Sie haben.« Sie schnaufte verächtlich.

»Verstehen Sie keinen Spaß, Frau Abteilungsinspektorin vom Landeskriminalamt?« Ganz tief schaute er ihr in die Augen, bevor sie ihren Blick von ihm nahm und auf ihren Kollegen Alexander zeigte.

»Das ist mein Kollege Bezirksinspektor Braun. Erzählen Sie ihm alles. Ich muss mich um die Zeugen kümmern.«

4

Samstag, vormittags

Nervös schritt ich auf und ab und schaute auf die Uhr. Eine Minute noch. Ich schaltete den Fernseher im Wohnzimmer ein und hoffte, so wie jeden Abend, wenn ich die Nachrichten schaute, endlich die erlösende Nachricht zu bekommen. Wobei die Bezeichnung »Wohnzimmer« wohl etwas weit hergeholt war für mein Ein-Zimmer-Apartment. Das verschlissene Sofa, auf das ich mich setzte, um meine Nerven zu beruhigen, hatte ich direkt vor dem Mietshaus gefunden. Dabei hatte es nur einige kleine Löcher und sah noch ganz passabel aus. Fand ich zumindest. Der Nachbar, der mit mir im selben Stockwerk wohnte, hatte mir geholfen, es in meine Wohnung zu schleppen. Dritter Stock ohne Lift. Da hatte ich mir zum ersten Mal geschworen, zukünftig aufmerksamer zu sein bei meiner Wohnungsauswahl. Es lag am fehlenden Geld, dass ich in dieser abgewrackten Bude hauste. Doch bald würde alles anders sein.

Meine Hände zitterten vor Aufregung.

Ist meine Botschaft endlich gefunden worden?

Der Nachrichtensprecher begann, die heutigen Themen der Sendung aufzuzählen, doch kein Leichenfund in der Kirche. Frustriert schaltete ich den Fernseher ab. Ich hoffte auf morgen. Morgen würde alles anders sein. Der Ruhm für meine Arbeit würde endlich mein sein, und jeder würde sehen, was sie getan hatte. Sie hatte mein Leben zerstört. Ausgelöscht. Am Boden zertreten wie eine brennende Zigarette. So wie alle, die mich mein Leben lang mit Füßen getreten hatten. Und alle würden dafür Buße tun.

»Bring all deine Sorgen in Gottes Haus und lass sie dort zurück.«

Die Worte meiner Großmutter drangen in meinen Verstand. Ich war doch noch ein kleiner Junge gewesen, als ich mit ihr sonntags in die Kirche gegangen war. Ein Lächeln zwang sich auf meine Lippen, als ich daran dachte, dass jedes Mal, wenn sie gesprochen hatte, ihre Zähne klapperten.

5

Samstag, vormittags

Lisa hatte ihren Kopf an Tobias' Schulter gelehnt und starrte ins Leere. Die Abenteuerlust, die sie noch wenige Stunden zuvor verspürt hatte, war ihr eindeutig vergangen. Tobias hatte seit dem Verlassen der Kirche nicht mehr gesprochen, doch jetzt räusperte er sich.

»Was denkst du, was der Frau passiert ist? Das Bild von ihr krieg ich nie wieder aus dem Kopf. Das ist mal fix.«

Lisa setzte sich aufrecht hin und öffnete die Wagentür. Es war stickig, und sie brauchte dringend Frischluft. Sie atmete einen tiefen Zug ein, den der kalte Wind ins Auto blies. Die Sonne hatte sich vor wenigen Minuten hinter einer schwarzen Wolke versteckt. Vermutlich würde es bald regnen. Mal wieder.

Sie öffnete den Mund und wollte gerade etwas sagen, da hörte sie ein »Pst«, das aus ihrer unmittelbaren Umgebung zu kommen schien. Erstaunt schaute sie nach links, zu den großen Birken, die von Büschen eingerahmt waren. Doch dort war niemand zu sehen. Sie wandte ihren Kopf wieder Tobias zu, doch erneut hörte sie, etwas energischer als zuvor, ein »Psssst«.

»Hast du das auch gehört?«, fragte sie Tobias, doch als Antwort bekam sie nur einen fragenden Blick. »Da ist doch jemand.« Lisa stieg aus dem Auto aus, doch sogleich sprang sie einen Schritt zurück, als die Blätter des Gestrüpps wackelten und plötzlich eine zierliche blonde Frau vor ihr stand. Sie zupfte an ihrem kurzen pinken Rock, der farblich mit ihrer Armbanduhr übereinstimmte. Auch die Knöpfe ihrer hellen Bluse hatten den gleichen Farbton. Sie sah aus wie eine perfekt gestylte Schaufensterpuppe, wenn man von ihren ausgetretenen Sportschuhen einmal absah.

»Was können Sie mir erzählen? Was geht hier vor?« Die Fremde hielt Lisa ein Telefon direkt vor das Gesicht. Es hatte – wie nicht anders zu erwarten – eine pinke Schutzhülle.

Lisa starrte die Unbekannte an, und im ersten Moment musste sie ihre Gedanken sortieren, bevor sie die Sprache wiederfand. »Wer sind Sie?«

»Ich bin von der Tageszeitung *Blau-Gelb*. Uta Schwenger. Die rasende Reporterin. Warum ist die Polizei hier?«

»Sie sind Reporterin?«, hakte Lisa nach und wich dem Handy aus, das die Frau ihr noch immer hinstreckte. »Das hier ist ein Tatort, der abgesperrt ist. Sehen Sie das nicht?«

»Was ist hier los?«, hörte Lisa die forsche Stimme ihrer Mutter. Sofort blickte sie hilfesuchend zu ihr. Susanne stemmte ihre Hände in die Hüften und stellte sich vor Lisa hin. »Was haben Sie hier zu suchen? Wer sind Sie? Und was wollen Sie von meiner Tochter?«

Die Frau steckte ihr Telefon weg und verschwand im Dickicht, so schnell wie sie gekommen war. Tobias sprang aus dem Auto und zog Lisa nah an seinen Körper.

»He, jetzt warten Sie!«, rief Susanne der Frau hinterher und verschwand ebenso im Gebüsch. Doch gleich darauf kam sie wieder zurück zu Lisa. »Wer war das? Kanntest du diese Frau?«

»Eine Reporterin. Uta noch irgendwas. Sorry, Mama, den Nachnamen hab ich mir leider nicht gemerkt. Von einer Zeitung … irgendwas mit Blau.«

»Macht nichts, Schatz. Das hilft mir schon weiter. Was wollte sie von dir?«

»Sie wollte wissen, was passiert ist und warum hier Einsatzwagen stehen.«

Susanne durchbohrte Lisa mit einem eindringlichen Blick. »Du hast hoffentlich nichts gesagt.«

Lisa hob ihre Hände in die Höhe, als hätte Susanne sie auf frischer Tat ertappt. »Ich hab kein Wort gesagt. Tobias ist mein Zeuge. Nicht wahr?« Sie drehte sich zu ihm um, und er nickte.

»Susanne?«, rief Alexander, als er um die Ecke der ehemaligen Volksschule bog und mit schnellen Schritten näher kam. »Der Doktor hat mir etwas Interessantes erzählt, und ich denke, wir müssen uns das anschauen.« Sein Atem ging keuchend.

»Hier ist gerade eine Reporterin aufgetaucht. Dem müssen wir auch nachgehen.« Susanne drehte sich von Alexander weg zu Lisa. »Hör zu, Kleines. Ich ruf jetzt einen Streifenwagen, der dich auf die nächste Polizeistation bringen soll. Dort wartest du auf mich, ja?«

»Aber, Mama, ich bin kein kleines Kind mehr. Ich will nicht stundenlang auf einem Revier sitzen und auf dich warten müssen. Können wir nicht einfach zu uns nach Hause fahren? Bitte! Auf Abenteuer hab ich heute keine Lust mehr. Versprochen!« Lisa setzte einen flehenden Blick auf und hob ihre gefalteten Hände.

Susanne pustete ihren Atem aus. »Okay. Aber keine Umwege, und ihr wartet bei uns zu Hause auf mich. Hab ich mich klar ausgedrückt?«

Lisa strahlte ihre Mutter an und gab ihr einen flüchtigen Kuss auf die Wange. »Danke, Mama«, sagte sie noch und rannte mit Tobias Hand in Hand den Berg hinunter zu der Stelle, wo sie das Auto geparkt hatten.

6

Samstag, vormittags

»Also, was gibt es Interessantes?«, fragte Susanne und ging mit Alexander zurück in die Kirche. Wieder schlug ihr der Geruch des Todes entgegen, diesmal um ein Vielfaches stärker als zuvor. Sie presste sich die Hand vor den Mund. Alexander tat es ihr gleich. Als sie in der ersten Reihe ankam, sah sie den Doktor am Boden kniend, wie er soeben seine Arzttasche zusammenpackte. Sie ging einige Schritte in Richtung der Stufen, die auf die Erhöhung führten, auf der in einer Kirche normalerweise ein prunkvoller Altar stand.

»So, Frau Abteilungsinspektorin, die mir ihren Vornamen nicht nennen will und mich an ihren Kollegen abschiebt«, sagte Dr. Otto grinsend, wandte sich aber sofort wieder dem Leichnam zu. »Bei der ersten Inaugenscheinnahme stellte ich fest, dass circa zwei Zentimeter oberhalb des Sternoklavikulargelenkes eine längliche Wunde beginnt. Ein Schnitt, stümperhaft ausgeführt und vernäht, was ich sofort sah. Allerdings kann ich nicht sagen, wie weit diese Wunde zur Körpermitte hin verläuft. Das wird Ihnen der Rechtsmediziner genauer erläutern.« Dr. Otto hob mit einem Holzspachtel den Kopf der Toten ein Stück in die Höhe. Susanne hielt die Luft an, beugte sich ein wenig nach unten und sah das rote Garn, das aussah, als würde es eher in eine Küche gehören, als zum Vernähen einer Wunde taugen. Es war um einiges dicker und gröber, als man das bei einem Wundverschluss durch einen Arzt erwarten würde, die

Stiche waren wild verteilt und nicht in einer Reihe angesetzt. Susanne wich einen Schritt zurück. Der Gestank konnte sogar Tote zum Leben erwecken.

»Wurde ihr diese Wunde nach dem Tod zugefügt?«, fragte sie und widerstand dem Drang, sich die Verletzung genauer anzusehen. Sie blickte zu Alexander, der einige Meter von ihr entfernt stehen geblieben war, und dann wieder zurück zum Doktor.

»Nein, das denke ich nicht. Die Verletzung ist ihr wenige Stunden vor dem Tod zugefügt worden. Es wäre denkbar, dass sie auch die Todesursache ist, aber das kann ich jetzt nicht beurteilen. Ist eine reine Vermutung. Aber eines weiß ich sicher: dass sie Opfer eines Verbrechens wurde.«

»Da stimme ich zu«, sagte Susanne. »Alexander, kannst du mal nachschauen, ob die Spurensicherung schon da ist?«

Alexander entfernte sich einige Schritte, da betrat ein unbekannter Mann die Kirche und kam zielstrebig auf sie zu. Argwöhnisch musterte Susanne ihn von oben bis unten. Sie schätzte ihn auf ihr Alter – Anfang fünfzig. Groß gewachsen, mindestens eins neunzig, und ein ansehnlicher Bierbauch, den er vor sich herschob.

»Sie müssen Abteilungsinspektorin Kriegler sein, nehme ich mal an«, sagte er und streckte ihr die Hand entgegen. »Halber Josef mein Name. Abteilungsinspektor der hiesigen Polizeiinspektion Rastenfeld. Ich bin so schnell gekommen, wie ich konnte.«

»Sehe ich, ja«, sagte Susanne und richtete ihren Blick auf den orangefarbenen Fleck, der sich auf seinem weißen Hemd deutlich abzeichnete. Sie tippte auf Marmelade. Marille vielleicht.

Etwas verlegen strich Halber über sein Hemd, kam aber direkt zur Sache. »Also, was wissen Sie? Ist die Gute beim Beten von uns gegangen? Schrecklich ni…«

»Nein, sie ist mit Sicherheit einem Verbrechen zum Opfer gefallen«, unterbrach Susanne ihn schroff.

»Einem Verbrechen? Aber hier ist doch noch nie etwas geschehen!« Halber riss seine Augen sperrangelweit auf. Durch Susannes Kopf huschte nur ein Wort: *Dorfpolizist.*

»Ich würde Sie bitten, diesen Ort weiterhin abzuriegeln. Wir müssen hier drinnen erst mal alle Spuren sichern, sofern das jetzt noch irgendwie möglich ist.« Sie schaute auf den Boden, auf dem sich in der Staubschicht bereits etliche Fußabdrücke abzeichneten. »Außerdem hat sich eine Frau unbemerkt an die Zeugen herangeschlichen und diese belästigt. Wer weiß, wie viele von diesen Aasgeiern hier noch herumschleichen.«

Halber legte seinen Finger ans Kinn. »Welche Aasgeier meinen Sie? Wie sah die Frau aus?«

»Diese Schmierfinken, die unseren Job erschweren, weil sie glauben, alles besser zu wissen. Sie war blond, etwas kleiner als ich. Zierliche Figur. Soll wohl für eine Zeitung arbeiten. Ihr Vorname ist Uta.«

Ein wissendes Grinsen zog sich über Halbers Gesicht. »Uta Schwenger. Sie ist meine Tochter und arbeitet für die Tageszeitung *Blau-Gelb.* Benannt nach den Farben des niederösterreichischen Wappens. Ihr Spitzname ist ›Die rasende Reporterin‹. Schon als kleines Mädchen hatte sie einen Wissensdurst, das können Sie sich kaum …«

»Okay«, sagte Susanne und hielt ihm ihre Handfläche senkrecht entgegen. »Achten Sie bitte einfach darauf, dass sich hier keine Unbefugten aufhalten. Und dass Sie, Ihre Kollegen und besonders Ihre übereifrige Tochter über diesen Fall hier stillschweigen müssen, brauche ich hoffentlich nicht extra zu erwähnen.«

Halber stemmte seine Hände in die Hüften, und eine tiefe Einkerbung machte sich auf seiner Stirn breit. »Natürlich nicht. Ich mache meinen Job schon über dreiß...«

Noch während er sprach, wandte sich Susanne ab und winkte ihrem Kollegen Alexander zu, der am Eingang der Kirche stand. Halbers Worte verstummten sogleich.

Als sie vor der Tür ankamen, fuhr gerade der Leichenwagen vor, und zwei in Schwarz gekleidete Männer stiegen aus.

»Die können die Leiche nicht mitnehmen, solange nicht alle Spuren gesichert sind«, sagte Susanne. »Und danach müssen sie sie zu Dr. Malved bringen.« Sie senkte ihre Stimme: »Glaubst du, die schaffen das, oder müssen wir noch jemanden anfordern, der unseren Intellekt besitzt?«

Alexanders Mundwinkel zogen sich automatisch nach oben. »Die schaffen das. Ansonsten lassen wir die Leiche eben dort abholen, wo sie sie hinbringen. Hier scheint sich kaum etwas verändert zu haben.«

»Stimmt. Du warst hier als Kind ja oft. Kennst du diesen ... ähm ... Abteilungsinspektor Halber?«

»Ja, natürlich. Du darfst nicht vergessen, hier ist noch nie so etwas passiert. Er hat keine Erfahrung, was einen Mord betrifft. Das Schlimmste, was er erlebt hat, war der Betrunkene, der in seinem Lieblingswirtshaus randalierte und den Stammtisch, an dem er wöchentlich mit seinen Freunden Karten spielt, kaputt geschlagen hat. Das war eine Tragödie.« Ein Glucksen trat aus seiner Kehle, und er schlug verlegen die Hand vor den Mund.

»Okay. Also ein Dorfsheriff. Gut, auch mit dem werden wir fertig. Ist ja schließlich nicht das erste Mal. Was mich wundert, ist sein Dienstrang. Normalerweise müsste er ja schon Chefinspektor sein. Hat er möglicherweise den Chargenkurs nicht geschafft?« Susanne lachte.

»Anscheinend. Würde mich auch nicht wundern hier.« Auf Alexanders Gesicht zeichnete sich ein Grinsen ab, während sie zu dem schwarzen Kombi schritten. Die Bestatter hatten den Sarg auf eine rollende Bahre gelegt und waren schon auf halbem Weg zur Kirche.

»Im Moment müssen Sie warten«, rief Susanne ihnen zu. »Zuerst muss die Spurensicherung kommen und alles sichern, was an Beweisen zu finden ist. Wer hat Sie überhaupt beauftragt, hierherzukommen?«

Abrupt blieben die beiden stehen und starrten sie ungläubig an. Aus der Ferne war Susanne nicht aufgefallen, wie ähnlich sich die beiden Männer sahen. Fast wie eineiige Zwillinge. Und nun nickten sie auch noch gleichzeitig. Die Leiche in der Kirche war bei Weitem nicht so unheimlich wie diese zwei Bestatter.

»Na, Josef war das. Er sagte, hier in der Kirche sei eine Tote, die wir holen sollen«, sagte der eine Mann, und der andere bewegte seine Lippen, als würde er synchron mitsprechen. Wie die Puppe eines Bauchredners.

»Wie gesagt, Sie warten hier und rühren sich nicht von der Stelle«, erwiderte Susanne. »Keiner betritt die Kirche ohne meine Erlaubnis.«

Wieder nickten beide gleichzeitig, und über Susannes Körper rieselte ein leichter Schauer. Um ihre Gedanken abzulenken, drehte sie sich von den Männern weg und zückte ihr Telefon.

»Rechtsmedizin«, raunte eine dunkle Stimme nach dem ersten Klingeln in der Leitung.

»Dr. Malved? Hier ist Susanne, Abteilung eins. Ich hab hier eine Tote in einer Kirche in Döllersheim. Ich muss noch auf die Spusi warten. Wer soll Ihnen den Leichnam vorbeibringen? Hier bei mir stehen zwei Herren vom hiesigen Bestattungsunternehmen.«

»Na, dann sollen die sie mir doch bringen. Dann muss ich nicht extra jemanden losschicken. Es soll sie halt jemand beaufsichtigen, wenn sie die Leiche verpacken, und das Transportmittel muss versiegelt werden. Sie wissen ja, wie ich arbeite.«

»Gut, geht klar. Wenn Sie mit der Untersuchung fertig sind, rufen Sie mich bitte an, ja?«

»Klar. Vermutlich wie immer dringend. Am besten gestern, ja?«

»Genau. So schnell es eben geht.«

Ein Klicken in der Leitung. Dr. Malved hatte aufgelegt. Wie immer. Er war kein Mann großer Worte, dafür ein ausgezeichneter Mediziner mit einem Fachwissen, das jedes medizinische Lexikon rot werden ließ vor Scham.

»Susanne also.« Es war die Stimme von Klaus Otto, die sie hinter sich hörte.

Am liebsten hätte sie ihn beschimpft, was er sich überhaupt einbildete, ihr Gespräch zu belauschen, doch sie biss sich vorsichtshalber auf die Unterlippe. Sie war doch im Dienst.

»Für Sie immer noch Abteilungsinspektorin Kriegler. Warum belauschen Sie mein Gespräch?«

»Ich wollte gerade gehen. Haben Sie Lust, mit mir einen Kaffee zu trinken? Ich meine, wir brauchen doch nun beide eine kurze Verschnaufpause, oder?«

»Nein.« Es war das einzige Wort, das sie über die Lippen brachte.

Dr. Otto zückte seine Geldbörse und überreichte ihr seine Visitenkarte. »Falls Sie noch Fragen haben. Ich schicke Ihnen eine Kopie des Totenscheins und eine an die Rechtsmedizin. Richtig?«

Susanne nickte.

»Dann brauche ich aber auch Ihre Visitenkarte. Also für den Versand des Totenscheins, meine ich.«

Susanne griff nach ihrer Geldbörse, die in der Gesäßtasche war, doch verharrte mitten in der Bewegung. »Sie können es einfach an die Abteilung eins in Wien Süd schicken. Oder Sie schicken beide an die Rechtsmedizin. Ich hole es mir von dort ab.«

Klaus Otto legte seinen Kopf schräg. »Alles klar, Susanne.«

7

Sonntag, morgens

Die Sonne strahlte hell vom Himmel, und nach meinem morgendlichen Kaffee mit anschließender Joggingrunde hatte ich nun auch eine beträchtliche Anzahl an verschiedenen Tageszeitungen gekauft. Frisch geduscht saß ich auf meinem Sofa und blätterte die Nachrichtenblätter durch. Ich konnte es kaum fassen, als ich die Tageszeitung *Blau-Gelb* in meinen Händen hielt und die Kirche auf dem Miniaturfoto erkannte. Ein warmer Schauer durchfuhr meinen Körper und blieb als Kribbeln in meinen Fingerspitzen zurück.

Endlich ist meine Botschaft gefunden worden. Alle werden wissen, was sie getan hat. Jeder wird mich verstehen.

Zwar fand ich den heutigen Artikel erst auf Seite neun, doch morgen, schon morgen würde dieser auf der Titelseite der *S-I-G-A – Sachlich-Informiert-Glaubwürdig-Aktuell* stehen. Mit einer Schlagzeile, die meinen neuen Namen preisgeben würde. Welchen Namen sie mir wohl gaben? *Jack the Ripper* war ja leider schon vergeben. Ich dachte an *Der Rächer aus dem Waldviertel* oder besser noch *Der Schlächter aus dem Waldviertel.* Oder *Robin Hood.* Schließlich half dieser auch den Armen und nahm von den Reichen.

Die Leiche der Frau würde auf der Titelseite der *S-I-G-A* sein. Natürlich unkenntlich gemacht von der Redaktion. So was konnte man schließlich nicht allen Lesern zumuten. Ich starrte auf die Seite und las den Artikel:

In den gestrigen Mittagsstunden wurde die Leiche einer Frau in der Kirche von Döllersheim gefunden. Laut Auskunft der Polizei war die Frau seit Wochen tot. Die Polizei schließt einen natürlichen Tod nicht aus.

Vor Wut riss ich die Zeitung in kleine Stücke und schmiss diese in die Luft. Ich trommelte mit meinen Fäusten gegen die Wand und schrie all den Frust aus meiner Seele. »Was heißt hier ›natürlicher Tod‹? Sind die alle zu dumm?«

Die Frau konnte unmöglich eines natürlichen Todes gestorben sein. Schließlich fehlte ihr das Herz. Das hatte sie auch zu Lebzeiten nicht gebraucht, und ich wunderte mich, dass sie überhaupt eines besessen hatte. Zuerst hatte ich darüber nachgedacht, ihr auch das Hirn zu entfernen. Sie hatte nie über ihre Handlungen nachgedacht und war nur auf sich selbst fixiert gewesen. Doch hatte ich beschlossen, es ihr zu lassen. Sie brauchte es doch, um Buße zu tun für ihre Taten.

Ich riss das einzige Fenster in meiner Wohnung auf, und eine kühle Brise schlug mir entgegen. Einmal, zweimal, dreimal atmete ich tief durch. Der Sauerstoff gab mir die Möglichkeit, schneller zu denken.

»Und jetzt?«, hörte ich die männliche Stimme, die sich in meinen Gehörgang bohrte. *»Du bist ein Stümper, ein Versager. Das hab ich dir schon tausendmal gesagt. Ich dachte, du willst dich rächen. Uns rächen! Es der ganzen Welt zeigen, was diese Bastarde mit uns angerichtet haben. So wird das nichts.«*

»Ach, hör doch auf!«, schrie ich, drehte mich um, und meine Hände ballten sich zu Fäusten. »Ich beweise es dir, dass ich es kann. Das hab ich dir versprochen.«

Ich kniete mich auf den Boden und suchte verzweifelt nach diesem Artikel. Ich wühlte in den einzelnen Stücken und versuchte, die Seiten wie ein Puzzle zusammenzusetzen. Sport, Politik, alle Teile flogen umher, und endlich – es war wie ein Sieg – hielt ich den richtigen Ausschnitt in meinen Händen.

»Uta Schwenger«, las ich den Namen der Verfasserin des Artikels.

Das passt doch perfekt in meinen Plan, dachte ich mir. Ich setzte mich auf das Sofa, nahm mein Handy zur Hand und suchte auf der Homepage der Redaktion nach ihrem Namen. »Reporterin des Monats« sprang mir schon nach kurzem Suchen ins Auge. Und welch ein Glück! Mein Herz hüpfte vor Freude, als ich ihre Mailadresse anklickte und sich ein neues Fenster öffnete. Ich brauchte nur wenige Sekunden, dann hatte ich mir im Kopf schon die Worte, die ich ihr schreiben wollte, zurechtgelegt.

Liebe Uta. Ich hab Insiderinformationen über die Tote in der Kirche von Döllersheim für dich. Die Polizei weiß von nichts, und so soll es vorerst auch bleiben. Es wird die Schlagzeile deines Lebens sein. Mit Sicherheit sogar auf der Titelseite. Und du – du bist der Star.

Ich drückte auf »Senden«, und ein Grinsen huschte mir über das Gesicht. Dann holte ich den zerknüllten Zettel aus meiner Hosentasche, strich ihn auf meinem Oberschenkel glatt und kringelte ihren Namen ein, der unter den anderen auf meiner Liste stand. Besser konnte es wohl kaum mehr laufen für mich. Ich dachte zurück an ihren Artikel, an den, der die schwarzen Wolken in mein Leben gebracht und das Unheil über mich ergossen hatte.

»Jetzt wirst du dafür büßen.«

8

Sonntag, vormittags

»Papa, bitte!«, sagte Uta, klemmte ihr Handy zwischen Ohr und Schulter ein, schnappte sich in Windeseile ihre Handtasche und lief im nächsten Moment schon die Stufen hinunter. »Ich muss jetzt wirklich los.«

»Wie? Du musst los? Heute ist dein freier Tag. Deine Mutter kocht dein Lieblingsgericht, Lasagne. Es wird, wie immer, um vierzehn Uhr auf dem Tisch stehen. Das weißt du doch.«

»Ich kann jetzt wirklich nicht. Ich habe einen wichtigen Termin mit einem Informanten. Ich komm etwas später zum Essen, ja? Gib Mama einen Kuss von mir. Tschüss, Papa.« Sie beendete das Gespräch, obwohl ihr Vater noch mit ihr sprach. Sie steckte ihr Handy in die Handtasche und zog die Haustür hinter sich zu.

Genial, lobte sie sich selbst in Gedanken. *Ich werde meinen Artikel auf der Titelseite bekommen. Dann komm ich endlich aus diesem Kaff Vitis raus in die Großstadt – vielleicht sogar bis nach Wien in eine große Redaktion – und kann endlich Karriere machen.*

So träumte Uta vor sich hin, als sie sich mit dem Auto auf den Weg zum Treffpunkt machte. Klar war das ein wenig eigenartig, sich mit einem Unbekannten allein zu treffen. Noch dazu mitten in der Pampa. Kurz vor Scheideldorf fuhr sie auf die L65 Richtung Thaua. Eine Landstraße, die wenig befahren wurde. Ein flaues Gefühl kam in ihrer Magengegend auf, als sie nichts als dichte Wälder, gefolgt von endlosen Feldern, um sich herum sah. Keine Menschenseele begegnete ihr, nicht einmal ein Traktor.

Kein Haus war zu sehen, dessen Bewohner ihr zur Not Hilfe hätte leisten können.

Was ist, wenn …?

Doch sofort meldete sich ihr Ehrgeiz, der ihr befahl, weiterzufahren und sich mit dem Mann zu treffen.

Ein paar Kilometer weiter bog sie hinter einem Schild, das die Weiterfahrt von Fahrzeugen über drei Komma fünf Tonnen untersagte, nach links auf einen unbefestigten Forstweg ab.

»Nur noch hundert Meter«, sprach sie sich selbst Mut zu und klammerte sich ans Lenkrad. Wieder schaute sie sich um. Rundherum nur dichte Wälder. Mittlerweile hätte sie auch eine Schnecke überholen können, so langsam schlich sie dahin, und ihre Augen suchten systematisch die Umgebung ab. Sie fuhr die lang gezogene Kurve entlang und erschrak, als ein Mann eine Autolänge vor ihr aus dem dichten Gebüsch auf die Straße sprang. Er hatte ein Basecap auf, und trotz der warmen Temperaturen trug er einen dunklen Schal, den er bis über seine Nasenspitze gezogen hatte. Dunkle Jeans, dunkles Langarmshirt. Dichte Augenbrauen wucherten hinter der verspiegelten Sonnenbrille hervor. Schlaksige Figur, an die eins achtzig groß. Weiße Turnschuhe blitzten hervor. Uta versuchte, sich alles genau einzuprägen, doch es war nichts Auffälliges an dem Mann zu finden. Er sah aus wie … wie ein normaler Mensch eben. Ihr Puls beschleunigte sich.

Ist es ein Fehler gewesen, niemandem etwas von diesem Treffen zu erzählen?

Sie blieb direkt neben dem Mann stehen, drückte auf den Knopf am Armaturenbrett, der die Zentralverriegelung aktivierte, und fühlte sich sicherer. Erst dann ließ sie die Fensterscheibe der Beifahrerseite herunter. Auf keinen Fall wollte sie, dass der Fremde zu ihr in den Wagen stieg.

Dabei ist das doch Schwachsinn, fuhr es ihr durch den Kopf. *Wenn der Typ eine Waffe bei sich trägt und mich damit bedroht, dann hilft mir die Zentralverriegelung auch nicht.* Doch sie verdrängte den Gedanken so schnell aus ihrem Hirn, wie er gekommen war.

»Es wird dir nichts passieren«, flüsterte sie sich selbst Mut zu.

Der Mann kam nahe an das offene Fenster heran, und Uta zuckte zurück, als er etwas aus seiner Hosentasche hervorholte, was sie nicht erkennen konnte. Für einen Moment hatte sie das Gefühl, nicht atmen zu können.

Was, wenn er nun ein Messer zieht und mich damit bedroht?

Sie umklammerte das Lenkrad fester, löste den Fuß von der Bremse und stellte ihn leicht auf das Gaspedal. Sicher war sicher. Doch als sie sah, dass es eine kleine Plastiktüte war, die der Mann in seinen Händen hielt, entspannte sie sich wieder. Er holte ein Bündel Papiere heraus und ließ es auf den Beifahrersitz fallen. Sie starrte gebannt auf seine Hände. Er trug schwarze Lederhandschuhe, und gleichzeitig kroch ein eigenartiger Geruch in Utas Nase. Lavendel, gemischt mit Nässe.

»Hier«, sagte er. »Das sind einige Fotos. Von vorher und von ihrem Tod. Die Tote heißt Isabella Hertz. Sie wohnte nicht weit von hier entfernt. Sie ist vor zwei Wochen und zwei Tagen verstorben.«

Uta traute ihren Ohren kaum. Seine Stimme klang verzerrt, wie eine Computerstimme. Schlagartig war aus dem zunächst flauen Gefühl in ihrer Magengegend Panik geworden, und sie schluckte kräftig.

»Okay«, sagte Uta und griff nach den Polaroidfotos, die mit einem Gummiband an dem Bündel befestigt waren. Doch sie zog ihre Hand sofort wieder zurück. »Woher haben Sie die?«

»Hat mir ein guter Freund zukommen lassen. Den Namen kann ich nicht verraten. Das ist klar, oder? Nun fahr schon, schreib den Artikel und gib dem Täter einen tollen Namen. Einen Namen, den die Welt nie wieder vergisst.«

»Das heißt, Sie kennen den Täter?«

»Nein!«, antwortete der Unbekannte. »Du kümmerst dich nur um den Artikel. Die ganze Welt soll erfahren, was in Döllersheim vorgefallen ist. Und es gibt noch ein Geschenk.« Mit diesen Worten drehte er sich um, und Sekunden später war er im Schutz des Waldes verschwunden.

Weg, ich muss hier weg!

Noch während ihr der Gedanke durchs Hirn brauste, wendete sie ihr Auto und trat aufs Gas. Als sie wieder auf der Landstraße war, überlegte sie nicht lange und bog nach links ab. Ihr war egal, wohin dieser Weg sie führen würde. Hauptsache, weit weg von diesem unheimlichen Mann. Immer wieder warf sie einen Blick in den Rückspiegel. Kein Fahrzeug war weit und breit zu sehen. Mit überhöhter Geschwindigkeit flog sie förmlich dahin, bis endlich ein Haus in Sichtweite kam. Sie bremste ab und fuhr langsamer weiter, als sie das Ortsschild von Thaua sah. Kurz darauf parkte sie vor einem Haus auf der rechten Seite, genau vor einem roten Skoda Fabia. Sie war sich sicher, dass hier jemand zu Hause war, der ihr in der Not – falls dieser Mann sie verfolgt und einen größeren Abstand zu ihr gehalten hatte – helfen würde.

Nach einem tiefen Atemzug schaute sie auf den Beifahrersitz und erkannte, dass auf dem weißen Fotopapier unterhalb der Bilder jeweils ein Datum notiert war. Sie kramte in ihrer Handtasche und holte zwei Papiertaschentücher hervor. Sie wusste, dass sie keinerlei Abdrücke hinterlassen durfte. Natürlich würde sie die Beweisstücke zu ihrem Vater bringen, aber erst nachdem sie die Bilder durchgesehen hatte.

Sie zog das Gummiband vorsichtig herunter und blickte in blaue, mit einem grünlichen Schimmer versetzte Augen.

Obwohl sich die Frau bereits zu diesem Zeitpunkt in den Händen ihres Mörders befunden haben musste, wirkte ihr Blick nicht ängstlich. Aber so ein Foto konnte natürlich auch eine optische Täuschung sein. Im Hintergrund sah sie eine hellbraune Tapete mit einem Retromuster aus den Achtzigerjahren. Auf dem weißen Rand stand in krakeliger Handschrift: »2.9.«

Zwei Wochen und zwei Tage, dachte Uta an die Worte des Unbekannten.

Sie legte das Foto zur Seite und schaute auf das nächste. Bei dem Anblick kroch ihr das Frühstück die Speiseröhre hoch. Sie sah eine Hand, die ein Organ hielt. Vermutlich ein Herz. Blut tropfte hinunter. Der Hintergrund war anders als beim ersten Foto. Alles war schwarz.

Hat der Mörder ihr das Herz herausgeschnitten?

Sie starrte wie gebannt auf das Datum: »2.9.« Sie drehte das Foto um, mehr konnte sie nicht verkraften. Doch ihr Hirn spann die Fäden weiter. Der Entführungstag und der Todestag waren ein und derselbe, zumindest sah es danach aus. Aber wer war dieser Informant, mit dem sie sich getroffen hatte? Dann legte sich eine eiskalte Hand auf ihre Schulter, und ihre Nackenhaare stellten sich auf.

»Ich hab mit dem Mörder gesprochen!«, sagte sie und schluckte kräftig. Sofort drückte sie auf dem Display der Freisprecheinrichtung die Taste zwei.

»Halber«, erklang es aus dem Lautsprecher.

»Papa? Wo bist du?«

»Noch auf dem Revier, aber schon auf dem Sprung nach Hause. Wieso? Warum fragst du?«

Uta überlegte einen Moment. Wenn sie ihrem Vater erzählte, was sie in ihren Händen hielt, dann konnte sie ihren Karrieresprung auch gleich vergessen. Er würde ihr niemals erlauben, einen Artikel zu veröffentlichen und solche brisanten Details an die Öffentlichkeit zu tragen. Davon abgesehen würde er sie mindestens hundertmal fragen, wie der Typ nun ausgesehen hatte und was sie sonst noch wusste. Der heutige Tag wäre mit dem Verhör verplant. Sie konnte sich noch an die unzähligen Unterredungen erinnern, die er mit ihr als Teenager geführt hatte. Die Lampe, die einen blendete, hatte zwar gefehlt, aber ansonsten hatte sie sich wie eine Verbrecherin gefühlt, wenn er sie in die Mangel genommen hatte, weil sie wieder einmal aus ihrem Zimmerfenster getürmt war.

»Uta? Schatz? Was ist denn los? Steckst du in Schwierigkeiten?«

»Nein. Ich ... ich wollte nur sagen, dass ich schon fertig bin mit meinem Termin und pünktlich zum Essen bei euch bin.«

»Ach, das ist schön. Deine Mutter wollte ja warten, bis du kommst. Dabei hab ich schon einen Bärenhunger.«

»Also, bis gleich«, sagte Uta und drückte auf die rote Taste. Sie atmete durch. Wieder schaute sie auf die Fotos, doch sie nahm sofort ihre Augen davon.

Wenn ich mir das jetzt anschaue, kotze ich Mama garantiert auf den Teller. Das muss ich mir später in Ruhe ansehen.

Sie drückte die Vier auf dem Display.

»Ja?«

»Hör mal. Ich hab eine Hammerstory für uns. Treffen wir uns in ...« Uta rechnete die Zeit vom Essen bis zum Kaffee mit Kuchen zusammen. Denn so schnell würde ihre Mutter sie nicht gehen lassen. »Sagen wir mal, in drei Stunden in der Redaktion. Ich muss dir was zeigen.«

»Klar. Bis später.«

***

»Das sind ja echt kranke Fotos, die du da mitgebracht hast. Und die hast du von einem Unbekannten bekommen? Du warst sehr unvorsichtig. Dort allein hinzufahren hätte dich das Leben kosten können.« Peter legte seine Stirn in Falten und lehnte sich in seinem Chefsessel zurück. »Wir müssen das der Polizei übergeben. Das ist dir klar, oder? Ich kann die Fotos auf keinen Fall in der Zeitung abdrucken. Die Leute würden durchdrehen.«

In Uta wallte von einer Sekunde auf die andere Wut auf. »Was soll das heißen? Ich bring dir eine Hammerstory, und du willst sie nicht?«

»Uta, jetzt sei doch vernünftig. Der Mörder dieser Frau muss gefasst werden«, sagte Peter und tippte auf das vorletzte der insgesamt fünf Fotos, das die Frau mit gefalteten Händen in der Döllersheimer Kirche zeigte. Ihre Gesichtshaut sah gegenüber dem ersten Foto wächsern aus. Ausgetrocknet. »5.9.« stand als Datum unterhalb. »Davon abgesehen hast du Falschinformationen bekommen. Ich dachte, es handelt sich um eine Frau, die auf natürliche Weise verstorben ist. Doch so wie es scheint, ist dein Vater hier wohl falsch informiert.«

»Ich weiß nicht, warum er mir nicht die Wahrheit gesagt hat. Vielleicht weiß er sie ja auch selbst nicht.« Sie zuckte mit ihren Schultern. »Das tut auch nichts zur Sache. Wir haben doch jetzt eindeutige Beweise, dass hier ein Verbrechen begangen worden ist. Was soll uns daran hindern, diesen Artikel zu drucken? Überleg doch, wenn der Unbekannte wirklich der Täter ist, dann hat er doch seinen Wunsch geäußert. Er will in der Zeitung stehen.«

»Und genau deswegen ruf ich jetzt bei der Mordkommission an. Die sollen das alles hier mitnehmen, und du wirst kein Sterbenswort darüber schreiben. Habe ich mich klar und deutlich ausgedrückt?«

»Ich dachte, du willst meinen Vater anrufen, dass er sich darum kümmert.«

»Nein, sicher nicht. Wir brauchen keinen Dorfpolizisten, sondern ein richtiges Ermittlerteam. Sorry, Kleines. Aber das ist mindestens drei Nummern zu groß für deinen Vater.«

Die Tür zum Redaktionsbüro flog hinter Uta mit einem lauten Knall zu, und sie raste förmlich aus dem Gebäude. »Du Idiot!«, schrie sie.

9

Vor 35 Jahren

Ich schlug verträumt meine Augen auf, als ich die mir vertrauten Geräusche aus dem Wohnwagen hörte. Anscheinend hatte ich tief und fest geschlafen, als der Freund von Mama gekommen war. Dabei war ich sonst bei dem leisesten Geräusch wach und hatte dann Mühe, wieder einzuschlafen. Draußen war es noch dunkel, doch bald schon würden die ersten Sonnenstrahlen den Himmel erhellen. Plötzlich verstummten die Geräusche, und es wurde still. Unheimlich still. Natürlich wusste ich, was nun kam, was meine Aufgabe war. Das hatte ich doch schon vor ein paar Jahren – wie nannte es KD? – eingetrichtert bekommen. Konstantin hieß er mit richtigem Namen, das wusste ich, weil vor zwei Jahren einige Männer an Mamas Tür gehämmert und seinen Namen gerufen hatten. Seinen echten Namen. Mitten am Tag, als es schon hell war. Was ich doch sehr ungewöhnlich fand, denn Mama arbeitete nicht, wenn die Sonne schien. Also mussten es Freunde von KD gewesen sein, der aber nicht da gewesen war. Warum auch? Er musste sich schließlich ums Geschäft kümmern.

Die Tür flog mit Schwung auf und knallte gegen die Wohnwagenwand, sodass ich vor Schreck zusammenzuckte. Ich rührte mich nicht, wagte nicht mal zu atmen, als ich die dunkle Männerstimme hörte. Ich zog meine Decke ganz langsam, Millimeter für Millimeter, über meinen Kopf. Nur keine Aufmerksamkeit auf mich ziehen, sonst gab es mächtig Ärger.

»Da hast du einen Fuffi. Mehr war das echt nicht wert. Du klapperst ja, wenn ich dich ficke. Kauf dir mit dem Geld was zu essen. Besser wäre es.«

Meine Augenlider presste ich ganz fest zusammen. Es war ein ungeschriebenes Gesetz, niemals auch nur einen Ton von mir zu geben, wenn Mamas Freunde in der Nähe waren. Egal was auch immer ich hörte und mitbekam, ich musste mucksmäuschenstill sein. Doch gerade heute fiel es mir sehr schwer. Schließlich war heute mein achter Geburtstag, und Mama hatte mir gestern noch versprochen, dass ich ein besonderes Geschenk bekam. Mein Herz pochte vor Aufregung, als ich daran dachte. Was könnte sie mir schenken? Würde ich Luke Skywalker bekommen? Den starken Mann mit seinem Laserschwert? Wobei ich lieber das Schwert gehabt hätte, doch das hätte mir Mama niemals erlaubt. Sie mochte es nicht, wenn ich mit Waffen spielte. Die Welt um mich herum sei schon gefährlich genug, sagte sie immer. Die Bedeutung dieses Satzes hatte ich zwar nicht verstanden, aber ich wagte auch nicht, nachzufragen.

Schon etliche Male zuvor hatte ich mir die Figur im Schaufenster des Spielzeugwarenladens angesehen, wenn ich zum Einkaufen mitgehen durfte. Dadurch, dass Mama nicht oft einkaufte, waren die Beutel so schwer, dass die Plastikschlaufen jedes Mal dicke rote Streifen an meinen Fingern hinterließen und diese stundenlang wie erstarrt waren. Aber ich war der Mann im Haus, und Männer mussten die schweren Sachen tragen. Zumindest sagte das Opa immer zu mir, wenn wir ihn und Oma besuchten. Ich nahm die Schritte wahr, die schlurfend leiser wurden, dann dachte ich wieder an mein Geschenk. Ich freute mich schon so.

Der Spielwarenladen befand sich nur zwei Häuser vom Lebensmittelgeschäft entfernt. Jedes Mal zeigte ich mit meinen knochigen Fingern auf Luke, damit Mama auch genau wusste, was ich mir wünschte. Sollte es diesmal geklappt haben, dass sie es sich gemerkt hatte? Es musste klappen! Ein Kribbeln bestätigte meinen innerlichen Aufruhr.

Unbewusst kam die Erinnerung an das Jahr zuvor, als die große Überraschung eine Taschenlampe gewesen war. Damit ich Licht in meinem Zimmer hätte. Wobei ich die ja sowieso nicht einschalten durfte, da Mama jeden Abend Besuch von ihren Freunden bekam. Also war das tolle Geschenk in einer Ecke meines Zimmers verschwunden. Und jeden Abend stieß ich mit dem Fuß dagegen.

Früher hatte hier Paula gewohnt. Eine Schäferhündin. Sie hatte jeden angeknurrt, der mir oder Mama zu nahe kam. Dann war KD gekommen, und Paula war nur wenige Tage später fort. Sie sei weggelaufen, erklärte mir meine Mutter damals. Am liebsten wäre ich das auch an diesem Tag. Aber das sagte ich ihr natürlich nicht. Ich vergoss lieber still meine Tränen in meinem neuen Zimmer, das noch nach Paula roch, obwohl ich den Boden den ganzen Tag geschrubbt hatte.

»Bist du schon wach?«, hörte ich meine Mutter sagen, die in die Hocke ging und durch die offene Luke ins Innere schaute. Ich sah ihr in die Augen, die mich mit einem sanften Blick bedachten.

»Ja«, flüsterte ich. »Darf ich rauskommen?«

»Alles Gute zu deinem Geburtstag, mein Großer.«

Ich krabbelte auf allen vieren hinaus, sie nahm mich in die Arme und drückte mich so fest an ihren Körper, dass ihre Rippen in meinen Brustkorb stachen. Was zwar wehtat, trotzdem genoss ich ihre Nähe.

Mama liebt mich!

»Krieg ich jetzt schon mein Geschenk?« Ich murmelte mehr, als dass ich sprach.

Sie nickte und ließ mich los. Wortlos ging sie an dem Tisch vorbei, der vor dem Wohnwagen stand. Der, an dem ich tagsüber lernte. Lernen wollte, weil Oma gesagt hatte, dass aus mir etwas werden sollte. Die Schulsachen hatte mir Oma besorgt, genauso wie das tolle Federpennal mit Hulk drauf, in dem ich meine Buntstifte nach Farben sortieren konnte, wie auch immer ich es wollte. Da mischte sich Mama nicht mehr ein. Auch nicht in meine Lernphasen. Vormittags war es hier immer sehr ruhig. Mama schlief ja. Somit war dies die Zeit, die ich damit verbrachte, alles aus den Büchern zu lernen. Gut, manches verstand ich nicht, aber zumindest versuchte ich es. Als wir Oma und Opa nicht mehr besuchten, weil wir doch in den Wohnwagen umgezogen waren, fragte ich Mama, wie ich nun die Rechenaufgaben lösen sollte. Doch sie hatte leider keine Antwort darauf. Bei KD versuchte ich es erst gar nicht, mit ihm darüber zu sprechen. Ich vermutete, dass auch er mir nicht helfen konnte.

10

Sonntag, später Nachmittag

Susannes Computer gab ein Signal von sich, dass sie eine neue Mail erhalten hatte. Sie war erst vor fünf Minuten ins Büro gekommen, dabei war es schon knapp siebzehn Uhr. Gestern war es spät geworden, und als sie nach Hause gekommen war, hatten Lisa und Tobias zusammengekuschelt auf dem Sofa geschlafen. Zuerst wollte sie die beiden noch wecken, aber nach kurzem Überlegen hüllte sie sie in eine Decke ein und ließ sie schlafen.

Heute beim Frühstück hatten die drei über die Tote in der Kirche geredet. Nur die Information über die Kotze, die, wie Tobias zugab, von ihm stammte, war ihr neu. Wobei sie sich das schon gedacht hatte.

Sie starrte auf den Bildschirm. Eine Mail von Dr. Malved.

Todeszeitpunkt: zwischen dem 02.09. und 03.09. Das Herz wurde der Toten entfernt. Die Art, wie das Organ entfernt und der Brustkorb aufgeschnitten wurde, deutet auf einen Laien hin, da es sich beim Tatwerkzeug nicht um ein Skalpell, sondern um ein Küchenmesser zu handeln scheint. Auch wurde handelsübliches Garn verwendet, um die Wunde zuzunähen. An der leeren Stelle im Thorax fand ich einen Goldring in einer kleinen Plastiktüte. Foto im Anhang. Kompletter Bericht folgt. Zahnstatus im System. Gruß Dr. M.

Ein Goldring in einer Plastiktüte! Was will uns der Täter damit sagen?

»Grünschnabel? Kommst du mal her?«

Alexander drehte sich zu ihr um, hob seine Hand in die Höhe, und sie sah, dass er telefonierte. Sie öffnete das Bild im Anhang der Mail und starrte auf das eingestanzte Symbol auf der platten Oberseite des Rings. *Eine Schlange!* Als Auge glänzte ein kleiner blauer Edelstein. Sie wandte ihren Blick von dem Foto ab und suchte in der Vermisstendatenbank nach einer Frau, die vor gut zwei Wochen als vermisst gemeldet worden war. Vielleicht gab es zwischen ihr und dem Siegelring eine Verbindung. Soeben schaute sie sich die dritte Akte im System ergebnislos an, als Alexander zu ihr an den Schreibtisch trat.

»Wir wissen, wie die Tote heißt«, sprudelte es aus ihm heraus. »Isabella Hertz, vierunddreißig Jahre alt. Wohnhaft in Mautern an der Donau. Das ist bei Krems in der Nähe. Vor zwei Wochen und zwei Tagen verschwunden und am selben Tag ermordet. Vermisstenmeldung erst seit zwei Tagen im System.«

Susanne blickte ihn ungläubig an. »Moment! Woher kommen diese Infos? Es ist erst Minuten her, dass ich die Nachricht von Dr. Malved gelesen habe.«

»Mich hat gerade der Chefredakteur der Tageszeitung *Blau-Gelb* angerufen, beziehungsweise wurde er zu mir durchgestellt. Stell dir vor, eine gewisse …«, er lugte auf seinen Notizblock, »… Uta Schwenger hat heute Vormittag von einem unbekannten Mann Polaroidfotos bekommen. Darauf soll das Opfer eindeutig zu erkennen sein. Ebenso wurde ein Datum daraufgeschrieben. Soeben hat er mir die Fotos via WhatsApp geschickt. Ich habe ihm gesagt, dass wir jemanden vorbeischicken, der die Bilder holt.« Er hielt Susanne sein Telefon hin, und sie schaute aufs Display.

»Uta Schwenger. Das ist doch die Reporterin, die Lisa belästigt hat, die Tochter vom Abteilungsinspektor in Rastenfeld, oder? Wir müssen selbst hinfahren. Lass die Fotos dort abholen und auf die nächste Dienststelle bringen. Aber mit dieser Schwenger will ich persönlich reden.«

Als Susannes Telefon läutete, verdrehte sie bei dem Namen, der auf dem Display erschien, die Augen. Mit einem lauten Grummeln nahm sie das Gespräch über die Freisprecheinrichtung entgegen.

»Hallo, Hannelore. Ich bin im Dienst. Darf ich dich später anrufen?« *Oder nie wieder*, dachte sie sich dazu.

»Du wirst doch für deine Schwiegermutter einen Moment deiner Zeit erübrigen können. Also, als mein Sohn Sebastian noch gelebt hat, bevor du …« Hannelore sprach nicht weiter.

»Was kann ich für dich tun?«, fragte Susanne. Sie hatte keine Lust, sich mit ihrem Schwiegerdrachen zu unterhalten. Sie verstand auch nicht, warum Hannelore überhaupt anrief. Nach Sebastians Tod hatte sie doch sowieso nichts mehr mit ihr zu tun haben wollen. Okay, Susanne war vorher auch nicht unbedingt die erste Wahl als Schwiegertochter gewesen – zumindest nicht aus Hannelores Sicht, die Susanne immer hatte spüren lassen, dass sie mit der Heirat nicht einverstanden war. Nur Lisa, ihre Enkelin, war in ihren Augen etwas wert.

»Also, ich hab mir ja gedacht, dass wir Lisa eine Überraschung bereiten. Vielleicht sollte ich ihr Zimmer streichen lassen, damit sie sich bei mir auch wohlfühlt. Sebastian hatte doch einen Freund, der eine Malerfirma hat. Hast du von dem die Nummer?«

Susanne atmete durch und musste zuerst einmal die Informationen sortieren, die sie soeben erhalten hatte. »Was?« Es war das Einzige, was ihr einfiel.

»Na, Lisa zieht doch nächstes Wochenende bei mir ein. Hast du nun die Nummer oder nicht?« Ihre Stimme klang forsch, fast schon herrisch.

»Ähm … nein. Aber ich bin mir sicher, du findest einen, der bei dir in der Nähe ist. Ich … ich muss jetzt auflegen.« Und schon drückte sie den roten Knopf. Gedanken brausten durch ihren Kopf wie ein Schnellzug. Sie verstand nicht, was der Schwiegerdrachen von sich gegeben hatte. Wieso sollte Lisa bei ihr wieder ausziehen wollen? Ging es um den ständigen Streit, weil Susanne noch immer Fleisch aß, obwohl Lisa sie bekehren wollte? War das der Grund, dass sie zu Hannelore ziehen wollte?

»Also«, sagte Alexander. »Dieses große Fragezeichen mitten in deinem Gesicht sagt mir, dass dir Lisa nichts von ihren Plänen erzählt hat.«

Susanne antwortete nicht, sondern tippte den Namen »Lisa« in ihrem Telefon an. Nach mehrmaligem Klingeln sprang die Mailbox an. Sie beendete das Telefonat und hoffte, dass Lisa sie bald zurückrief. Sie wollte eine Erklärung für den plötzlichen Sinneswandel. Am besten sofort. Doch das eigenartige Gefühl, dass Susanne Schuld hatte, blieb.

***

Eine knappe Stunde später fuhren sie die Hauptstraße in Vitis entlang. Sie waren kurz vor der Wohnadresse von Uta Schwenger – direkt am Hauptplatz von Vitis, in einem hellblauen Reihenhaus mit insgesamt vier Parteien. Susanne parkte das Auto direkt vor dem Haus. Die Zierleisten an der Außenfassade und die aufwendigen Stuckarbeiten ließen darauf schließen, dass dieses Haus, wie auch viele der anderen Gebäude in diesem Ort, schon mehrere Jahrhunderte auf dem Buckel hatte.

Doch es sah sehr gepflegt aus. Links neben dem großen dunklen Eingangstor prangte ein Werbeplakat einer Partei. Der Wahlspruch unter dem Bild des Politikers stach Susanne ins Auge: »Auf ihn kann Österreich immer zählen!«

Sie stiegen aus, und Susanne drückte auf die Klingel mit dem Namen Schwenger. Dann ging sie zwei Schritte zurück und schaute nach oben, ob sie jemanden an den Fenstern sehen konnte. Gleich darauf brummte der Türöffner, und Alexander öffnete. Sie standen im Gemeinschaftshausflur, und einen Stock höher hörten sie Schritte, die schnell die Stufen herunterkamen. Uta Schwenger stand im rosaroten Frottee-Jogginganzug vor den beiden. Sie riss ihre Augen auf, als sie Susanne erkannte.

»Sie?«, brachte sie hervor.

»Frau Schwenger«, sagte Susanne. »Wir müssen uns mit Ihnen unterhalten. Aber nicht hier im Treppenhaus. Können wir in Ihre Wohnung gehen?« Sie wies mit ihrer Hand den Weg die Treppe hinauf.

»Ähm ... ja, natürlich. Sie sind hier wegen der Fotos, stimmt's?«

»Ja. Wir haben da noch einige Fragen dazu.«

»Natürlich. Das verstehe ich.«

Schweigend stiegen die drei die Stufen in den ersten Stock hinauf, und erst als Uta ihre Wohnungstür hinter ihnen zuzog, setzte Susanne zum Gespräch an.

»Frau Schwenger. Die Fragen, die mir auf der Seele brennen: Wieso haben Sie nicht sofort die Polizei informiert, als Sie die Fotos erhalten haben? Warum sind Sie damit zuerst zu Ihrem Chef gegangen? Verschweigen Sie uns etwas? Haben Sie etwas mit der toten Frau zu tun?« Susanne atmete scharf aus.

Wie kann jemand nur so unvernünftig sein?

»Nein«, sagte Uta sofort und hob beschwichtigend ihre Hände. Noch immer standen die drei im Vorraum der kleinen

Wohnung. »Ich habe nichts damit zu tun. Die Fotos bekam ich doch erst heute Vormittag.«

»Und jetzt ist es nach achtzehn Uhr. Warum haben Sie diese Beweisstücke zuerst Ihrem Chef gezeigt und nicht zu uns gebracht?«

»Der Mann, der sie mir gegeben hat, sagte zu mir, dass ich einen Artikel darüber schreiben soll.«

»Was? Wie sah der Mann aus?«

»Er hatte dunkle Jeans an, ein dunkles Sweatshirt, weiße Turnschuhe und war so an die eins achtzig groß. Schlanke Figur. Sein Gesicht konnte ich nicht erkennen. Er hat es mit einem Basecap, einer Sonnenbrille und einem Schal verdeckt. Buschige Augenbrauen. Damit sollte er unbedingt mal zu einer Kosmetikerin, sich die zurechtstutzen lassen. Sieht fürchterlich aus.«

Alexander holte seinen kleinen Notizblock aus der Hosentasche und schrieb mit.

»Wie sind Sie mit ihm in Kontakt getreten?«, fragte Susanne.

»Er hat mir eine Mail geschrieben, dass er Informationen für mich hat, die den Fall der toten Frau in der Kirche betreffen. Ich hab mir ja nichts dabei gedacht. Das kommt ab und an mal vor, dass jemand der Presse Informationen zuspielt.«

»Haben Sie die Nachricht noch?«

Uta ging voraus in das Wohnzimmer. Susanne war überrascht, dass es in dem Raum nur weiße Hochglanzmöbel gab mit einigen wenigen pinken Akzenten. Sie hatte erwartet, ein Barbie-Puppenhaus zu betreten.

»Bitte«, sagte Uta und wies mit ihrer Hand auf das weiße Ledersofa. »Setzen Sie sich doch.« Die beiden nahmen Platz. Uta holte ihren Laptop vom Schreibtisch, der nur wenige Meter vom Sofa entfernt stand, stellte ihn auf dem Couchtisch ab, klickte ein paarmal mit der Computermaus und drehte den Bildschirm Susanne hin.

Liebe Uta. Ich hab Insiderinformationen über die Tote in der Kirche von Döllersheim für dich. Die Polizei weiß von nichts, und so soll es vorerst auch bleiben. Es wird die Schlagzeile deines Lebens sein. Mit Sicherheit sogar auf der Titelseite. Und du – du bist der Star.

Gleich darauf hatte Uta ihm eine Mail zurückgeschrieben:

Klingt interessant. Wo können wir uns treffen?

Drei Minuten später war die Antwort von dem unbekannten Mann gekommen:

Treffen heute zwölf Uhr. Kurz vor Scheideldorf auf die L65 Richtung Thaua fahren. Dann beim Verbotsschild für über 3,5 Tonnen links in den Weg einbiegen. Du siehst mich dort.

»Und Sie sind dieser Bitte nachgekommen«, sagte Susanne. »Einfach so, ohne das zu hinterfragen. Ohne auch nur irgendwen darüber zu informieren!«

»Ich wollte doch die Story haben. Soll ich etwa bei jedem Spinner, der in die Zeitung kommen will, die Polizei informieren? Sie haben ja keine Ahnung, was ich alles in meinem Job erlebe.« Mit einer Handbewegung strich Uta eine Haarsträhne nach hinten, die ihr ins Gesicht gefallen war. Ihre Wangen hatten sich rötlich verfärbt.

»Er hat bei dem Treffen mit Ihnen gesprochen, oder hat er Ihnen nur wortlos die Fotos überreicht?«

»Er sprach mit einer Computerstimme. Verstehen Sie? Er hat die Fotos im Bündel auf meinen Beifahrersitz geschmissen. Es war wirklich sehr unheimlich.«

»Ein Stimmenverzerrer. Kriegt man überall zu kaufen«, warf Alexander ein und notierte seine eigene Aussage in seinem Notizheft.

»Was genau hat der Mann gesagt?«, fragte Susanne. »Wort für Wort!«

»Er hat mir den Namen der Frau genannt – Isabella Hertz. Und dass sie vor zwei Wochen und zwei Tagen gestorben ist. Ich soll einen Artikel schreiben über diesen Fall, damit die ganze Welt erfährt, was in Döllersheim passiert ist. Außerdem soll ich dem Täter einen tollen Namen verpassen, den die Welt nicht mehr vergisst. Zum Abschluss sagte er noch irgendwas von einem Geschenk. Aber das hab ich leider nicht so genau verstanden, also den Sinn meine ich. Dann ist er im Wald verschwunden.«

»Ich muss Sie bestimmt nicht daran erinnern, dass von diesen Informationen nichts an die Öffentlichkeit geraten darf.«

»Ja, schon klar. Aber was mache ich jetzt? Der Mann wollte doch, dass ich einen Artikel über die Frau schreibe. Und wenn ich das nun nicht mache, bin ich dann in Gefahr?« Utas Wangen liefen von einer Sekunde auf die andere knallrot an. Schweißperlen bildeten sich auf ihrer Stirn, die sie mit ihrem Handrücken wegwischte.

»Haben Sie Freunde, bei denen Sie bis zum Ende der Ermittlungen unterkommen können?«, fragte Susanne. »Oder möglicherweise bei Ihrem Vater?«

»Ja ... bei ... meinen Eltern«, brachte Uta stotternd hervor. »Seit der Scheidung von meinem Ehemann vor einem Jahr sind mir keine Freunde geblieben.«

»Gut, dann packen Sie Ihre Sachen zusammen. Wir begleiten Sie dorthin. Sie halten sich auch für weitere Vernehmungen zur Verfügung, ja? Wir brauchen auch Ihren Laptop. Ich muss ihn kriminaltechnisch untersuchen lassen.«

»Ich hab diese Mail erhalten, als ich gerade an der Story ›Leben auf einem Bauernhof‹ schrieb. Ein langweiliger Artikel über glückliche Hühner und so. Zum Kotzen. Und trotzdem muss ich ihn noch fertig schreiben.«

»Es tut mir leid, aber ich muss den Laptop sicherstellen. Daran führt kein Weg vorbei. Sie kriegen ihn am Ende der Untersuchung natürlich wieder zurück. Kann allerdings einige Tage dauern.«

Uta sah sie mit großen Augen an, als könnte sie nicht fassen, was Susanne eben gesagt hatte, veränderte aber sogleich ihre Körperhaltung und stemmte die Hände in ihre Hüften. »Peter, mein Chefredakteur, wird mir die Hölle heiß machen, wenn ich ihm diesen Artikel nicht bis morgen bringe. Ich brauche meinen Laptop zum Arbeiten. Kann ich mir wenigstens meine Datei auf einem USB-Stick speichern, damit ich auf einem anderen PC weiterschreiben kann?«

Susanne seufzte und nickte schlussendlich.

11

Montag, morgens

Uta schlug ihre Augen auf und war in der ersten Sekunde verwirrt. Sie sah das Regal aus Buchenholz. In dem obersten Fach saß ihr Lieblingsteddy. Zwar fehlte ihm schon ein Auge und auch sein Fell sah abgeliebt aus, doch hatte sie ihn als kleines Mädchen immer und überall mit dabeigehabt. In ihrer Teenagerzeit hatte sie ihn dorthin verbannt. Und dort saß er nun. Vergessen und alt. Auch das Poster ihrer damaligen Lieblingsband, Die Toten Hosen, war mit Klebeband an der Wand befestigt. Auch heute hörte sie noch gerne deren Lieder, wobei sie mittlerweile am liebsten einfach dem Radio lauschte, das die neuesten Hits spielte.

Sie schlüpfte unter ihrer Bettdecke hervor und ging ins Bad. Mama hatte sich gestern zuerst extrem darüber gefreut, dass Uta ein paar Tage bei ihnen übernachten wollte. Doch als sie ihr erzählt hatte, was der Hintergrund des Ganzen war, stockte ihr der Atem. Utas Vater hatte mit Uta geschimpft, warum sie nicht während oder zumindest nach dem gemeinsamen Mittagessen etwas über die neuen Informationen gesagt hatte, doch drückte er sie sogleich an seinen massigen Körper. »Ich pass auf dich auf, Kleines«, hatte er ihr ins Ohr geflüstert.

»Uta!«, erklang die Stimme ihrer Mutter aus einem der Nebenzimmer. »Das Frühstück ist fertig.«

Ein wenig missmutig schlurfte sie ins Esszimmer. Ihr Vater saß am Tisch und versteckte sein Gesicht hinter der Zeitung. Er ließ sie sinken, als Uta den Stuhl zurechtrückte und sich setzte.

»Guten Morgen«, sagte er, und es legte sich ein Lächeln auf seine Lippen. »Konntest du einigermaßen gut schlafen?«

»Ja, danke, Papa.« Sie goss sich aus der Thermoskanne, die auf dem liebevoll gedeckten Tisch stand, Kaffee in ihre Tasse. Sie hasste Kaffee, der nicht frisch aus der Maschine kam, denn der schmeckte immer abgestanden. Doch sie musste das Beste aus der Situation machen. Zwei Stückchen Zucker dazu und ein Schluck Milch. Der Löffel klimperte am Porzellan.

»Warum hast du mir nichts erzählt? Ich habe die halbe Nacht wach gelegen und mir den Kopf zerbrochen. Vertraust du mir etwa nicht?«

»Papa. Ich wollte ja zuerst. Aber die Story ...«

Im selben Moment knallte ihr Vater seine Faust auf den Tisch. Sein Gesicht war blutrot angelaufen, und seine Schlagader am Hals pochte. »Was sollen denn nun die Leute über uns denken? Meinst du nicht, dein Verhalten färbt auch auf uns ab und zerstört meinen Ruf als Polizist? Du hast dich äußerst töricht verhalten.«

»Es tut mir leid. Ich hab nicht nachgedacht. Wirklich, Papa, du musst mir glauben. Du bist zu Recht sauer auf mich.« Sie setzte ihren unschuldigen Mädchenblick auf und hoffte, dass dieser seine Wirkung nicht verfehlte.

»Schon gut, Schatz«, sagte ihre Mutter, die soeben das Esszimmer betrat und einen Teller voll mit nach Vanille duftenden Waffeln auf den Tisch stellte. »Vati macht sich nur Sorgen um dich.« Sie ging zu ihrem Ehemann und strich ihm über die Wange. »Nicht wahr?«, sagte sie und zwinkerte ihm zu.

»Jaja. Lass das«, sagte er abwehrend, doch seine Mimik verriet, dass er die kleine Zärtlichkeit genoss. »Lasst uns jetzt bitte frühstücken. Und du, Uta, versprichst mir, nicht allein aus dem Haus zu gehen, ja?«

Uta nickte und legte sich die erste Waffel auf den Teller. Als sie mit der Gabel hineinstach, klingelte ihr Telefon. Kurzerhand verließ sie den Raum und hob ab.

»Ja?«

»Wieso hast du den Artikel nicht geschrieben?«, sagte eine Computerstimme am anderen Ende der Leitung.

»Ich durfte nicht. Mein Chef hat mir sofort die Fotos weggenommen und die Polizei informiert.«

»Du hast meine Anweisungen nicht befolgt.«

»Ich wollte ja ... aber ...« Sie stockte.

»Außer Lügen verbreitest du nichts. Erinnerst du dich an Paul Klasen? 7. März 1979?« Es klickte in der Leitung. Ihre Hände zitterten, und ihr Körper bebte. Die Angst kroch in ihr hoch und fraß sich in ihre Eingeweide. Sie stützte sich an der Wand ab, um nicht umzukippen. Ihr Atem ging stoßweise.

Verdammt! Was mach ich jetzt bloß?

»Uta? Ist was?«, hörte sie ihre Mutter rufen, doch sie schaffte es nicht, auch nur ein Wort aus ihrem Mund zu pressen. Ihre Kehle war wie zugeschnürt. Schlurfende Schritte drangen in ihren Gehörgang. Gleich darauf spürte sie einen warmen Arm, der sich schützend um ihre Schultern legte. »Josef! Komm schnell!«

Keine fünf Minuten später lag sie auf dem Sofa im Wohnzimmer, und ihre Füße waren auf ein Kissen gebettet. Nur bruchstückhaft drangen die Worte aus ihrem Mund, als sie ihrem Vater erzählte, was soeben passiert war.

»Aber was hast du mit diesem Paul Klasen zu tun? Kennst du ihn? Hast du ihm etwas getan?«

»Ich weiß es nicht«, sagte Uta. »Ich kenne keinen Paul Klasen.«

»Ich ruf Frau Kriegler vom LKA Wien Süd an und erzähle ihr, was passiert ist«, sagte ihr Vater. »Sie soll herausfinden, was der Typ von dir will. Dein Handy kannst du gleich bei mir abgeben. Das wird sie sicher brauchen.«

Na, toll. Laptop weg, Handy weg.

Ihr Leben war soeben vorbei. Doch Mama hatte den Raum verlassen und brachte Uta ihr eigenes Handy. Das Mobiltelefon, das Uta ihr selbst vor einem Jahr geschenkt hatte. Ein aufklappbares Telefon mit extra großen Tasten und – sie konnte es kaum fassen, dass sie damals diese Funktion völlig außer Acht gelassen hatte – nicht internetfähig. Uta wollte in diesem Moment einfach nur sterben. Wie sollte sie so up to date bleiben?

»Schatzilein«, säuselte ihr Vater. »Du kannst auch gerne meinen PC im Arbeitszimmer benutzen. Dann kannst du wenigstens deinen Artikel zu Ende schreiben.«

Uta dachte an das Uraltteil, auf dem sie schon, zumindest glaubte sie das, ihre Hausaufgaben für die Schule getippt hatte.

»Danke«, presste sie hervor, bevor die ersten Tränen ihre Wangen hinunterrannen.

12

Montag, morgens

Ich war so wütend, dass ich mich zurückhalten musste, das Handy nicht an die Wand zu schmeißen. Stattdessen ballte ich meine freie Hand zur Faust, sodass ich die Fingernägel in meiner Handfläche spürte. Der Schmerz tat verdammt gut, doch schon Momente später spürte ich nichts mehr. Die Leere in mir war zurückgekehrt.

Wie kann sich diese blöde Schlampe nur erlauben, meinen Anweisungen nicht zu gehorchen?

Gedankenverloren starrte ich aus dem Fenster und hörte den beiden Spatzen zu, die sich auf dem großen Kirschbaum, der auf dem Nachbargrundstück stand, miteinander unterhielten. Würde sie wenigstens meine Botschaft verstehen? Oder war sie nur ein naives Blondchen?

Ich öffnete Facebook. Schon vor drei Wochen hatte ich ihr eine Freundschaftsanfrage geschickt. Nein, eigentlich war das nicht ich. Es war James Schneider, ein durchtrainierter Mann, der stolz seinen Sixpack in die Kamera hielt. Dieses Foto hatte ich mir aus dem Internet besorgt. Ging ja heutzutage ganz einfach. Ich wusste, dass sie mit Sicherheit auf James' Körper abfahren und meine Anfrage bestätigen würde. Dadurch, dass Uta meine einzige Freundin war, sah ich sofort ihren neuesten Beitrag. Das Bild zeigte das Poster einer Rockband aus den Neunzigerjahren. Links oben erkannte ich den Schriftzug einer bekannten Jugendzeitschrift. Sie war in ihr Elternhaus geflohen.

Eindeutig. Ich musste dringend herausfinden, wo sich dieses befand. Denn, wenn sie den Artikel nicht freiwillig schreiben wollte, dann musste ich sie eben auf meine Art dazu überreden.

Ich drückte auf den Button »Info« und dort dann auf »Familie«. Sofort sah ich einen Mann in einer blauen Uniform. *Josef Halber* las ich – der Vater.

»Du bist also eine Polizistentochter. Das wird nun richtig spannend.«

Auch das Facebook-Profil des Bullen schaute ich mir genauer an. Arbeitsstelle: Polizeiinspektion Rastenfeld. Ich notierte mir diese Information und klickte zurück, bis ich das Bild von Uta wieder vor mir hatte.

»Ich finde dich, und wenn es das Letzte ist, was ich mache. Du kannst dich nicht vor mir verstecken. Du wirst diesen Artikel schreiben, ob du willst oder nicht.«

13

Montag, vormittags

Susanne gab den Namen »Paul Klasen« in die Datenbank des Polizeisystems, genannt EKIS, ein. Sofort sah sie das Führerscheinfoto eines gut gekleideten, allem Anschein nach erfolgreichen Mannes. Zumindest ließen der blütenweiße Hemdkragen und die gezupften Augenbrauen darauf schließen. Sie kontrollierte nochmals die Zahlen, die ihr Abteilungsinspektor Halber genannt hatte. Tatsächlich, es war das Geburtsdatum des Mannes.

»Keine Vorstrafen«, murmelte sie und scrollte weiter nach unten.

Alexander betrat das Büro und zeigte ihr einen Ausdruck. »Das ist unsere Tote aus der Kirche. Isabella Hertz.«

Susanne nahm ihm das Blatt Papier ab. Blaue Augen mit einem grünlichen Schimmer strahlten in die Kamera. Die langen schwarzen Haare trug sie offen, und eine Haarsträhne hatte sich an ihre Wange geschmiegt. »Was wissen wir über sie?«

»Sie lebte allein mit ihrer Katze. Ihr Chef hat sie am 16. September als vermisst gemeldet, da sie nach ihrem Urlaub nicht im Büro erschienen ist und er sie auch nicht unter ihrer Wohnadresse angetroffen hat.«

»Wann hat sie ihren Urlaub angetreten? Muss auch schlimm sein, wenn dich sonst niemand vermisst außer dein Boss, oder?«

»Ja, da geb ich dir recht. Also, laut dem Chef war ihr letzter Arbeitstag der 2. September. Genau der Tag, an dem auch die ersten Fotos entstanden sind, die der vermeintliche Täter Uta

Schwenger übergeben hat. Ihr Chef hat mir noch etwas Interessantes erzählt, als ich ihn nach ungewöhnlichen Vorkommnissen gefragt habe. Sie hat ungefähr zwei Wochen vor ihrem Verschwinden einen Einbruch in ihre Wohnung gemeldet. Das wusste er deswegen, weil eine Nachbarin, die in ihrer Etage wohnt, sie während der Arbeitszeit angerufen hatte und sie deswegen früher nach Hause musste. Der Einbrecher wurde nie geschnappt. Und was auch noch interessant ist: Laut Isabella Hertz' Aussage wurde nichts entwendet. Die Kollegen konnten in der Wohnung keine Spuren von fremden Personen feststellen. Dem Bericht zufolge sah die Wohnung ordentlich aus. Es wurde lediglich die Wohnungstür aufgebrochen. Somit gingen die alarmierten Beamten davon aus, dass der Einbrecher bei seinem Vorhaben wohl gestört worden war. Auch die Befragung der Nachbarn hat nichts ergeben, somit wurde der Fall zu den Akten gelegt. Und wen hast du da?« Alexander beugte sich weiter nach vorne, sodass er das Bild des Mannes besser erkennen konnte.

»Das ist Paul Klasen. Der ehemalige Inhaber eines Juweliergeschäftes in Krems. Der Täter hat heute bei Uta Schwenger angerufen. Du weißt schon, die neugierige Reporterin. Er hat sie gefragt, ob sie sich an einen Paul Klasen erinnert. Sogar das Geburtsdatum hat er ihr genannt. Doch sie schwört, dass sie den Mann nicht kennt. Deswegen hab ich mal im System nachgeforscht.«

»Der Täter hat sich bei Uta Schwenger gemeldet? Denkst du, sie ist in Gefahr?«

»Er soll ziemlich sauer gewesen sein, weil der Artikel über ihn und seine Taten nicht erschienen ist. Aber gedroht hat er ihr nicht. Also, zumindest hat sie nichts davon erwähnt. Ich denke mal, der Sheriff wird seine Tochter schon beschützen lassen. Schließlich ist sie doch in seinem Haus. Ich habe veranlasst, dass man ihr Handy holt und versucht, den Anruf zurückzuverfolgen. Doch große Hoffnungen mache ich mir nicht.«

»Okay. Wie gehen wir nun vor? Zuerst bei der Wohnung von Isabella Hertz vorbeischauen oder diesen Paul Klasen aufsuchen? Was meinst du?«

»Paul Klasen hat keine gültige Wohnadresse. Sein Juweliergeschäft in Krems wurde vor fünf Jahren überfallen, und er hat als Zeuge vor Gericht ausgesagt. Der Täter, ein zweiundzwanzigjähriger Wiener, wurde zu zehn Jahren Haft verurteilt. Vorbestraft, da ist das Urteil nicht mehr milde. Vor zwei Jahren hat Klasens damalige Ehefrau ihn wegen häuslicher Gewalt angezeigt. Es stand Aussage gegen Aussage. Das Verfahren wurde nach einem halben Jahr eingestellt. Die Scheidung war nur zwei Tage nach der Einstellung des Verfahrens durch. Daraufhin hat ihn seine Ex-Frau beim gemeinsamen Wohnsitz abgemeldet. Schließlich wurde ihr bei der Scheidung alles zugesprochen. Seitdem ist er spurlos verschwunden, zumindest findet das System keine gültige Wohnadresse.«

»Hat er sich ins Ausland abgesetzt? Oder ist er Opfer eines Verbrechens geworden? Ich meine, unser Täter hat seinen Namen genannt. Wäre es nicht denkbar, dass auch Klasen eines seiner Opfer ist? Vielleicht auch sein erstes. Oder dass Klasen selbst der Täter ist? Aber was hat diese Reporterin mit Klasen zu tun? Den Zusammenhang verstehe ich noch nicht. Warum nannte der Täter diesen Namen?«

»Ich hab die Daten von Klasen an Siegbert weitergegeben. Er wird alles durch Inpol laufen lassen, vielleicht finden wir dadurch international einen Hinweis. Wir werden auf jeden Fall seine Ex-Frau aufsuchen und ihr ein Foto von dem Siegelring zeigen. Eventuell gehörte er ja Klasen. Aber zuerst lass uns zu der Wohnung der Toten fahren. Vielleicht finden wir dort noch weitere Anhaltspunkte.«

Alexander notierte die Adresse von Isabella Hertz auf seinem Notizblock. Ebenso die Meldeadresse der Ex-Frau von Klasen – Melanie Klasen.

Als sie im Auto saßen, fragte Alexander: »Sag mal, hast du gestern noch mit Lisa gesprochen?«

»Ja. Sie will bei Hannelore einziehen, weil sie dann näher an der Uni ist. Du weißt ja, dass sie Mediendesign studiert. Ich hab zwar genickt, als sie mich fragte, ob mir das recht ist, doch ehrlich gesagt fühl ich mich nicht wohl bei der Sache. Hannelore hat mich noch nie gemocht, und ich fürchte, sie wird Lisa gegen mich aufhetzen.«

»Du meinst, dass sie einen Keil zwischen euch beide treibt? Denkst du, deine Schwiegermutter ist so abgebrüht?«

»Sie hat das ja ständig auch bei Sebastian und mir probiert. Ist ihr zwar nicht gelungen, aber wer weiß? Nicht dass Lisa mich am Ende noch hasst.«

»Sie ist deine Tochter. Und sie liebt dich. Das weißt du doch. Vermutlich genauso viel, wie ich meine Mutter liebe, obwohl sie mich mit ihrer Liebe erdrückt.«

»Weißt du? Ich hätte gerne, dass meine Mama mich noch erdrücken würde. Genieße es, solange du noch kannst. Irgendwann ist sie nicht mehr da und kann dir nicht mehr auf die Nerven gehen.«

Es war wie ein Stich mitten ins Herz, als sie an ihre Mutter dachte. Dabei war es schon Jahre her, dass sie der Krebs innerlich zerfressen hatte, und doch tat es noch so weh, als wäre es erst gestern gewesen.

Ihre Gedanken gingen wieder zurück zu Lisa. Sollte sie Lisa anbieten, dass sie für sie eine Wohnung anmietete und auch bezahlte? Wäre das die richtige Lösung? Gab es überhaupt ein Richtig oder Falsch? Musste sie ihre Tochter loslassen? Sie hatte keine Ahnung, was sie nun machen und wie sie selbst mit ihrer Gefühlswelt umgehen sollte.

***

Ein penetranter Geruch empfing die beiden, als sie die Wohnung von Isabella Hertz betraten. Eine Mischung aus Katzenpisse und abgestandener Luft.

»Danke. Sie haben uns sehr weitergeholfen«, sagte Susanne zu dem Hausmeister, der neugierig in die Wohnung lugte. Sofort zog Susanne die Tür hinter sich zu. Sie schaltete das Deckenlicht ein, das sogleich den schmalen Vorraum beleuchtete. Außer einer langen Kommode, auf der sich etliche Briefe und Prospekte stapelten, und einem Garderobenständer war nichts im Flur.

»Hausmeister sind alle gleich. Neugier-Faktor hoch zehn. Vermutlich muss man da schon bei der Bewerbung einen Test durchlaufen, der anzeigt, ob der Wissensdrang groß genug ist.« Alexander schmunzelte und betrat das Wohnzimmer. Susanne folgte ihm.

Das Sofa, das mitten im Zimmer stand, wies etliche dunkle Flecken auf. Eine grüne Decke lag sorgfältig zusammengefaltet am Ende der Sitzfläche. Deutlich hoben sich kurze weiße Haare darauf ab. Die dünne Staubschicht auf dem schwarzen Glastisch zeigte, dass hier länger niemand mehr sauber gemacht hatte. Auch bei dem Fernseher, der gegenüber an der Wand hing, bestätigte sich diese Annahme. Und doch deutete hier nichts auf einen Kampf hin. Alles sah nach einer normal bewohnten Wohnung aus.

Susanne verließ den Raum und betrat die schmale Küche. Die grünen Schrankfronten mit den Holzgriffschalen, die mittig an den Türen angebracht waren, erinnerten sie an die Küche ihrer Oma. Ein Teller und ein scharfes Messer lagen in der Abtropfschale neben der Spüle. Aus dem Papierkorb lugte ein Pizzakarton hervor. Susanne öffnete den zweiten Mülleimer, doch er war leer. Sorgfältig war ein neuer Müllsack eingespannt worden.

»Wo ist eigentlich die Katze?«, sagte Alexander, und sie hörte ihn ins nächste Zimmer schlurfen. Eine Tür knarrte. »Hier ist das Katzenklo. Aber wo ist die Katze? Ich hoffe nur, dass wir wenigstens *sie* noch lebend finden.«

»Deine Tierliebe in allen Ehren, aber wir müssen einen Mord aufklären. Deswegen sind wir hier. Vielleicht ist die Mietze ja hier drinnen.« Sie öffnete die Tür am anderen Ende der Küche. Im angrenzenden Raum stand ein Ein-Mann-Bett und ein faltbarer Kleiderschrank. Alles in allem war es hier spartanisch eingerichtet, aber doch versprühte es eine gewisse Gemütlichkeit. Sie kniete sich hin und schaute unter das Bett, doch außer ein paar Flusen war nichts zu sehen. Die Türklingel schrillte und ließ Susanne zusammenfahren. Sofort stand sie auf und schritt, wie Alexander auch, der Haustür entgegen.

»Ja?«, sagte Alexander, als er öffnete.

Susanne schaute rechts neben ihm vorbei. Vor der Tür stand eine ältere Dame, um die siebzig Jahre alt. In ihrem weißen Haar waren grüne und blaue Lockenwickler eingearbeitet, doch die meisten hingen schief herunter. In ihrem Arm hielt sie eine weiße Katze, die freudig schnurrte und sich an dem Körper der alten Frau rieb.

»Ich bin Lieselotte von Freinach. Ist Isabella zurück? Ich hab ihre Katze im Hausflur gefunden. Das arme Ding war an eine

Leine gekettet und hat so jämmerlich geweint. Da hab ich sie bei mir aufgenommen.«

»Sie sind die Nachbarin?«, fragte Alexander. »In welcher Wohnung wohnen Sie?«

»Was haben Sie gesagt, junger Mann?«, sagte Frau von Freinach und hielt ihre Hand an ihr Ohr.

Alexander wiederholte seine Worte lauter als zuvor.

»Hier«, sagte Frau von Freinach und zeigte auf die Wohnung, die direkt an die von Isabella Hertz anschloss. »Das arme Ding.« Sie streichelte über das Köpfchen der Katze, und diese dankte es ihr mit einem lauten Schnurren.

»Frau von Freinach, wann haben Sie die Katze im Hausflur gefunden?«, fragte Alexander weiter.

»Das ist sicher schon zwei Sonntage her. Meine Pflegerin kommt ja sonntags nicht. Und das war, seitdem ich Kitty habe, schon zweimal der Fall. Ich bin noch ganz klar in der Birne. Da staunen Sie, junger Mann, was?« Sie tippte sich an die Schläfe, und ihre falschen Zähne klapperten, als sie herzlich lachte.

»Wissen Sie, ob Frau Hertz Angehörige in der Stadt hat? Oder hatte sie einen Freund?«

»Also hören Sie. Ich mische mich doch nicht in die Angelegenheiten von anderen Menschen ein. Was ist nun mit Frau Hertz? Will sie ihre Kitty nicht mehr zurück? Wer sind Sie überhaupt?«

»Abteilungsinspektorin Kriegler, mein Kollege Braun. LKA Wien Süd. Frau Hertz ist tot«, mischte sich Susanne ein, und im nächsten Moment tat es ihr leid, dass sie der alten Dame diesen Umstand förmlich an den Kopf warf. Für einen Augenblick hatte sie das Gefühl, dass die Frau gleich aus ihren Latschen kippen würde.

Frau von Freinach schlug sich die Hand vor den Mund und riss ihre Augen auf. »Tot! Das arme Ding. Gott hab sie selig. Was ist denn passiert?«

»Das dürfen wir Ihnen nicht sagen. Können Sie die Katze weiterhin bei sich aufnehmen, oder soll ich jemanden vorbeischicken, der ... ähm ... Kitty abholt?«

»Nein, nein. Kitty bleibt bei mir. Die wollen das arme Ding doch nur in ein Tierheim stecken. Dort kriegt sie dann außer Futter nichts. Hier bei mir gibt es noch ganz viel Liebe, die ich ihr geben kann, und ich bin nicht allein. Wir beide haben uns schon ganz gut angefreundet.« Die alte Dame drückte der Katze einen Kuss auf den Kopf und umschlang sie fester mit ihrem knochigen Arm.

»Frau von Freinach, haben Sie irgendetwas Ungewöhnliches bemerkt, bevor Sie Kitty hier gefunden haben?«

»Außer diesem schleimigen Typen, der einen Stock unter mir wohnt, nichts.«

»Schleimiger Typ? Was bedeutet das? Hatte er etwas mit Frau Hertz zu tun?«

»Nein, Gott bewahre. Er hat sie jeden Tag, wenn sie von der Arbeit kam, im Treppenhaus abgefangen und sie ... na, Sie wissen schon ... bezirzt eben. Aber Isabella wollte davon nichts wissen. Kann ich auch gut verstehen. Er ist schaurig. Also, wenn mein Peppi noch leben würde – Gott hab ihn selig –, der hätte ihm die Leviten gelesen und ihm erst mal eine Abreibung verpasst, dass man mit jungen Mädchen so nicht umgeht.«

»In welcher Wohnung wohnt dieser Mann, und wie heißt er?«

»Cedrik Pfeiler. Er wohnt in eins C. Widerlich. Einmal hat er ihr sogar Blumen vor ihre Wohnungstür gelegt. Schwarze Rosen.«

»Wann war das?«

»Also das ist mit Sicherheit schon drei, vier Sonntage her«, sagte Frau von Freinach und legte ihren Zeigefinger auf die Grube ihres Kinns.

»Sie halten sich zu unserer Verfügung, falls wir noch Fragen an Sie haben?«, sagte Susanne und drehte sich sogleich zu ihrem Kollegen um. »Schaust du mal zu diesem Pfeiler? Ich komme gleich nach.«

Frau von Freinach schlurfte in ihren mit Plüsch überzogenen Hausschuhen zurück in ihre Wohnung, und Susanne schaute ihr nach, bis sie die Tür hinter sich zuzog. Wenigstens hatte die Katze einen guten Platz bekommen. Aber wer hatte Kitty hier im Treppenhaus angekettet? War es Isabella gewesen, die überstürzt die Wohnung verlassen hatte? Oder war es der Täter gewesen? Doch wieso hatten sie dann keinerlei Kampfspuren in der Wohnung gefunden?

Susanne klebte noch die Versiegelungsetiketten an den Türrahmen und folgte ihrem Kollegen einen Stock tiefer. Alexander notierte gerade die Daten, die er von Herrn Pfeilers Ausweis abschrieb, in seinem Notizblock. Als Susanne an der letzten Stufe ankam, empfing sie sofort ein schweißgetränkter Geruch. Ein Mann lehnte lässig am Türrahmen, mit nacktem behaartem Oberkörper und fleckiger Jogginghose. Sein dunkles Haar klebte an seinem Kopf. Susanne widerte dieser Typ jetzt schon an, sie konnte Isabella und auch Frau von Freinach voll und ganz verstehen, dass sie Herrn Pfeiler nicht ausstehen konnten.

»Also, wo waren Sie am 2. September?«, wollte Alexander wissen. Keine Frage, er kam ohne Umschweife zur Sache.

»Wird das ein Verhör?«, entgegnete Herr Pfeiler. »Brauche ich einen Anwalt? Wann erfahre ich, was hier eigentlich gespielt wird?« Er baute sich trotz seines schmächtigen Erscheinungsbildes im Türrahmen auf. Die Arme verschränkte er vor seiner Brust.

»Kennen Sie Isabella Hertz?«

»Hat sie mich angezeigt? Ich hab ihr doch nichts getan. Nur nett mit ihr unterhalten und ihr ab und an Geschenke gebracht.

Das macht man doch, wenn man eine Frau umgarnen will, oder etwa nicht?«

»Frau Hertz ist tot. Also, wo waren Sie am 2. September?«

Cedrik Pfeiler wankte einen Schritt zurück und sah nun nicht mehr so unnahbar aus wie noch wenige Momente zuvor. Sein Mund stand offen und entblößte einige schwarze Zähne. Ein fauliger Geruch kroch Susanne in die Nase.

»Tot? Aber ... ich meine ... tot? Welches Datum sagten Sie noch mal?« Er schaute fragend zu Susanne.

»2. September. War ein Freitag.«

»Das ist doch schon über zwei Wochen her«, spuckte Pfeiler ihr entgegen. »Ich weiß doch kaum mehr, wo ich gestern war geschweige denn vorgestern.«

»Waren Sie an diesem Tag einkaufen oder auf der Arbeit, oder haben Sie sich mit Freunden getroffen, die Ihre Aussage untermauern könnten?«

»Wollen Sie mir jetzt ernsthaft unterstellen, ich hätte etwas mit Isabellas Tod zu tun? Ich habe sie doch geliebt. Wie könnte ich ihr da ein Haar krümmen?« Die erste Träne floss seine Wange hinunter und tropfte von seinem Kinn auf den Boden.

»Wir unterstellen niemandem etwas. Wir fragen nur«, sagte Alexander. Sein Kugelschreiber verharrte senkrecht wie eine Antenne auf dem Notizblock, und er starrte ihn an.

»Warten Sie«, sagte Pfeiler. Er löste sich aus seiner Starre und verschwand im Inneren seiner Wohnung.

Dadurch, dass die Jalousien heruntergezogen waren, konnte Susanne nichts erkennen. Sie entsicherte ihre Pistolenhalterung, die an ihrem Gürtel befestigt war, und legte ihre Handfläche auf den Griff der Waffe. Alexander tat es ihr gleich und entfernte sich einen Schritt von der Tür. Im Inneren hörten sie ein Rascheln, gefolgt von Schritten, die schnell näher kamen.

Susannes Puls hämmerte in ihren Ohren, doch sie entspannte sich sofort wieder, als sie Cedrik Pfeiler mit einem Papier in der Hand sah.

»Hier. Hier ist der Kalender.« Er winkte mit dem Zettel aufgeregt hin und her. »Sehen Sie? Da hab ich Isabella das letzte Mal gesehen. Es war am Freitag. So wie Sie gesagt haben. Ich wusste ja, dass sie Urlaub genommen hatte. Somit dachte ich, sie wäre verreist. Das machen ja viele Menschen, wenn sie frei haben.«

»Und um welche Uhrzeit haben Sie sie gesehen?«

»Freitags kommt sie ja immer etwas früher von der Arbeit. Es muss so gegen vierzehn Uhr gewesen sein.«

»Und Sie sind ihr in die Wohnung gefolgt?«

»Nein!« Es klang wie ein erstickter Schrei. »Ich hab sie hier gesehen.« Er deutete auf das Treppengeländer.

»Sie haben sie hier abgepasst, richtig?«, hakte Susanne nach.

»Na ja, ›abgepasst‹ ist ein sehr böses Wort. Ich hab sie erwartet. So wie jeden Tag, wenn sie von der Arbeit gekommen ist. Unzählige Male hab ich sie zu mir eingeladen. Ein romantisches Dinner, wenn Sie verstehen, was ich meine?« Er zwinkerte ihr zu und schnalzte leise mit der Zunge.

Susanne stellte es die Nackenhaare auf bei dem Kopfkino, das sich in ihrem Hirn automatisch aktivierte und nicht mehr abstellen ließ.

»Ist Frau Hertz in ihre Wohnung gegangen?«, fragte sie.

»Ja, natürlich. Wir haben uns nur kurz unterhalten. Sie wirkte auf mich gestresst. Ich glaube sogar, mich daran erinnern zu können, dass sie Schweißperlen auf der Stirn hatte. War sie krank? Ist sie in ihrer Wohnung gestorben, und keiner hat es gemerkt? Sind Sie deswegen hier?« Seine Augen weiteten sich.

»Nein!«, sagte Susanne und hätte dem Typen am liebsten den Hals umgedreht, wenn sie sich nicht so vor ihm geekelt hätte. »Wo waren Sie dann, als Frau Hertz in ihre Wohnung ging? Können Sie mir diese Frage noch beantworten? Dann gehen wir.«

»Na, ich war hier. Wo denn sonst?«

»Und das kann jemand bezeugen?«

»Ich wohne allein. Ich bin doch Single, so wie Isabella auch.«

14

Montag, mittags

Uta hatte sich wieder in ihr ehemaliges Kinderzimmer zurückgezogen, lag auf dem Bett und starrte an die weiße Decke. »Mein Leben ist echt scheiße«, murmelte sie und nahm das Pensionisten-Handy von ihrer Mutter, das sie auf ihren Nachtschrank gelegt hatte. Sie hörte die Stimme ihres Vaters und schon im nächsten Augenblick seine schweren Schritte auf den Holzstufen, die unter seinem Gewicht knarrten. Die Zimmertür öffnete sich langsam.

»Uta?«

»Ja, Papa?«

»Ich hab einen Kollegen vor dem Haus positioniert. Bitte geh heute nirgends hin. Dein Chef hat mir gesagt, du kannst auch von zu Hause aus arbeiten.«

Uta pustete scharf die Luft aus.

Super, jetzt hab ich auch noch einen Babysitter, schoss es ihr durch den Kopf. Das hatte sie als Kind schon gehasst, wenn sie ständig mit dem Polizeiwagen zur Schule gebracht und auch wieder von dort abgeholt worden war. Ihre Freundinnen durften allein nach Hause gehen, doch sie nicht. War doch die ganze Welt gefährlich, zumindest wenn man Vaters Aussagen Glauben schenkte. Aber schon mit dem nächsten Gedankengang verflog der erste. Tatsächlich war sie ihrem Vater dankbar für seine Fürsorge, besonders in einer Situation wie dieser.

»Danke, Papa.«

Ihr Vater betrat das Zimmer und küsste sie auf die Stirn. »Ich muss doch auf dich aufpassen. Schließlich bist du meine Lieblingstochter.« Er lächelte.

»Klar bin ich deine Lieblingstochter. Ich bin ja auch dein einziges Kind.«

Für einen ganz kleinen Augenblick hatte sie vergessen, was vor nicht einmal einer Stunde passiert war, doch als ihr Vater die Tür wieder hinter sich zuzog, versank sie in ihre Gedanken. Sie driftete weit ab und dachte über die Worte des Mannes nach, der sie so in Angst und Schrecken versetzte. Immer wieder kam ihr dieser Name unter – Paul Klasen. Doch sie kam nicht darauf, wer er war. Sie kannte ihn nicht. Mit Sicherheit nicht

Sie verließ ihr Zimmer und betrat das nächste – das Arbeitszimmer ihres Vaters. Im ersten Augenblick glaubte sie nicht, was sie auf dem Schreibtisch sah. Einen nigelnagelneuen Bildschirm, rechts darunter befand sich ein topmoderner Standcomputer! Und ... sie konnte ihr Glück kaum fassen, als sie die grünen Lampen des Modems sah. Sofort schaltete sie den Computer ein, und Sekunden später loggte sie sich bei Facebook ein und informierte ein paar ihrer Freunde über ihren momentanen Zustand. Ebenso gab sie die Rufnummer vom Telefon ihrer Mutter an. Dann tippte sie den Namen »Paul Klasen« in der Suchmaschine ein. Schon im ersten Beitrag las sie einen Bericht über den Überfall eines Juweliers in Krems. Das Datum verriet ihr, dass der Artikel vor mehr als fünf Jahren geschrieben worden war, stümperhaft, mit viel zu wenig Details. Zumindest für ihren Geschmack.

Sie scrollte weiter nach unten: »Jahrelang hat er seine Ehefrau misshandelt!« stand in dem Header. Neugierig klickte sie darauf und las von der Gerichtsverhandlung gegen den Unternehmer Paul Klasen.

Ob das wohl ein und dieselbe Person ist?, dachte sie und las weiter.

Die Experten sind sich über die Ursache der Verletzungen bei seiner Ehefrau uneinig. Auch kam es zu Unstimmigkeiten in der Aussage der Frau. Das Verfahren gegen Paul Klasen wurde eingestellt.

»Moment«, sagte Uta zu sich selbst. »Der Täter hat doch den Namen des Mannes nicht ohne Grund erwähnt. Da ist noch mehr dran an dieser Story, als es scheint.«

Sie verbrachte die nächste Zeit damit, alle Informationen über Paul Klasen zu sammeln, die sie finden konnte. Sie war kurz in ihr Zimmer zurückgerannt und hatte in der Schreibtischschublade mit den glitzernden Sternchen darauf tatsächlich ihr altes Notizheft aus der Schulzeit gefunden und schrieb nun ihre Recherche-Ergebnisse chronologisch geordnet dort hinein.

Nach einer gefühlten Ewigkeit streckte sie sich, ging in ihr Zimmer, legte sich aufs Bett und schloss die Augen. Die letzten Stunden waren anstrengend und nervenaufreibend gewesen, und sie sehnte sich nach Ruhe. Sie dachte an den nächsten Urlaub, der eindeutig an einem Ort mit Meer und Strand sein würde.

Der penetrante Klingelton des Telefons riss sie aus ihren Gedanken. Ihr Herz machte einen kleinen Satz, als sie die Rufnummer auf dem Display erkannte, und ein verliebtes Lächeln legte sich wie automatisch auf ihr Gesicht. Sie räusperte sich und nahm das Gespräch entgegen.

»Hallo, Franz«, hauchte sie ins Telefon. »Schön, dass du dich meldest.«

»Hallo, Uta. Danke, dass du mir deine neue Nummer geschrieben hast.« Ein warmer Schauer durchfuhr Uta, als sie seine dunkle Stimme hörte. Sofort hatte sie diese stechend blauen Augen vor sich und roch sein herbes Parfüm. Dann sprach er weiter: »Hast du Lust, mit mir einen Kaffee trinken zu gehen? Was meinst du? Wir können unsere Diskussion über die Abschaffung des Genitivs weiterführen.«

»Klar doch. Wann? Wo?« Nervös fuhr sie sich durchs Haar.

»Wie wäre es um sechzehn Uhr? Kennst du die Waldviertler Backstube in Zwettl? Die Bäckerei ist am Dreifaltigkeitsplatz. Dann kann ich dort zu Fuß hingehen und brauch nicht zwingend ein Auto.«

Uta klemmte das Handy zwischen Ohr und Schulter und schaute auf ihre Armbanduhr. *In drei Stunden*, dachte sie. »Kenn ich zwar nicht, aber die find ich schon. Okay. Ich freu mich drauf.«

»Ich schick dir die Adresse als Privatnachricht, ja? Ich freu mich auch auf dich«, sagte Franz und legte auf.

Uta sprang aus dem Bett, drückte das Handy an ihren Brustkorb und tanzte. Doch das Flügelschlagen der tausend Schmetterlinge in ihrem Bauch hörte abrupt auf, als sie wieder in die Realität zurückfand. Sie stand in ihrem Kinderzimmer. Und noch schlimmer war, dass sie weder ihre Schminkutensilien dabeihatte noch Kleidung, die sie zu diesem Date hätte anziehen können. Sie musste hier raus. Ganz dringend. Doch wie? Einfach durch die Haustür zu spazieren wäre keine Option. Sie käme vermutlich nicht einmal über die Schwelle, ohne dass sie ihre Mutter fragen würde, wo sie hinwolle. Von dem Aufpasser, der im Auto vor dem Grundstück saß, ganz zu schweigen. Es musste eine andere Möglichkeit geben.

Ein kühler Luftzug wehte ihr um die Nase.

Natürlich! Das Fenster!

Schließlich hatte sie sich als Jugendliche auch immer heimlich aus dem Haus geschlichen, wenn ihre Eltern – besonders ihr Vater – sie mal wieder nicht auf eine der angesagtesten Partys hatten gehen lassen.

15

Montag, nachmittags

Wie nachlässig manche Leute sind, dachte ich, als ich den Zweitschlüssel ins Schloss steckte und wieder einmal feststellte, dass er beim Verlassen seines Zuhauses die Tür hinter sich nur zugezogen hatte. Dabei wusste doch jedes kleine Kind, dass man zusperren musste, damit keine ungebetenen Gäste – wie ich – in die Wohnung eindringen konnten.

Ich wusste, dass er nicht zu Hause war. Wie jeden Tag aß er sein Mittagessen in dem Wirtshaus ums Eck. Nach der Arbeit. Immer pünktlich um fünfzehn Uhr. Vor drei Wochen war ich das erste Mal in seiner Wohnung gewesen. Damals hatte das Öffnungsblech gereicht, das ich in den Türfalz geklemmt und über die Schlossfalle gezogen hatte, um mir Zutritt zu verschaffen. Durch meine langjährige Erfahrung konnte ich jedes Schloss in unter einer Minute knacken, sofern es nicht abgesperrt war. Wenn es dann auch noch ein Spezialschloss war, dann half alles nichts, und ich musste es gewaltsam öffnen. Doch das kam in der Praxis nicht sehr oft vor. Ich grinste bei dem Gedanken. Und auch wenn, ich hatte immer einen perfekten Plan B in meinem Auto. Natürlich hatte ich mir schon vor Wochen einen Abdruck vom Reserveschlüssel angefertigt und mir so meinen eigenen Zugang zu Franz' Wohnung verschafft. Wann immer ich wollte, ohne Aufsehen zu erregen. Der Reserveschlüssel hing doch frei zugänglich am Schlüsselboard. So wie in fast jedem anderen Haushalt auch.

Ich überlegte, ob ich ihm eine Nachricht schreiben sollte, doch schon mit dem nächsten Gedanken verwarf ich dies wieder. Das hatte dieser Scheißkerl, der unser Leben zerstört hatte, einfach nicht verdient. Wegen ihm hatte ...

Tränen stiegen mir in die Augen, als ich daran zurückdachte. Ich hatte Rache geschworen. Ich wurde schlagartig in der Zeit zurückversetzt. Ich sah Franz vor mir. Damals hatte er wie ein Riese auf mich gewirkt, als er mich anschrie, was für Lügen ich erzählen würde. Seine Visage war tiefrot angelaufen, und die Speicheltröpfchen waren mitten in meinem Gesicht gelandet. Niemand, absolut niemand, hatte mir geglaubt. Nicht mal an dem Tag, als ...

Es war nun Zeit, die Rechnung zu begleichen. Ich musste endlich einen Schlussstrich ziehen. Vorsichtshalber griff ich in die Tasche meiner roten Jacke, die genauso aussah wie eine vom roten Kreuz. Ja, die Spritze war noch hier. Nun galt es, sich für den finalen Übergriff in Geduld zu üben. Eine Tugend, die ich leider nicht besaß.

Ich schritt durch die Wohnung wie ein Geist. Immer auf der Hut, nichts zu verändern. Nichts zu verrücken. Das war wichtig. Schließlich sollte niemand wissen, dass ich jemals hier gewesen war. Ich ging ins Schlafzimmer und sah – wie schon so oft – die Sportbekleidung fein säuberlich auf der stramm gezogenen Bettdecke liegen. So wie jeden Tag würde er auch heute joggen gehen, wenn er von der Arbeit ... Die Magenflüssigkeit stieg in mir hoch, allein, wenn ich daran dachte, dass er es Arbeit nannte. Doch heute würde alles anders sein.

Du wirst heute Buße tun. Auf den Knien sollst du vor mir rutschen und mich um Gnade anflehen. Doch ich werde dir niemals vergeben.

Ich war so in Gedanken versunken, dass ich den Schlüssel, der ins Schloss gesteckt wurde, überhört hatte und erst durch das Geräusch der zufallenden Tür ins Hier und Jetzt zurückgeholt wurde. Panik stieg in mir auf, als ich die Sportkleidung betrachtete. Jede Sekunde konnte er das Schlafzimmer betreten und mich entdecken. Ich holte die Spritze aus meiner Jackentasche hervor und stellte mich ganz nah an den Türrahmen. Mein Arm wanderte langsam nach oben, der Daumen lag auf dem Kolben. Mein Herz hämmerte so stark gegen meinen Brustkorb, dass ich dachte, jeder in meiner unmittelbaren Umgebung könnte das Wummern hören. Das Adrenalin rauschte durch meine Adern, und ich gab mich dem Rausch hin. Es war wie eine Droge, die in mir tobte. Die wieder Energie in mein trostloses Leben brachte. Ich lauschte angespannt. Doch er betrat nicht das Schlafzimmer. Kurz darauf hörte ich die Dusche im Bad. Dann erklang seine Stimme. Er sang.

Lautstark, falsch, aber mit Begeisterung.

Fast hätte ich angefangen, laut zu lachen, ich musste mich wirklich zusammenreißen, dass mir nur ein Grinsen entwich. Ich kannte dieses Lied, dabei mochte ich die Sängerin Helene Fischer so gar nicht. Der Titel *Wer will denn schon vernünftig sein* passte perfekt auf mein Vorhaben. Ich schüttelte den Kopf, um mich wieder auf meine Aufgabe zu konzentrieren, da hörte ich einen Klingelton. Ich schlich am Badezimmer, aus dem noch immer die schiefen Töne erklangen, vorbei und tastete seine Jacke ab, die er auf den Garderobenständer gehängt hatte. Kurz darauf zog ich sein Handy aus der Innentasche. Auf dem Display sah ich eine Nachricht. Ein rotes Herz. Und als ich den Absender las, hätte ich am liebsten laut gejubelt. *Uta!*

Schnell wischte ich über den Bildschirm und las die letzten Nachrichten.

Sehr gut, dachte ich, *jetzt weiß ich, wie ich euch beide ganz einfach kriege.*

16

Montag, nachmittags

Susanne und Alexander waren nach der Befragung von Cedrik Pfeiler direkt zu der Adresse von Melanie Klasen nach Krems gefahren. Alexander pfiff durch seine Zähne, als Susanne das Dienstauto in der Einfahrt vor der Garage des schicken Einfamilienhauses parkte.

»Wow.« Er stieg aus dem Wagen aus und drehte sich einmal im Kreis. »Das nenne ich einen englischen Rasen. Alles so ordentlich und sauber. Jeder Grashalm zeigt in die richtige Richtung. Da hat man Angst, wenn man durch den Garten läuft, etwas in Unordnung zu bringen.«

»Du übertreibst. Und diese Skulpturen, die in die Hecke geschnitten sind … Das kann jeder zweitklassige Gärtner.«

Doch Alexander ließ sich von seiner Schwärmerei nicht abbringen. »Da hinten liegt ein Drache. Sieht aus wie Fuchur aus *Die unendliche Geschichte.* Hast du den gesehen? Wenn ich mir mal ein Häuschen leisten kann, dann will ich auch solche Kunstwerke in meinem Garten haben.« Bei den Worten strahlten seine Augen.

»Okay, Grünschnabel«, sagte Susanne und lachte. »Komm, wir haben einen Job zu erledigen.« Sie schritt die vier Stufen hinauf und drückte den Klingelknopf.

Von innen ertönte eine weibliche Stimme: »Ich komme schon.«

Eine Frau, Mitte dreißig, nur mit einem lilafarbenen Nichts bekleidet, starrte die beiden mit großen Augen an. Das breite

Lächeln, das noch vor Millisekunden auf ihrem Gesicht zu sehen war, erstarb sofort.

»Wer sind Sie? Was wollen Sie?«

»Kriminalpolizei. Mein Name ist Kriegler, und das ist mein Kollege Braun. Sind Sie Melanie Klasen?« Susanne hielt ihr ihren Ausweis entgegen.

»Ja«, stotterte die Frau. Abrupt änderte sich ihre Mimik wieder. Die Realität, dass sie viel zu viel nackte Haut zeigte, holte sie offenbar schlagartig ein, und verlegen schlang sie ihre Arme um den Oberkörper. »Kommen Sie rein. Ich … ich ziehe mir nur schnell etwas an.«

Noch während die beiden über die Schwelle traten, huschte Frau Klasen in den nächsten Raum. Susanne hörte neben sich ein Glucksen und drehte sich zu Alexander, der seine Handfläche auf den Mund gelegt hatte.

»Auch wenn diese Situation sehr lustig ist, sind wir im Dienst«, sagte sie. »Also, benimm dich wie ein Profi, ja?«

Er nickte und räusperte sich.

Kaum eine Minute später stand Frau Klasen, mit einem schwarzen Morgenmantel bekleidet, wieder vor den beiden.

»Bitte. Gehen wir doch ins Wohnzimmer. Sie sind sicher wegen des Einbruchs vor wenigen Tagen hier, oder?« Sie machte eine einladende Handbewegung in Richtung des überdimensionierten Sofas. Alle drei setzten sich. Melanie Klasen zündete sich eine Zigarette an. Genussvoll lehnte sie sich zurück und blies den Rauch aus.

»Welcher Einbruch?«, fragte Susanne. »Nein, deswegen sind wir nicht hier. Es geht um das Verschwinden Ihres Ex-Mannes.«

Warum muss die jetzt eine rauchen?, dachte Susanne, nahm einen kräftigen Atemzug von dem Rauch, den ihr Melanie Klasen entgegenblies, und fingerte in ihrer Hosentasche nach dem

Nikotinkaugummi, der nur einen Moment später in ihrem Mund verschwand.

»Und ich darf fragen, warum Sie damit ausgerechnet zu mir kommen, oder?«, sagte Frau Klasen. »Ich meine, der Scheißkerl hat mich gedemütigt, hat mich brutal zusammengeschlagen, und ich soll nun wissen, wo er sich aufhält? Nach zwei Jahren? Er ist hoffentlich weit weg von mir. Am besten in der Hölle.« Während sie sprach, stand sie auf, ging zum Fenster und blieb dort stehen. Ihr Blick ging leer ins Freie hinaus.

Alexander zog das Foto des Ringes aus seiner Jackentasche. »Haben Sie diesen Ring schon einmal gesehen? Gehört der Ihrem Ex-Mann?« Er hielt ihr das Bild entgegen.

Frau Klasen kam einen Schritt näher, schüttelte aber sogleich den Kopf. »Noch nie gesehen.« Wieder zog sie an ihrer Zigarette und blies den Rauch in Susannes Richtung.

»Kennen Sie nahe Freunde Ihres Ex-Mannes? Jemanden, bei dem er vielleicht Unterschlupf gefunden hat nach der Scheidung?«, fragte Susanne nochmals nach. Es konnte einfach nicht sein, dass jemand untertauchte, ohne irgendwo eine Spur zu hinterlassen.

»Nein. Und ich will davon auch nichts mehr hören.« Die Türklingel erklang. »Sind wir fertig?«

Susanne erhob sich. »Eine Frage noch. Wurde bei dem Einbruch vor zwei Tagen etwas gestohlen?«

»Ja, meine Goldkette wurde aus dem Schmuckkästchen im Schlafzimmer gestohlen. Die gehörte meiner Ururgroßmutter. Sie ist sehr wertvoll, müssen Sie wissen. Die Edelsteine, die sorgfältig eingearbeitet wurden, sind Rubine und Smaragde der höchsten Qualität.«

»Sie haben teuren Schmuck einfach ungesichert in Ihrem Schlafzimmer liegen? Haben Sie keinen Safe?«

»Doch, natürlich habe ich einen Safe. Da hab ich Bargeld und eben Wertpapiere drin. Ich dachte mir, dass es am sichersten für meine Schmuckstücke ist, wenn ich sie offensichtlich hinlege. Die Schmuckschatulle ist ein billiges Modell, wie man es in jedem Haushalt findet. Wer geht schon davon aus, dass der oder die Täter nicht nach dem Safe suchen?«

»Das heißt, es waren noch mehrere wertvolle Schmuckstücke in diesem Kästchen? Was gibt es sonst noch Wertvolles in diesem Haus?« Susanne schaute sich um und sah einige Gemälde an den Wänden, die eindeutig teuer aussahen.

»Ich bin eine Kunstsammlerin. Das ist weltweit bekannt. Aber nicht nur Sie wundern sich darüber, dass nur die Kette gestohlen wurde. Denn in diesem Schmuckkästchen war noch anderer Goldschmuck zwischen billigen Imitaten versteckt. Doch davon wurde nichts entwendet. Es sah für mich fast so aus, als ob der Einbrecher nach etwas Bestimmtem gesucht hatte. Ich hab natürlich sofort alle Schlösser durch Spezialschlösser austauschen lassen. Sicherheit geht einfach vor.«

Während des Gespräches waren die drei bis zur Haustür gegangen, die in diesem Moment von Frau Klasen geöffnet wurde. Ein Mann im Anzug stand davor. In seiner Hand hielt er einen Strauß roter Rosen. Er überragte Susanne um gut einen Kopf. Sein Lächeln sah unnatürlich aus, als er sie und Alexander entdeckte.

»Ach, du hast Besuch, meine Liebe?«, sagte er und trat in den Vorraum ein.

»Kriminalpolizei«, kam Susanne Frau Klasen zuvor. »Wir wollten gerade gehen. Auf Wiedersehen, Frau Klasen. Wenn Ihnen noch etwas einfällt, dann rufen Sie bei mir an.« Sie überreichte ihr ihre Visitenkarte, die sie aus ihrer Brusttasche holte, und schritt ins Freie. Die Haustür schloss sich schnell hinter den beiden.

»Hast du den Anzug von dem Kerl gesehen?«, fragte Alexander, als sie wieder im Auto saßen. »So perfekt, wie der sich an seinen Körper geschmiegt hat, muss der maßgeschneidert sein. Der Typ hat eindeutig Kohle. Irgendwann leg ich mir auch so ein Auto zu.« Mit verzücktem Blick schaute er auf den silbernen Porsche, der neben ihrem Dienstwagen stand.

»Gleich und Gleich gesellt sich gern«, meinte Susanne. »Und doch ist das mit dem Einbruch sehr merkwürdig. Warum wurde nur die Halskette gestohlen? Das ergibt doch alles keinen Sinn. Wir sollten uns die Akte ansehen, findest du nicht?«

»Bei Isabella Hertz wurde doch auch eingebrochen. Doch angeblich wurde nichts gestohlen. Was ist, wenn sie nicht mal gemerkt hat, dass ihr etwas fehlt?«

»Stimmt. Besonders, wenn es sich um etwas handelt, was gut versteckt ist und einen persönlichen Wert hat.«

»Meinst du, dass Frau Klasen in Gefahr ist?«

»Möglich. Es scheint fast so, als hätte der Täter ein persönliches Motiv. Vielleicht ist es sogar ihr Ex-Mann, der ihr etwas antun möchte.«

Alexander strich sich über das Kinn. »Aber warum sollte er seinen Namen am Telefon nennen wie bei der Reporterin? Will er, dass er geschnappt wird? Und wie passt Isabella Hertz ins Bild?«

Susanne startete den Wagen. »Das, Grünschnabel, müssen wir herausfinden.«

In diesem Moment läutete Alexanders Telefon. Er schaute nur kurz auf das Display, bevor er das Handy in seine Jackentasche steckte. »Wann wird sie endlich verstehen, dass sie mich nicht ständig anrufen soll?«, fragte er ärgerlich.

»Hast du deiner Mutter schon gesagt, dass du eine Wohnung gefunden hast?«

»Ja, seitdem ist es noch schlimmer als vorher. Jetzt ruft sie schon fast im Stundentakt an oder schickt Nachrichten. Dabei ist die Wohnung doch nur drei Querstraßen von ihr entfernt. Aber ich muss endlich ausziehen. Ich halte diese Bemutterung einfach nicht mehr aus.«

»Das versteh ich gut.«

17

Montag, nachmittags

Uta wischte ihre schweißgebadeten Hände an dem viel zu kurzen pinken Minirock ab. Sie hatte vor dem Uhrengeschäft einen Parkplatz bekommen und war froh, dass sie nur wenige Meter in ihren hochhackigen Schuhen laufen musste. Diese Dinger drückten jetzt schon. Dazu kam noch die Nervosität, die das bevorstehende Treffen mit sich brachte. Ja, er war knapp zwanzig Jahre älter als sie. Das würde Utas Vater so gar nicht in den Kram passen, doch vielleicht war es genau das, was Uta an Franz reizte. Die Männer, die sie bisher in ihr Leben gelassen hatte, waren gerade einmal zwei, manchmal drei Jahre älter gewesen. Doch mit keinem hatte sie bisher solche tiefsinnigen Gespräche führen können wie mit Franz. Fast hatte sie das Gefühl, dass er zu jedem Thema, das sie auch interessierte, eine Meinung hatte. Und natürlich waren da seine stechend blauen Augen, in die sie tief eingetaucht war und denen sie sogar in ihren Träumen begegnete.

Utas Absätze klackten auf dem gepflasterten Fußgängerweg. Ihr Herz machte einen Sprung, als sie Franz in dem kleinen, mit Holzdielen angelegten Gastgarten entdeckte. Sein Blick war auf sein Handy gerichtet. Seine schwarzen Haare waren von silbernen Streifen durchzogen, die in der Sonne glänzten. Uta musste an George Clooney denken, der ja auch mit jedem Jahr, das er älter wurde, mehr Sexappeal ausstrahlte. Sie ging näher an den Tisch heran, an dem Franz Platz genommen hatte, und als er aufsah, durchzog Uta eine heiße Welle, die bis in ihre Leistengegend prickelte. Sie spürte, dass sich ihre Mundwinkel nach oben zogen.

»Hallo, Uta«, sagte er, stand auf und zog den Stuhl auf der ihm gegenüberliegenden Seite galant hervor. »Bitte, setz dich doch.«

»Hallo.« Es war das einzige Wort, das sie herausbrachte. Sein Aftershave drang in ihre Nase, und das Kribbeln in ihrer Bauchgegend verstärkte sich.

Franz setzte sich wieder. »Und? Wie geht es dir? Wir haben uns ja schon lange nicht mehr gesehen.«

»Gut«, sagte sie und versteckte ihre zitternden Hände unter dem Tisch. »Ist schon eine Weile her, dass wir uns gegenübergesessen haben.«

»Aber nun haben wir es geschafft. Schön, dass du hier bist.« Er griff hinter seinen Stuhl und holte eine langstielige rote Rose hervor, die er ihr über den Tisch reichte. »Für dich. Du hast mir ja erzählt, dass Rosen deine Lieblingsblumen sind. Ich wollte dir eine Freude bereiten.« Lachfalten bildeten sich um seine Augen.

Uta nahm die Rose in die Hand und strich mit ihrem Zeigefinger über ein Blütenblatt. »Danke. Sehr aufmerksam von dir.« Wieder durchzog sie ein heißer Schwall. Sie wagte es nicht, ihm in die Augen zu sehen, denn ihre Gesichtsfarbe hatte mit Sicherheit dieselbe Farbe wie die Rosenblätter angenommen.

»Bei dem Interview, das du mit mir geführt hast, warst du nicht so schweigsam. Was ist denn los? Ich dachte, du wolltest dieses Treffen auch?« Plötzlich lachte Franz laut auf. »Oder findest du mich so gut, dass es dir einfach die Sprache verschlägt?«

Uta stockte für Sekunden der Atem. *Erwischt*, dachte sie, doch stimmte gleich darauf in sein Gelächter mit ein. »Ich denke, ich brauche einfach nur einen Kaffee. Der heutige Tag war anstrengend. Vielleicht bin ich deswegen so schweigsam.«

Franz hob seine Hand und bestellte bei dem Kellner, der gleich darauf zu den beiden an den Tisch kam, einen Latte macchiato.

»Ja, ich hab mir gemerkt, welches Getränk du am liebsten trinkst«, sagte er, als Uta ihn erstaunt ansah.

»Du bist wirklich ein besonderer Mann«, sagte sie, und am liebsten hätte sie ihre Hände vor den Mund geschlagen. Wie peinlich, dass sie ihren Gedanken laut ausgesprochen hatte! Er lächelte und zwinkerte ihr zu.

Das Eis war gebrochen, und sie griffen das Thema vom Vorabend im Chat auf. Zwei Stunden vergingen, doch keiner der beiden merkte, dass sie jemand beobachtete.

18

Montag, nachmittags/abends

Ich überlegte, ob ich den Plan, den ich mir im Kopf erstellt hatte, verwerfen sollte. Und doch war die Gelegenheit günstig. Ich beobachtete die beiden Turteltäubchen. Er warf ihr ein Lächeln zu, und sie schmolz dahin.

Zum Kotzen! Einfach nur zum Kotzen.

Wusste sie tatsächlich nicht, wer er war? Was er für ein Monster in sich beherbergte? Ich konnte mir das kaum vorstellen. Aber sie war blond. Und Blond fickte bekanntlich gut. Ich bezweifelte, dass er sich wirklich für sie interessierte. Sie war so gar nicht sein Typ und viel zu jung. Wobei sich ja gerne die alten Männer Frauen suchten, die vom Alter her ihre Töchter sein könnten. Vielleicht einfach, um zumindest im Hirn jung zu bleiben. In meinen Ohren rauschte das Adrenalin, als ich sah, dass sich die beiden zum Abschied innig umarmten. Franz' Hände, die auf ihrem Rücken lagen, wanderten in Richtung ihres Hinterns. Sie kicherte und wand sich aus seiner Umarmung.

Und tatsächlich, nur wenige Momente später sah ich meine Chance kommen, als sie allein in meine Richtung kam und zu ihrem Auto stöckelte. Ich drehte mein Gesicht der Auslage des Reisebüros zu. Eine Kaffeefahrt ins schöne Allgäu stach mir ins Auge. Ihr blumiges Parfüm kroch in meine Nase und schlängelte sich wie eine Giftschlange in mein Hirn.

Widerlich! Wie kann sie sich so einen Duft aufsprühen? Wie eine Puffmutter stinkt sie, dachte ich, als sie hinter mir vorbeiging und ich sie im Schaufenster des Reisebüros beobachtete. Nur noch wenige Meter, und sie hätte ihr Auto erreicht und ich die erste Möglichkeit, sie in meine Gewalt zu bekommen, verstreichen lassen.

Ich blickte mich um. Nur einige wenige Leute spazierten umher. Die meisten Geschäfte machten Ladenschluss, und die Straßenbeleuchtung schaltete sich soeben ein. Der erste Regentropfen klatschte direkt vor meinen Füßen auf den Boden, und im Nu spiegelte sich der schummrige Schein der Laternen auf der nassen Straße. Ich zog meine Kapuze weiter ins Gesicht. In der Ferne sah ich einige Fußgänger, die hektisch über den Bürgersteig rannten. Jetzt war die perfekte Gelegenheit – als hätte Gott es so gewollt. Ich drehte mich zu ihr, als sie die Beifahrertür aufriss und ihre überdimensionierte Handtasche ins Auto wuchtete. Ich holte die Spritze aus meiner Jackentasche hervor, entfernte die Schutzkappe und rannte auf sie zu.

Genau in dem Moment, als ich ihr in den Hals stach, erhellte ein Blitz den Himmel. Ein Quietschen trat aus ihrem Mund, das aber von dem anschließenden Donnergrollen verschluckt wurde. Sofort presste ich meine Handfläche auf ihre Lippen. Ich spürte die Gegenwehr dieses klapprigen Geschöpfes. Doch je mehr sie sich gegen mich wehrte, desto schwächer wurde sie. Kein Wunder. Die Dosis hatte ich für den guten Franz berechnet, der gut und gerne das Doppelte an Gewicht auf die Waage brachte.

Schließlich sank sie in meine Arme. Mein Herz schlug mir bis zum Hals. Schnell drehte ich mich um, und als ich erkannte, dass niemand in meine Richtung sah, ließ ich sie auf den Beifahrersitz gleiten. Ich legte ihr ordnungsgemäß den Gurt an. Ich wollte schließlich nichts dem Zufall überlassen. So eine kleine Nachlässigkeit hatte schon den besten Täter überführt.

Ich stellte die Handtasche auf ihren Schoß und kramte darin, bis ich den Autoschlüssel fand. Zu diesem Zeitpunkt war ich froh, dass ich mein Auto außerhalb von Zwettl geparkt hatte. Ich konnte es zu Fuß von meinem Zielort erreichen. Am liebsten hätte ich mir selbst auf die Schulter geklopft für diesen tollen Plan.

Zufrieden startete ich ihren Wagen und fuhr sie zu meiner Werkstatt. Die lag ein wenig außerhalb von Zwettl, am Rande eines Waldes. Weit weg von störenden Nachbarn. Nicht einsehbar von der Straße. Wobei die Werkstatt wohl eher eine selbst zusammengeschraubte Blechhütte war, die mein Großvater mir mit dem dreizehn Hektar großen Grundstück vererbt hatte. Ich parkte den Wagen vor dem Rolltor und stieg aus. Das Auto müsste ich später hinter die Hütte fahren und mit einer Plane abdecken, damit niemand es durch einen dummen Zufall entdecken würde. Sicher war sicher. Die schweren Regentropfen hatten sich während der Fahrt in leichten Nieselregen verwandelt.

Meine Fracht schlief noch tief und fest. Dieser Zustand würde vermutlich noch einige Stunden andauern. Ich holte die rollbare Liege, die ich günstig im Internet bei einer Online-Auktion erstanden hatte, aus der Werkstatt und hievte sie darauf. Doch als ich das Tor wieder hinter mir schloss, kamen mir die ersten Zweifel, ob es richtig gewesen war, was ich getan hatte. Franz wäre der Nächste gewesen. Er sollte sterben, vor dem blonden Ding, das anscheinend dumm wie ein Stück Weißbrot war. Ich starrte auf sie, wie sie dalag und ruhig atmete. Doch eines war mir klar: Wenn sie ihre Augen wieder öffnete, musste sie mundtot sein. Denn ihr Gekreische wollte ich mir auf keinen Fall anhören.

Ich erinnerte mich an den Hundezwinger, den mein Großvater für seinen Schäferhund gebaut hatte. *Rocky!* Ich hatte ihn damals immer Opa Rocky genannt. Als ich noch klein war, fünf oder sechs Jahre, war ich einen ganzen Sommer lang bei meinen Großeltern gewesen. Oft hatte ich meinem Opa geholfen, wenn er in seiner Werkstatt etwas bastelte. Sein Lieblingswerkstoff war Holz. Damit konnte er die wunderbarsten Dinge bauen. Doch dann holte mich Mama mit KD wieder ab, und alles wurde anders. Wut keimte in mir auf, wie ein Samenkorn, aus dem ein grüner Stängel sich der Sonne entgegenstreckte. Mit der Vergangenheit müsse man abschließen können, hatte Opa mal zu mir gesagt, als ich ihn gefragt hatte, wann Mama wiederkomme. Und er hatte immer recht. Nur damals hatte ich es nicht verstanden, was er damit meinte. Ich schaute an die Decke, und ein Seufzer zwang sich aus mir heraus.

»Ja, Opa. Ich schließe mit der Vergangenheit ab! Ich hab immer auf dich gehört und werde dies auch weiter tun.«

Ich schaute auf Uta hinab, wie friedlich sie dalag. Fast glaubte ich, dass sich ein Lächeln auf ihre Lippen legte.

Das letzte Lächeln in deinem Leben.

Die Gedanken überschlugen sich in meinem Kopf. Ich grinste, als ich die Zange sah, die an der Werkzeugwand hing.

»Es muss nicht rot sein, sondern grau«, hörte ich die Stimme in meinem Kopf. Sollte ich es wirklich bei ihr wagen? Doch im selben Atemzug schauderte es mich. Jemandem die Zunge herauszuschneiden war echt nicht so mein Ding. Von dem Gestank nach verbranntem Fleisch ganz zu schweigen. Einmal und nie wieder, hatte ich mir geschworen. Somit verwarf ich diese Idee. Ihre Strafe hatte ich anders geplant. Nun ging es in erster Linie darum, sie mundtot zu machen.

Ich stopfte ihr einen ölbeschmutzten Lappen in den Mund und befestigte ein Tuch um ihren Kopf. Es würde ihre Schreie dämpfen und mich nicht in den Wahnsinn treiben. Natürlich könnte ich sie auch mit Beruhigungsmittel niederspritzen. Aber ich musste mir meine Vorräte gut einteilen. Ich hob sie von der Liege und trug sie wie eine Prinzessin auf meinen Armen.

19

Vor 35 Jahren

»Komm!«, sagte Mama und stieg auf die kleine Treppe, die ins Innere des Wohnwagens führte. Vor Freude machte mein Herz einen Überschlag, als ich das rote Päckchen auf dem Tisch inmitten des Chaos liegen sah. Mama räumte einen Platz auf der Bank frei, sodass ich mich setzen konnte. Sie selbst lehnte sich an die Arbeitsplatte der Küchenzeile, die nur einen Schritt entfernt war. Sofort fingerte ich an dem Geschenkpapier herum, doch schon zu diesem Zeitpunkt war mir klar, dass sich in diesem Päckchen kein Luke Skywalker befand. Es war gerade ein wenig größer als meine Handfläche und in etwa so hoch wie ein Trinkglas.

»Na, pack schon aus«, hörte ich sie sagen. Sie holte umständlich eine Zigarette aus der Schachtel, und gleich darauf wurde ich von dem beißenden Nebel eingehüllt. Ich wagte nicht zu husten, obwohl der Rauch in meiner Lunge brannte wie die glühenden Kohlen in Opas Ofen, der in seiner Werkstatt stand. Heute war mein Geburtstag, da wollte ich Mama nicht sauer machen. Und ... ich durfte im Wohnwagen sitzen, was nur zu besonderen Anlässen gestattet war. So wie heute.

Mit einem Ruck hatte ich das Papier von der Schachtel gerissen und hatte ... Batterien in der Hand. Große runde Batterien, eingepackt in einem Blister. Gleich vier an der Zahl. Ungläubig blickte ich meine Mutter an, die mich anstrahlte.

»Für deine Taschenlampe«, sagte sie. »Super Geschenk, nicht wahr? Damit dir immer ein Licht aufgeht.«

Es war wohl als Scherz gemeint, denn sie lachte laut auf. Ich verstand zwar nicht, was sie damit meinte, lachte aber auch. Aus Höflichkeit. Man durfte schließlich nie einem Erwachsenen widersprechen, auch das hatte mir KD eingetrichtert. In diesem Augenblick kamen mir die Tränen. Auch das Schluchzen konnte ich nicht stoppen.

Was soll ich mit Batterien für eine Taschenlampe, die ich nicht benutzen darf?

Mama nahm mich ruckartig in ihre Arme, drückte mich so fest, dass ich kaum noch Luft bekam. »Schön, wenn dir dein Geschenk gefällt. Das freut mich, wenn ich dir damit eine Freude machen konnte.« Es war ein schöner Moment für mich, denn ich spürte die Liebe, die sie für mich empfand.

Mama liebt mich!

»Was ist hier los?«

Seine Worte trafen mich wie ein Giftpfeil, der eine sofortige Lähmung in meinem Körper verursachte. Ich hielt die Luft an, wagte nicht mal, meine Augen in seine Richtung zu drehen. Am liebsten hätte ich mich mit einem Fingerschnippen in Luft aufgelöst. Ich war im Wohnwagen, in seinem Wohnwagen, in seinem Revier.

Mama drückte mich fester an sich, und ich ließ es einfach geschehen. Weglaufen. Ja, weglaufen wie Paula. Das wäre jetzt gut. Mama hatte mir erzählt, sie wäre jetzt bei Oma.

Ich will auch zu Oma!

»Bitte. Lass ihn, KD. Er hat doch heute Geburtstag. Ich hab ihm nur sein Geschenk übergeben. Er geht gleich wieder raus. Bit…«

Ein greller Schrei ließ mein Trommelfell fast platzen, und ich hatte das Gefühl, dass ich nach vorne kippte. Plötzlich schwebte ich wie ein Geist in der Luft. Der Aufprall kam unerwartet. Mama lag auf dem Rücken, ich auf ihr drauf. Der Tritt seines

Schuhs traf mich in den Bauch, und ich krümmte mich augenblicklich zusammen.

»Raus, du kleiner Bastard! Wie oft muss ich dir noch eintrichtern, dass du hier drinnen nichts zu suchen hast?«

Der Schmerz durchflutete mein Hirn, als ich glaubte, jeden Moment würde sich meine Kopfhaut ablösen. Mit einem Ruck riss er mich hoch und warf mich aus dem Wagen.

»Hör auf! Du bringst ihn ja um.«

Mama liebt mich!

Auf allen vieren kam ich auf. Ich stöhnte, als mein Knie auf den Stein schlug.

Nicht schreien! Nicht schreien! NICHT SCHREIEN! Sei leise! Sei leise! SEI LEISE!

20

Montag, abends

Susanne streckte ihre Arme in die Luft und atmete tief durch. Dann lehnte sie sich in ihrem Chefsessel zurück und starrte an die weiße Decke im Büro. Alexander saß ihr gegenüber. Sie hatten die letzten drei Stunden damit verbracht, die Akte über den Einbruch bei Frau Klasen zu lesen. Mehrfach! Und noch immer konnte sich Susanne keinen Reim darauf machen, wieso nur die Halskette gestohlen worden war.

Einbruchspuren gab es keine. Kein aufgebrochenes Schloss, keine eingeschlagene Scheibe. Nichts!

»Möglicherweise hat sie sich diesen Einbruch nur ausgedacht. Die Wertgegenstände im Haus sind ja bestimmt hoch versichert.« Alexander tippte auf eine Stelle im Protokoll.

»Nein, das denke ich nicht. Dann hätte sie sich mehr von der Versicherung holen können.«

Alexander nickte zustimmend.

»Okay, fassen wir zusammen«, sagte Susanne. »Es gab einen Einbruch bei unserer Toten, Frau Hertz, bei dem angeblich nichts gestohlen wurde, aber das Schloss wurde beschädigt. Und einen Einbruch bei Frau Klasen, bei dem nur eine Halskette entwendet wurde, der Täter aber keine Beschädigung am Schloss hinterließ. Das kann doch alles kein Zufall mehr sein. Gibt es einen Zusammenhang? Was denkst du?« Susannes Handy läutete, und bei dem Namen, der auf dem Display erschien, rollte sie mit den Augen. »Was will der schon wieder«, murmelte sie, bevor sie abhob. »Kriegler?«

»Josef Halber hier ... Frau Abteilungsinspektorin ... meine Tochter wurde entführt. Sie müssen mir helfen.« Seine Stimme zitterte.

»Ihre Tochter? Wann ist das passiert? Gibt es eine Lösegeldforderung?«

»Nein. Ich weiß nicht. Sie hat sich hier rausgeschlichen. Ich hab keine Ahnung, wo sie ist.«

»Wie? Sie hat sich rausgeschlichen? Ich dachte, sie ist entführt worden?«

»Na, sie hat sich aus dem Zimmer geschlichen und ist über das Vordach nach unten geklettert. Das hat sie als Teenager schon gemacht, wenn sie nicht ausgehen durfte. Doch ich erreiche sie nicht auf dem Handy. Ihr muss ... passiert ... Schließlich ... der Mörder ... sie abgesehen.« Er schluchzte ins Telefon, und Susanne konnte nur noch Wortfetzen verstehen.

»Beruhigen Sie sich erst mal. Ihre Tochter ist eine erwachsene Frau und kann gut auf sich selbst aufpassen. Sie verfolgt möglicherweise eine heiße Spur. Schließlich ist sie ja Reporterin. Ich bin mir sicher, sie wird sich bald bei Ihnen melden.«

»Das heißt, Sie suchen sie nicht? Ich habe schon versucht, sie aufzuspüren. Natürlich bin ich sofort zu ihrer Wohnung gefahren. Ich hab doch einen Schlüssel für Notfälle. Dort sah auch alles normal aus. Aber ich konnte feststellen, dass sie dort gewesen sein muss. Der Badezimmervorleger, der vor der Duschkabine liegt, war feucht.«

»Wie gesagt: Da kann man wohl kaum von einer Entführung sprechen, wenn Ihre Tochter freiwillig getürmt ist.« Susanne schnaufte.

»Ich spüre doch, dass etwas passiert ist. So glauben Sie mir doch. Das Handy von meiner Frau, also das, das Uta jetzt hat, lag in ihrer Wohnung.«

»Ich werde mal sehen, was ich für Sie tun kann. Aber versprechen werde ich Ihnen nichts.« Susanne drehte sich zu Alexander um, der mit einer Geste andeutete, ein unsichtbares Papier zu zerknüllen und dieses dann wie ein Basketballspieler in den Papierkorb zu werfen. Sie lächelte.

»Ja, bitte. Machen Sie das.« Josef Halber beendete das Gespräch.

»Okay, lass uns weitermachen«, sagte Susanne. »Wir haben noch den Siegelring mit der Schlange drauf. Hast du da schon etwas herausgefunden?«

Alexander schüttelte den Kopf. »Bisher noch kein Treffer. Ich hab das Bild in die Datenbank eingespeist. Mal sehen, vielleicht ergibt sich da ein neuer Anhaltspunkt.«

»Wir haben nichts. Ist dir das klar? Ich hab keine Idee, was hinter dem Tod von Isabella Hertz stecken könnte. Der Täter hat uns ein Zeichen gesetzt, als er das Herz entfernt und den Ring hinterlassen hat. Doch was will er damit sagen? Und wo ist das fehlende Organ?«

»Weder am Opfer noch auf der Kleidung waren Täterspuren«, meinte Alexander. »Wie kann das bloß möglich sein? Und was hat dieser Paul Klasen damit zu tun?«

Susanne zuckte mit ihren Schultern. »Ich hab keine Ahnung. Aber eines ist klar: Wir müssen diesen Paul Klasen finden. Anscheinend ist er das fehlende Puzzleteil, damit alles einen Sinn ergibt.«

»Ich lass den Namen schon durch alle Systeme laufen, doch kein Ergebnis bisher. Und wenn er sich einen falschen Namen besorgt hat, dann werden wir ihn wohl kaum finden.«

»Und diese furchtbare Uta Schwenger müssen wir auch noch finden. Wer weiß, welcher Spur sie hinterherjagt. Sie ist nicht einfach so aus ihrem Elternhaus getürmt. Das muss schon eine Sensation sein, dass sie sich raustraut. Meinst du nicht?«

»Echt?«, fragte Alexander. »Du willst sie suchen lassen?«

»Ja! Es ist denkbar, dass sie neue Informationen von dem Täter bekommen hat, und nun versucht sie, den Artikel bei einer anderen Zeitung unterzubringen. Ich trau der wirklich alles zu. Die ist mit allen Wassern gewaschen.«

21

Montag, nach Sonnenuntergang

Als Uta ihre Augen öffnete, war es um sie herum schwarz.

Wo bin ich?

Im ersten Moment glaubte sie, in einem finsteren Keller eingesperrt zu sein, doch ein kalter Wind wehte ihr – wie eine sofortige Antwort auf ihre Frage – ins Gesicht. Sie musste sich im Freien befinden. Nur wo? Wer hatte sie entführt? Und vor allem, wieso?

Ihr Kopf dröhnte. Ihre Hände waren fast im Fünfundvierzig-Grad-Winkel mit Ketten am Boden befestigt. Um ihren Hals lag etwas, das sich wie eine Schlinge anfühlte. Die Ketten rasselten, als sie ihre Arme hob. Sie kam nicht weiter als zehn Zentimeter über dem Boden. In ihrem Mund war ein öliger Geschmack, und sie versuchte, den Lappen mit ihrer Zunge hinauszudrücken. Aber das Klebeband auf ihren Lippen verhinderte dies. Sie setzte sich umständlich auf und erstarrte. Ein Rascheln kam direkt aus ihrer Nähe, löste sich aber sofort wieder in Stille auf. Ihre Augen hatten sich an die Dunkelheit gewöhnt, und sie erkannte eine Art Drahtgeflecht, das sie umgab. Anscheinend war um sie herum Wald, denn sie sah die dicken Stämme der Bäume, die mit ihren Blättern vermutlich das Mondlicht abhielten. Sie entdeckte die Umrisse einer Hütte, die einige Meter entfernt von ihrem Verschlag stand. Doch sie sah kein Licht herausscheinen.

Fuck, schoss es ihr durch den Kopf. *Gar nicht gut. Ich bin anscheinend irgendwo im Nirgendwo.* Eine Träne der Verzweiflung rann ihr die Wange hinab. *Wieso hab ich niemandem Bescheid gegeben, dass ich ein Date habe? Das Handy hab ich in meiner Wohnung gelassen, damit mein Vater mich nicht orten kann, falls das mit diesem Teil überhaupt möglich ist. Schließlich ist das schon einige Male vorgekommen, wenn er mich nicht erreichen konnte, dass er einfach in ein Gespräch mit wichtigen Informanten geplatzt ist. Peinlich war das. Jedes Mal aufs Neue.*

Jetzt wünschte sie sich nichts sehnlicher, als dass er ihren Namen rufen und sie retten würde.

Dann dachte sie an Franz. Würde er stutzig werden, wenn er sie nicht erreichen konnte? Wie lange würde es dauern, bis er die Polizei informierte? Stunden, Tage, vielleicht sogar Wochen? Natürlich, die beiden hatten geflirtet, und doch war noch keine innere Verbundenheit vorhanden, sodass er sich um Uta Sorgen machen würde. Vermutlich würde er glauben, sie hätte ihn abserviert.

Sie schaute auf den Boden, ob sie etwas in ihrer unmittelbaren Umgebung finden könnte, was ihr bei einer Flucht helfen würde. Doch außer Erde fand sie nichts. Kleine Steinchen bohrten sich in ihre Oberschenkel, und der pinke Minirock war ein Stück hochgerutscht, sodass sie auch unter ihren Pobacken die kalte Erde spürte. Ihr Herzschlag setzte für einen Moment aus, als sie daran dachte, dass dieser Mann, der sie entführt hatte, sie sogar vergewaltigt haben könnte. Sie schloss die Augen und fühlte in ihren Körper hinein. Es schien, bis auf den Umstand, dass sie gefesselt in einer Art Käfig in einem Wald war, alles okay zu sein. Keinerlei Schmerz außer dem Hämmern im Kopf. Die Gedanken an die letzten Sekunden, an die sie sich noch erinnern konnte, kreisten wie Geier auf der Suche nach Nahrung in ihr. Ein Stich! Sie hatte einen Stich an ihrem Hals gespürt, bevor es schwarz vor ihren Augen geworden war.

Er hat mich betäubt! Wie lange wird er mich hier bloß festhalten?

Uta war sich sicher, dass es sich bei ihrem Entführer um denselben Mann handelte, der ihr die Fotos der Toten zugespielt hatte. Es konnte nur er sein. Sie hätte seiner Anweisung Folge leisten müssen. Traurigkeit übermannte sie, als ihr bewusst wurde, wie doof sie gewesen war, dass sie sich auf dieses gefährliche Unterfangen überhaupt eingelassen hatte. Jetzt würde er sie dazu zwingen, den Artikel zu schreiben. Sie schwor sich in diesem Augenblick, dass sie alles – und damit meinte sie wirklich alles – machen würde, was er von ihr verlangte.

Hoffentlich lässt er mich am Leben!

22

Montag, nachts

Ich steckte den Schlüssel in das Schloss und drehte ihn langsam herum. Ein Klicken ertönte, das sich in dieser unheimlichen Stille wie der Urknall anhörte. Für einige Sekunden verharrte ich, doch als keine Geräusche aus der Wohnung erklangen, öffnete ich vorsichtig die Tür und trat ein. Zielstrebig ging ich auf Zehenspitzen ins Schlafzimmer. Ich hörte laute Atemgeräusche und stieß die Schlafzimmertür auf, sodass ich durch den entstandenen Spalt hineinlugen konnte. Er lag eingemummelt da, die Bettdecke bis über die Nasenspitze gezogen, und schlief glückselig. *Noch!*

Ich zog die Spritze aus meiner Jackentasche und löste die Plastikkappe von der Kanüle. Nun durfte nichts schiefgehen. Plötzlich regte er sich und drehte sich von einer Seite auf die andere. Wie zur Salzsäule erstarrt blieb ich mitten im Raum stehen und wartete. Ich schickte ein Stoßgebet gen Himmel, dass er nicht ausgerechnet jetzt aufwachte. Und anscheinend wurde ich erhört, denn die Atemgeräusche wurden gleich darauf wieder gleichmäßiger.

Nun lag er mit dem Gesicht der Bettmitte zugewandt, was für mich ein noch leichteres Spiel bedeutete. Ich holte tief Luft, stach mit der Nadel in seinen Hals und drückte den Bolzen hinunter. Er fuhr schlagartig hoch und versuchte, mit seiner Hand die Spritze zu entfernen.

»Was ist hier los?«, schrie er, doch ich drückte seinen Kopf in das Kissen, sodass seine Laute in ein undefinierbares Krächzen übergingen. Er war stark, schon immer gewesen. Doch diesmal ... ja, diesmal hatte ich die Oberhand, und er würde das tun müssen, was ich sagte!

In mir loderte ein Buschbrand, der alles um sich niederbrannte und nur Schutt und Asche zurücklassen würde. Der ganze Hass auf ihn entlud sich mit einem Mal, und ich drückte seinen Kopf immer fester und fester ins Kissen. Es tat so gut, und ich genoss jede Sekunde. Er wedelte mit seinen Armen und versuchte, mich von sich zu drücken. Je mehr er sich wehrte, desto mehr ließ seine Kraft nach. Das Mittel, das ich ihm verabreicht hatte, wirkte schneller als gedacht. Vermutlich auch, weil die Dosis jeden ausgewachsenen Elefanten aus den Socken gehauen hätte.

Röcheln! Es trat aus seinem Mund, und im ersten Moment glaubte ich, dass ich meinen Plan versaut hatte. So durfte er auf keinen Fall sterben. Somit lockerte ich meinen Griff. Sein rechter Arm hing schlaff aus dem Bett. Ich drehte ihn auf die Seite und musste feststellen, dass er nicht so einfach zu bewegen war. Ich brauchte all meine Muskelkraft, und erste Schweißperlen bildeten sich auf meiner Stirn.

Ich fesselte seine Arme hinter dem Rücken. Sicher war sicher. Ich stutzte, als ich die Speichellache auf dem Kopfkissen sah. Hatte ich ihm wirklich so viel verabreicht? Würde er nun hopsgehen, nur weil ich ihn anständig außer Gefecht setzen musste? Ich klebte ihm Gaffa-Tape über den Mund. Ich würde in seiner Nähe sein und aufpassen, dass er nicht an seinem eigenen Speichel erstickte. Das war nicht das, was ich mir für ihn vorstellte. Er sollte leiden. So, wie er noch nie gelitten hatte. Er würde den Schmerz erleiden, denn ich heute noch in mir trug.

Ich holte den Rollstuhl aus meinem Auto und verfrachtete ihn mühsam hinein. Dabei achtete ich darauf, so wenig Geräusche wie möglich zu machen. Schließlich sollten keine neugierigen Nachbarn etwas davon mitbekommen, was hier ablief. Ich war froh, dass er im Erdgeschoss wohnte. Das machte es für mich einfach, ihn hinauszurollen. Der Rollstuhl war Gold wert. Ich hatte ihn, so wie einige andere nützliche Dinge auch, billig bei einer Online-Auktion erstanden.

Endlich am Auto angekommen fuhr ich die Rampe hinauf, die ich mir extra für den Rollstuhl angefertigt hatte, und zurrte das Teil mit Haken an den dafür vorgesehenen Ösen am Boden fest. Schließlich sollte meine kostbare Ladung nicht beschädigt werden.

Ich setzte mich hinters Lenkrad, und wie ein Habicht, der eine Maus sah, schoss mir ein Gedanke durch den Kopf, der mich den ganzen Weg zu meiner Werkstatt nicht mehr losließ. Es war die perfekte Idee. Es kribbelte mir bereits in den Fingern.

Genau so werd ich das machen.

Ein Grinsen legte sich auf meine Lippen, und ich pfiff zufrieden mein Lied.

23

Montag, nachts

Susanne war mit Alexander auf dem Weg zu Josef Halber. Nur noch wenige Querstraßen, dann würden sie am Elternhaus von Uta Schwenger eintreffen.

»Du meinst, er hat wirklich Infos, die uns helfen können?«, fragte Alexander und sah sie skeptisch an.

»Ich denke mal, die Antwort auf ihre Abwesenheit ist in ihrem Zimmer zu finden. Und wenn wir dort nicht fündig werden, dann müssen wir zu ihr in die Wohnung. Aber da hat unser Abteilungsinspektor ja, wie wir wissen, den Schlüssel.«

Sie fuhr in die Einfahrt, und im selben Moment öffnete sich schon die Haustür. Es war knapp einundzwanzig Uhr, der Hausherr hatte bereits seinen Schlafanzug an.

Susanne schmunzelte bei dem Anblick. »Ich verstehe nicht, warum er sich nicht etwas übergezogen hat. Schließlich kommen wir nicht unangemeldet.«

Noch bevor Alexander antworten konnte, riss Josef Halber schon die Autotür auf der Fahrerseite auf. »Schön, dass Sie hier sind. Das freut mich sehr, dass Sie mich dabei unterstützen wollen, meine Tochter zu finden.«

»Ja, natürlich«, erwiderte Susanne. »Zeigen Sie uns ihr Zimmer. Dort hoffen wir Hinweise auf ihren Verbleib zu finden.«

»Natürlich!«, sagte Josef Halber und ging mit flotten Schritten zurück ins Haus. »Soll ich Ihnen einen Tee machen? Einen Kaffee kann ich Ihnen nicht anbieten. Ich kenn mich nicht aus mit dieser neumodischen Maschine. Meine Frau schläft schon. Sie hat ein Beruhigungsmittel genommen, und ich hab sie ins Bett gebracht und gewartet, bis sie eingeschlafen ist. Sie kann nur schlafen, wenn ich neben ihr bin, müssen Sie wissen.«

Ein schlechtes Gewissen kam in Susanne auf, als sie daran dachte, dass sie sich vor wenigen Momenten noch über seinen Aufzug lustig gemacht hatte. Dabei war er ein fürsorglicher Ehemann und wollte seiner Frau jegliche weitere Aufregung ersparen.

Susanne fühlte sich schlagartig um mindestens drei Jahrzehnte zurückversetzt, als sie das Haus betrat. Direkt von dem schmalen Flur ging das Wohnzimmer ab. Dunkles Mahagoniholz, gepaart mit Spitzendeckchen, die jedes Möbelstück in dem Raum zierten. Raufasertapete an den Wänden. Eine Deckenleuchte mit hellem Stoffbezug und dunklen Quasten hing herab. Ein großes Hirschgeweih prangte an der Wand.

»Hat alles der Tischler im Ort gemacht«, erklärte Josef Halber voller Stolz. »Leider hat sein Sohn vor zwanzig Jahren die Tischlerei übernommen und alles heruntergewirtschaftet. Schade. Das war eben noch echte Handarbeit. Davon verstehen die jungen Leute heutzutage nichts mehr. Die gehen lieber in ein Möbelhaus und kaufen lackierte Pressspanplatten.«

»Wo ist das Zimmer Ihrer Tochter?«, fragte Susanne, nachdem sie zu seinen Ausführungen gelangweilt gelächelt und genickt hatte.

»Oben im ersten Stock. Gleich die zweite Tür links. Ich werde hier warten. Das Zimmer ist klein, und drei Leute sind einfach zu viel.«

Susanne schritt voran. Die Stufen knarrten. Als sie in Uta Schwengers Zimmer ging, war ihr sofort klar, dass seit ihrer Jugendzeit hier nichts verändert worden war. Es sah so aus, als wäre das Mädchen, das hier lebte, gerade erst sechzehn Jahre alt. Sie setzte sich auf den viel zu kleinen Schreibtischstuhl und blätterte in den Notizen, die Uta gemacht hatte und die offen auf dem Tisch lagen.

»Also, laut ihren Aufzeichnungen hat sie über Paul Klasen recherchiert. Doch wirklich etwas Wichtiges hat sie nicht herausgefunden. Also nichts, was wir nicht auch schon wissen.«

Das Knarren der Treppe ertönte, und gleich darauf stand Josef Halber im Türrahmen. »Uta hat heute an meinem PC gearbeitet. Vielleicht finden Sie ja da etwas.« Er wies mit seiner Hand den schmalen Gang entlang.

Susanne setzte sich an den Schreibtisch, fuhr den Computer hoch und öffnete den Internetbrowser. Im Verlauf sah sie, dass Facebook als letzte Seite geschlossen worden war. Sie klickte darauf und hoffte inständig, dass die Zugangsdaten von Uta gespeichert waren. Und tatsächlich, die Anmeldemaske füllte sich automatisch aus. Sie sah sich den letzten Chatverlauf an.

»Schau mal. Sie hat sich heute Nachmittag mit einem Franz in einer Bäckerei in Zwettl verabredet. Scheint der Freund oder der heimliche Schwarm zu sein.«

»Okay«, sagte Alexander. »Dann müssen wir mal rausbekommen, wer dieser Franz ist. Jetzt zu der Bäckerei in Zwettl zu fahren ist sinnlos. Dort wurden ja schon vor zwei Stunden die Gehsteige hochgeklappt, und die rollenden Büsche fegen durch den aufkommenden Wüstenwind über die leere Straße.«

Susanne lachte bei dem Bild, das sie mitten in den Wilden Westen katapultierte. »Gut, dann machen wir das morgen. Ich lass mal den Namen überprüfen. Vielleicht hilft uns das ja, und wenn wir die Adresse haben, werden wir den guten Herrn besuchen.« Sie fotografierte den Namen und das Foto ab und schickte beides in einer Nachricht an Kontrollinspektor Siegbert Köllner.

»Können wir dann gehen?«, fragte Alexander. »Irgendwie ist es gruselig hier, und ich hab das Gefühl, dass jeden Moment meine Mutter mit mir schimpft, weil es schon spät und morgen doch Schule ist.«

»Verstehe ich. Wir gehen.« Susanne erhob sich. »Vielleicht ist Frau Schwenger auch nur bei diesem Franz, und die beiden haben ein Schäferstündchen. Das muss Vati nicht wissen.« Sie malte bei dem Wort »Vati« Gänsefüßchen in die Luft und zwinkerte Alexander zu.

24

Montag, nachts

Noch immer grinste ich, als ich an meinen Plan dachte. Das würde einfach super werden und mir genau den Kick bringen, den ich mir gewünscht hatte. Ich verzehrte mich schon so lange nach genau diesem Moment. Die Angst, die sich in seinen Augen widerspiegeln würde, wenn er merkte, was ich mit ihm vorhatte. Die Panik, wenn er erkannte, wer ich war.

Ob er das noch weiß? Ob ihm sofort bei meinem Namen ein Licht aufgeht?

Es fühlte sich an wie Tausende von Ameisen, die in meinem Körper krabbelten. Das Kribbeln verstärkte sich, je länger ich über diesen Moment nachdachte. Das Auto hüpfte die Einfahrt entlang, und ich schwor mir, dass ich gleich morgen Kies in die Schlaglöcher hineinschütten würde.

Gleich darauf stieg ich aus und holte meine kostbare Fracht aus dem Laderaum. Noch war Franz betäubt und hing mehr im Rollstuhl, als dass er saß. Es kamen mir Zweifel, ob es wirklich eine gute Idee war, gleich zwei Personen auf einmal zu entführen und zu töten. Doch wischte ich die mit einer unwirschen Handbewegung fort. Natürlich war das eine gute Eingebung gewesen. Nur so könnten die beiden auch wirklich verstehen, was sie falsch gemacht hatten. So ergab das große Ganze Sinn.

»Dieses Arschloch! Er darf nicht am Leben bleiben. Franz muss seine Rechnung bezahlen!«

Ich drehte mich zu ihm um. Er war da und stand mir zur Seite. Er unterstützte mich. Er war mein bester Freund. Mein einziger Freund.

Ich schob den Rollstuhl in meine Werkstatt hinein und stellte ihn in die Mitte. Vorsorglich fesselte ich Franz' Hände und Füße mit Eisenketten an den Armlehnen und den Fußstützen. Schließlich durfte er mir nicht entkommen. Unter keinen Umständen. Auch er musste nun Buße tun. So wie es Isabella getan hatte.

Ich schaute ihn an. Noch zeigte sein Körper keine Regung, keine Anzeichen, dass er bald aufwachen würde. Doch wenn es dann endlich so weit sein würde, war ich da. Und diesmal war ich auf ihn vorbereitet.

Ich schaltete das Licht aus, als ich die Werkstatt verließ, holte den Plastiksack aus dem Wagen und umrundete das Gebäude. Den kleinen Schuppen, der gerade groß genug war, dass man sich darin umdrehen konnte, erreichte ich mit wenigen Schritten. Ich steckte den Schlüssel in das Vorhängeschloss, und es klickte. Dann öffnete ich die Tür, und aus der Ecke erklang ein Winseln wie von einem verängstigten Tier. Ich hörte das Rasseln der Ketten. Es roch wie in einer Bahnhofstoilette. Nach Schimmel und Fäkalien. Sofort hielt ich meinen Atem an, leerte den Inhalt der Tüte auf dem Boden aus und schloss gleich darauf wieder ab.

»Bald ist es für dich so weit«, flüsterte ich der geschlossenen Tür entgegen. »Ich hab dir versprochen, dich erst zum Schluss zu töten.«

Aus dem Inneren waren Schmatzgeräusche zu hören.

Ich schlurfte wieder nach vorne und betrat schon die Werkstatt, da fiel mir der Hundekäfig ein. Auch nach ihr sollte ich schauen. Ich lugte um die Ecke, schaltete meine Taschenlampe ein und sah eine zusammengekauerte Gestalt in der Mitte des

Zwingers am Boden liegen. Zufrieden ließ ich von ihr ab. Jetzt musste ich mich um Franz kümmern. Er stand als Nächstes auf meiner Liste.

Ich ging die wenigen Schritte zurück in die Werkstatt und ließ das Rolltor hinter mir herunter. Schließlich brauchte ich keine zufälligen Zuschauer. Das hier war meine Bühne, und ich war Schauspieler und Publikum zugleich. Ich schaltete den Strahler ein, der Franz' Gesicht wie ein Scheinwerfer in Szene setzte, und stellte mich direkt dahinter. Er hatte nun meine ungeteilte Aufmerksamkeit. Seine Augenlider flatterten. Mein Herz setzte einen Schlag aus, und dann polterte es so stark gegen meine Brust, dass ich dachte, es würde jeden Moment aus meinem Körper springen. So aufgeregt war ich noch nie gewesen. Ich hielt die Luft an, als er seine Augen aufschlug. Er blinzelte, und sogleich hatte er sich an das Licht gewöhnt. Verwirrt blickte er sich um und zog an seinen Fesseln.

»Hallo? Wo bin ich?«, lallte er kaum hörbar. Das Sedativum wirkte noch. Das sollte ich auch in meiner Zeitplanung bedenken. Schließlich wollte ich doch, dass er genauso wie ich jede Millisekunde seines Todes miterlebte. Dass er den Schmerz mit jeder Faser seines Körpers aufnahm und für immer mit in die Hölle nahm, wo er hingehörte. Er war doch der Teufel höchstpersönlich, und heute ... ja, heute würde ich ihn besiegen.

Ich trat einen Schritt näher an ihn heran. Beinahe konnte ich seine Furcht riechen. Ob er die panische Angst damals auch gerochen hatte? Ich nahm einen tiefen Atemzug und saugte es in mich auf.

»Tu Buße.«

Verwirrt blickte er sich um. Er konnte mich nicht sehen, hatte ich mich doch so hingestellt, dass er direkt ins grelle Licht schauen musste, wenn er mich mit seinen Augen suchte.

»Was willst du, du Irrer? Lass mich sofort hier raus!«

Wieder rasselten die Ketten, und das Eisen schrammte an dem Gestänge des Rollstuhls.

»Tu Buße! Sprich das Vaterunser.« Das Kribbeln in mir verstärkte sich. Ein warmer Schauer umhüllte mich wie eine schützende Decke. Heute war es so weit. Ich freute mich wie ein kleines Kind vor dem leuchtenden Weihnachtsbaum, als ich die Eisensäge zur Hand nahm. Langsam strich ich mit meinem Zeigefinger über die kleinen spitzen Zacken. Das Blut schoss aus meiner Fingerkuppe, doch ich spürte keinen Schmerz.

»Wieso bin ich hier? Was ist das für ein Psychospiel?« Franz' Worte wurden klarer.

»Heute ist der Tag, an dem du Buße tun wirst. Und du wirst deine Rechnungen begleichen.«

Er zerrte wie wild an seinen Fesseln, doch hielten sie ihm stand. Er hatte keine Chance zu entkommen. »Ich werde überhaupt nichts machen. Lass mich sofort frei, ansonsten ...«

Ich lachte laut auf und brauchte einige Zeit, bis ich mich wieder beruhigt hatte. »Ansonsten was? Was willst du tun, Franz? Was?« Ich kam ein Stück näher und hielt ihm die Eisensäge vor die Augen. »Du wurdest zum Tode verurteilt! Also, büße nun deine Sünden. Sei ein Mann! Das waren doch immer deine Worte.« Ich war erstaunt über den letzten Satz, der wie automatisch über meine Lippen gekommen war, und ich verharrte für wenige Sekunden.

»Ich gebe dir alles, was du willst. Zehntausend Euro hab ich gespart. Die sind auf meinem Konto. Die kannst du haben. Auch mein Auto geb ich dir. Das verspreche ich dir. Nur tu mir bitte nichts.«

»Du hast mir schon so viel versprochen. Nie, aber auch wirklich nie, hast du etwas gehalten. Und auch diesmal wirst du deine Versprechen nicht einlösen. Also, letzte Chance für dich. Tu Buße. Sei endlich ein Mann!«

Er zerrte an seinen Fesseln, versuchte, sich zu befreien, und es hagelte weitere Zugeständnisse zwischen vereinzelten Beschimpfungen. Der liebe Franz hatte seine Gefühlswelt so gar nicht mehr unter Kontrolle. Ich trat wenige Schritte zurück, lehnte mich gegen die Wand und genoss seine Vorstellung. Seine Wangen waren dunkelrot, und aus seiner Nase tropfte Rotz. An seinem Hals sah ich sogar aus der Entfernung, dass die Adern hervortraten und wild pochten. Dann hallte sein Hilfeschrei von den Wänden wider. Und doch war eines sicher: Er wollte keine Buße tun. Dann würde er mit seiner Entscheidung leben müssen. Ich holte das Tuch aus meiner Hosentasche heraus und stopfte es blitzschnell in seinen Mund. Sofort klebte ich Gaffa-Tape darüber.

Ich hasste es, wenn jemand schrie. Das ging mir durch Mark und Bein. Schließlich musste ich mich auf meine Arbeit konzentrieren und hatte keinen Nerv für dieses Rumgejammer. Es war doch immer dasselbe. Zuerst beschimpften sie dich und drohten dir, dann kam das Schluchzen, und die Tränen flossen in Strömen. Und wenn alles nichts half, versprachen sie dir den Himmel auf Erden. Klar, ich hatte mir doch nicht die Mühe gemacht, jemanden wochenlang zu beschatten, in dessen Leben einzutauchen, ihn zu entführen, nur damit ich ihn am Ende wieder gehen ließ. Ich schüttelte den Kopf, um diesen irrwitzigen Gedanken aus meinem Hirn zu bekommen.

Ich stellte mich auf seine rechte Seite, sodass der Lichtschein auf mein Gesicht traf. Seine Stirn legte sich in Falten – ganz klar konnte ich nun erkennen, dass er wusste, wer ich war. Ich sah es in seinem Blick. Die Augen traten fast aus den Höhlen, so sehr stierte er mich an. Sein Adamsapfel zuckte wild.

»Franz? Bist du bereit, deine Rechnung zu begleichen? Bereit, Buße zu tun? Bereit, für deine Sünden zu bezahlen?«

Er zögerte einen Moment und schüttelte dann den Kopf, sodass mich seine Schweißtropfen trafen.

»Gut«, sagte ich in einem sanften Ton. »Du bist bereit. Weil diesmal nicht du bestimmst, was passiert, sondern ich.«

25

Dienstag, in den frühen Morgenstunden

Uta öffnete ihre Augen, als das Morgengrauen einsetzte. Bald würde die Sonne aufgehen. Die ersten Vögel sangen schon ihr Morgenlied. Für einen kurzen Moment hatte sie vergessen, wo sie sich befand. War sogar mit der Erwartung aufgewacht, Campino von den Toten Hosen würde sie vom Poster anlächeln. Sicherheit, Geborgenheit. Aber diese Gefühle verschwanden sofort wieder, als sie das Gitter des Käfigs sah. Wie ein Tier wurde sie festgehalten. Von einem Psychopathen, der sie entführt hatte. Sie wusste nicht, warum er dies tat. War sie bloß ein Zufallsopfer, oder war der Täter wirklich der anonyme Tippgeber? Musste sie nun für die Entscheidung ihres Zeitungsverlegers büßen?

Zorn kroch in ihr hoch.

Ich hasse dich, Peter! Ich bin mir sicher, wegen dir werde ich hier gefangen gehalten. Nur weil du mich nicht diesen Artikel hast schreiben lassen.

Doch die Wut hatte nicht einmal den Hauch einer Möglichkeit, sich auszubreiten, denn die Angst kroch sogleich durch ihre Adern und ließ sie erschaudern, als sie ein leises Wimmern hörte, das allem Anschein nach aus ihrer unmittelbaren Umgebung kam. Sie stemmte sich in die Höhe und drehte sich dem Geräusch entgegen. Dann sah sie ihn.

Franz saß drei Meter von ihr entfernt außerhalb ihres Gefängnisses, an einen Rollstuhl festgebunden. Blut, überall war

Blut. Seine Augen waren weit aufgerissen, und Schweißperlen glitzerten auf seiner Stirn. Uta kroch auf ihn zu, doch die Schlinge um ihren Hals zog sich zusammen, je näher sie an ihn herankam. Sie röchelte und wich zurück, bis sich das Seil wieder lockerte. Er rührte sich nicht. Sein Blick haftete an ihr. Uta schrie, doch das Klebeband auf ihrem Mund dämpfte den Schrei.

Er hat ihm die Finger abgeschnitten! Alle!

Fliegen surrten um Franz herum, und die ersten labten sich schon an den offenen Wunden. Doch er zuckte nicht.

Er bewegte sich nicht! Wieso nicht?

Uta verlagerte ihr Körpergewicht auf die rechte Seite und versuchte so, einen anderen Blickwinkel auf Franz zu bekommen, der schräg zu ihr saß. Erst jetzt sah sie, dass sein gesamter Körper auf diesem Stuhl festgezurrt war. Sie schaute ihm ins Gesicht, als sie sein Raunen hörte. Seine Pupillen drehten sich nach oben, bevor sein Kopf nach vorne fiel und dort verharrte.

Uta atmete hektisch durch die Nase ein und aus. Sie wollte, nein, sie musste ihm helfen. Doch wie? Sie konnte sich doch selbst nicht einmal aus ihrer aussichtslosen Situation befreien. Wieder klirrten die Ketten, als sie ihre Hände bewegte. Sie erschrak, als sie die Stimme hörte.

»Na, kleine Prinzessin. Schon munter? Hast du gut geschlafen? Ich hab mir gedacht, du möchtest deinen Prinzen wiedersehen. Schöne Überraschung, nicht wahr?«

Der Mann, der sie anlächelte, war ihr komplett fremd. Ein dunkelblaues Basecap hatte er tief ins Gesicht gezogen, und die Sonnenbrille verdeckte seine Augen. Sie hatte ihn noch nie gesehen, nicht einmal die Stimme kam ihr bekannt vor. War es der Mann, der ihr die Fotos gegeben hatte? Die Größe müsste stimmen, ebenso die dicken Augenbrauen, doch alles andere schien ihr fremd. Lässig lehnte er sich an das Gitter.

Sie nahm ihren Blick von ihm und schaute zu Franz, der nach wie vor bewusstlos war. Dann starrte sie ihren Entführer wieder an, der eine seiner buschigen Augenbrauen in die Höhe gezogen hatte. Es hatte fast den Anschein, als wartete er auf eine Antwort von ihr. Uta nickte. Sie wusste nicht, was sie sonst hätte tun sollen.

»Bist du bereit, Buße zu tun, Uta?«

Augenblicklich fühlte sie sich verloren, einsam, und sie spürte die quälende Furcht vor dem, was dieser Irre mit ihr anstellen würde. Er hakte seine Finger in das Gitter ein. Diese Geste erinnerte sie an ein Kind, das im Zoo den gefangenen Tieren ganz nahe sein wollte

Wie ein Tier, huschte es ihr durch den Kopf.

»Was hab ich dir getan?«, schrie sie ihm entgegen, aber durch das Klebeband auf ihrem Mund fanden keine Worte, sondern nur unverständliche Laute den Weg nach draußen.

»Bist du bereit, Uta? Tu Buße. Du bist die Nächste!«

Er entfernte sich wieder von ihr und ließ seine Hände auf die Griffe des Rollstuhls sinken. Dann fuhr er mit Franz den gepflasterten Weg inmitten des Waldes zur Wellblechhütte entlang, und Augenblicke später waren die beiden um die Ecke der Hütte verschwunden. Uta konnte sich nicht bewegen. Immer und immer wieder hämmerten seine Worte in ihren Kopf.

Du bist die Nächste!

Wie ein Tsunami traf sie die Erkenntnis, als sie sich der Bedeutung bewusst wurde. In einer Endlosschleife kreiste ein einzelner Gedanke.

Ich bin die Nächste. Ich werde sterben!

26

Dienstag, morgens

»Jetzt komm endlich, Grünschnabel«, fluchte Susanne leise, als sie ihren Kollegen hörte, der vorne im Erdgeschoss des Wohnblocks von Franz Jenner noch ein Schwätzchen mit dem Hausmeister hielt. Dieser weigerte sich, Jenners Wohnungstür zu öffnen und in der Wohnung nach dem Rechten zu sehen. Sie selbst stand vor besagter Tür, der hintersten in dem düsteren Gang. Es war erst kurz vor acht Uhr morgens. Und natürlich durften sie die Wohnung nicht öffnen lassen. Schließlich fehlte die richterliche Anordnung dafür, und auch Gefahr im Verzug war zu diesem Zeitpunkt nicht gegeben. Sie drehte sich der Tür zu und hämmerte abermals dagegen. »Polizei! Aufmachen!«

Doch weder öffnete jemand noch hörte sie etwas im Inneren. Susanne seufzte. Es war einfach gewesen, herauszufinden, wer dieser ominöse Franz war, mit dem sich Uta Schwenger getroffen hatte. Er hatte auf Facebook sein Geburtsdatum angegeben, und anhand dessen war die Meldeauskunft nur mehr einen Mausklick entfernt gewesen.

Da ging die Tür der Nachbarwohnung auf, und eine Frau, an die fünfundsiebzig Jahre alt, bekleidet mit einer bunten Hausschürze, schaute sie fragend an.

»Was ist hier los? Warum machen Sie so einen Radau?«, krächzte sie Susanne entgegen.

»Landeskriminalamt Wien Süd. Abteilung eins, Abteilungsinspektorin Kriegler. Und wer sind Sie?«

Der Frau klappte für einen Moment der Mund auf, doch sie fing sich gleich wieder. »Schneider. Ursula Schneider. Aber was wollen Sie von Herrn Jenner? Landeskriminalamt … Polizei also?«

»Ja, Kriminalpolizei. Warum wir hier sind, darf ich Ihnen nicht sagen. Wann haben Sie Herrn Jenner das letzte Mal gesehen?«

»Ich weiß nicht. Gestern Nachmittag?«, sagte sie und kratzte sich nachdenklich an der Schläfe. »Ja, es muss gestern gewesen sein. Er hat mir netterweise meine Einkäufe abgenommen, als wir gemeinsam nach Hause kamen. Er ist wirklich ein sehr höflicher Mann, müssen Sie wissen.«

»Wissen Sie, wo er arbeitet?«

»Er ist der Leiter vom Kinderheim in Zwettl. Er wohnt erst seit Kurzem hier. Aber eigentlich sollte er noch zu Hause sein. So früh geht er nie zur Arbeit.«

»Okay. Danke Ihnen. Sie haben uns sehr weitergeholfen.« Susanne drehte Frau Schneider den Rücken zu und wollte sich soeben von ihr entfernen, blieb aber bei ihren folgenden Worten stehen.

»Ich hab einen Schlüssel von seiner Wohnung. Wissen Sie? Er ist doch ein alleinstehender Mann. Da schau ich hin und wieder nach dem Rechten, räume auf und putze ein wenig. Ich bin doch noch gut in Schuss für meine siebenundsiebzig Jahre. Dafür hilft er mir bei den Großeinkäufen und bei kleineren Reparaturen. Nachbarschaftshilfe eben.«

Susanne drehte sich auf dem Absatz um. »Sie haben einen Schlüssel? Das wäre natürlich super, wenn Sie nachschauen könnten.« Susanne wusste, es war ein sehr schmaler Grat, auf dem sie sich gerade bewegte. Sie hatte keinerlei Befugnis, die Wohnung zu betreten. Aber die Nachbarin schon.

Frau Schneider war in ihre Wohnung gehuscht und kam unmittelbar danach mit dem Schlüssel zurück. Ihre Hand zitterte, als sie ihn ins Schloss steckte. »Ich hab noch nie etwas mit der Polizei zu tun gehabt, müssen Sie wissen.« Frau Schneider öffnete die Tür und lugte vorsichtig hinein. Allerdings blieb sie an der Türschwelle stehen und drehte sich zu Susanne um. »Sollten nicht lieber Sie hineingehen? Ich meine, falls … na, Sie wissen schon.«

»Natürlich kann ich das für Sie übernehmen. Bleiben Sie einfach hier stehen, und ich sehe mich in der Wohnung um.«

Frau Schneider nickte erleichtert, und Susanne legte die Hand auf ihre Pistole. Schnell schaute sie sich in den einzelnen Zimmern um. Doch hier war niemand. Im Schlafzimmer angelangt, sah sie das zerwühlte Bettzeug, das halb auf dem Boden lag, und den kleinen Blutfleck auf dem Kopfkissen, der sofort ihre Aufmerksamkeit erregte. Sie trat einen Schritt näher heran, und unter ihren Sohlen knirschte es. Sie schob die Bettdecke mit ihrem Fuß ein wenig zur Seite und sah Glasscherben auf dem Teppich. Etwas Silbernes lugte unter der Zudecke hervor. Sie holte ihre Handschuhe aus der Jackentasche und bückte sich danach. Ein gerahmtes Bild in Schwarz-Weiß, dessen Glas zerbrochen war. Es sah auf den ersten Blick so aus wie das Foto einer Schulklasse. Links und rechts standen Erwachsene, und einige Buben standen in der Mitte, aufgereiht wie Hühner auf einer Stange. Doch dann konnte sie kaum glauben, was sie im Hintergrund erkannte.

»Alexander!«, rief sie. »Ruf sofort bei Köllner an. Spurensicherung, und er soll sofort einen Suchbefehl nach Franz Jenner und Uta Schwenger rausgeben.«

27

Dienstag, morgens

Das Absperrband der Polizei flatterte im Wind. Doch weit und breit sah ich keinerlei Beamte, die den Ort bewachten. Natürlich war ich wieder nach Döllersheim zurückgekommen. Schließlich musste ich doch zu Paul und ihm bringen, was ihm zustand. Es war riskant, am helllichten Tag hierherzukommen, und dementsprechend aufgeregt war ich. Mein Pulsschlag hatte sich verdoppelt, als ich an der Kirche vorbeischlich. Der Gedanke an Isabella war so präsent in meinem Hirn, dass ich für einen Augenblick vergaß, wo ich war. Wie sie wohl ausgesehen hatte? Ob sie noch immer so hübsch anzusehen gewesen war wie zu Lebzeiten?

Ich hatte mich nur noch einmal hierhergeschlichen. Nur wenige Tage, nachdem ich sie hergebracht hatte. Allerdings war es da mitten in der Nacht gewesen, um vor möglichen Zeugen sicher zu sein. Schließlich musste ich einen Auftrag erfüllen, und dieser durfte nicht durch meine Neugier in Gefahr gebracht werden.

Ich blieb an der Kirchenecke stehen und ließ meinen Blick langsam über den Friedhof schweifen. Auch hier war niemand zu sehen. So schnell ich konnte, lief ich den Weg entlang, an den uralten Gräbern vorbei. Die meisten waren verwuchert, und von den einstmals schönen Blumen sah man nur noch verdorrte Zweige. Schon seit Jahrzehnten wurde hier niemand mehr beerdigt.

»Paul«, flüsterte ich, als ich endlich sein Versteck erreicht hatte. »Ich hab es.« Ich keuchte vor Aufregung. Aus meinem Rucksack nahm ich den Glasbehälter heraus und hielt ihn wie einen Pokal in die Höhe. »Schau, alle zehn Finger!« Durch die Bewegung tanzten sie in der Flüssigkeit zu einer unhörbaren Musik.

Aus der Dunkelheit erklang seine Stimme. *»Gut gemacht! Ich wusste, du schaffst das.«*

Ich stellte das Glas zu den anderen auf den kalten Boden. Stolz schwappte durch meine Adern. Mein Versprechen – ich hatte es eingelöst, und es war viel einfacher, als ich es mir jemals erträumt hatte. Mir ging es gut. Sehr gut sogar. Es war die beste Entscheidung in meinem Leben, endlich damit abzurechnen. Die Vergangenheit abzuschließen.

28

Dienstag, morgens/vormittags

»Was ist los? Was hast du gefunden?«, sagte Alexander, als er ins Schlafzimmer zu Susanne stürmte. Sie hielt ihm den Bilderrahmen hin und tippte mit ihrem Zeigefinger auf das Emblem auf der Fahne im Hintergrund.

»Kennst du das?«, fragte sie.

»Das ist doch dasselbe Zeichen, das auch auf dem Ring ist, den wir im Brustkorb von Isabella Hertz gefunden haben. Scheiße! Was ist das? Eine Pfadfindergruppe?«

»Allem Anschein nach, ja. Zumindest anhand der Kleidung. Wir müssen herausfinden, wann und wo dieses Foto aufgenommen wurde. Und natürlich auch, wer sonst noch auf dem Bild zu sehen ist. Ich habe den Verdacht, dass Franz Jenner entführt worden ist. Und vermutlich diese nervige Journalistin auch.«

»Es sieht hier nach einem Kampf aus. Franz Jenner hat seine Wohnung nicht freiwillig verlassen. Hast du die Spuren hier schon gesehen?« Alexander deutete auf schmale Streifen, die sich vom Flur bis ins Schlafzimmer zogen. »Sieht nach Reifenspuren aus, meinst du nicht?«

»Das soll die Spusi klären. Vielleicht sind die Spuren von einer Sackkarre oder Ähnlichem? Das würde zumindest erklären, wie der Täter Franz Jenner aus der Wohnung bringen konnte.«

Alexander zog sich ebenso Handschuhe an und nahm Susanne den Bilderrahmen aus der Hand. Vorsichtig zog er das Foto zwischen den Scherben heraus und drehte es um. »Sekirn, 1992«, las er ab.

»Wir müssen sofort in Erfahrung bringen, was Franz Jenner in diesem Ferienlager gemacht hat. Was das allerdings mit unserer Toten und Uta Schwenger zu tun hat, weiß ich noch nicht. Ich meine, Uta Schwenger war 1992 gerade einmal sieben Jahre alt. Und unsere Tote ...« Sie unterbrach sich und tippte auf ihrem Handy herum, bis sie die gewünschte Information fand. »... war sechs Jahre alt. Verdammt. Es besteht die Möglichkeit, dass das Foto eine Sackgasse ist und nichts damit zu tun hat. Aber das Emblem im Hintergrund: Das könnte der Schlüssel sein. Wenn meine Vermutung stimmt, dann gehörte der Ring Franz Jenner. Unser Täter hat uns einen Hinweis auf das nächste Opfer im Brustkorb der Toten hinterlassen.«

Sie zog ihr Handy hervor und fotografierte das Bild ab. Dann rief sie bei ihrem Kollegen im Büro an.

»Ja, hallo. Susanne hier. Siegbert? Kannst du mir bitte Infos besorgen über einen Franz Jenner? Er soll, laut Aussage einer Nachbarin, Leiter des Kinderheimes in Zwettl sein.« Sie beendete das Gespräch. Plötzlich sah sie in ihrem Augenwinkel eine Person im Türrahmen stehen. Susanne drehte sich um und erkannte die alte Dame von vorhin. »Frau Schneider! Bitte gehen Sie in Ihre Wohnung. Ich komme dann zu Ihnen, ja?«

Frau Schneiders Augen waren geweitet, und ihr Mund stand offen, als sie das Chaos im Schlafzimmer sah. »Was ist denn hier passiert? Ich war doch erst gestern Vormittag hier, und da hab ich alles zusammengeräumt. Herr Jenner ist sehr ordentlich. Das würde er mir nie so hinterlassen!«

Susanne trat näher an die alte Frau heran und drängte sie sanft aus der Wohnung. »Ich bitte Sie, in Ihrer Wohnung auf mich zu warten.« Mit diesen Worten schloss sie die Tür hinter sich.

***

Eine gute Stunde später befanden sich Alexander und Susanne auf dem Weg zum Kinderheim in Zwettl. Die Befragung von Frau Schneider hatte keine relevanten Informationen zutage gebracht, somit folgten sie der einzigen Spur, die sie hatten.

Susanne bog in die Adlerstraße in Zwettl ein.

»Wow, das sind aber schöne Häuser«, sagte Alexander.

»Definitiv.« Susanne nickte.

Wenige Hundert Meter weiter hatten die beiden ihr Ziel erreicht, und sie parkte das Auto auf dem Hof, der direkt an das zweistöckige Gebäude anschloss. Die Außenfassade war in einem blassen Rosa gehalten, und um die Fenster war ein knalliges Orange angebracht. Weißer Stuck ließ Susanne mutmaßen, dass es sich hierbei um ein älteres Gebäude handelte. Fast in der kompletten Adlerstraße hatten sie alte Häuser gesehen, doch auf der gegenüberliegenden Straßenseite drängte sich ein kantiger grauer Neubau dazwischen, der so gar nicht in die Umgebung passte.

»Schlimm, oder?«, sagte sie und zeigte auf den Wohnblock. »Warum können sich die Architekten nicht an den anderen Häusern orientieren? Das wäre doch viel schöner.«

Alexander verzog sein Gesicht und schüttelte den Kopf.

Leises Kinderlachen drang an Susannes Ohr, als sie die Treppe zum Eingang hinaufschritt und den Knopf der Türklingel betätigte. Gleich darauf öffnete ein rothaariger Junge, der Susanne gerade einmal bis zur Brust ging, die Eingangstür.

»Ja?«, sagte er, und im Hintergrund ertönte eine männliche Stimme.

»Elias! Wie oft hab ich dir schon gesagt, dass du nicht die Tür öffnen darfst?« Ein schmächtiger Mann drängte den Jungen zur Seite. »Bitte? Wer sind Sie, und was wollen Sie?«

»Kriminalpolizei. Kriegler, und das ist mein Partner Braun. Wir wollen mit einem Verantwortlichen dieser Einrichtung sprechen.« Sie streckten dem Mann beide ihre Ausweise entgegen.

»Kriminalpolizei? Hat einer der Jungs etwas angestellt? Der Leiter, Herr Jenner, ist heute noch nicht im Haus. Kann ich Ihnen weiterhelfen?« Noch immer hatte er seine linke Hand an der halb offenen Tür.

»Könnten wir das drinnen klären? Unter sechs Augen?«, fragte Susanne. Sie lächelte den Mann an.

»Ach so. Natürlich. Kommen Sie herein.« Er machte eine einladende Handbewegung.

»Wow. Sie sind Polizistin? Aber Sie haben doch keine Uniform an!« Der kleine Elias starrte Susanne mit großen Augen an. »Cool. Sie haben ja eine Waffe. Ist die echt?«

»Elias! Geh in dein Zimmer!«, fuhr der schmächtige Mann den Jungen an.

»Lassen Sie ihn doch. Ich beantworte gerne seine Fragen.« Susanne beugte sich zu dem Jungen hinab, um mit ihm auf Augenhöhe zu sprechen. »Ja, ich bin Polizistin. Genauer gesagt, sind mein Partner und ich von der Kriminalpolizei. Und meine Waffe hier ist echt, ja. Aber nun mach, dass du auf dein Zimmer kommst.«

»Ich will auch mal Polizist werden, wenn ich groß bin«, rief er ihr noch zu, während er, zwei Stufen auf einmal nehmend, die Treppe hinaufrannte.

Süß, der Kleine, dachte sie, wurde aber gleich wieder ernst.

»Ich bin der stellvertretende Leiter hier«, sagte der Mann. »Mein Name ist Jonas Geier. Ich weiß leider nicht, wo Herr Jenner heute ist. Ich erreiche ihn auch telefonisch nicht. Er sollte bereits vor einer Stunde hier sein. Wir hatten heute ein Gruppenmeeting.«

»Genau wegen Herrn Jenner sind wir hier«, erwiderte Susanne. »Wir gehen davon aus, dass Herr Jenner einem

Verbrechen zum Opfer gefallen ist. Eventuell können Sie uns einige Fragen beantworten.«

»Einem Verbrechen?« Herr Geier stand stocksteif da, doch gleich darauf hatte er sich wieder unter Kontrolle. »Natürlich. Kommen Sie mit ins Büro. Dort können wir uns in Ruhe unterhalten.«

Im Büro setzte sich Susanne auf den Stuhl vor dem Schreibtisch und holte ihr Telefon aus der Hosentasche. Sie tippte ein paarmal auf das Display und drehte es Herrn Geier hin.

»Kennen Sie diesen Ring?«

»Ja, natürlich. Der gehört Franz. Er hatte ihn immer am kleinen Finger getragen, bis er ihm gestohlen wurde. Er hat mir einmal erzählt, dass ihn dieser Ring an schöne Zeiten erinnert. Dass er ihn deswegen so gerne trägt.«

»Aha. Gestohlen also. Haben Sie über diesen Ring nähere Informationen? Wissen Sie, welche Bedeutung er hat?«

»Der Siegelring erinnere ihn an die schönen Ausflüge mit seiner Gruppe, hat er gesagt. Sie müssen wissen, Franz ist hier noch nicht lange Leiter. Er war vorher in einem Kinderheim Betreuer. Irgendwo in der Obersteiermark.«

»Können Sie mir eine Adresse geben? Oder wissen Sie jemanden, an den ich mich wenden könnte, der uns mehr Informationen zu Herrn Jenners Leben geben kann?«

»Natürlich«, sagte Herr Geier, schlug ein kleines schwarzes Buch auf und notierte einen Namen und eine Telefonnummer auf einem Post-it, den er Susanne überreichte.

»Haben Sie eine Ahnung, wo sich Herr Jenner aufhalten könnte?«, fragte sie.

»Nein, leider nicht. Gestern Nachmittag hat er mir erzählt, dass er wohl ein Date mit einer hübschen jungen Frau hat. Doch Genaueres weiß ich darüber nicht.«

Susanne überreichte ihm ihre Visitenkarte. »Bitte melden Sie sich bei uns, wenn sich Herr Jenner bei Ihnen meldet oder hier auftaucht.«

»Wie kommen Sie darauf, dass er einem Verbrechen zum Opfer gefallen ist?«

»Ich kann Ihnen im Moment noch nichts dazu sagen. Aber ich danke Ihnen für Ihre Mithilfe.«

29

Dienstag, vormittags

Ich starrte auf die Stümpfe, wo noch vor wenigen Stunden seine Finger gewesen waren. Eine leichte Schwarzfärbung hatte sich unter der Blutkruste ausgebreitet.

Schön, wenn ein Plan funktioniert.

Mit einer Hand wischte ich die gefühlt eintausend Fliegen beiseite, die sich immer wieder auf den gleichen Platz setzten.

»Na? Geht es dir noch gut?«, fragte ich Franz und hob mit meiner Hand seinen Kopf am Kinn an. Seine Haut war schweißnass. Er röchelte und drehte wieder seine Augen nach oben, sodass ich nur das Weiß darin erkannte.

Genau so hatte ich es im Internet recherchiert. Es würde noch zwölf Stunden dauern, möglicherweise auch ein wenig länger, dann würde er das Zeitliche segnen.

»Bist du nun endlich bereit, Buße zu tun? Viel Zeit bleibt dir nicht mehr!«

Doch ich bekam keine Antwort. Er stank nach Schweiß, gepaart mit einem bleiernen Geruch. Ich ließ von ihm ab, und sein Kopf donnerte auf seinen Brustkorb. Ich drehte mich weg von ihm. Schließlich hatte ich Wichtigeres zu tun, als diesem Individuum beim Sterben zuzusehen. Er bekam, was er verdiente. Nicht mehr und nicht weniger. So, wie es auch alle anderen bekommen würden, die noch auf meiner Wunschliste des Todes standen. Zorn keimte in mir auf, wie ein Saatkorn, das soeben Wasser bekommen hatte und sein kleines grünes Köpfchen aus der Erde streckte, als ich an die Reporterin dachte, die ihren Job nicht richtig gemacht hatte. Dieses Mal, ja, dieses Mal würde alles anders werden. Das schwor ich mir.

Ich zückte Franz' Handy und schoss ein paar Fotos von ihm. Natürlich hatte ich ihm zum Beweis noch die heutige Tageszeitung halb auf den Schoß, halb auf den Bauch gelegt. Schließlich sollte jeder wissen, dass er lebte. Noch lebte.

»Jetzt werde ich berühmt! Du wirst sehen!«, jubelte ich, doch Franz freute sich nicht mit mir.

Ich wählte mich mittels eines speziellen Programmes ins Internet ein. Schließlich musste ich um jeden Preis meinen Standort verschleiern. Ich erstellte einen neuen Mail-Account. Wie gut, dass diese in der heutigen Zeit kostenlos waren. Diesmal würde ich die Fotos an die Tageszeitung *S-I-G-A* schicken. Direkt an den Verlagsleiter. Schließlich ging man doch zum Chef mit wichtigen Dingen und nicht zum Angestellten. Aus diesem Fehler hatte ich gelernt. Ich begann zu tippen.

Sehr geehrter Herr Reiterer,
haben Sie Interesse an einer coolen Story? Dann schreiben Sie mir zurück. Anbei ein kleiner Vorgeschmack, um welches Thema es sich handelt. Ich gebe Ihnen nur Informationen, wenn Sie in der nächsten Stunde online einen Artikel über mich veröffentlichen. Ich freue mich.

Natürlich unterschrieb ich nicht. Was sollte das auch bringen? Schließlich musste doch er sich einen tollen Namen einfallen lassen. Keine Zeitung würde sich diese Top-Story entgehen lassen. Dessen war ich mir sicher. Wieder spürte ich dieses Kribbeln, das eine wohlige Zufriedenheit in mir auslöste. Alle, ausnahmslos alle, sollten die Wahrheit erfahren.

30

Dienstag, vormittags

»Bitte was?«, sagte Susanne und versuchte, die Fassung wiederzuerlangen. »Herr Reiterer. Bitte schicken Sie mir diese Mail.« Sie gab ihre Mailadresse durch, klemmte ihr Handy zwischen Ohr und Schulter und starrte schon Sekunden später auf die beiden Fotos, die in dem Anhang zu sehen waren.

»Frau Abteilungsinspektorin. Ich kann diese Fotos nicht veröffentlichen, wie es der Täter verlangt. Zumindest nicht so, wie sie jetzt sind. Damit würde ich meine Leser in Angst und Schrecken versetzen.«

»Das ist auch nicht in meinem Sinne. Lassen Sie sich etwas einfallen, wie Sie das lösen. Aber um mehr Informationen zu bekommen, sollten Sie einen Artikel schreiben. So klein und unauffällig wie möglich.«

»Gut. Ich lass einen tippen und schick Ihnen einen Abzug. Aber die Story gehört mir exklusiv. Nur dass das klar ist. Und ich will wissen, wer das auf dem Foto ist und wieso der Mann gefangen gehalten und gequält wird.«

»Das kann ich Ihnen weder sagen noch versprechen. Und das wissen Sie genau. Wenn Sie versuchen, meine Ermittlungen zu behindern …« Susanne sprach den Satz nicht zu Ende. Es hatte keinen Sinn, mit dem Zeitungsfritzen zu diskutieren. Die waren alle wie Aasgeier, wenn die einmal eine gute Story gewittert hatten.

»Ich bekam diese Mail von einem gewissen Franz Jenner«, fuhr Herr Reiterer fort. »Ist das der Täter oder das Opfer? Gab es schon einen weiteren Fall wie diesen hier?«

Susanne schwieg.

»Jaja. Alles gut, Frau Inspektorin. Schweigen Sie ruhig. Wenn Sie Infos rausgeben, dann möchte ich diese als Erstes erfahren. Können wir uns darauf einigen?«

»Ja, darauf können Sie sich verlassen. Danke für Ihre Mitarbeit und Unterstützung.« Nur zähneknirschend kam Susanne der letzte Satz über die Lippen. Sie hasste es, sich bei einem schmierigen Zeitungsredakteur einschleimen zu müssen. Doch so manches Mal musste auch sie über ihren eigenen Schatten springen. Sie beendete das Gespräch.

»Ich habe jemanden in die Redaktion geschickt«, sagte Alexander. »Schließlich brauchen wir den PC. Vielleicht können wir den Standort herausfinden, von wo diese Mail abgeschickt wurde. Nur dauert das halt alles, bis wir da Ergebnisse haben. Aber das ... das ist eindeutig Franz Jenner.« Er hatte das Foto ein wenig herangezoomt und es mit dem Foto von der Führerscheinstelle verglichen. »Sieh mal. Ihm wurden die Finger amputiert. Also, wenn er nicht bald in ärztliche Behandlung kommt, wird er an einer Sepsis sterben. Sieh doch, wie dunkel die Stümpfe sind.«

»Das bringt uns gerade alles nicht weiter. Der Täter will Aufmerksamkeit. Das ist sicher. Ich denke ja, dass Uta Schwenger entführt wurde, weil er von ihr nicht bekommen hat, was er wollte. Diese Verletzungen, die er Franz Jenner zugefügt hat, könnten etwas mit dem Ring zu tun haben. Oder auch nicht. Ach, es ist zum Verrücktwerden! Irgendwie will hier alles nicht zusammenpassen.« Susanne stand von ihrem Stuhl auf und umrundete den Schreibtisch, nur um sich dann wieder hinzusetzen.

Sie kramte in ihrer Jackentasche und steckte sich einen Nikotinkaugummi in den Mund.

»Also«, sagte Alexander. »Der Täter hat uns bei seinem ersten Opfer einen Hinweis gegeben auf das nächste. Doch hat er sich bei Isabella Hertz auch ein Souvenir aus der Wohnung geholt? Gab es vor ihr schon einen Mord, und der Täter hat dieses Souvenir bei dem noch unbekannten Opfer für uns hinterlassen? Haben wir einen Hinweis bekommen und diesen nicht richtig gedeutet? Weißt du, was ich meine?«

»Gut möglich. Oder sie war wirklich der Anfang dieser Wahnsinnstaten. Ich denke, wir werden uns die Mordfälle zwei Wochen vor ihrem Tod nochmals ansehen. Aber wir wissen immer noch nicht, ob die Journalistin wirklich in seinen Fängen ist. Zumindest nicht mit Sicherheit.«

Susannes PC gab einen Ton von sich. Sofort öffnete sie die Mail von Herrn Reiterer. Franz Jenners Gesicht hatte man verfremdet. Das Datum der Zeitung war im Bild größer dargestellt und geschickt über die fehlenden Finger drapiert worden.

Ein Entführungsfall hält die Polizei in Atem. Der Täter hat sich direkt an unsere Redaktion gewandt und wird uns mit weiteren Informationen versorgen. Zum momentanen Zeitpunkt können wir noch nicht sagen, welchen Ausgang diese Entführung nehmen wird, und auch nicht, wer der entführte Mann auf dem Foto ist. Wir hoffen einfach das Beste. Bisher haben wir von der zuständigen Inspektorin des LKA Wien Süd keine weiteren Informationen erhalten. Wir bleiben für Sie an diesem Fall dran.

Unterhalb des Textes befand sich ein Link, und Susanne klickte darauf. Sie sah, dass der Artikel schon seit einigen Minuten auf der Webseite der *S-I-G-A* veröffentlicht war.

»Verdammter Mistkerl!«, fluchte sie. »Wieso erwähnt er unsere Abteilung? Wieso stellt er den Artikel online, ohne mich vorher zu fragen?« Sie griff zum Handy und wählte die Redaktionsnummer.

»Reiterer?«

»Sind Sie komplett verrückt? Nehmen Sie sofort den Hinweis heraus, dass Sie mit der Polizei zusammenarbeiten. Das könnte den Täter wütend machen, und der Mann auf dem Foto stirbt! Dann sind die ganzen Hinweise, die auf Ihren Aufruf kommen werden, wertlos.«

»Ich wollte Ihnen nur helfen, diesen Verrückten schnell zu fangen. Doch nun stehen Beamte in meiner Redaktion und wollen meinen Computer. Danke dafür. Und noch etwas wollte ich Sie fragen, da ich Sie schon mal dran habe: Warum haben Sie mir die Leiche in der Kirche verheimlicht? Ist die Frau wirklich an einem Herzinfarkt gestorben? Und mein Kollege hat mir soeben erzählt, dass eine Redakteurin der *Blau-Gelb* verschwunden sein soll. Hat das etwas mit der Toten oder mit dem Mann auf dem Foto zu tun?«

»Sie sind und bleiben ein Aasgeier. Ich sage Ihnen, nehmen Sie den vorletzten Satz des Artikels heraus. Das ist kein Spiel. Verstehen Sie das nicht? Ich hab hier eine Ermittlung zu führen und einen verdammt grausamen Täter zu fangen.«

»Also, wann krieg ich Infos von Ihnen?«, sagte Reiterer, und Susanne hörte das Klicken eines Feuerzeuges im Hintergrund. Gleich darauf einen Windhauch, als Reiterer den Rauch aus seiner Lunge blies. Susanne kaute intensiver auf ihrem Nikotinkaugummi. Das Verlangen nach einer Zigarette war in diesem Moment stärker als jemals zuvor. Sie überlegte einige Sekunden, bevor sie antwortete.

»Im Moment kann ich Ihnen nichts dazu sagen. Das wissen Sie! Sobald Sie wieder eine Nachricht von dem Täter bekommen, sagen Sie mir auf der Stelle Bescheid. Machen Sie, was ich Ihnen sage, ansonsten lasse ich Sie festnehmen wegen …« Susanne unterbrach sich selbst. Es hatte keinen Sinn. Eindeutig saß Reiterer am längeren Hebel. »Sie kriegen von mir als Erstes Infos, sobald ich welche freigeben kann. Das verspreche ich Ihnen.«

»Genau das wollte ich hören«, raunte Reiterer ins Telefon, bevor er das Gespräch beendete.

31

Vor 35 Jahren

Es war eine Woche vergangen, oder waren es schon zwei? Das wusste ich nicht so genau. Zumindest hatte sich das Violett um Mamas Auge in ein leichtes Grün verfärbt, und die bleistiftlange Wunde an ihrem Hals war nur mehr dezent gerötet. Auch ging sie wieder aufrecht, und gestern hatte sie mir sogar etwas gekocht. Die Nudeln mit Ketchup waren so lecker gewesen. Es war ein Festmahl gegenüber den kalten Karotten und Erbsen aus der Dose in den letzten Tagen.

Heute war ein Tag wie jeder andere auch. Als ich aufwachte, stand die Sonne schon hoch am Himmel, und die Wärme kroch in mein Zimmer; da hörte ich die Tür vom Wohnwagen, die mit voller Wucht zugeschlagen wurde. Ich lugte aus meinem Zimmer hinaus und starrte auf die Wohnwagentür. Doch ich sah nichts Außergewöhnliches. Alles war wie immer. Still und verlassen. Genau wie ich.

Aber Mama liebt mich.

Mama schlief um diese Zeit, schließlich hatte sie sich doch nachts mit ihren Freunden getroffen. Schönheitsschlaf nannte sie es, und dabei umspielte immer ein Lächeln ihre trockenen Lippen.

Ich dachte schon, ich hätte mir dieses Geräusch nur eingebildet, doch als ich das Klopfen hörte, das aus dem Wohnwagen kam, wusste ich, dass jemand bei Mama war. Die kindliche Neugier packte mich, und augenblicklich schlich ich mich aus meinem Zimmer näher an den Wohnwagen heran. Dort stieg ich auf die Bierkiste mit den leeren Flaschen, die direkt unter dem Fenster stand. Ich wischte mit der Hand über die schmutzige Scheibe und richtete meinen Blick nach innen. Der Spitzenvorhang verdeckte die Sicht, und doch konnte ich zumindest Umrisse erkennen. Mama lag auf ihrem Bett. Nackt. Die Arme wie ein Engel ausgebreitet. Ein Mann küsste sie auf den Mund. Das hatte ich schon so oft gesehen, dieses Bild war mir nicht mehr fremd. Aber war Mama heute gar nicht müde? Der Fremde ließ von ihr ab, und ihr Kopf neigte sich in meine Richtung. Ich erschrak, als sie mich anstarrte, und hüpfte von der Kiste. Dann überlegte ich.

Eigentlich sollte ich jetzt lernen. Das hatte ich Oma versprochen, als ich sie das letzte Mal gesehen hatte, bevor Mama mich bei ihr abgeholt hatte. Aber wenn ich mich nun an den kleinen Tisch setzte, würde der Freund von Mama mich entdecken, und das gab mit Sicherheit Ärger. Ich stand da, unschlüssig, was ich nun machen sollte.

Ein Poltern erklang von innen, und plötzlich ging die Tür auf. Ein Mann, sicher so groß wie Hulk, nur eben nicht in Grün, aber mit genauso vielen Muskeln, starrte mich an.

»Was willst du hier?«, dröhnte es in meinen Ohren, dabei zischte mir der Mann eher die Worte entgegen, als dass er sprach. Meinen Herzschlag spürte ich im Hals pochen, und augenblicklich verschlug es mir die Sprache.

Der Mann trat die eine Stufe nach unten, und seine Augen funkelten mich böse an. Ich stand stocksteif da. Mein Kopf war wie leer gefegt. Zu keinem vernünftigen Gedanken fähig.

Ich reichte dem Mann gerade mal bis zur Hüfte, als er sich direkt vor mir aufbaute. In diesem Moment spürte ich Wärme in meiner Leistengegend, die sich über meine Oberschenkel bis hinunter zu meinen Fußsohlen zog. Am liebsten hätte ich auf der Stelle losgeheult, war aber gelähmt vor Angst, was nun auf mich zukommen würde.

»Was du hier willst, hab ich dich gefragt, Junge«, sagte der Mann, um einiges leiser als zuvor, und packte mich am Unterarm. So fest, dass ich vor Schmerz quiekte wie ein Schwein. Dabei durfte ich das ja nicht. Musste leise sein. Immer leise sein. Sofort löste er seinen festen Griff, aber seine Hand blieb an meinem Arm.

Ich öffnete meinen Mund, aber meine Zunge klebte am Gaumen fest. Ich brachte kein Wort heraus.

Der Mann ging vor mir in die Hocke, und seine braunen Augen taxierten mich. »Wer bist du? Wie heißt du?«

Ich schüttelte den Kopf. Ich durfte nicht mit Fremden reden. Schon gar nicht mit den Freunden von Mama.

»Okay, du willst es mir nicht sagen. Auch gut. Aber du kommst jetzt mit mir mit. Das hier ist kein Ort für einen Jungen wie dich.«

Ich versuchte wegzurennen, mich aus seinem kräftigen Griff zu befreien, doch er packte mich mit beiden Händen an den Schultern.

»Mama liebt mich«, presste ich hervor. »Mama!« Ich schrie, so laut ich konnte.

»Beruhige dich doch. Alles klar. Das ist deine Mama. Und sie liebt dich sicher, aber das hier ist kein Ort für dich. Ich nehm dich mit. Dort, wo du jetzt hinkommst, wird es dir sicher gefallen.«

»Mama!« Ich wehrte mich gegen den Mann, der mich hochhob, als würde ich nicht schwerer als ein Päckchen Zucker sein. Meine Hände ballte ich zu Fäusten, und als er mich über seine Schulter legte, hämmerte ich auf seinen Rücken ein. Doch der Mann zuckte nicht mal. Schritt für Schritt ging er mit mir davon. Immer weiter weg von meinem Zuhause. Mitten hinein in den Wald, in dem ich gerne spielte. Doch Mama sah nicht heraus aus dem Wohnwagen. Kam mir nicht zu Hilfe.

Aber Mama liebt mich.

Wenige Schritte weiter verdeckten die Bäume den Wohnwagen, und ich sah den staubigen Parkplatz, den ich nie betreten durfte, weil es viel zu gefährlich sei, wie KD mir eingetrichtert hatte.

»Mama«, schluchzte ich, und bittere Tränen rannen meine Wangen hinunter. Ich wehrte mich nicht mehr. Ließ es geschehen, dass der Mann mich einfach so mitnahm.

Wir kamen bei seinem Lkw an, und er stellte mich neben sich. Immer mit einem sicheren Griff um meinen Oberarm. Aber nicht mehr so grob wie beim ersten Mal. Dann öffnete er mir die Tür, und seine Hand wies ins Innere. Ich fühlte mich willenlos wie ein Roboter, der einfach nur das tat, was man ihm befahl. Ich zog mich hoch und saß Augenblicke später auf dem Beifahrersitz, der sich glatt und warm anfühlte. Doch auch als der Mann mich anlächelte und die Tür schloss, fühlte ich mich einsam. Ich begriff nicht, warum Mama mir nicht geholfen hatte, und noch weniger, warum der Fremde mich mitnahm. Das würde mit Sicherheit ordentlich Ärger geben.

Ich verstand nur Wortfetzen, als der Mann in sein Funkgerät sprach, da er die Fahrertür angelehnt hatte und auf der anderen Seite des Lkws stand.

»E55 ... bei Wullowitz, kurz vor der tschechischen Grenze ... gegenüber dem Holzbauer ... Polizei ... Wohnwagen ... hundert Meter durch den Wald ... Jungen ...« Mit einem Nicken beendete er den Funkspruch.

Ein mulmiges Gefühl stellte sich ein, als er den Lkw startete. Die Fahrt dauerte nicht lange, und als ich sah, dass er direkt vor einem Gebäude hielt, an dem die Aufschrift »Polizei« zu lesen war, überkam mich der Brechreiz.

Mama hatte immer gesagt, ich solle mich von der Polizei fernhalten. Niemals dürfe ich etwas verraten. Fluchtgedanken prasselten auf mich ein. Ich wollte weg, so wie Paula es getan hatte. Weg zu Mama oder besser noch zu Oma. Doch der Mann öffnete die Beifahrertür, und im nächsten Moment war ich von zwei Polizisten umringt, die mich ins Gebäude mit hineinnahmen.

Artig saß ich auf dem Stuhl in dem weißen Zimmer, in das mich die schwarzhaarige Frau in Uniform gebracht hatte. Außer drei weiteren Stühlen und dem Tisch war nichts in diesem Raum. Es hing nicht mal ein Bild an der Wand. Vor mir ein Kakao in einem braunen Plastikbecher. Vermutlich war er schon kalt, denn ich hatte ihn nicht angerührt. Hatte mir Mama doch beigebracht, dass ich nichts von Fremden nehmen durfte. Ich träumte mich weg in meine eigene Welt. Weit weg von hier, weit weg von dem Wohnwagen. Ein anderer Ort, einer, an dem Oma und Mama waren. Und Paula. Vielleicht sogar Opa. Ja, auch einer, wo Opa war.

Dann ging die Tür auf, und eine Frau setzte sich mir gegenüber hin. Ich sah, wie ihre Lippen sich bewegten, doch hörte ich ihre Stimme nicht. Ich zwang mich, sie zu verstehen, doch in meinen Gehörgang trat nichts als die Melodie, die Oma immer gesungen hatte, als ich noch klein war. Als ich bei ihr und Opa war. Als alles noch irgendwie besser war.

32

Dienstag, nachmittags/abends

Utas Mund war so trocken wie die Luft in einem Sandsturm. Der Drang nach einem Tropfen Wasser war unbändig, und es war der einzige Gedanke, der sie seit Stunden quälte. Ihre Notdurft hatte sie wie ein herrenloser Hund neben sich erledigt. Es war nicht einfach gewesen, den Rock hochzuziehen und den Urin laufen zu lassen. Sie fühlte sich beobachtet, obwohl sie nirgends eine Kamera entdeckte. Stundenlang hatte sie den Druck in ihrer Blase unterdrückt, aber irgendwann war der Schmerz, der sich durch ihren Unterleib bohrte, zu stark geworden. Die Angst, dass er sie in diesem Moment überraschte, war übermächtig.

Was will dieser Psycho von mir? Wo hat er Franz hingebracht?

Sie erstarrte, als ein Gedanke in ihr Hirn kroch, der sich so plötzlich ausbreitete wie ein Aneurysma.

Was soll ich büßen? Was hab ich ihm angetan, dass er mich so hasst?

Ein Brummen ertönte, dann ein weiteres lautes Geräusch, das aus der Hütte kam, die nur wenige Meter neben ihrem Käfig stand. Es klang nach einer Maschine, die laut quietschte. Sie hörte genau hin und versuchte, menschliche Schmerzensschreie herauszuhören. Aber das Quietschen verstummte und mit ihm der grelle Laut. Sie kannte dieses Geräusch. Doch woher? Stille war eingekehrt. Beklemmende Stille, die Utas Brustkorb zu zerquetschen drohte. Sie kramte in ihrem Gedächtnis auf der Suche nach der Lösung. Sie versuchte, die Erinnerung zu finden, an die Nachmittage, die sie gemeinsam mit ihrem Vater im Hobbyraum verbracht hatte. Damals war sie acht oder neun Jahre gewesen, und sie hatte ihrem Vater beim Bau eines Puppenhauses geholfen. Sie hatte sich bei dem Quietschen die Ohren zugehalten, so laut war das Dröhnen in ihrem Kopf gewesen.

Uta konzentrierte sich. Womit hatte ihr Vater gearbeitet? *Womit?* Schlagartig hatte sie das Bild vor Augen. Ihre Atmung ging stoßweise, als wäre sie soeben einen Marathon gelaufen. Wie versteinert richtete sie ihren Blick auf die Wand der Hütte, und die Tränen liefen ihr bächeweise die Wangen hinab. Eine Kreissäge! Papa hatte das Holz mit einer Kreissäge zugeschnitten! Hatte er etwa …? Sofort schüttelte sie den Kopf.

Nein, nein, nein!

Doch sosehr sie sich bemühte, die Bilder hatten sich wie ein Branding eingebrannt. Ein Schatten erschien, der immer länger und länger wurde. Ihr Herz donnerte gegen die Rippen.

Das Ungeheuer kommt und wird mich holen! Du bist die Nächste!

Das Erste, was sie von ihm sah, waren seine Hände. Seine blutroten Hände!

33

Dienstag, eine Stunde vor Mitternacht

»Verflucht!« Susanne schlug mit der flachen Hand auf das Lenkrad. »Dass hier keine Beleuchtung ist, find ich zum Kotzen. Warum ist er wieder hier?«

»Weil für ihn Döllersheim vielleicht eine besondere Bedeutung hat? Weil er ein geisteskranker Irrer ist?«, sagte Alexander. »Pass auf, hier ist der Asphalt aufgebrochen.« Doch seine Warnung kam zu spät, und der Wagen polterte in das Loch mitten auf der Straße.

»Warum sind hier keine Blaulichter zu sehen? Schlafen die etwa alle?« Susannes Laune hatte den Tiefpunkt erreicht, als sie die Nachricht von Reiterer bekommen hatte, dass sich der Täter wieder an ihn gewandt habe. Diesmal allerdings mit einer unmissverständlichen Botschaft.

»Verstärkung ist unterwegs.« Alexander beugte sich auf die linke Seite, um die Taschenlampe aus seiner Gürteltasche herauszunehmen. Er schnallte sich ab, noch während der Wagen rollte. Ein Piepen ertönte.

»Kannst du das bitte unterlassen, Grünschnabel? Ich bin so schon genervt genug. Da musst du dich nicht gleich benehmen, als wärst du auf der Flucht. In der Nachricht stand ja, dass es eine weitere Leiche gibt. Somit kein Grund, aus dem Wagen zu springen, wenn dieser noch in Bewegung ist.«

Sie hielt an und zog die Handbremse nach oben.

»Manchmal wäre es besser, wenn du wieder mit dem Rauchen beginnen würdest. Dann wärst du ein wenig entspannter.« Noch bevor sie Widerworte einwenden konnte, riss Alexander die Tür auf und knallte sie im nächsten Augenblick zu.

Susanne bemühte sich, die aufgestaute Wut im Zaum zu halten. Sie sah Alexanders Lichtkegel, der sich schnell von ihr entfernte. »Du musst dich bei ihm entschuldigen«, murmelte sie zu sich selbst.

Sie stieg aus und lief Alexander hinterher. Der Strahl ihrer Taschenlampe tanzte auf der unebenen Wiese.

»Alexander. Jetzt warte doch mal«, rief sie. Sie war auf Höhe der Eingangstür der Kirche angekommen.

Alexander war nur wenige Schritte von ihr entfernt stehen geblieben, drehte sich aber nicht zu ihr um.

»Es tut mir leid«, sagte Susanne. »Echt jetzt. Ich wollte dich nicht anfahren. Es ist nur ... ach ... wir haben keine Spur, keinen Hinweis. Und dieser Paul Klasen ist wie vom Erdboden verschluckt. Und nun haben wir schon wieder eine Leiche. Es ist einfach zum Kotzen.«

»Entschuldigung angenommen.« Alexander hatte sich ihr zugewandt. »Aber bitte lass in Zukunft deine schlechte Laune nicht an mir aus. Okay? Ich hab genug eigene Probleme wegen meines Umzugs in die neue Wohnung. Da brauch ich nicht auch noch eine zickige Partnerin.«

»Ja«, sagte Susanne, und ihr Blick richtete sich gen Boden. In Gedanken mahnte sie sich, in Zukunft mehr auf ihren Umgangston zu achten.

»So, also«, meinte Alexander. »Wo ist nun unsere Leiche? Was genau stand in der Nachricht?«

Susanne kramte ihr Handy aus der Hosentasche und öffnete den Maileingang. »›Eine Überraschung wartet auf dich. Ich habe sie dir schön verpackt an einem besonderen Ort abgelegt. Ein Ort, der auch dich faszinieren wird. Es soll dort spuken.‹«

»Ich hoffe, wir haben mit unserer Vermutung recht und diese *Überraschung* ist wirklich hier in Döllersheim.«

»Ja, das hoffe ich auch. Ansonsten wird es schwierig. Denn mir fällt kein anderer Ort ein.« Susanne leuchtete in die Ferne. Alexander tat es ihr gleich, doch auf den ersten Blick schien hier alles normal zu sein.

»Ich schau mich in der Kirche um«, sagte er. »Es ist denkbar, dass der Irre wieder eine Leiche darin abgelegt hat.«

Susanne nickte. »Gut, ich werd mich hier draußen mal umsehen.«

Alexander verschwand durch das Gitter in den Innenraum der Kirche, und Susanne leuchtete auf den Boden und schritt zum Ende der Kirchenmauer. Sie ließ den Lichtschein über den Friedhof gleiten. Als sie nichts Ungewöhnliches feststellen konnte, beschloss sie, jede Grabreihe einzeln abzugehen. Schließlich war es nur eine Annahme, den toten Franz Jenner hier zu finden. Genauso gut wäre es möglich, dass nur eine Trophäe des Opfers hier abgelegt worden war. Sie ging auf die ersten Gräber zu. Sträucher wucherten darauf und verdeckten zum Teil die schmiedeeisernen Kreuze. Nur die Steinumrandung war als Kennzeichnung zu sehen. Einige Grabstätten waren mit hellem Kies angelegt worden, und einzelne Kerzen brannten in kleinen Laternen, die an den aufwendig verzierten Eisenkreuzen montiert waren. Zumindest bei einigen Angehörigen war dieser Ort noch nicht in Vergessenheit geraten.

Susanne beugte sich vornüber, um unter die Zweige eines dicken Strauches sehen zu können, da hörte sie unweit von sich ein Knacksen. Das Adrenalin peitschte im selben Augenblick durch ihre Adern. Während sie sich umdrehte, zog sie ihre Waffe und zielte in die Richtung, aus der sie glaubte das Geräusch gehört zu haben. Doch es war keine Menschenseele zu sehen.

»Alexander?«, fragte sie halblaut, aber es blieb mucksmäuschenstill. Nochmals ließ sie den Schein der Taschenlampe über den Friedhof gleiten. Ein kalter Luftzug blies ihr ins Gesicht, und die Haare standen ihr zu Berge. Sie hörte das Rascheln der Blätter des Waldes, der ringsherum den Friedhof einkesselte. Sie schloss eine Sekunde lang ihre Augen, um sich wieder zu beruhigen. Hatte ein Friedhof tagsüber schon eine bedrückende Wirkung auf sie, nachts war es hier absolut gruselig, wenn man allein zwischen den Gräbern herumschlich. Noch dazu auf den gelegten Spuren eines Psychopathen.

Sie wandte ihren Blick wieder den Gräbern zu. Vermutlich war es nur ein Eichhörnchen gewesen, das dieses Geräusch verursacht hatte. Die gab es hier zuhauf. Aber sicher war eben sicher. Doch schon wenige Schritte später hörte sie das gleiche Knacksen wieder. Blitzschnell drehte sie sich dem Geräusch entgegen und sah einen Schatten, der hinter einem Gebüsch Deckung suchte.

»Stehen bleiben und Hände in die Höhe!«, schrie sie und rannte los. Ihre Worte hallten von den hohen Wänden der Kirche wider. Zwei Hände streckten sich in die Höhe, gleich darauf sah sie einen unbekannten Mann. Seine Glatze glänzte im Lichtstrahl ihrer Taschenlampe.

»Bitte. Nicht schießen!« Seine Stimme zitterte.

Atemlos erreichte sie den Unbekannten und zielte auf ihn. »Wer sind Sie, und warum schleichen Sie mir nach?«

»Frau Abteilungsinspektorin Kriegler. Reiterer mein Name. Sie wissen schon, der Redaktionschef der *S-I-G-A.*«

Susanne zögerte einen Moment, dann senkte sie ihre Waffe. »Sind Sie von allen guten Geistern verlassen? Das hier ist ein

Tatort. Sie haben hier nichts zu suchen. Hab ich mich am Telefon nicht klar und deutlich ausgedrückt? Sie kriegen von mir Informationen, wenn ich welche preisgeben kann.«

»Ja, schon klar. Dann, wenn alles vorbei ist, krieg ich Infos. Ist doch immer so. Ich will diese Story. Also lassen Sie mich doch mitarbeiten. Ich kann Ihnen mit Sicherheit helfen.«

»Verlassen Sie sofort das Gelände, und mischen Sie sich ja nicht ein. Ich hätte Sie erschießen können. Das ist Ihnen hoffentlich klar. Wie haben Sie überhaupt gewusst, wo wir suchen werden?«

»Geraten«, antwortete Reiterer. »Einfach nur geraten. Vermutlich haben Sie dasselbe gemacht. Es gibt ein Gerücht über ein Grab am Ende des Friedhofs. Derjenige soll aus seiner Grabstelle heraussteigen und die Soldaten töten, die hier in der Nähe Patrouille laufen. Deswegen bin ich davon ausgegangen, die Überraschung hier zu finden.«

»Klar. Wieder so ein Ammenmärchen.«

»Was ist denn hier los?«, fragte Alexander und kam mit gezogener Waffe auf sie zu. »Ich hab deine Rufe gehört.«

»Diese Schnüffelnase ist Herr Reiterer. Er glaubt, er kann uns helfen bei unseren Ermittlungen.« Susanne schnaubte vor Wut.

Was bildet sich dieser Kerl ein?

»Ich … ich geh dann mal«, stammelte Reiterer. »Es war nicht böse gemeint, Frau Abteilungsinspektorin.« Langsam nahm er seine Hände herunter.

»Wissen Sie was?«, meinte Susanne. »Solange noch keine Unterstützung eingetroffen ist, werden Sie hier mithelfen bei der Suche nach … nach der Überraschung. Dann sind Sie wenigstens nützlich. Aber sollten wir hier etwas finden, dürfen Sie keine Fotos machen oder es auch nur mit einem Sterbenswörtchen in Ihrem Schundblatt erwähnen. Ist das bei Ihnen angekommen?«

»Ja, Frau Abteilungsinspektorin«, sagte Reiterer kleinlaut und schaltete seine Taschenlampe ein.

»Hast du was in der Kirche gefunden?«, flüsterte Susanne Alexander zu, der direkt neben ihr stand. Doch er schüttelte nur den Kopf. Dann wandte sie sich Herrn Reiterer zu, zeigte nach links und herrschte ihn an: »Sie kommen mit mir, bis Verstärkung da ist. Oberstes Gebot: Nichts anfassen! Nur schauen. Ich kann Sie hier ja nicht allein rumlaufen lassen.«

In diesem Augenblick schob sich eine Wolke vor den Mond. Alles um sie herum war stockfinster. Nur der Lichtkegel der Taschenlampen durchbrach die Dunkelheit.

Susanne ging, gefolgt von dem Chefredakteur, die Reihe weiter, und Alexander übernahm die rechte Seite des Friedhofs. Sie hoffte, hier etwas zu finden. Aber an auferstehende Geister glaubte sie nicht. Das war eindeutig zu weit hergeholt. Viele Menschen glaubten an Übersinnliches, an ein Leben nach dem Tod, an Nachrichten aus dem Jenseits. Während sie suchte und jeden Stein umdrehte, wanderten ihre Gedanken zu Sebastian. An sein wunderschönes Grab, das sie jede Woche pflegte. An den Grabstein, in den sie seinen Namen hatte einmeißeln lassen, und jedes Mal heiße Tränen vergoss, wenn sie ihn las und ihm von ihrer Woche erzählte. Seit Susanne ihren Mann verloren hatte, glaubte sie weder an Gott noch an übersinnliche Zeichen von Toten. Der Gott, den alle anhimmelten und lobpreisten, konnte ihr so was von den Rücken runterrutschen. Jemand, der den liebsten Menschen auf der ganzen Welt mitten aus seinem Leben riss, konnte nicht gut sein. Gott war in ihren Augen das Böse höchstpersönlich. Es war alles Lug und Betrug.

»Susanne«, rief Alexander. »Hierher! Wir brauchen einen Rettungswagen. Er hat einen schwachen Puls, aber er lebt noch. Schwere äußere Verletzungen.«

Susanne lief sofort dem Lichtschein entgegen. Sie zog ihr Handy aus der Hosentasche und keuchte ins Telefon, als die verschlafene Stimme von Siegbert erklang: »Susanne hier. Wir brauchen sofort einen Rettungswagen nach Döllersheim. Friedhof.« Sie legte auf und leuchtete dem Mann, der auf einem Grab saß, das sich ein wenig abseits der anderen befand, mitten ins Gesicht. Er lehnte mit seinem Oberkörper am Grabstein. Schweißperlen glitzerten im Schein der Taschenlampe auf seiner Stirn. Doch er reagierte nicht auf das Licht. Bei jedem Atemzug, den er machte, trat ein Rasseln aus seinem Mund.

»Scheiße. Das ist eindeutig Franz Jenner.« Sie sah Blaulicht, das den Himmel hinter dem Wald erleuchtete und näher kam.

Sogleich hörte sie die Rufe der Verstärkung, die soeben eingetroffen war. Alexander lief ihnen entgegen. Herr Reiterer stand wie angewurzelt neben ihr. Sein Mund war offen geblieben, und seine Hautfarbe sah der von Franz Jenner sehr ähnlich. Kalkweiß.

»Sie gehen jetzt besser«, sagte Susanne und winkte einen der Beamten zu sich, doch Reiterer bewegte sich nicht. »Ja, es ist ein Unterschied, ob man nur Fotos sieht oder ein Opfer leibhaftig vor sich hat.«

»Ja«, stammelte Reiterer und machte einen Schritt zurück. »Ich muss jetzt gehen.« Er rannte davon, gefolgt von einem Uniformierten, und binnen Sekunden waren sie aus ihrer Sichtweite.

Susanne wandte sich wieder dem Opfer zu. »Herr Jenner? Wenn Sie mich hören können, dann sagen Sie mir, wer Sie so zugerichtet hat!«

Doch als Antwort bekam sie nur ein Röcheln. Sie leuchtete auf seine Hand. Alle Finger waren abgetrennt worden. Der Handrücken hatte eine dunkle Farbe angenommen. *Definitiv eine Sepsis*, dachte sie. Die ausgefransten Hautfetzen, die an den

Wundrändern zu sehen waren, deuteten auf ein grobes Werkzeug hin. Alles Weitere würden die Ärzte im Krankenhaus feststellen. Sollte sie Dr. Malved aus dem Bett klingeln und ihn zum Krankenhaus schicken? Jede Kleinigkeit konnte wichtig sein. Es durfte nichts übersehen werden. Doch sie verwarf den Gedanken gleich wieder. Die Ärzte mussten Fotos machen für die Beweisaufnahme.

»Sie werden es schaffen«, flüsterte Susanne Franz Jenner zu. Sie erschrak, als sie hinter sich eine altbekannte Stimme hörte.

»Die Frau Inspektorin Susanne. Schön, Sie wiederzusehen, wenn auch schon wieder unter widrigen Umständen.« Dr. Otto drängte sie zur Seite und legte seine Finger an den Hals des Opfers.

»Der Herr Dorfarzt. Wer hat Sie denn verständigt?«

»Wissen Sie«, sagte er und kramte in seiner Arzttasche. »Ich hab Notdienst, so wie jeden Tag, und bin der einzige eingetragene Notarzt in der Nähe. Also, ich wurde von der Leitstelle verständigt. Und Sie? Was machen Sie mitten in der Nacht auf dem Friedhof?«

»Kommt er durch?«, sagte Susanne, ohne auf seine Frage einzugehen.

Doch der Doktor zuckte nur mit den Schultern. »Das werden die nächsten Stunden zeigen. Wenn er Glück hat, schlägt das Antibiotikum an, das er anscheinend sehr dringend braucht. Wenn nicht ... Du kommst durch, mein Freund. Glaub dran.« Dr. Otto trat nah an das Opfer heran und leuchtete seinen ganzen Körper ab, kurz darauf rannten schon die Sanitäter mit einer Bahre auf sie zu.

»Doc. Gut, dass du schon da bist«, sagte der Größere und leuchtete dem Opfer ins Gesicht und dann den Körper entlang, bis er bei der Handfläche verharrte. »Fährst du bei uns mit, bitte? Nicht dass er uns kollabiert.«

Der Doktor nickte, und die beiden Sanitäter hievten Franz Jenner auf die Bahre. Dabei gab er keuchende Laute von sich.

Susanne drehte sich weg. In ihr kamen die Erinnerungen an Sebastian hoch. Als die Feuerwehr ihn damals aus dem Auto geschnitten hatte. Blut. Überall war Blut an ihm gewesen. Er hatte auch diese stöhnenden Geräusche von sich gegeben, genau so wie Franz Jenner jetzt. Sie schluckte die aufkommende Traurigkeit herunter. Zumindest versuchte sie es, doch eine einzelne Träne rann ihre Wange hinab. Sie atmete kräftig durch und wischte ihre nasse Wange mit dem Handrücken ab, bevor sie sich zu Dr. Otto umdrehte.

Im Augenwinkel sah sie ein kleines rotes Licht blinken. Sie richtete den Strahl ihrer Taschenlampe darauf, und im nächsten Augenblick schrie sie: »Das Arschloch hat alles gefilmt!« Ganz nah ging sie an die Kamera heran und zischte: »Wer bist du, und warum tust du das? Paul Klasen, bist du das? Ich finde dich. Und wenn es das Letzte ist, was ich mache.«

34

Dienstag, kurz vor Mitternacht

Ein breites Grinsen zog sich über mein Gesicht, als Inspektorin Kriegler ganz nah an das Objektiv trat. Sie schrie nach Paul. Noch immer tappte sie im Dunkeln, und das sollte auf jeden Fall so bleiben. Ich war ihr um mindestens einen Schritt voraus. Schließlich wusste ich ihren Namen und hatte mich schon im Internet über sie schlau gemacht. Ich drehte mich um und grinste, bevor ich mich wieder dem Bildschirm zuwandte.

»Du bist auf der völlig falschen Fährte!«, sagte ich, bevor ich die Verbindung zur Überwachungskamera unterbrach. Die Polizei hatte keine Möglichkeit, meinen Standpunkt zu ermitteln. Sosehr sie sich auch bemühen würden, niemals würden sie mich kriegen. Es war die beste Idee gewesen, einen Hotspot über Franz' Handy einzurichten. Und auch meinen Zugriff hatte ich verschlüsselt. Ich nahm meinen Blick vom Display und drehte mich nach rechts.

Die blauen Augen der Journalistin fixierten mich. Wusste sie schon, was nun auf sie zukam? Hatte sie Buße getan? Ich stand auf und stellte mich ganz nah zu ihr, sodass ich ihren Atem, der stoßweise aus ihrer Nase kam, auf meiner Haut spüren konnte.

Ich beugte mich zu ihrem Ohr.

»Bist du bereit?«, hauchte ich fast schon zärtlich. Ihr Körper zuckte, und sie versuchte, sich von ihren Fesseln zu befreien. »Du bist die Nächste.«

35

Dienstag, kurz vor Mitternacht

»Wen schreien Sie da so an?«, hörte Susanne Dr. Otto sagen.

»Sehen Sie das nicht? Er hat eine Überwachungskamera auf einem Kreuz angebracht. Dieser Irre hat uns die ganze Zeit beobachtet, und da ist ihm mit Sicherheit ein Achterl abgegangen.« Sie zog ihre Handschuhe an, holte ein Taschentuch aus ihrer Hosentasche und bedeckte damit das Objektiv. Es kam ihr vor, als würde der Sauerstoff um sie herum knapp werden, so sehr zwängte sich ihr Brustkorb zusammen. Sie war wie ein naiver Neuling in die Falle des Täters getappt. Aber durch die Dunkelheit war es unmöglich gewesen, diese nicht einmal zehn Zentimeter große Kamera am Grabkreuz zu entdecken.

»Wie? Wer hat uns zugesehen?« Der Doktor schaute sie mit einem verwunderten Blick an, und nur Sekunden später redete er weiter. »Sie meinen … Echt jetzt? Was ist das für ein Psychopath!«

Susanne legte ihren Zeigefinger auf den Mund und griff nach seinem Unterarm. Es war ein warmes Kribbeln, das plötzlich ihren gesamten Körper wie eine Wolke einhüllte. *Ignorieren!*, schrie es in ihrem Hirn. Sie zog Dr. Otto ein Stück von der Kamera weg und flüsterte: »Ich bin mir nicht sicher, aber er könnte uns noch hören!«

Er nickte. »Und wissen Sie schon, wer er ist? Sie haben doch gerade einen Namen genannt.«

»Na ja, der Täter hat einen Namen verraten. Paul Klasen. Allerdings sind wir uns nicht sicher, ob das nun sein Name ist oder ob es sich hierbei sogar um sein erstes Opfer handelt. Dieser Paul ist wie vom Erdboden verschluckt.«

»Ich kenne einen Paul Klasen«, sagte der Doktor zögerlich. »Er war bis vor ein paar Monaten bei uns.«

»Wie? Bei uns? Wer ist ›uns‹? Warten Sie, ich zeig Ihnen ein Foto. Nicht dass es sich da um eine Verwechslung handelt.« Als sie ihm das Bild auf ihrem Handy zeigte, nickte er.

»Ja, das ist Paul Klasen. Der war bei den AAs.«

Susanne stutzte bei dieser Aussage, und noch bevor sie etwas sagen konnte, sprach Dr. Otto weiter.

»Bei den Anonymen Alkoholikern.« In diesem Moment erhellten die Scheinwerfer, die von den Kollegen installiert worden waren, den ganzen Friedhof.

»Sie sind ...«, sagte Susanne, unterbrach sich aber sofort.

»Ich bin der Gruppenleiter dort. Ist ehrenamtlich. Mein Vater war damals, das ist gute fünfundzwanzig Jahre her, dem Alkohol sehr zugeneigt und starb im Alter von sechsundvierzig Jahren. Er hat sich zu Tode gesoffen. Die letzten Jahre seines Lebens waren unerträglich für mich. Ich hab ihn angefleht, das Trinken endlich aufzugeben, als er die Diagnose Leberzirrhose bekam. Doch er hörte nicht auf mich. Schlussendlich ist er qualvoll gestorben. Das gab mir den Anstoß, dass ich anderen Menschen eine Möglichkeit bieten wollte, es zu schaffen, von diesem Dreckszeug wegzukommen. Eine Gruppe, die einen auffängt und Mut zuspricht. Verstehen Sie?«

»Schrecklich. Tut mir ehrlich leid Ihr Verlust. Trotzdem muss ich nun zu Paul Klasen weiterfragen. Sie erwähnten, dass er bis vor ein paar Monaten zu den Gruppensitzungen kam. Wissen Sie, wo er wohnt? Haben Sie irgendwelche Kontaktdaten?«

»Nein, unsere Mitglieder werden nicht registriert. Jeder kommt und geht, wie er das möchte.«

»Woher wissen Sie dann seinen Namen? Wie kam er zu Ihnen? Ich meine, sein alter Wohnort ist ja nicht grad ums Eck.«

»Jakob hat mich gefragt, ob er Paul mitbringen darf zu einem unserer Meetings. Er hat mir auch ein wenig über die Hintergrundgeschichte erzählt. Ich glaube, die beiden sind im selben Kinderheim aufgewachsen. Das ist in der Nähe von Krems, aber da bin ich mir nicht sicher.«

»Adresse von diesem Jakob? Nachname? Haben Sie da etwas?« Susanne spürte, wie ihr Puls in die Höhe schnellte. War das der Hinweis, der der Schlüssel zur Lösung des Falles war?

Aber der Doktor zuckte verhalten mit seinen Schultern.

»Okay«, sagte Susanne. »Erzählen Sie mir alles, aber auch wirklich alles, was Sie über diesen Jakob wissen. Gleich. Vorher muss ich ein Telefonat führen.« Sie holte ihr Handy heraus und drückte die Kurzwahltaste.

»Köllner?«, erklang es am anderen Ende der Leitung.

»Susanne hier. Siegbert, ich brauche Informationen über den vorherigen Arbeitsplatz von Franz Jenner. Wo genau hat er vor seiner Tätigkeit als Heimleiter gearbeitet? Es gibt Anhaltspunkte, dass er in einem Kinderheim in der Nähe von Krems oder auch direkt dort gearbeitet hat. Dann lass überprüfen, ob ein gewisser Paul Klasen und ein Jakob – Nachname hab ich nicht – dort untergebracht waren. Alles, was du findest, kann hilfreich sein. Und ruf auch sofort bei der alten Arbeitsstelle an.«

»Aber, Susanne. Es ist mitten in der Nacht. Dort werd ich doch jetzt niemanden mehr erreichen.«

»Dann lass es so lange klingeln, bis jemand rangeht.«

Sie beendete das Gespräch und wandte sich wieder Dr. Otto zu. Noch bevor sie ein Wort sagen konnte, hörte sie lautes Geschrei. Sie schaute zur Kirchenmauer und sah Josef Halber wild gestikulierend über den Friedhof in ihre Richtung laufen. Sein Bauch wabbelte wie ein Wackelpudding auf und ab.

»Uta? Mein Liebling, bist du hier? Haben Sie meine Prinzessin gefunden?«, stammelte er, bis er vor Susanne stehen blieb, sich vorbeugte und seine Hände auf den Knien abstützte.

»Nein, Herr Abteilungsinspektor«, entgegnete Susanne. »Haben wir nicht. Kennen Sie einen Franz Jenner?«

»Ja, natürlich. Das ist der neue Leiter vom Kinderheim in Zwettl. Uta hat vor einem Monat einen Bericht über ihn geschrieben und ihn in den höchsten Tönen gelobt.«

»Wo finde ich diesen Artikel? Das könnte der Zusammenhang sein. Möglicherweise steht etwas in diesem Artikel, was den Täter auf die beiden aufmerksam gemacht hat. Vielleicht ist Uta deswegen entführt worden. Doch wie unser erstes Opfer da reinpasst, ist mir noch nicht klar.«

»Wird er sie umbringen?« Die Worte drangen klar aus Halbers Mund. Er hatte seinen Kopf erhoben und starrte sie durchdringend an.

»In welcher Beziehung stand Ihre Tochter zu Franz Jenner?«, wich Susanne seiner Frage aus. Denn auch sie wusste keine Antwort darauf. Sie hatte zwar kein gutes Gefühl dabei, wenn sie an die Brutalität des Täters dachte, wie er seine beiden letzten Opfer zugerichtet hatte, doch wollte sie Halber Mut machen. Auch wenn die Hoffnung, Uta lebend zu finden, von Sekunde zu Sekunde schwand.

»Keine Ahnung. Uta redet doch mit mir nicht über solche Dinge. Aber ich denke, über das Berufliche wird es wohl kaum hinausgehen.«

36

Dienstag, kurz vor Mitternacht

Allein wie dieser Irre mich anschaut, dachte Uta und erschauderte unter seinem Blick.

Er hatte sie vor einigen Stunden aus ihrem Gefängnis geholt und an ein umgedrehtes Holzkreuz gebunden. Als Erstes hatte er ihr eine Schlinge um den Hals gelegt, die am Holz festgemacht war. Um ihre Handgelenke war ein Draht gebunden, den er oberhalb ihres Kopfes festzurrte. Bei jeder kleinsten Bewegung schnürte sich der Draht in ihre Haut. Schon nach kurzer Zeit brannten ihre Wunden wie Feuer, und sie musste sich zusammennehmen, dass sie ruhig stehen blieb. Was ihr auf die Dauer immer schwerer fiel, weil sie nur mit ihren Zehenspitzen den Boden erreichen konnte. Ihre Beine hatte er gespreizt und rechts und links ebenfalls mit einem Draht befestigt. Immer wieder unterbrach er seine Arbeit und starrte auf den schwarzen Bildschirm, der in der Ecke der heruntergekommenen Hütte stand. Unter seinen Füßen raschelte es, wenn er sich bewegte.

Plastikfolie, schloss Uta, und auch der Verwendungszweck dieser war ihr klar: Ihr Blut würde den kompletten Boden einsauen. Sie versuchte, diesen Gedanken aus ihrem Hirn zu verbannen, doch jedes weitere Rascheln verursachte eine Gänsehaut. Die Angst in ihr war so geballt, dass sie glaubte, jeden Moment wie eine Bombe zu explodieren. Sie ließ ihren Blick wieder durch den Raum schweifen, doch erkannte sie den Boden nicht, da das Kreuz schief an eine Wand gelehnt war. Dafür sah sie die Werkzeugwand ihr gegenüber. Alles fein säuberlich aneinandergereiht. Angefangen von einer Beißzange über etliche Schraubendreher bis hin zu einer Handsäge, deren Zacken verrostet schienen. Ebenso sah sie davor eine Art mobilen Werkstattwagen stehen. Darauf lagen Utensilien, die sie ansonsten nur von einem Zahnarzt kannte. Eine Spange, wie man sie ihr damals, als sie noch ein Kind gewesen war, in ihren Mund gestopft hatte, damit sie nicht wieder in die Finger beißen konnte. Etliche kleine Skalpelle, Spritzen, Tupfer ...

Plötzlich spürte sie seine warme Hand auf ihrem Oberschenkel, die ganz langsam, Millimeter für Millimeter, nach oben glitt. Ekel, gepaart mit unbändiger Angst, durchflutete sie, und wieder zog ein eiskalter Schauer durch ihren Körper.

Er wird mich vergewaltigen, bevor er mich tötet.

»Und, Uta?« Er hauchte die Worte auf ihren Hals, und sie roch sein Aftershave. Ein blumiger Duft kroch in ihre Nase und setzte sich fest wie ein Kaugummi in den Haaren. Nie wieder würde sie diesen Geruch vergessen. Nie, nie wieder! »Bist du bereit?«

Sie wollte ihren Kopf schütteln, doch ermahnte sie sich, dass die Schlinge um ihren Hals zu eng saß und ihr vermutlich tief ins Fleisch schneiden würde, wenn sie sich zu heftig bewegte. Er drückte ihr einen Kuss auf die Wange, und sie erstarrte augenblicklich.

»Braves Mädchen«, raunte er.

Sie war gefangen in der Welt eines Irren. Um aus dieser zu entkommen, musste sie zuerst herausfinden, wer er war und warum er ihr das antat. Doch wie? Plötzlich flackerte der Bildschirm in der Ecke auf, und sie sah ein Schwarz-Weiß-Bild. Ein Mann huschte vor dem Objektiv vorbei. Unscharfes Bild. Und dann erblickte sie ihn. Angelehnt an einen Grabstein. Und er bewegte sich nicht. Er war tot. Einfach tot. Ein Schrei löste sich in ihr, doch es kam nur mehr ein leises Krächzen heraus. Sie hatte ihre Stimme verloren. Und schon sehr bald auch ihr Leben.

Dann verdeckte er mit seinem Körper den Bildschirm. Sie hörte nur Stimmen, leise, wie durch Ohropax hindurch. Sie schloss ihre Augen, wollte sich wegdenken an einen schönen Ort. Egal wo, nur weg von diesem Wahnsinn. Sie erschrak, als sie die Worte der Frau hörte und der Name Paul Klasen fiel. Mit einem Ruck öffnete sie ihre Augen und fixierte den Rücken ihres Entführers. Ihr Verstand schrie: *Nein, das ist nicht Paul Klasen! Ihr seid auf der völlig falschen Fährte. Bitte, so helft mir doch!*

Resignation brach über sie herein, als sie verstand, dass niemand sie finden würde. Zumindest nicht vor ihrem Tod. Niemand würde ihr helfen können. Sie befreien.

Der Mann ging einen Schritt zur Seite, und sie sah die Frau Inspektorin, die sie Tage zuvor in ihrer Wohnung mit ihrem Kollegen besucht hatte. Dann war der Bildschirm schwarz.

Der Entführer drehte sich zu ihr und lächelte. Nein, es war kein Lächeln, sondern ein spöttisches Grinsen. Auch er wusste, dass sie niemals aus seinen Fängen entkommen würde.

Papa! Hilf mir!

37

Mittwoch, in den frühen Morgenstunden – 00:37 Uhr

Ein muffiger Geruch zwängte sich in Susannes Nase, als sie die Polizeiinspektion Rastenfeld betrat. Schon von außen machte das Haus einen altertümlichen Eindruck, doch das Innere übertraf tatsächlich alles. Halbhoch an den Wänden im Eingangsbereich war eine helle Holzvertäfelung angebracht, darüber eine Tapete mit beigem Karomuster. Schlagartig fühlte sich Susanne in die wilden Siebziger zurückversetzt. Eine Zeit, in der sie selbst noch Kind gewesen war und an die sie sich nur schemenhaft erinnerte.

»Bitte! Kommen Sie«, sagte Josef Halber und wies sie mit einer Handbewegung nach rechts. Susanne und Alexander folgten seiner Anweisung, und der Vintage-Stil zog sich auch durch diesen schmalen Gang. Allerdings hatte die Tapete zu einem Grün mit rosaroten Blümchen gewechselt. Voller Stolz öffnete Josef Halber eine Tür. Seine Augen funkelten, als hätte er den beiden den Weg zu einer Schatzkammer gezeigt. »Hier ist mein Büro. Das stelle ich Ihnen gerne für die Befragungen zur Verfügung.«

Susanne blickte sich um. Ihr hatte es für den Moment die Sprache verschlagen. Der Raum war in einem hellen Gelbton gehalten. Weiße Regale mit silbernen Rollläden standen an den Wänden. Vor dem Glasschreibtisch befanden sich zwei Besucherstühle, die mit weißem Leder bezogen waren und auf Chromfüßen standen. Auch der Computer-Bildschirm schien erst vor Kurzem gekauft worden zu sein.

»Ich hoffe, Sie fühlen sich hier wohl. Meine Tochter hat mir bei der Einrichtung beratend zur Seite gestanden. Anfangs fand ich das etwas ungewohnt, aber mittlerweile gefällt es mir sehr gut.«

Susanne konnte sich ein Grinsen nicht verkneifen. »Einen guten Geschmack hat Ihre Tochter. Danke Ihnen für Ihre Hilfe. Aber ein Besprechungsraum hätte uns beiden auch gereicht.«

»Nein«, sagte Josef Halber und winkte ab. »Der ist doch … wie sagt meine Tochter immer? Altbacken.«

»Also, ich würde sagen, wenn Sie nichts dagegen haben, dann werden wir hier warten, bis Dr. Otto …« Weiter kam sie nicht, denn ihr Telefon läutete. Sie nahm das Gespräch entgegen. »Kriegler?«

»Hallo, Susanne. Siegbert hier. Also, zu deinen Infos. Folgendes hab ich in Erfahrung bringen können: Das Kinderheim in Krems, in dem Franz Jenner als Jugendhelfer gearbeitet hat, ist vor einem Jahr komplett abgebrannt. Ich habe den ehemaligen Leiter, Wolfgang Auer, aus dem Bett geklingelt. Es war nicht gerade einfach, seine Telefonnummer herauszufinden, und noch weniger war er erfreut über meinen Anruf mitten in der Nacht. Er konnte sich nicht an einen Jungen mit dem Namen Paul Klasen erinnern, auch nicht an einen Jungen namens Jakob. Aber er hat mir versprochen, dass er sich morgen die Akten ansieht und mir Bescheid gibt.«

»Ich dachte, das Heim ist abgebrannt«, erwiderte Susanne. »Wie kann es da noch Akten geben?«

»Vor fünf Jahren hat er angefangen, alles zu digitalisieren. Seine Frau hatte ihn mit den Kindern verlassen, und bevor er zu Hause allein Trübsal bläst, hat er sich lieber damit beschäftigt. Alle Akten hat er eingescannt und auf einer Cloud gespeichert. Jeden Zettel von Beginn an. Und das Kinderheim wurde 1969 eröffnet. Das war eine Heidenarbeit, hat er mir berichtet.«

»Hast du ihn gefragt, ob es einen Vorfall gab, an dem Franz Jenner beteiligt war?«

»Nicht direkt. Aber er sagte, dass Jenner ein vorbildlicher Jugendhelfer war und die Kinder ihn alle geliebt haben. Deswegen hat er ihn auch als Leiter einer Jugendeinrichtung empfohlen.«

»Okay. Schick mir bitte seine Nummer.«

»Er hat gemeint, er muss sich jetzt hinlegen. Schließlich ist es kurz vor ein Uhr in der Früh. Und ohne einen richterlichen Beschluss kriegen wir keine Akteneinsicht. Das hat er noch angefügt.«

»Schick mir bitte seine Nummer«, wiederholte Susanne.

»Natürlich!«

Ein Ton bestätigte, dass eine Nachricht eingetroffen war, gleich nachdem Susanne das Gespräch beendet hatte.

»Und?«, fragte Josef Halber, der dem Telefonat angestrengt gelauscht hatte. »Gibt es schon eine Spur? Wissen Sie schon, wo meine Tochter ist? Ich bin krank vor Sorge.«

»Momentan haben wir noch nichts«, sagte Susanne. »Zumindest nichts Konkretes. Ich brauche auf jeden Fall diesen Artikel, den Ihre Tochter über Franz Jenner geschrieben hat.«

Dr. Klaus Otto trat in das Büro ein und hielt Susanne einen Plastikbeutel entgegen. »Du wirst nicht erraten, was wir bei Franz Jenner gefunden haben.«

Susanne nahm den Beutel mit dem Aufdruck eines Lebensmittelgeschäftes entgegen. Sie lugte hinein. Ein pinkes Notizbuch war darin. Sie brauchte Halber nicht zu fragen, ob es seiner Tochter gehörte. Es war klar. Uta Schwenger war tatsächlich in den Fängen dieses Irren. Und es lag nun an ihr, sie wieder zu befreien.

Josef Halber starrte sie mit großen Augen an. »Was ist da drin?« Seine Stimme bebte genauso wie seine Hände, die er ihr fast schon flehentlich entgegenstreckte.

Susanne holte das Notizbuch heraus. Es war vorsorglich in eine durchsichtige Plastiktüte gehüllt. Erst jetzt sah sie, dass es mit Folie umwickelt war. Sie erkannte eingetrocknetes Blut, das sich in den Falten der Folie festgesetzt hatte.

»Das ... das gehört ...«, stammelte Josef Halber und griff sich an die linke Brust. Klaus und Alexander stützten ihn zu beiden Seiten und verfrachteten ihn auf einen der weißen Lederstühle.

»Ja, ich hab mir das schon gedacht, dass es Uta gehört«, sagte Susanne. »Wir finden sie. Wir werden alle unser Möglichstes tun. Sie, Herr Halber, werden nun nach Hause fahren und sich ein wenig ausruhen. In diesem Zustand kann ich Sie hier wirklich nicht gebrauchen.«

»Ich kann jetzt nicht nach Hause. Ausruhen, schlafen? Wie soll das gehen, wenn wir nun die Bestätigung haben, dass meine Prinzessin wirklich in den Fängen von diesem Monster ist? Was wird er meiner Uta antun? Warum? Sie hat das doch nicht verdient, dass sie so gequält wird.« Er verdeckte mit den Handflächen sein Gesicht, und lautes Schluchzen erklang, das Susanne tief in ihrem Inneren berührte. Auch wenn sie Uta Schwenger nicht sonderlich gut leiden konnte, das hatte sie nicht verdient, und sie schwor sich, Uta zu befreien. Koste es, was es wolle.

Klaus verließ das Büro und deutete Susanne mit einem Nicken an, dass sie ihm nach draußen folgen solle. Sie schaute nochmals auf das zusammengesunkene, schluchzende Häufchen Elend, dessen Rücken von Alexander getätschelt wurde. Alexander sah sie mit einem überforderten Blick an. Susanne bedeutete ihm mit ihrer Hand, mit Josef Halber zu reden. Beschwichtigende Worte, irgendetwas, das ihr für den Moment den Rücken freihielt. Sie folgte Klaus, der wenige Schritte vom Büro an der Wand lehnte. Susanne schloss die Bürotür leise hinter sich.

»Also, was gibt es noch?«, flüsterte sie.

»Franz Jenner befindet sich in einem sehr kritischen Zustand. Ob er diese Nacht überleben wird, ist fraglich. Das Problem ist nicht nur die Sepsis, die sich durch die abgetrennten Finger gebildet hat, sondern auch sein Genital ... Es wurde entfernt. Und das sehr stümperhaft. Er hat verdammt viel Blut verloren.«

»Wann, denkst du, kann ich zu ihm?«

Klaus lächelte. Susanne konnte sich im ersten Moment keinen Reim darauf machen, wieso er lächeln konnte, wenn er so eine Nachricht überbrachte. Doch die Antwort auf ihre ungestellte Frage kam prompt.

»Ach? Wir sind zum Du übergegangen? Schön, Susanne. Das freut mich.«

Ohne dass sie auch nur irgendeinen Einfluss darauf gehabt hätte, wurde ihr plötzlich heiß, und ihre Wangen glühten wie Magma. Sie räusperte sich. Doch das wallende Gefühl in ihr verschwand dadurch nicht.

»Ich ... ich bin einfach nur übermüdet. Schauen Sie doch auf die Uhr. Da kann so ein Ausrutscher doch passieren, oder nicht? Also, wann kann ich mit ihm reden?«

»Bleiben wir doch beim Du. Ich find das weit angenehmer, und das gibt unserem Gespräch eine sehr persönliche Note.« Er berührte mit seiner Hand ihren Unterarm, und sie zuckte zurück. Sie beschloss, das Thema einfach unter den Tisch fallen zu lassen. Das war mit Sicherheit das Beste für alle Beteiligten. Und wenn sie endlich Uta Schwenger gefunden hatte, dann würde sie nie wieder auch nur einen Fuß nach Döllersheim oder Rastenfeld setzen.

»Wann?«, sagte Susanne schroffer.

»Wenn er die Nacht überleben sollte, dann frühestens morgen Mittag.«

»Wo war dieses Notizbuch? Wie hast du es gefunden?«

»Als er im Rettungswagen auf der Bahre lag, sah ich den kreisrunden Fleck in der Höhe seines Genitalbereiches. Zuerst dachte ich, er hätte sich eingenässt, doch beim genaueren Hinsehen war es zu dunkel für Urin. Ich tippte mit meinem behandschuhten Finger auf den Fleck, schließlich wollte ich meine Vermutung bestätigen, dass es sich dabei um Blut handelte, und stieß auf einen harten Untergrund. Ich schnitt seine Hose auf, und das Erste, was mir in die Hände fiel, war das Notizbuch, das in Klarsichtfolie eingewickelt war. Sofort habe ich eins und eins zusammengezählt und mir eine Tüte geschnappt, damit ich es für dich sichern konnte. Ich hoffe, du findest darauf verwertbare Spuren.«

»Danke. Da hast du gut mitgedacht. Ich lass das gleich mal ins Labor bringen. Wobei ich jetzt schon weiß, dass wir außer Fingerabdrücken von Uta Schwenger nichts darauf finden werden. Trotzdem danke.« Sie wandte sich von ihm ab und legte ihre Hand auf die Klinke der Bürotür, ohne hinunterzudrücken. »Den abgetrennten Penis hast du nicht bei ihm gefunden, nehme ich mal an.«

»Nein, der ist verschollen.«

»Dann hat der Täter nun ein Herz, zehn Finger und einen Penis. Ich will gar nicht wissen, wieso er das macht, ehrlich gesagt. Ich hoffe nur, Uta Schwenger bekommen wir als Ganzes wieder zurück. Wir müssen diesen Irren endlich fangen. Also, du musst mir alles erzählen, was dir dieser Jakob anvertraut hat.«

Susanne erschrak, als ihr Handy in der Hosentasche klingelte.

»Kriegler?«

»Siegbert hier. Ich soll dir eine Nachricht übermitteln.«

38

Mittwoch, in den frühen Morgenstunden – 01:01 Uhr

Susannes Knie wurden schwach, und sie stützte sich mit der Hand am Türrahmen ab. Das Handy hielt sie in der letzten Sekunde noch fest. Das konnte unmöglich wahr sein. Hatte sie einen Fehler begangen? War nun wegen ihr eine weitere Person in Gefahr?

»Was hast du denn?«, fragte Klaus und griff ihr stützend unter die Achseln.

»Eine … eine Nachricht … vom Täter«, brachte sie nur mit größter Mühe hervor.

»Was? Er hat dir eine Nachricht geschickt?«

»Ja, übers Büro. Irgendwie hat er es geschafft, meinen Namen herauszubekommen. Ich muss sofort einen Streifenwagen zu dem Haus von Paul Klasens Ex-Frau schicken. Verdammt. Ich hätte sie doch überwachen lassen sollen.« Sie richtete sich wieder auf und atmete erst einmal tief durch. Der Schwindelanfall besserte sich sofort.

»Was hat der Täter denn gesagt?«

Susanne antwortete ihm nicht, sondern hielt das Handy wieder an ihr Ohr. »Bist du noch dran? Du musst sofort Einsatzkräfte zu Melanie Klasens Adresse schicken. Und ruf dort an und lass es klingeln. Ich glaube, unser Täter hat die Frau in seiner Gewalt.« Sie beendete das Gespräch und öffnete die Bürotür.

Alexander blickte sofort zu ihr auf. Josef Halber saß nach wie vor zusammengesunken auf dem Stuhl vor seinem Schreibtisch.

»Alexander! Ich muss dich sprechen. Kannst du mal kommen? Der Herr Doktor passt in der Zwischenzeit auf Herrn Halber auf.« Susanne sah, dass Klaus seinen Mund öffnete, aber sofort wieder schloss, als sie ihn mit einem strengen Blick ansah. Somit betrat er den Raum und wechselte mit Alexander den Platz.

Susanne schloss die Bürotür hinter sich, als Alexander in den schmalen Flur getreten war.

»Was ist passiert?«, fragte er. »Wurde Uta Schwenger gefunden?«

»Nein. Viel schlimmer. Unser Täter hat das nächste Opfer in seiner Gewalt. Und ich denke, es ist Melanie Klasen. Ich habe Einsatzkräfte zu ihr nach Hause geschickt.«

»Wie kommst du auf diese Idee?«

»Der Täter hat irgendwie meinen Namen herausbekommen und bei der Dienststelle angerufen. Dann hat er für mich eine Nachricht hinterlassen. ›Ich habe etwas, was du hättest beschützen sollen. Machen wir einen Tausch?‹ Das waren seine Worte. Es kann sich nur um Melanie Klasen handeln. Anscheinend hat er auch eine Rechnung mit ihr offen. Das würde den Diebstahl bei ihr erklären. Bisher haben wir bei jedem Opfer persönliche Gegenstände des nächsten Opfers gefunden.«

»Was meint er mit ›Tausch‹? Was will er denn?« Alexander schluckte so stark, dass sein Adamsapfel sichtbar hüpfte.

»Das weiß ich nicht. Anscheinend haben wir etwas, was er möchte. Nur was?«

Alexander antwortete mit einem Achselzucken. Susannes Telefon läutete.

»Kriegler?«

»Stadler hier. Polizei Krems. Melanie Klasen haben wir in Schutzhaft genommen.«

»Was?«, fragte Susanne und traute ihren Ohren kaum. Wenn der Täter nicht sie geschnappt hatte, wen denn sonst?

»Melanie Klasen …«, sagte Stadler, wurde aber von Susanne unterbrochen.

»Ja, das hab ich verstanden. Geht es ihr gut? Haben Sie das Haus durchsucht nach möglichen Einbrechern?«

»Ja, keine Einbruchspuren. Außer Melanie Klasen war niemand im Haus. Sie ist unverletzt. Sie hat geschlafen, als wir ins Haus gestürmt sind.«

»Okay. Lassen Sie sie bitte nach Rastenfeld bringen. Ich muss dringend mit ihr sprechen.« Susanne steckte ihr Handy zurück in die Hosentasche und schaute Alexander ratlos an. »Der Täter spricht in Rätseln. Was hat er, was er zum Tausch anbietet?«

»Ich hab keine Ahnung. Aber ich hab diesen Artikel gefunden, den Uta Schwenger über Franz Jenner geschrieben hat. Hier auf dem Handy. Allerdings steht da nichts wirklich Interessantes drin. Nur, dass er die Leitung von dem Kinderheim in Zwettl übernommen hat.«

»Zeig mal her«, sagte Susanne und nahm Alexander das Telefon aus der Hand.

Heute ist ein besonderer Tag für das Kinderheim »Bunte Tücher« in Zwettl. Franz Jenner, ein charismatischer Mann Anfang fünfzig, übernimmt die Leitung. Unter seiner Führung werde es einige Veränderungen geben, hat er mir im Interview verraten. Der Spielplatz im Garten wird auf den neuesten Stand gebracht, auch die außerschulischen Aktivitäten sollen ab nun mehr gefördert werden. Dafür hat er sich bei der letzten Stadtratssitzung eingesetzt. Ich habe auch mit einigen Kindern sprechen dürfen, und alle haben mir bestätigt, wie froh sie sind, dass Franz nun bei ihnen ist. Ein wertvolles Mitglied, das Zwettl und auch die »Bunten Tücher« bereichern wird.

Darunter sah sie ein Foto von Franz Jenner, wie er mit einer Horde Jungen vor dem Heim posierte. Sie reichte Alexander sein Telefon. »Also, das kann es nicht gewesen sein, was unseren Täter so in Rage versetzt hat. Da steht ja nichts drin.«

***

Eine gute Stunde später stand eine wütende Melanie Klasen vor ihr in der Polizeistation Rastenfeld. Die Haare standen ihr zu Berge, und ihre Augen funkelten wütend. Sie trug über ihrem quietschgelben Pyjama einen dunkelblauen Morgenmantel, der allem Anschein nach nicht ihrer war. Klaus hatte Josef Halber zu ihm nach Hause gefahren. Es war derzeit besser, dass er nicht mitbekam, was hier ablief. Das hätte ihn nur unnötig aufgeregt.

»Was soll das? Sie brechen mitten in der Nacht in mein Haus ein, lassen mich aus dem Bett zerren und eine Stunde lang auf dem Rücksitz eines Streifenwagens in der Gegend herumfahren. Ich fühle mich wie eine Schwerverbrecherin. Ich werde Sie verklagen!« Frau Klasen schürzte die Lippen, und ihr giftdurchzogener Blick traf Susanne.

»Frau Klasen. Bitte beruhigen Sie sich doch. Es ist alles nur zu Ihrem Schutz. Deswegen hab ich Sie herbringen lassen. Sie haben mir doch von dem Einbruch erzählt, bei dem nur ein Schmuckstück entwendet wurde.«

»Ja«, sagte Frau Klasen, setzte sich auf den Stuhl und verschränkte ihre Arme vor der Brust. »Wollen Sie mir jetzt nicht bald mal erklären, was dieser Affenzirkus hier wird, wenn Sie fertig sind?«

»Ich habe eine Nachricht bekommen. Die hat mich zu der Annahme gebracht, dass Sie in Gefahr sind. Es tut mir leid für Ihre Umstände. Den entstandenen Schaden übernehmen natürlich wir.«

»Das will ich doch hoffen. Aber ich verstehe die Aufregung nicht. Ich war doch zu jeder Zeit in Sicherheit. Sie wollten sich darum ja nicht kümmern, somit musste ich das selbst in die Hand nehmen.«

»Was meinen Sie damit?«, fragte Susanne.

»Ich hab eine Privatdetektei zu meinem Schutz angeheuert. Jeweils einer der beiden Herren folgt mir tagsüber auf Schritt und Tritt, und abends, sobald ich zu Hause bin, schiebt einer vor meiner Tür Wache.«

»Okay. Haben Sie eine Telefonnummer von der Privatdetektei für mich?«

»Brauchen Sie nicht. Sie haben mir anscheinend nicht zugehört. Sie folgen mir auf Schritt und Tritt. Dafür werden sie bezahlt. Ich hab das Auto erkannt, das die ganze Zeit hinter dem Streifenwagen war. Somit muss einer der Herren hier direkt vor der Tür sein.«

»Alexander«, sagte Susanne und drehte sich zu ihm um. »Kannst du mal bitte nachschauen?«

Alexander verließ den Raum.

Plötzlich hatte Susanne eine Eingebung. Eigentlich war es mehr ein Gefühl, als sie ihr Handy aus der Hosentasche zog und gleich darauf das Foto von Isabella Hertz Frau Klasen hinhielt. »Kennen Sie diese Frau?«

Einen Moment zögerte Melanie Klasen, dann kniff sie ihre Augen zusammen. »Ja, so eine Schlampe.«

»Lassen Sie diese Ausdrücke bitte. Also, woher kennen Sie sie? Was hat Ihr Mann oder Sie mit dieser Frau zu tun?«

»Ex-Mann! Sie war die Sekretärin von meinem Ex-Mann und hat sich an ihn rangemacht, diese Hure.«

»Das heißt, Ihr Ex-Mann hatte ein Verhältnis mit Isabella Hertz? Wie lange hat das angedauert?«

»Ich muss Ihnen überhaupt nichts darüber sagen. Ich habe damit abgeschlossen und will davon nichts mehr hören. Fragen Sie doch meinen untreuen Ex-Mann oder die da.« Die letzten Worte spie sie ihr entgegen.

»Ihr Ex-Mann ist unauffindbar, und Isabella Hertz ist tot. Also kann ich derzeit nur mit Ihnen sprechen.«

»Ich hab die Scheidung eingereicht, nachdem ich von dem Verhältnis der beiden erfahren hatte. Was gibt es darüber großartig zu sagen? Ich hab keine Ahnung, wo er ist. Und dieser Schlampe geschieht das nur recht. Sie war ein geldgeiles Miststück.«

Natürlich, das war zumindest die Verbindung zwischen Paul Klasen und der Toten aus der Kirche. Aber warum war sie getötet worden? Warum war Paul nach wie vor verschwunden? War er wirklich ein Mörder, oder war er das weitere Opfer eines Mörders?

Susanne schaute auf, als Alexander wieder den Raum betrat. Ein grau melierter Mann folgte ihm. Seine Statur sah einem Bodybuilder ähnlich, der Anabolika in sich hineinpumpte. Mit Sicherheit war er einen halben Kopf kleiner als Alexander und mindestens zwanzig Jahre älter. Er blieb mitten im Raum stehen und taxierte Susanne mit seinen dunkelbraunen Augen, die fast ins Schwarze übergingen.

»Ich bin Abteilungsinspektorin Kriegler. Haben Sie heute in der Nacht etwas Ungewöhnliches bemerkt? Einen Spaziergänger mitten in der Nacht? Einen Autofahrer, der sich auffällig verhalten hat?«

»Ja, vor ein paar Stunden war da eine Situation, die mir verdächtig vorkam, doch als das Auto wieder an mir vorbeifuhr, hab ich das als unwichtig abgetan.«

»Haben Sie sich das Kennzeichen gemerkt?«

»Nein. Es war ein weißer Lieferwagen. Könnte ein VW gewesen sein. Älteres Modell auf jeden Fall, den Rücklichtern nach zu urteilen.«

»Was genau ist vorgefallen? Versuchen Sie, sich an jede Einzelheit zu erinnern!«

»Es war alles ruhig, und ich hatte mein Auto auf der gegenüberliegenden Straßenseite geparkt, damit ich alles besser im Blick habe. Ich zündete mir eine Zigarette an und schenkte mir einen Kaffee aus der Thermoskanne ein. Dann kam ein Transporter angefahren und parkte zwei oder drei Autos hinter meinem Wagen. Es ist an sich nichts Ungewöhnliches dabei. Schließlich gibt es Menschen, die aufgrund ihres Jobs erst mitten in der Nacht nach Hause kommen. Also, wie gesagt, der Fahrer parkte ein, doch er stieg nicht aus. Es dauerte nur wenige Minuten, dann fuhr er wieder davon.«

»Wenn er nicht Frau Klasen wollte ... wenn er Sie möglicherweise entdeckt hat ... Er musste sich ein neues Opfer suchen. Eines, das er eintauschen kann.« Die letzten beiden Sätze murmelte Susanne mehr vor sich hin, als dass sie zu jemand Bestimmtem sprach. In ihrem Kopf schossen die Gedanken im Zickzack hin und her, und sie drehte sich zu Alexander. Plötzlich weiteten sich ihre Augen, und es war wie ein Stromschlag, der durch sie hindurchfuhr.

Das konnte unmöglich sein!

39

Dienstag, nachts – 23:47 Uhr – vor drei Stunden

Nochmals küsste ich die kleine Reporterschlampe auf die Wange. Sie zuckte diesmal nicht zurück. Genoss sie meine Zärtlichkeiten? Hatte ich mich in ihr getäuscht? Sofort verwarf ich diesen Gedanken wieder. Nein, das, was sie getan hatte, war der Tropfen, der das Fass zum Überlaufen gebracht hatte. Ich wandte mich von ihr ab, verließ die Werkstatt und stieg in meinen Transporter. Schließlich musste ich nun schnell sein und der Polizei zuvorkommen. Ich konnte nicht mehr auf den richtigen Moment warten. Ich musste jetzt handeln. Bevor es zu spät war.

Als ich die Autobahn erreichte, strahlte der Mond hell vom Himmel. Heute war Vollmond. War das der Grund, warum ich mich so fit fühlte? Ich trat ordentlich aufs Gas, und schon eine Stunde später war ich kurz vor meinem Ziel. Das Navigationssystem gab mir mit einer hellen weiblichen Stimme die Information, dass sich mein Ziel in hundert Metern auf der rechten Seite befand. Doch eigentlich wusste ich das. War ich doch schon einige Male selbst vor Ort gewesen. Ich parkte mein Auto ein, und als ich zu meiner Tasche griff, in der sich mein notwendiges Material befand, sah ich in einem der Autos, die vor standen, eine glühende Zigarette, und gleich darauf kroch Rauch durch das geöffnete Fahrerfenster heraus.

»Verfluchte Scheiße. Wirst du Schlampe etwa überwacht?«, murmelte ich und starrte auf das Haus. Das konnte doch nicht wahr sein! Ich ließ meinen Blick über das Grundstück schweifen und ging gedanklich meine Optionen durch. Es war einfach unmöglich, in das Haus zu gelangen, ohne gesehen zu werden. Eine Möglichkeit wäre, über die Terrassentür einzusteigen. Doch dafür müsste ich erst ungesehen über die Straße kommen, was aufgrund der gähnenden Leere hier auch nicht infrage kam. Davon abgesehen hatte ich keinen Schlüssel für die hintere Tür, somit würde das nur unnötig Aufsehen erregen. Ich umklammerte das Lenkrad so fest, dass sich meine Handknöchel weiß färbten. Mein Plan war gescheitert. Ich war gescheitert. Mein Kopf sank auf das Lenkrad, und der Druck breitete sich an meiner Stirn aus.

Was mache ich jetzt? Denk nach, denk nach, denk nach!

Mit einem Ruck saß ich kerzengerade da und starrte ins Leere. Das unsichtbare Seil, das noch Sekunden zuvor meinen Atem abgeschnürt hatte, war weg.

Natürlich! So mache ich das!

40

Mittwoch, in den frühen Morgenstunden – 02:28 Uhr

Uta blinzelte und schloss ihre Augen sofort wieder. Es war wie ein Messer, das in ihrem Kopf steckte und um die eigene Achse gedreht wurde. So intensiv war der Schmerz, der sich immer mehr ausbreitete und nicht nachlassen wollte. Sie war eingeschlafen. Hatte er ihr ein Schlafmittel verabreicht, als er ihr das Wasser eingeflößt hatte?

Wie dumm von mir, das zu trinken, dachte sie. Doch der Durst war so unsagbar groß gewesen, dass sie die ganze Flasche ausgetrunken hatte. Bis auf den letzten Tropfen.

Sie versuchte, den Schmerz wegzuatmen. Das hatte sie in einer der unzähligen Zeitschriften über Könige, die Reichen und Schönen und die wahre Liebe gelesen, dass dies wirklich funktionieren sollte. Damals hatte sie darüber noch laut gelacht. Aber jetzt war ihr jedes Mittel recht. Hauptsache, die unerträglichen Kopfschmerzen ließen nach. Am besten sofort. Dann würde sie klar denken können und einen Weg hier raus finden. Sich selbst befreien, wenn schon sonst keiner kam, um sie zu retten. Doch der Gedanke war noch nicht fertig gedacht und der Mut und die Entschlossenheit wichen Millisekunden später der Verzweiflung. Wie sollte sie es hier rausschaffen?

Ihre Hand- und Fußgelenke brannten, genauso fiel ihr das Schlucken schwer. Der Draht quetschte sich unaufhaltsam in ihre Haut. Sie stellte sich auf die Zehenspitzen, was nur kurz Erleichterung brachte, denn ein Krampf brauste durch ihre

Wade. Sie schrie vor Schmerz, doch das Klebeband hielt den Laut zurück. Bittere Tränen rannen ihr das Gesicht hinunter, und langsam, ganz langsam, beruhigte sie sich wieder.

Rumheulen hat auch keinen Sinn.

Erst jetzt fiel ihr auf, dass er sie anscheinend allein zurückgelassen hatte.

Ist das meine Chance?

Wieder wurde das Feuer des Mutes in ihr entfacht. Ihr Blick fiel auf das sauber aneinandergereihte Werkzeug, das an der linken Wand hing. Sie sortierte mit ihren Augen nach Brauchbarkeit. Der Seitenschneider hypnotisierte sie förmlich.

Wie komme ich bloß an den ran?

Sie wand ihre Handgelenke in den Fesseln, doch außer einem Stechen, das sich durch ihre Muskeln zog, brachte ihr das nichts. Dann hörte sie ein Auto, das näher kam. Eine Tür knallte, und gleich darauf erklang ein gellender Schrei.

Er hat sein nächstes Opfer geholt. Ich werde heute noch sterben!

41

Mittwoch, in den frühen Morgenstunden – 02:29 Uhr

Alexander merkte die Veränderung anscheinend und zog sie aus dem Zimmer.

»Was ist jetzt? Kann ich jetzt endlich wieder gehen?«, keifte Melanie Klasen den beiden hinterher. Alexander schloss die Tür hinter sich, ohne sie eines Blickes zu würdigen.

»Susanne? Was ist los? Ist dir etwas eingefallen?«

»Ich muss Lisa anrufen. Sofort!« Susanne kramte ihr Telefon aus der Hosentasche, doch ihre Hände zitterten so stark, dass sie es nicht einmal schaffte, das Display zu entsperren.

»Was ist mit Lisa? Du glaubst doch etwa nicht …« Alexander unterbrach sich selbst.

»Dieser Irre hat meinen Namen herausgefunden.«

Alexander nahm ihr das Handy aus der Hand, entsperrte es und suchte nach Lisas Nummer. Dann wählte er. Freizeichenton.

»Wie soll er anhand deines Namens Lisa finden?«, fragte er. »Das verstehe ich nicht. Auch wenn er ihren Namen hat, hat er keine Adresse.«

»Doch!« Unerträglich war dieser Ton, diese Wartezeit, dass Lisa endlich ans Telefon ging. Susannes Brustkorb zwängte sich zusammen und erschwerte das Atmen.

»Wie? Wie soll er das denn anstellen?«

Wieder ertönte der Freizeichenton, danach sprang die Mailbox an, und Lisas Stimme erklang.

»Lisa und Tobias haben eine Webseite, auf der sie ihre Ausflüge online stellen«, sagte Susanne. »Auch auf YouTube findest du sie. Es gilt Impressumspflicht. Verstehst du? Sie hat unsere Wohnadresse angegeben. Die steht für alle frei verfügbar im Netz.«

»Ja, aber das heißt doch noch lange nichts. Wie soll der Täter das herausfinden?« Alexander wählte nochmals Lisas Nummer. Niemand nahm ab.

»Google mal meinen Namen. Es ist zwar schon zehn Jahre her, aber es gibt einen Artikel über mich in der Polizeizeitung. Außerdem hat sich die örtliche Presse auch auf die Story gestürzt. Du findest ein Foto von mir und meinem Mann. Überall im Internet. Wir haben im Team gearbeitet. Damals haben wir einen ganz großen Fang gemacht. Insgesamt wurde durch unsere Ermittlungen Schmuggelware im Wert von achtundvierzig Millionen Euro sichergestellt. Es gab über zweihundert Festnahmen. Wir wurden im Wiener Rathaus für unsere Leistungen geehrt. Also steht mein kompletter Name und der von Sebastian im Internet. Wenn der Täter dann nach Sebastian gegoogelt hat, hat er auch ein Foto von dem Unfall gefunden. Und natürlich auch ein Foto von Lisa und mir. Der Rest ist dann nur ein Kinderspiel. Für jemanden, der sich ein wenig mit Programmen auskennt, ist es ein Leichtes, mithilfe einer Gesichtserkennungssoftware im Internet Informationen über eine Person herauszubekommen. Das hat mir Sebastian mal gezeigt. Der war fit in solchen Dingen. Warum hab ich nicht schon früher daran gedacht? Ich bin schuld. Ich hätte sie beschützen müssen.«

»Es ist halb drei Uhr morgens«, sagte Alexander. »Sie schläft bestimmt, und ihr Handy ist auf lautlos.«

»Ihr Handy ist niemals auf lautlos. Niemals. Sie hat mir mal erklärt, dass sie nichts verpassen will. Er hat sie geholt. Das war die Nachricht. Ich hätte auf Lisa aufpassen müssen. Er glaubt, dass wir Frau Klasen observiert haben, und will Lisa als Tauschobjekt benutzen.« Sie holte tief Luft. »Verdammt! Sie ist doch alles, was ich habe.«

Alexander sagte nichts, sondern lauschte nur dem Ton aus dem Lautsprecher des Handys. Susanne sah, wie er mit seinen Zähnen mahlte, während er genauso gebannt wie sie selbst auf das Display starrte. Sie hatte ihn anscheinend überzeugt. Wieder erklang Lisas Stimme vom Tonband. Alexander drückte den roten Button. »Wir schicken jemanden zu dir nach Hause, der das überprüfen soll. Ich hoffe, du hast unrecht und unsere Kollegen holen sie nur aus den Federn.« Er rief von Susannes Telefon bei Kontrollinspektor Köllner an und ließ eine Streife losschicken. »Was machen wir nun mit Frau Klasen und dem Privatdetektiv?«

»In Schutzgewahrsam nehmen. Beide. Und warten, bis sich dieser Psycho meldet. Was sollen wir sonst tun? Verdammt!« Sie ballte ihre Hand zur Faust und schlug gegen die Wand. »Wir müssen ihn finden. Wir müssen Lisa retten und auch diese Schwenger. Aber wie? Wer ist er, und wo versteckt sich dieser Dreckskerl?«

»Du weißt schon, dass du, wenn deine Annahme wirklich stimmt, diesen Fall abgeben musst? Und wenn ich diesen Vorfall nicht beim Chef melde, dann wird er mich auch abziehen. Und wer weiß, was er sonst noch mit mir anstellen wird. Lebenslang an den Schreibtisch gefesselt und zum Papierkrieg verdonnert.«

»Ich muss überhaupt nichts. Und du musst auch nichts. Es geht um meine Tochter. Wir müssen sie finden.«

»Was ist denn hier los?«, fragte Klaus, der soeben um die Ecke kam. »Die Eingangstür vorne steht noch immer offen. Das ist euch schon klar, ja? Es kann hier jeder rein und raus, wie er das möchte.«

»Du«, sagte Susanne und packte Klaus am Oberarm. »Du erzählst mir jetzt alles, was du weißt. Alles, was dir dieser Jakob erzählt hat. Und lass ja nix aus.«

42

Mittwoch, in den frühen Morgenstunden – 02:39 Uhr

»Viel weiß ich auch nicht«, sagte Klaus und ließ sich auf den Stuhl sinken. Die beiden hatten sich in das Büro gegenüber verzogen. Auf keinen Fall wollte Susanne in das Zimmer zurück, in dem Frau Klasen und ihr Aufpasser auf sie warteten. Sie hatte Besseres zu tun, als sich von ihr anzicken zu lassen. Das sollte schön Grünschnabel erledigen. Sie brauchte jetzt alle Informationen, die sie kriegen konnte. Sie musste den Täter fangen, und das innerhalb der nächsten Stunden. Susanne spürte in ihrem Inneren, dass Lisa in Gefahr war und schreckliche Angst hatte. Doch sie musste einen kühlen Kopf bewahren, durfte nicht überstürzt handeln. Es fiel ihr schwer, sich mit Klaus zu unterhalten, da sie am liebsten sofort überall nach ihrer Tochter gesucht hätte.

Das Zimmer, in das sie gegangen waren, besaß die Nostalgie des restlichen Gebäudes. Zwei dunkle Schreibtische aneinandergestellt. Ein Bildschirm, der vermutlich noch vor der Jahrtausendwende gekauft worden war, und eine Tapete oberhalb der Holzvertäfelung, diesmal in Braun-Rot-Gelb gehalten. Die immer kleiner werdenden Kreise ähnelten Augen. Gruselig war das erste Wort, das Susanne dazu einfiel. Und auch das einzige. Klaus räusperte sich.

»Also, wie gesagt«, begann er. »Jakob war ja schon jahrelang bei uns in der Gruppe. Zuerst nur als Teilnehmer und dann als Mentor. Das hat er auch wirklich super gemacht. Andere zu motivieren weiterzumachen und durchzuhalten, das konnte er. Eines Tages, es war, glaub ich, schon abends, rief er mich an und erzählte mir von seinem Freund Paul. Er hat ihn nach einem schweren Schicksalsschlag bei sich zu Hause aufgenommen, und Paul wäre nun bereit, auch mit zu den AAs zu kommen. Er klang wirklich verzweifelt am Telefon.«

»Und du hast von diesem Jakob keine Adresse? Hat er ein Auto? Hast du dir die Marke gemerkt? Oder vielleicht sogar einen Teil vom Kennzeichen?«

»Ich hab dir schon gesagt, dass ich keinerlei weitere Informationen habe. Keiner unserer Teilnehmer fährt mit dem Auto vor. Schließlich soll ja niemand wissen, dass sie zum Treffen gehen. Verstehst du? Es ist ein gut gehütetes Geheimnis.«

Susannes Hals schnürte sich von einer Sekunde auf die nächste zusammen. Klaus hatte keine Informationen, die ihr in irgendeiner Art und Weise weiterhelfen konnten. Nichts. Sie blickte auf ihre Armbanduhr und seufzte. Mit ihren Fingern massierte sie sich die Schläfen, um die aufkommenden Kopfschmerzen in den Griff zu bekommen. Da nahm Klaus ihre Hand und schaute ihr tief in die Augen.

»Was bedrückt dich noch? Das kann doch nicht alles sein. Ich sehe doch, wie du zitterst.«

»Ich glaube, der Irre, der die Leute umbringt und auch die Reporterin entführt hat ... er hat meine Lisa.« Die letzten Worte traten nur gequält und unter Tränen hervor.

»Wer ist Lisa? Deine Tochter?«, sagte Klaus, und Susanne nickte. »Bist du dir sicher?« Jetzt nahm Klaus auch ihre zweite Hand in seine und streichelte mit dem Daumen über ihren Handrücken.

»Eine Mutter spürt so was, wenn mit ihrem Kind etwas passiert ist«, sagte Susanne. »Ich kann sie nicht erreichen, und die Kollegen, die zu mir nach Hause fahren, haben sich noch ...«

Die Tür vom Büro wurde aufgerissen, und Alexander stand im Türrahmen. »Susanne, es tut mir leid. Die Kollegen haben soeben Bescheid gegeben, dass deine Haustür offen stand, aber es war niemand da. Sie haben Lisa nicht gefunden.«

Es war ein Messer, das sich tief in ihren Körper bohrte und ihre Eingeweide in kleine mundgerechte Stücke zerschnitt. Sie konnte ihre Augen nicht von Alexander abwenden. Kein Wort drang über ihre Lippen. Sie wollte sprechen, aber konnte nicht einmal einen klaren Gedanken fassen. Es war wie eine Wolke, die sie einhüllte und völlig in sich aufsaugte. *Lisa*, drang dumpf durch ihr Hirn.

»Susanne«, sagte Alexander. »Ich hab auch eine Streife zu Tobias schicken lassen. Dort ist sie nicht. Konzentriere dich bitte. Wo könnte sie noch sein? Gibt es eine andere Möglichkeit, wo sie sich aufhalten könnte?«

Noch immer fixierte sie ihn. Seine Worte prallten wie an einem Schutzschild von ihr ab. Sie hatte ihre Tochter in Gefahr gebracht. Sie war schuld. Sebastian würde sich im Grab umdrehen, wenn er davon erfahren würde. Das Bild von den dreien, das auf ihrem Nachtschrank stand, drängte sich vor ihr geistiges Auge. Das Strahlen in den Augen, das Glück, das sie damals gehabt hatte. Alles war nun ausgelöscht. Staub! Nur Staub war geblieben. Sie hatte alles verloren, was sie jemals geliebt hatte. Plötzlich durchfuhr sie eine unglaubliche Macht, und es fühlte sich fast so an, als würde sie jemand nach oben reißen, so schnell sprang sie von ihrem Stuhl auf. Sie blickte in die entgeisterten Gesichter von Alexander und Klaus.

»Dieses Schwein hat meine Tochter. Ich finde ihn. Los, Alexander! Wir fahren zu diesem Leiter des Kinderheims. Zu dem, wo Paul Klasen anscheinend seine Kindheit verbracht hat. Der wird uns hoffentlich einiges erzählen können über ihn und seinen Freund Jakob.«

»Natürlich.« Verstohlen blickte Alexander auf die Uhr, doch Susanne bemerkte es und herrschte ihn an.

»Mir ist egal, wie spät es ist. Es zählt jede Sekunde. Warum versteht das hier eigentlich keiner?« Sie lief aus der Polizeistation hinaus. Erst als sie sich auf den Fahrersitz setzte, fiel ihr auf, dass sie nicht einmal das Ziel kannte, wo sie eigentlich hinwollte. Und doch war der innerliche Drang, einfach loszufahren, so stark. Sie startete den Motor. Alexander riss die Beifahrertür auf und hechtete ins Auto. Dann trat sie aufs Gas.

»Susanne. Bitte. Lass mich fahren. Du bringst uns beide um, wenn du so rast.«

Doch Susanne ließ sich von ihm nicht abbringen. »Sag mir lieber, wohin ich fahren muss. Hast du eine Adresse?«

»Ja, hab ich.« Alexander tippte die Adresse ins Navi ein. Er hielt sich mit einer Hand am Haltegriff fest. Die Anzeige verkündete, dass die Fahrtzeit siebenundzwanzig Minuten betragen würde.

Siebenundzwanzig endlose Minuten, dachte Susanne und beschleunigte den Wagen. Ihr war klar, dass ihr Vorhaben alles andere als professionell war. Doch jede Sekunde, in der sie Informationen über Klasen oder auch über diesen mysteriösen Jakob in Erfahrung bringen konnte, ließ sie hoffen, ihre Tochter bald wieder in die Arme schließen zu können. Sie war so sehr in ihre Gedanken vertieft, dass sie nur Wortfetzen von Alexander mitbekam.

»... und das glaubst du wirklich?«

Einen Moment dachte sie nach, ob sie seine Frage entschlüsseln könnte. Gleich darauf resignierte sie. »Entschuldige, ich hab dir nicht zugehört. Was hast du gesagt?«

»Ob du wirklich glaubst, dass wir bei dem ehemaligen Leiter dieses Kinderheimes etwas finden? Ich meine, derzeit wissen wir ja nur, dass Franz Jenner dort gearbeitet hat. Aber ob die beiden dort als Jungen in Pflege waren …«

Wut quoll in ihr auf. Sie ballte ihre Hand zur Faust, doch entspannte sie diese gleich wieder. Nach einem lauten Schnaufer sagte sie: »Es ist unsere einzige Spur. Verstehst du das nicht? Wenn die beiden dort als Kinder waren und Franz Jenner zu dieser Zeit als Jugendhelfer gearbeitet hat, dann will der Täter sich an Jenner rächen. Ich hab von Klaus erfahren, dass Franz Jenners Genital amputiert wurde. Das deutet doch eindeutig auf Rache hin. Es ist nicht auszuschließen, dass Jenner die beiden Jungs sexuell missbraucht hat, als sie in seiner Obhut waren. Und ebenso ist nun klar, welche Verbindung zwischen unserem ersten Opfer und Paul Klasen bestand. Sie war seine Sekretärin, und sie hatten eine Affäre. Das hat mir seine Ex-Frau erzählt. Doch noch immer wissen wir nicht, ob nun Klasen ein Opfer oder ein Verbrecher ist.« Sie schüttelte den Kopf.

»Okay«, meinte Alexander. »Also du gehst wirklich von einem Einzeltäter aus.«

»Ja, die Nachricht lautete doch: ›*Ich* habe etwas, was du hättest beschützen sollen.‹ Wenn es mehr als ein Täter wäre, dann hätte er doch *wir* gesagt.«

»Stimmt. Aber was hat das mit dieser Reporterin zu tun?«

»Ich hab keine Ahnung.«

»Hast du schon den Staatsanwalt angerufen wegen eines richterlichen Beschlusses? Ich meine, der Leiter des Kinderheimes darf uns diese Infos nicht geben.«

»Mal sehen«, sagte Susanne. »Wenn ich bei dem auf die Tränendrüse drücke, wird er schon damit rausrücken. Ohne diese Informationen haben wir nichts. Wir brauchen diese Jugendakten.«

Alexander holte sein Handy heraus und tippte auf dem Display herum. Susanne war wieder allein mit ihren Gedanken, ihrer Angst und auch ihrer Wut. Plötzlich ertönte der Klingelton ihres Handys lautstark. Sie erschrak, und die Härchen auf ihren Unterarmen rauften sich augenblicklich um einen Stehplatz, als sie sah, dass Siegbert ihr einen Anruf weiterleitete.

43

Vor 35 Jahren

Die Frau, die ich noch nie im Leben gesehen hatte, nahm mich einfach an die Hand und brachte mich zum Auto. Sie hatte lange blonde Haare und sah aus wie ein Engel, wenn sie lächelte. Zumindest hatte ich mir einen Engel so immer vorgestellt. Die Fahrt mit dem Auto dauerte eine halbe Ewigkeit. Und ich hatte keine Ahnung, wo das Ziel dieser Reise lag, wagte auch nicht, danach zu fragen. Es waren unzählige Häuser, die an uns vorbeibrausten. Ich hatte angefangen, die Autos zu zählen, die die Frau überholte, doch musste ich ständig wieder von eins beginnen, weil ich doch nur bis dreißig zählen konnte. Während der Fahrt sprach die Frau kein Wort. Das Radio lief, und da hörte ich den Song *The Final Countdown* von Europe. »Platz eins der Hitparade«, meinte der Sprecher. Ich verstand kein Wort von dem Text. Ich wusste nur eines: Dieser Song würde mein Song sein, denn heute hatte sich für mich die ganze Welt verändert.

44

Mittwoch, in den frühen Morgenstunden – 02:51 Uhr

Ihre Augen starrten mich hasserfüllt an. Das konnte ich sehen, obwohl nur der Mond ihr Gesicht anstrahlte. Ich hatte sie, wie zuvor die Reporterin auch, in den Hundezwinger gebracht und ihr die Schlinge um den Hals gelegt.

Mein Handgelenk begann wieder zu pochen, als ich sah, wie sie sich hin und her drehte. Diese kleine Schlampe hatte mich gebissen, als ich sie aus ihrem Bett gezerrt hatte. Ich verfluchte mich selbst, dass ich ihr nicht die Spritze injiziert hatte. Aber ich musste damit sparsam umgehen. Das Zeug war auf dem Schwarzmarkt echt teuer. Erst als sie den Elektroschocker das erste Mal gespürt hatte, war sie zahm geworden. Nun lag sie gut verpackt auf der Erde und würde mir nicht entkommen können. Leise scharrende Geräusche gab sie noch von sich, und zwischendrin vernahm ich ein Schnauben wie von einem wild gewordenen Stier.

Diese Laute erinnerten mich an damals. Noch heute, wenn ich meine Augen schloss, hörte ich das Wimmern unter der Bettdecke. Den Atem, der stoßweise auf meinem Hals zu spüren war. Die Tür, die knarrte. Den Schmerz, der durch meinen Jungenkörper wie ein Fegefeuer brannte. All das war so präsent, als wäre es erst gestern passiert. Schon damals hatte ich Rache geschworen. Rache für all das.

Ich trat näher an den Käfig heran und klammerte mich mit meinen Fingern am Gitter fest. Sie bewegte sich nicht mehr, sondern fing starr meinen Blick auf. Die offene Rechnung gehörte bezahlt. *Quid pro quo*, tönte es durch meinen Kopf. Hannibal Lecter, mein Vorbild. Er hatte mich erst auf diese Idee gebracht, dass es für jede Leistung, die man im Leben erbrachte, eine angemessene Gegenleistung geben musste. Eine Bezahlung für geleistete Dienste. Und die forderte ich jetzt ein.

»Alles gut. Ich tu dir nichts. Du kannst mir vertrauen.« Ich lächelte sie an. Sie war nicht das Objekt meiner Begierde, sondern nur Mittel zum Zweck. »Ich will dich nur eintauschen. Dir passiert nichts, solange deine Mutter macht, was ich von ihr verlange. Und die werden wir jetzt anrufen. Willst du zuhören?«

Sie nickte leicht. Ich startete auf meinem Handy das Programm, das einerseits meinen Aufenthaltsort verschleierte und andererseits auch meine Stimme verzerrte. Sehr praktisch. Hatte ich mir aus einem der Foren runtergeladen. Es gab Menschen, die kannten sich damit aus. Und eines war klar: Es war nicht legal, somit bekam man solche nützlichen Kleinigkeiten nur im Darknet. Ich wählte die Nummer und schaltete den Lautsprecher an. Es dauerte keine drei Sekunden, da hatte ich eine männliche Stimme am Apparat.

»Landeskriminalamt Wien Süd.«

»Ich möchte gerne mit Abteilungsinspektorin Kriegler sprechen.«

»Die Frau Abteilungsinspektorin ist nicht im Haus. Soll ich ihr eine Nachricht hinterlassen?«

»Nein. Sie stellen mich jetzt zu ihr durch. Ich bin mir sicher, sie möchte mit mir sprechen. Schließlich habe ich etwas, was sie gerne zurückhätte.«

Es kam mir vor wie eine Ewigkeit, bis ich wieder die Stimme hörte. »Natürlich. Ich stelle Sie auf ihr Handy durch.«

Es klingelte in der Leitung. Noch ein Freizeichenton. Ich fixierte das Display. Mir wurde flau im Magen. Würde sie auf meinen Deal eingehen? Doch wenn sie es nicht tat … Mein Blick wanderte zu der jungen Frau, und ich legte den Kopf schief. Gedanklich ging ich meine Optionen durch. Wieder ein Freizeichenton.

»Wieso geht denn deine Mami nicht ans Telefon? Sie hat mit Sicherheit schon verstanden, welchen Pfand ich in meiner Gewalt habe.« Ich flüsterte mehr, als dass ich sprach, erwartete ich mir ja sowieso keine Antwort von dem bissigen Mädchen.

»Kriegler?«

Ein Schauer durchfuhr mich, als ich das Zittern in ihrer Stimme bemerkte.

»Ich hab etwas, was Sie mit Sicherheit zurückhaben wollen. Also, wann tauschen wir?«

»Sie verdammtes Schwein! Lassen Sie sofort meine Tochter gehen! Sie hat nichts damit zu tun.«

»Aber, aber, Frau Abteilungsinspektorin. Beruhigen Sie sich doch. Ihrer Tochter passiert nichts, wenn Sie mir geben, was ich will.«

45

Mittwoch, in den frühen Morgenstunden – 03:03 Uhr

Susanne hatte beim ersten Klingeln die nächste Ausfahrt genommen und stand nun mit laufendem Motor am Straßenrand einer nicht beleuchteten Straße. Sie hatte das Gespräch über die Freisprecheinrichtung angenommen, sodass Alexander mithören konnte.

»Was wollen Sie haben?«, spie sie dem Entführer ihrer Tochter förmlich entgegen. Am liebsten hätte sie mit ihrer Faust auf das Armaturenbrett geschlagen. Der Hass auf diesen Irren war so groß. Er spielte mit ihr ein Spiel, und sie musste sich das gefallen lassen. Denn er war derjenige, der die Regeln aufstellte.

»Na, was wohl? Die Bitch, die das Leben meines Freundes zerstört hat.« Ein Lachen erklang, als würde er sich soeben über einen schlechten Scherz amüsieren.

Susanne zögerte. Er wollte tatsächlich Melanie Klasen gegen ihre Tochter eintauschen. Das konnte doch nicht sein Ernst sein. Er musste doch wissen, dass sich die Polizei nicht auf solche Deals einließ. Vermutlich dauerte es ihm zu lange, denn seine Computerstimme erklang wieder.

»Was ist nun? Wollen Sie einen Tausch? Ich meine, Ihre Tochter ist ja bildhübsch und …«

Susanne unterbrach ihn sofort. »Wenn Sie mit Ihren Dreckspfoten meine Tochter anfassen, dann gnade Ihnen Gott. Ich schwöre Ihnen, dass alle Schmerzen, die Ihre Opfer ertragen mussten, harmlos waren im Gegensatz zu dem, was ich mit Ihnen anstellen werde.«

Alexander legte seine Hand auf ihre Schulter und deutete mit einer Auf- und Abwärtsbewegung seiner anderen Hand an, dass sie nicht in diesem Ton mit dem Täter sprechen solle.

Er hatte im Grunde ja recht. Aber wie sollte sie in einem sachlichen Tonfall mit dem Entführer ihrer Tochter sprechen? Mit dem Scheusal, das einen Menschen auf bestialische Art und Weise ums Leben gebracht hatte. Und sein anderes Opfer … verstümmelt hatte.

»Susanne! Beruhigen Sie sich doch. Sie haben mein Wort. Ihrer Tochter geht es gut. Und das wird auch so bleiben, wenn Sie mir endlich das geben, was mir zusteht. Und um Gottes Gnade brauch ich mir wohl keine Sorgen mehr zu machen. Die hab ich doch schon längst.«

Susanne zog scharf die Luft ein. Ihre Hände zitterten so stark, dass sie sie unter ihre Oberschenkel schob, um das Zucken zu unterdrücken.

»Also, Sie wollen Frau Klasen«, sagte sie.

»Ja, die will ich. Sie muss endlich bezahlen. Ich will nur Sie und die Schlampe sehen. Wehe, ich sehe noch jemand anderen in Ihrer Nähe. Ebenso kein Licht oder Sonstiges vor Ort. Schließlich wollen wir doch alle den wunderbaren Mondschein genießen. Wie wäre es in zwei Stunden? Oder ist Ihnen das zu früh?«

Susanne schaute fragend zu Alexander. Er nickte leicht. Sie hatten keine andere Möglichkeit, als auf den Vorschlag einzugehen.

»Gut, wo machen wir die Übergabe?«

»Dort, wo alles enden wird!«

Ein Klicken in der Leitung bestätigte Susanne, dass der Anrufer aufgelegt hatte. Ihre Schultern sanken nach vorne, und sie ließ ihren Kopf hängen. Dann schloss sie für einen Moment die Augen. Sie wollte nicht wahrhaben, worauf sie sich da gerade eingelassen hatte.

»Er meint Döllersheim, oder?«, fragte Alexander, und sie richtete sich in ihrem Sitz wieder auf.

»Ja, das nehme ich mal an. Einen anderen Ort kennen wir nicht.«

»Du wirst deine Tochter wiedersehen. Da bin ich mir sicher. Er wird ihr nichts antun. Sie ist nicht sein Zielobjekt.«

Susanne nickte kaum merklich. All ihre Energie schien mit diesem Telefonat aus ihr gewichen zu sein. Zerplatzt wie ein Luftballon. Sie zog den Autoschlüssel aus dem Schloss und überreichte ihn Alexander. »Planänderung. Ich hab noch ein paar Telefonate zu führen. Du fährst.« Dann stieg sie aus.

Alexander war sichtlich erleichtert über diese Entscheidung, denn er rutschte kommentarlos auf den Fahrersitz. »Dir ist klar, dass wir den Chef informieren müssen, ja?«

Doch Susanne wollte seine Worte nicht hören, konnte sie nicht hören, weil sie weit weg mit ihren Gedanken war. Vor ihrem geistigen Auge legte sie bereits die Klinge des Messers am Hals dieses Psychopathen an und wartete nur mehr darauf, ihm endlich die Kehle durchschneiden zu können.

Du Schwein hast meine Tochter!

Susannes Telefon läutete, und sie blickte auf das Display. Al Capone. Verdammt! Das hatte ihr gerade noch gefehlt, dass er jetzt anrief. Vermutlich war er von Siegbert über ihre verschwundene Tochter informiert worden.

Sie nahm das Gespräch entgegen. »Ja?«

»Was ist das für ein Katz-und-Maus-Spiel, das Sie da treiben? Wie oft haben Sie schon miterlebt, dass ein Beamter weiterhin ermitteln darf, wenn er in einen Fall persönlich involviert ist? Ich nehme Ihre Antwort gleich vorweg. Noch nie! Sie wissen genau, dass dies gegen jegliche Vorschrift ist. Sie können mich doch nicht einfach *nicht* über so einen Vorfall informieren. Sie und Ihr Kollege kommen auf der Stelle in mein Büro. Hab ich mich klar und deutlich ausgedrückt? Ich schicke ein neues Team nach Döllersheim.«

»Der Täter hat ausdrücklich verlangt, dass *ich* die Übergabe machen soll«, entgegnete Susanne. »Bis das neue Team eingewiesen ist, vergehen wertvolle Stunden, und die haben wir nicht. Er hat meine Tochter, verstehen Sie? Ich möchte nicht ihr Blut an meinen Händen kleben haben, nur weil ich meine Zeit damit verplempert habe, das andere Team über Fakten in Kenntnis zu setzen. Sie wissen, Chef, was damals passierte. Und das will ich auf keinen Fall nochmals erleben.«

Es war still in der Leitung. Und zwar so still, dass sie nicht einmal seinen Atem hörte, und Susanne dachte schon, jetzt würde das Donnerwetter losbrechen und er würde sie gleich an Ort und Stelle suspendieren. Sie zog ihre Dienstmarke aus der Hosentasche heraus, und sicherheitshalber hielt sie das Telefon ein Stück weit von ihrem Ohr weg. Bei Al Capone wusste man nie. Eigentlich war er ein wirklich lieber Mensch, ein toller Vorgesetzter, aber wehe, man setzte sich über ihn oder seine in Stein gemeißelten Vorschriften hinweg. Das konnte böse enden, und sie selbst hatte wegen Kleinigkeiten schon so einige Dienstausweise von Kollegen entgegennehmen müssen. Sie blickte zu Alexander, der sie aufmerksam musterte.

»Abteilungsinspektorin Kriegler«, sagte ihr Chef in normalem Tonfall. Susanne atmete erleichtert auf. »Ich schicke jetzt ein Team zur Verstärkung los. Sie erledigen die Übergabe und holen Ihre Tochter von diesem Psycho weg. Aber wenn Sie sich irgendeine unüberlegte Handlung leisten, die mich oder unsere Abteilung in ein schlechtes Licht rückt, werde ich Ihnen sofort die Dienstmarke entziehen und Sie für den Rest Ihres Arbeitslebens im Keller staubige Akten sortieren lassen. Hab ich mich klar und deutlich ausgedrückt?«

»Ja, klar und deutlich!« Susanne beendete das Gespräch.

46

Mittwoch, in den frühen Morgenstunden – 03:19 Uhr

»Wusste ich doch, dass deine Mama dich wieder zurückhaben will.«

Lisa konnte kaum glauben, was der fremde Mann sagte. Natürlich wollte Mama sie wieder zurückhaben. Was dachte der Idiot denn? Dass sie nichts mehr von ihr wissen wollte, weil er sie mitten in der Nacht aus dem Haus geschleppt hatte? Nichts sehnlicher wünschte sie sich als eine Umarmung von ihrer Mama. Sogar ein Kuss auf die Wange wäre erlaubt. Zwar mochte Lisa das nicht, denn dann kam sie sich immer wie ein Kleinkind vor, doch in diesem Moment hätte sie sogar das als gut empfunden. Hauptsache, weg von diesem Irren.

Sie zerrte an ihren Fesseln, doch sofort brannte der Schmerz in ihren Handgelenken. Sie dachte an die Tote, die Tobias und sie in der Kirche gefunden hatten. War sie der Grund, warum er sie entführt hatte? Wer war diese ominöse Frau Klasen? Doch all die Fragen waren plötzlich wie weggewischt, als sich eine Frage in ihrem Kopf manifestierte und wie eine Leuchtreklame zu blinken schien: *Wird er mir wirklich nichts tun?*

»Jetzt müssen wir dich vorbereiten für die Übergabe«, sagte er. »Deine Mama möchte doch sicher auch etwas geboten bekommen. Nicht nur das, was sie bestellt hat.«

In diesem Moment sah Lisa vor ihrem geistigen Auge eine Verkäuferin an der Wursttheke, die sie freundlich lächelnd fragte: »Darf es ein bisserl mehr sein?« Wenn ihr nicht gerade zum Heulen zumute gewesen wäre, hätte sie sicher darüber lachen können.

Er drehte sich um und verschwand mit schnellen Schritten um die Ecke der Hütte, an der er sie nur Minuten zuvor vorbeigezogen hatte. Ein lautes Brummen durchbrach die Stille des Waldes. Kurz darauf hörte sie ein kreischendes Geräusch, das ihr Blut zum Erstarren brachte.

Was hat dieser Psycho bloß mit mir vor?

47

Mittwoch, in den frühen Morgenstunden – 05:12 Uhr

Susanne hielt die Anspannung nicht mehr aus und drehte an ihrem Ring. Sie fühlte sich, als würde sie jeden Moment in tausend Stücke zerplatzen. Nur noch wenige Minuten, dann waren die beiden Stunden um. Wenn es schiefging ... wenn der Täter Lisa vielleicht sogar umgebracht hatte, würde sie wieder vor einem Scherbenhaufen stehen. Wieder mit einem Grabstein reden müssen. Den Sinn ihres Lebens an den sprichwörtlichen Nagel hängen. Dabei schlug die wöchentliche Therapie mit der Psychologin endlich bei ihr an, sodass sie wieder ein wenig Lebensfreude in sich verspürte. War all ihre Mühe umsonst gewesen? Lisa war das Einzige, was sie auf dieser Welt noch glücklich machen konnte. Diese Gedanken beschäftigten Susanne, als sie auf die Kirche in Döllersheim starrte. Die Frau hatte sie sicherheitshalber zwei Schritte hinter sich positioniert. Dieser Täter war unberechenbar. Der Mond schien hell vom Himmel und hüllte die Silhouette der Kirche geheimnisvoll ein. Vollmond! Warum nur war dem Täter dieser Ort so wichtig? Was war an diesem Lost Place so besonders? Und was hatte Melanie Klasen gemacht, das den Täter so in Rage brachte? Die Fragen schienen sich wie ein Karussell in ihrem Kopf zu drehen. Immer höher, immer schneller.

»Es sind alle bereit«, flüsterte Alexander durch den Knopf in ihrem Ohr.

Susanne nickte nur, denn ihr waren die Worte im Hals stecken geblieben, als sie das Rascheln aus der Nähe hörte. Sie zielte auf die Person, die aus dem Gebüsch, maximal zwanzig Meter vor ihr, mehr oder minder stolperte. Und dann sah sie es, als er sich aufrichtete: die Pistole, die geradewegs auf sie zeigte. Sie konnte nur seine Umrisse erkennen. Blitzschnell betete sie gedanklich die Polizeifibel herunter, die sie auf ihren etlichen Seminaren und in der Ausbildung in- und auswendig gelernt hatte. Sie war Polizistin. Sie durfte sich keine Fehler erlauben. Denn nur ein einziger nicht eingehaltener Punkt des Protokolls würde über Leben und Tod entscheiden. Über das Leben ihrer Tochter, oder ihren und Lisas Tod.

»Wir warten auf dein Zeichen. Wir haben ihn im Visier.« Alexanders Worte kamen wie durch ein Wattebäuschchen in ihren Gehörgang. Susanne fühlte in diesem Moment nichts. Keine Anspannung in ihrem Körper. Keinen schnellen Pulsschlag. Sie war die Ruhe selbst. Sie funktionierte einfach nur.

Deeskalation! Bring ihn zum Sprechen!

»Ich möchte nur mit Ihnen reden. Ist das für Sie okay? Ich stecke meine Waffe weg, wenn Sie es auch tun.«

Doch er blieb nicht stehen und kam in schnellen, leicht schwankenden Schritten auf sie zu.

»Bleiben Sie stehen! Sofort! Oder ich schieße!« Ihr wurde gleichzeitig kalt und heiß, als würde sie eine Kneippbehandlung über sich ergehen lassen. Und doch waren ihre Hände ganz ruhig.

Ihre Worte zeigten Wirkung, der Unbekannte stoppte.

»Es muss nicht so enden. Wir finden gemeinsam eine Lösung«, sagte sie und verlagerte ihr Gewicht auf den rechten Fuß, um einen besseren Stand auf dem unebenen Gelände zu haben. Susanne hatte seinen Kopf genau im Visier. Eines war ihr allerdings zu diesem Zeitpunkt bewusst: Wenn sie auf ihn schießen würde … wenn sie ihn tötete, fand sie Lisa niemals. Zumindest nicht lebend. So senkte sie ihre Waffe und zielte auf sein Bein.

Noch immer bekam sie keine Antwort von ihm. Er stand regungslos da, und der Lauf seiner Pistole zeigte in ihre Richtung.

»Nehmen Sie die Waffe runter. Sie wissen, dass es vorbei ist. Sagen Sie mir, wo meine Tochter ist. Wo ist Lisa?«

Plötzlich beugte er sich vornüber und richtete die Pistole gen Boden. Ganz langsam ließ er sich auf die Erde gleiten. War dies das Zeichen, dass er aufgab?

»Zugriff!«, schrie sie und stürmte auf den Unbekannten zu, der noch immer in seiner Position verharrte. »Lassen Sie die Waffe fallen!« Zwar war der Lauf der Pistole nach unten gerichtet, dennoch könnte er sofort wieder in die Senkrechte gehen und ihr eine Kugel in den Körper jagen.

Sie war schon fast bei dem Unbekannten angelangt, als sie begriff, was hier für ein Spiel gespielt wurde. Dann drehte sie sich um, als sie die Schreie hörte.

48

Mittwoch, in den frühen Morgenstunden – 05:18 Uhr

Lisa spürte, wie sich das Holz in ihre Haut bohrte, und war sich sicher, dass diese jeden Moment zerplatzte wie eine Hubba-Bubba-Kaugummi-Blase. Sie wusste nicht, was sie denken sollte, geschweige denn, was sie machen könnte, um sich aus dieser Situation zu befreien.

Mama, so hilf mir doch!

Der Schmerz kroch ihr bis in die Knochen, und doch versuchte sie ihr Möglichstes. Sie musste! Plötzlich packte sie eine Hand von hinten und schmetterte sie auf den Boden. Es knackte in ihr, und panisch rang sie nach Luft, die immer weniger um sie herum zu werden schien. Bunte Punkte tanzten vor ihren Augen zu einer unhörbaren Musik.

Bin ich tot oder lebendig?, war die einzige Frage, die sie sich stellte.

»Stehen bleiben!«, hörte sie die Stimme ihrer Mutter, die sich allem Anschein nach wieder von ihr entfernte. »Da ist er!« Es folgte ein Schuss. Zwei. Und dann war für einen Augenblick Stille eingekehrt. So still, dass es ohrenbetäubend war. *Mama?* Warum sprach niemand? Warum hörte sie nichts? Sie hob ihren Kopf an, doch sie sah nichts als das einstmals grüne Gras, das jetzt schwarz erschien. Wieder fiel ein Schuss, allerdings weit von ihr entfernt.

Vermutlich dieselben Hände, die sie vorhin umgestoßen hatten, packten sie an den Schultern und zogen sie hoch. Ihre

Knie zitterten, als wären sie aus Wackelpudding, und sie hatte große Mühe, sich aufrecht zu halten.

»Lisa?«, fragte ein Mann sie, der ihr sogleich die Kapuze vom Kopf, das Tuch von den Augen und das Klebeband vom Mund entfernte.

Sie nickte zögerlich. Sie spuckte den Fetzen, der in ihrem Mund steckte, auf den Boden.

»Wo ist meine Mutter? Haben Sie den Psycho gefangen?«

Auch wenn ihr Hirn wieder richtig arbeitete, so wollte ihr Körper nur mehr eines: Ruhe. Die Anspannung der letzten Stunden ließ so schlagartig nach, dass sie nach vorne kippte. Der Mann fing sie rechtzeitig auf.

»Ich muss dich zuerst mal befreien. Solange darfst du jetzt nicht umkippen.«

Er holte ein Messer hervor und zerschnitt das Klebeband, mit dem die Pistole an Lisas Hand befestigt war. Dann öffnete er den übergroßen Mantel, in den der Täter sie gesteckt hatte, und entfernte das Holzgestell, das wie eine Art Außenskelett an ihrem Körper angebracht war. Es besaß eine L-Form, mit mehreren Holzstreben im Neunzig-Grad-Winkel, die für die notwendige Stabilität gesorgt hatten. Mit Gaffa-Tape war die Konstruktion sowohl um ihren Oberkörper geschnürt worden als auch um ihre Arme. Langsam ließ sie sich zu Boden sinken und atmete erst einmal auf. Obwohl es in ihrem gesamten Brustkorb stach wie kleine Nadelstiche, war sie froh, es halbwegs unbeschadet überstanden zu haben.

»Team zwei«, sagte der Mann in sein Funkgerät. »Ich brauch hier die Sanis. Weibliches Opfer, anscheinend unverletzt, steht aber unter Schock.« Er ging in die Hocke und legte ihr seine Hand auf die Schulter. »Keine Sorge, unser gesamtes Team verfolgt den Mann, der dir das angetan hat. Deine Mutter kommt sicher gleich wieder.«

49

Mittwoch, in den frühen Morgenstunden – 05:25 Uhr

»So«, sagte Susanne und drückte Lisas Hand. »Jetzt erzähl mir alles, was du weißt. Alles, was du gesehen hast. Es ist enorm wichtig, dass du jede noch so unbedeutend erscheinende Kleinigkeit erwähnst.« Lisa saß auf der Liege und Susanne neben ihr. Zwar hatten die Sanitäter gesagt, dass sie Lisa mit ins Krankenhaus nehmen möchten, doch Lisa hatte abgelehnt, was Susanne gar nicht recht war.

»Na, der Typ hatte eine Sonnenbrille auf, einen Schal vor seinem Mund und das Basecap ganz weit ins Gesicht gezogen. Er hat mich in einer Art Käfig festgehalten. Wo genau das war, weiß ich leider nicht. Ringsherum war nur Wald, und eine Blechhütte stand dort ganz in der Nähe.«

»Hast du dort sonst noch jemanden gehört oder gesehen? War es immer derselbe Mann, der zu dir gekommen ist, oder sind es zwei gewesen?«

»Ich hab leider nichts gesehen oder gehört. Es war mit Sicherheit immer derselbe. Ich hab ihn an seinem Geruch erkannt. Immer wenn er in meine Nähe kam, roch es nach Mottenkugeln. Es war so schrecklich, als er mir die Augen verband. Dann hat er mir dieses Holzkonstrukt verpasst. Ich schwöre, ich wusste nicht, dass er auch eine Pistole daran befestigt hat. Er brachte mich hierher, und plötzlich war er fort. Verstehst du? Ich bin gestorben vor Angst. Hatte ich doch keine Ahnung, wo ich war, ob er vielleicht nur wenige Schritte von mir entfernt darauf wartet, dass ich einen Abgrund hinabstürze. Dann hörte ich Stimmen, die sehr nahe klangen. Darauf bin ich zugegangen, obwohl es sehr steil hinaufging. Als ich deine Stimme erkannte, wollte ich nur mehr zu dir. Doch ich spürte anhand deiner Worte, dass irgendetwas mit mir nicht stimmte und du mich nicht erkannt hast. Somit musste ich mir was einfallen lassen und bin auf die Knie gesunken. Ich hab mir vor Panik fast in die Hosen gemacht.« Lisas Stimme versagte bei den letzten Worten. Susanne nahm ihre Tochter in den Arm und küsste sie auf die Stirn.

»Lisa, du hast das toll gemacht. Du bist so eine kluge junge Frau. Ich bin froh, dass ich dich heil wiederhabe. Gut, du lässt dich jetzt ins Krankenhaus bringen und durchchecken. Ich schick dir jemanden mit, der dir nicht von der Seite weicht und dich im Anschluss nach Hause bringt. Ich kann leider nicht mitkommen. Wir müssen diesen Täter schnell fangen. Er hat noch eine Person in seiner Gewalt, und die möchte ich nicht als nächste Leiche irgendwo finden.« Ihr brach es das Herz entzwei, als sie in die entsetzten Augen ihrer Tochter schaute, und doch musste sie ihren Job machen. Es half nichts.

»Aber, Mama. Ich bin nirgends sicherer als in deiner Nähe. Das hast du selbst immer zu mir gesagt, kannst du dich noch daran erinnern? Ich lieb…« Lisas Worte brachen ab, sie zitterte, als hätte sie vierzig Grad Fieber und Schüttelfrost, dann heulte sie los. Susanne schloss sie erneut ganz fest in ihre Arme und wollte sie am liebsten nie wieder loslassen.

»Ich komm so schnell ich kann zu dir. Ja? Aber nun sei bitte stark. Dir wird nichts mehr passieren.« Susanne drückte Lisa einen langen Kuss auf die Stirn und stand auf. »Sie passen auf sie auf«, sagte sie zu dem Uniformierten, der draußen vor dem Rettungswagen stand. »Sie weichen ihr nicht von der Seite und hüten sie wie eine Vogelmutter ihr frisch geschlüpftes Küken.«

Er nickte und betrat den Wagen.

Susanne sah noch zu, wie Lisa sich auf die Liege legte, der Uniformierte sich auf den aufklappbaren Stuhl setzte und die Türen sich schlossen.

Die Rücklichter verschwanden hinter der nächsten Kurve, nur Antworten auf ihre Fragen hatte sie keine. Es war alles so wirr, dieser ganze Fall schien zu undurchsichtig und vor allem gefährlich zu sein. War es das alles wirklich wert, für einen Job fast die eigene Tochter zu verlieren?

»Susanne«, sagte Alexander, und die Gedanken verschwanden wie ein Blatt, das von einem Baum fiel und vom Wind davongetragen wurde. »Du wolltest doch noch mit der Kollegin sprechen, oder?«

Ihre Kollegin stellte sich vor Susanne hin.

»Ja. Ich hab noch einige Fragen an Sie«, sagte Susanne und schaute die junge Frau an. »Also, erzählen Sie mir, was passiert ist, als ich in Richtung des vermeintlichen Täters gelaufen bin. Konnten Sie etwas erkennen?«

»Ich stand ja zwei Schritte hinter Ihnen, wie wir vereinbart hatten. Als Sie losgelaufen sind, packte mich ein Mann in Uniform und wollte mich mit sich ziehen. Ich dachte zuerst, es wäre wirklich ein Kollege, der nicht in den kompletten Ablauf involviert worden ist. Schließlich war ich doch nur der Lockvogel. Also, wie gesagt, der packte mich von hinten, und ich glaube, in diesem Moment hat er die Halterung der Schusswaffe gespürt. Ich wehrte mich gegen ihn. Dann ging plötzlich alles sehr schnell. Er hat meine Pistole herausgeholt und mich von sich gestoßen. Ich konnte leider nicht so schnell reagieren.«

»Konnten Sie sein Gesicht erkennen? Irgendwas?«

»Leider nicht. Es war zu dunkel. Auf jeden Fall roch er sehr eigenartig. Nach Mottenkugeln oder so.«

»Okay. Danke nochmals, dass Sie sich so schnell dazu bereit erklärt haben, der Köder zu sein.«

»Natürlich. Wir sind doch alle ein großes Team.« Sie wandte sich ab und ging die Straße hinunter.

Susanne schaute auf die Uhr. Es war fünf vor halb sechs. In gut einer Stunde würde die Sonne aufgehen. »Wir fahren jetzt zu dem ehemaligen Leiter des Kinderheimes. Er konnte jetzt lange genug schlafen. Wir brauchen dringend Infos, die uns weiterhelfen.«

50

Mittwoch, in den frühen Morgenstunden – 05:30 Uhr

Meine Lungenflügel klatschten Beifall, als ich endlich beim Auto ankam. Ich hatte tatsächlich mehr Glück als Verstand gehabt. Wie konnte ich nur so dämlich sein, wirklich zu glauben, dass diese Dreckschlampe ihr Wort hielt?

Es hatte sich angefühlt wie das Zerreißen des Zielbandes bei einem Marathon, als ich die angebliche Klasen in meine Gewalt gebracht hatte. Dann hatte ich das Halfter ihrer Pistole gespürt, das sich in meinen Körper gebohrt hatte. Ich erkannte im Schein des Mondes sofort, dass dies nur ein billiger Trick war, um mich zu überführen und wegzusperren. Wie gut, dass die Polizistin – zumindest vermutete ich, dass sie eine war – zu perplex war und mich nicht daran hindern konnte, ihre Waffe aus dem Halfter zu reißen. Meine Schreckschusspistole musste ich ja bei der Polizistinnentochter lassen. Mein Blut geriet in Wallung, und ich hörte meinen Puls in meinem Gehörgang pochen, als der erste Schuss fiel. Der Schütze hatte mich nur um wenige Zentimeter verfehlt. Aber ich schaffte es, im dichten Wald unterzutauchen und meine Verfolger abzuschütteln. Nach gefühlten fünfhundert Umwegen, die ich zu meinem Auto nahm, war ich schlapp und ausgebrannt. Mein Vorteil war, dass ich über ausgezeichnete Ortskenntnisse verfügte. Viel zu oft war ich schon hier gewesen. Hier an diesem besonderen Ort.

Wie in einer Vision trat vor mein geistiges Auge das Bild der Inspektorin, das ich im Internet gefunden hatte. Sie hatte tatsächlich geglaubt, dass sie mich linken könne. Ich zog den zerknüllten Zettel aus meiner Hosentasche und ließ mich auf den Fahrersitz plumpsen. Meine Füße ließ ich aus dem Auto hängen und griff nach dem Kugelschreiber, der in der Mittelkonsole lag. Mit der flachen Hand strich ich das Blatt auf meinem Oberschenkel glatt und schrieb den Namen »Susanne Kriegler« hinzu.

»Du hast nun bei mir auch eine offene Rechnung, die du begleichen musst.«

Ich starrte auf ihren Namen, als würde er sich von allein durchstreichen. Der ganze Ärger, den sie mir eingebrockt hatte. Warum nur hatte sie sich nicht an die Abmachung gehalten? Sie hatte doch ihre Brut wieder. Ich bereute in diesem Moment zutiefst, dass ich ihre Kleine verschont hatte. Ich spuckte auf den Boden. Nicht mit mir! Das würde mir diese Reporterfotze nun büßen. Sie brauchte keinen Artikel mehr zu tippen. Ich würde sie häuten ... Nein, das wäre viel zu viel Aufwand. Da manifestierte sich eine Idee in meinem Hirn, die ich schon mal im Internet gelesen hatte.

Genau so, ja!

Ich startete den Motor und brauste davon.

51

Mittwoch, in den frühen Morgenstunden – 05:31

»Kannst du mir sagen, was du vorhin gemeint hast?«, fragte Alexander, als Susanne losgefahren war.

»Was?« Susanne war so in ihre Gedanken vertieft gewesen, dass sie im ersten Moment nicht wusste, wovon er sprach.

»Das Gespräch mit dem Chef. Du hast gesagt, dass du nicht das Blut deiner Tochter an deinen Händen kleben haben willst. Und dass der Chef weiß, was damals passiert ist. Das hat Al Capone umgestimmt. Wieso?«

»Ach so, das meinst du. Du weißt ja schon, dass Sebastian und ich diese Schmugglerbande vor zehn Jahren hochgenommen haben. Wir haben verdeckt ermittelt, aber nach so einem großen Clou bist du halt im Milieu mehr oder minder bekannt. Somit haben wir uns in andere Abteilungen versetzen lassen. Ich eben zur Abteilung Leib und Leben und er in die Abteilung Cyberkriminalität. Vor ...« Sie stutzte und rechnete die Zeit zurück. »Vor zwei Jahren, kurz vor dem Unfall, wurde Sebastian auf eine Internetseite aufmerksam, die anscheinend in ihren Mails an die Kunden eine Ransomware verschickte, die bei den betroffenen Personen eine komplette Sperrung sämtlicher Daten verursachte. Es ging um die Erpressung von mehreren Hunderttausend Euro. Und doch bekamen sie den Hintermann nicht zu fassen, aber sie waren ihm dicht auf der Spur.«

»Okay. Aber was hatte das mit dir zu tun? Ich meine, die Abteilung eins ist schließlich dazu da, Morde aufzuklären.«

»Du bist ungeduldig, was?« Susanne lächelte verschmitzt. »Mein damaliger Kollege und ich wurden zu einem Mord an einer Prostituierten gerufen. Sie wurde mit zwei Messerstichen – einer ging direkt durchs Herz – getötet. Auf den ersten Blick war es nichts Spektakuläres. Es sah bei der ersten Inaugenscheinnahme nach einem Freier aus, der nicht bekommen hat, was er wollte. Wir haben etliche Leute befragt, die in der Nähe des Tatortes waren, doch niemand hatte etwas gesehen. Was uns auch nicht wunderte, denn die Prostituierte wurde eine Querstraße vom Straßenstrich ermordet. Du weißt ja, in dieser Szene sieht nie jemand etwas. Die wenigen Spuren, die wir hatten, verliefen allesamt im Nichts. Es dauerte mehrere Wochen, und es war noch immer kein Täter in Sicht. Da rief mich Sebastian an, dass er eine Nachricht abgefangen hat, die an den Mail-Account der besagten Internetseite geschrieben worden war. Darin stand, dass der Seitenbetreiber in der nächsten Stunde sterben wird. Ich bin damit sofort zu unserem Chef gegangen und hab ihm gesagt, dass wir da ermitteln sollten, doch er hat es abgelehnt und gemeint, ich soll lieber ein anderes Team hinschicken und die über den Fall in Kenntnis setzen. Das tat ich auch. Natürlich. Den Standort, an dem die Mail abgerufen wurde, konnte Sebastian auf einen Radius von drei Häuserblocks eingrenzen. All das gab ich dem Team bekannt. Das Ende vom Lied war, dass sie den Seitenbetreiber halb tot in dessen Wohnung aufgefunden haben und er noch im Rettungswagen verstorben ist. Er wurde verstümmelt. Derjenige, der das tat, hatte eine Mordswut im Bauch und anscheinend nichts mehr zu verlieren. Verstehst du? Hätte ich nicht wertvolle Zeit vergeudet, dann hätten wir das Opfer noch retten können.«

»Ja, ich verstehe das natürlich. Und? Habt ihr den Täter gefunden? Und was hat das jetzt mit der Nutte zu tun? Die

Geschichte ist jetzt hoffentlich nicht zu Ende, gerade wenn es spannend wird.«

»Den Täter haben wir nie gefunden. Die Fälle sind bis heute offen.« Susanne machte eine theatralische Pause, und Alexander rutschte auf seinem Sitz hin und her.

»Susanne, bitte. Jetzt sag endlich, wie die beiden Fälle zusammenhängen.«

Innerlich lachte sie schon, weil Alexander so neugierig war und das Ende kaum mehr erwarten konnte. »Ich verrate es dir. Also, der Seitenbetreiber war Zuhälter. Und zwar nicht irgendeiner, sondern wirklich ein großer Fisch, er war auch der Zuhälter der Prostituierten, die ermordet wurde. Na? Kommst du auf die Lösung, wie das nun zusammenhängt?«

»Es war ein und derselbe Täter, der die beiden umgebracht hat? Ein Freier, der durch die Frau vermutlich viel Kohle verloren hatte.«

»Genau. Die Frau war nur ein Köder, um dem Freier Daten zu entlocken. Eigentlich war es eine total einfache Masche. Der Freier kommt zur Nutte. Sie befriedigt ihn und gibt ihm eine Visitenkarte von sich mit einer Internetadresse. Sobald der Freier sich dort registriert, bekommt er selbst gedrehte Pornos der Frau zu sehen. Danach wird eine Mail an den Freier verschickt, mit einem Link auf eine andere Pornoseite. Ich meine, heutzutage kriegt jeder von uns solche Spams und kommt nicht drauf, woher die kommen. Und abbestellen kann man die auch nicht. Aber sobald man den Link anklickt, wird eine Ransomware auf dem PC installiert. Diese bewirkt, dass alles auf dem gesamten System des potenziellen Opfers verschlüsselt wird. Dann trudelt gleich darauf eine Geldforderung ein; je nachdem wie finanziell gut dieser Mann dasteht, richtet sich auch die Höhe aus. Bezahlung in Bitcoins. Also, der Fall liegt klar auf der Hand. Die Prostituierte wurde ermordet, um an

Informationen über ihren Auftraggeber zu kommen. Und der Drahtzieher hinter dem Ganzen bekam dann die gesamte Wut zu spüren. Leider haben wir den Täter niemals fangen können. Es waren einfach zu viele potenzielle Opfer der Betrugsmasche, die infrage gekommen wären, und die meisten haben auch nicht ihre richtigen Namen, geschweige denn ihre Adresse angegeben.«

»Krass. Was es heutzutage alles gibt. Das Internet ist ein Fluch und ein Segen zugleich.«

»Es war unser letzter gemeinsamer Fall«, sagte Susanne und schwieg. Alexander tat es ihr gleich.

***

Es war kurz nach sechs Uhr in der Früh, als Susanne auf den Klingelknopf drückte, der neben der Tür des Einfamilienhauses angebracht war. »Auer« stand auf dem metallenen Schild darunter. Mittlerweile war der Himmel nicht mehr so düster, die Sonne würde bald aufgehen. Es nieselte, und ein kalter Wind blies Susanne einige Tropfen ins Gesicht. Zu allem Überfluss besaß das Haus kein schützendes Vordach. Sie fühlte sich ausgelutscht wie das Schneckenhaus einer Weinbergschnecke. Jeden Knochen in ihrem Körper konnte sie genau spüren. Wann hatte sie das letzte Mal geschlafen, etwas gegessen? Sie wusste es nicht. Doch eines von beiden sollte sie so bald wie möglich nachholen, denn auch ihr Hirn war ausgelaugt und matschig. Im Haus war es noch immer still, obwohl sie die Klingel gehört hatte. Sie drückte nochmals auf den Knopf. Diesmal fester und auch länger als zuvor. Alexander schaute durch eines der Fenster ins Innere und schüttelte den Kopf.

»Ja, ich komm ja schon«, erklang eine tiefe männliche Stimme. Ein schwacher Lichtschein trat durch die Milchglasscheibe neben der Haustür. Die Tür öffnete sich, und ein Mann mit schneeweißem Haar, das in alle Himmelsrichtungen von seinem Kopf abstand, trat vor sie. Auf seiner rechten Wange zeichnete sich eine tiefe Einkerbung ab, die bis über die Augenbraue reichte und aller Wahrscheinlichkeit nach von seinem Kopfkissen stammte. Er war einen Kopf kleiner als Susanne und schaute sie von unten fragend an. »Wer sind Sie, und was wollen Sie von mir um diese gottverlassene Zeit? Haben Sie schon mal auf die Uhr gesehen?«

»Mein Name ist Kriegler. Das ist mein Kollege Braun. LKA Wien Süd.« Beide zeigten ihm unaufgefordert ihre Ausweise, die Herr Auer nur für eine Sekunde ansah. »Uns wurde gesagt, dass Sie Informationen haben über einen Paul Klasen und auch über einen Jakob.«

»Herrschaftszeiten«, sagte Herr Auer und zog den Gürtel seines Morgenmantels enger um seine Taille. »Ich sagte doch dem Herrn am Telefon schon, dass ich mich an die beiden Namen nicht erinnern kann und dass ich meinen Schlaf brauche. Es kann doch nicht angehen, dass Sie hier mitten in der Nacht auftauchen. Wo ist der Gerichtsbeschluss?«

»Sie verstehen anscheinend die Dringlichkeit nicht. Es besteht der Verdacht, dass einer der beiden – oder sogar beide – eine Frau in seiner Gewalt hat und diese mit ziemlicher Sicherheit ermorden wird, wenn wir sie nicht finden. Es könnte sogar sein, dass das Opfer genau jetzt, während wir hier kostbare Zeit vergeuden, getötet wird.«

»Also, es geht hier darum, dass ich einen Mord verhindern kann, sagen Sie, ja?« Herr Auer trat einen Schritt zurück und ließ die beiden ins Haus eintreten. Auf den ersten Blick war es hier minimalistisch eingerichtet. Es gab keine Dekorationsgegenstände oder Bilder im Flur. »Kommen Sie herein. Ich schalte mal meinen PC ein, und währenddessen kann ich mir einen Kaffee durchlaufen lassen. Möchten Sie auch einen?« Noch während er sprach, schlurfte er in seinen Hauspantoffeln dem hintersten Raum entgegen. Susanne und Alexander folgten ihm. Licht erhellte das Arbeitszimmer, das sie soeben betraten. Ein Schreibtisch, vermutlich aus echtem Mahagoniholz, mit aufwendigen Verzierungen prangte wie ein Schmuckstück mitten im Raum. Darauf stand ein Bildschirm, der gut und gerne noch älter war als die, die auf der Polizeiinspektion in Rastenfeld standen. Umständlich fingerte Herr Auer unter dem Tisch herum, und der Lüfter des Standcomputers startete mit einem lauten Surren.

»Ja, bitte, gern«, antworteten Susanne und Alexander fast im Chor. Herr Auer verließ den Raum, und Susanne sah sich weiter um. Eine beeindruckende Sammlung an Lexika nahm fast zwei volle Reihen eines meterlangen Bücherregales ein. Ebenso sah sie Klassiker wie *Shining* und *Carrie* von Stephen King und *Das Geschenk* von Sebastian Fitzek unter zahlreichen anderen Romanen von namhaften Autoren.

»Sie mögen Thriller und Horror?«, sagte Susanne, als sie die Tassen klirren hörte und Herr Auer das Tablett auf dem Schreibtisch abstellte.

»Ja, ich mag diesen Nervenkitzel. Wenn ich das Buch nicht mehr aus der Hand legen kann, weil ich unbedingt wissen will, wie es ausgeht. Natürlich lese ich nicht nur Bücher aus Verlagshäusern, auch diese ... Wie nennt sich das noch mal? Diese Autoren, die keinen Verlag haben ... Ach, egal ... Da sind schon Diamanten dabei, sag ich Ihnen. Hier heroben hab ich einige.« Er zog mit einem Handgriff drei Bücher aus dem Regal und reichte sie Susanne. Zuerst wollte sie ablehnen, da sie weder Krimis noch Thriller las und lieber etwas fürs Herz mochte, und doch nahm sie sie entgegen, um nicht unhöflich zu wirken. Herr Auer strahlte übers ganze Gesicht. Sie las die Namen Andrew Holland, Frank Esser und Ariana Lambert.

»Super«, sagte sie, nachdem sie die Bücher kurz betrachtet hatte. »Klingen ja alle sehr spannend.« Sie legte die Bücher auf den Tisch zurück und schwor sich im selben Atemzug, nie wieder in Herrn Auers Gegenwart mit diesem Thema anzufangen. Mord und Totschlag – davon hatte sie in ihrem Job genug.

Herr Auer setzte sich in den Schreibtischsessel und öffnete einen Ordner auf seinem Desktop. »So, hier sind alle drin. Zeigen Sie mir nun Ihre Verfügung, dass Sie Akteneinsicht bekommen dürfen?«

»Wir haben keine«, entgegnete Susanne. »Aber ich bin mir sicher, dass in diesen Akten eine Antwort zu finden ist. Wir sind dem Täter oder den Tätern schon so knapp auf den Fersen, aber ich muss in diese Akten sehen, damit ich endlich das Opfer befreien kann.«

»Sie wissen, was Datenschutz bedeutet, ja? Und Sie glauben, dass in diesen Akten, die teilweise schon fünfzig Jahre alt sind, die Lösung steckt, damit sie das Opfer befreien können?«

»Ja. Das glaube ich. Wenn Sie wenigstens nachschauen könnten, ob die beiden in Ihrem System sind – damit wäre uns schon sehr geholfen.«

»Gut, ich will Ihnen behilflich sein, wo ich kann. Schließlich kann ich es nicht verantworten, dass wegen des Zettelkrieges, den die Behörden so veranstalten, eine Frau umgebracht wird. Also, wie waren die Namen noch mal?« Herr Auer seufzte.

»Schauen Sie zuerst mal unter ›Paul Klasen‹ nach.« Susanne starrte auf den Bildschirm. Mit der Geschwindigkeit eines Faultiers bewegte Herr Auer den Cursor Zeile für Zeile hinunter. Die Namen waren nicht nach dem Alphabet angeordnet, und auch sonst erkannte sie keinerlei System darin. »Haben Sie eine Suchfunktion?«

Er schüttelte den Kopf.

Na, super. Das kann ewig dauern, dachte Susanne. Sie schaute zu Alexander, der ebenso hinter Herrn Auer stand. Alexander nahm seinen Blick nicht vom Bildschirm und gähnte herzhaft. Sie hatten keine andere Möglichkeit, als abzuwarten, bis Herr Auer die gewünschte Information endlich fand. Wenn er sie überhaupt fand. Ebenso hielt Susanne Ausschau nach dem Namen Jakob.

Es verstrichen die Minuten wie Stunden, und Herr Auer tippte eine Zeile nach der nächsten an. Susanne trank ihre Tasse Kaffee in einem Zug leer. Ihr Gusto nach noch einer Ladung Koffein war groß, doch würde Herr Auer dann noch länger benötigen. Oder ...?

»Herr Auer, könnte ich noch eine Tasse Kaffee haben?« Zwei Augenpaare schauten sie an, eines davon mit einem entgeisterten Blick.

»Natürlich«, sagte Herr Auer und schälte sich umständlich aus seinem Sessel. Er hatte den Türrahmen schon erreicht, da ergriff Susanne das Wort.

»Ich mach in der Zwischenzeit mit der Suche weiter, ja?« Sie gab ihm keine Möglichkeit, Widerworte einzulegen, sondern setzte sich und scrollte die Namen durch.

»Das war echt gut. Das muss ich dir lassen«, flüsterte Alexander.

Es mussten Hunderte, wenn nicht Tausende Namen sein, die in dieser Datei notiert waren. Die Kaffeemaschine brummte laut, und ein zischendes Geräusch erklang. Susanne schaute in Richtung Küche. Dann hörte sie Wasser rauschen. Vermutlich war nur der Wasserbehälter der Maschine leer geworden.

Auch als Herr Auer die Tasse vor ihr abstellte, räumte sie nicht den Platz.

»Da«, sagte Alexander plötzlich und tippte in die Mitte des Bildschirmes. »Paul Klasen, 7. März 1979.«

Susanne klickte auf den Namen, und eine Art Datenblatt wie bei einem Dating-Profil öffnete sich. Sie überflog die Infos und wandte sich Herrn Auer zu. »Haben Sie einen Drucker? Oder Internet, damit ich sie mir schicken kann?«

»Nein, beides nicht. Der letzte Drucker hat mich so genervt mit seinem ›Das Rot ist leer‹, obwohl ich nur schwarz drucken wollte, dass ich mir keinen neuen gekauft habe. Und Internet brauch ich ja keines.«

»Macht nichts. Ich werde Fotos machen, wenn es Ihnen recht ist.« Susanne zückte ihr Handy, nachdem Herr Auer zustimmend genickt hatte, und fotografierte alles ab. »Und nun brauchen wir den Namen Jakob.«

»Ich hab nach dem Gespräch noch mal über den Namen nachgedacht, und da fiel mir ein, dass es mal einen Jakob bei uns gab. Schwieriger Fall. Er kam mit acht Jahren zu uns. Völlig verwahrlost, und doch konnte er ein wenig schreiben und rechnen. Aber er war so in sich verschlossen, dass wir ihn an keine Familie weitervermitteln konnten, und er musste bis zu seinem achtzehnten Lebensjahr bei uns bleiben.«

»Wissen Sie den Nachnamen auch noch?«

Herr Auer tippte sich mit dem Zeigefinger an die Schläfe. »Irgendwas mit F, glaub ich. Aber das ist schon so lange her. So wirklich sicher bin ich mir nicht.«

»Macht nichts«, sagte sie und scrollte die Namen weiter. Blitzschnell überflogen ihre Augen die Zeilen. Schon seit gut einer Stunde quälten sie Kopfschmerzen, doch sie wollte auf keinen Fall aufgeben, auch wenn ihre Augen brannten wie das Höllenfeuer. *»Du darfst niemals aufgeben, denn du weißt nie, wie nahe du deinem Ziel schon bist«*, hatte Sebastian immer zu ihr gesagt, und auch jetzt schlängelte sich dieser Ratschlag durch ihren Kopf und gab ihr die Kraft weiterzumachen. Sie konzentrierte sich und fuhr damit fort, die Liste der Namen zu durchsuchen.

Und da! Endlich hatte sie einen Jakob gefunden. Allerdings fing der Nachname nicht mit F, sondern mit S an. Schmiederer. Jakob Schmiederer. Sie klickte darauf, und das Datenblatt öffnete sich. Wieder überflog sie die Zeilen, doch es schien sich um diesen Jungen zu handeln, den Herr Auer gemeint hatte.

Alexander holte sein Telefon hervor, und gleich darauf sagte er: »Ja, Abteilung eins. Braun am Apparat. Herr Kontrollinspektor Köllner? Ich brauche eine sofortige Personenüberprüfung von einem Jakob Schmiederer. Geburtsdatum … steht keines.« Alexander sah zu Herrn Auer, der nur mit den Schultern zuckte.

»Es tut mir leid«, sagte Herr Auer, »aber wir haben keinerlei Unterlagen über seine Geburt finden können. Seine Mutter hat ihn anscheinend allein geboren. Es gab auch sonst nicht viel über Jakob vor seinem achten Lebensjahr. Ach, das war eine schreckliche Geschichte. Wie konnte ich das nur vergessen?«

Alexander hielt noch das Telefon an sein Ohr. »Siebenunddreißig Treffer.« Er schaute fragend zu Susanne.

»Herr Auer? Wissen Sie noch, wann Jakob zu Ihnen kam?«, fragte sie. »Ungefähr? War Franz Jenner da bei Ihnen schon tätig?«

»Ich weiß nicht. Aber das muss in den Unterlagen stehen.«

Susanne suchte nach den Daten. »Also, hier steht, er war in der Gruppe von einem gewissen Dirk Glaubner. Von wann bis wann hat Herr Glaubner im Kinderheim gearbeitet?«

»Warten Sie«, sagte Herr Auer, öffnete die Schublade seines Aktenschrankes und zog gleich darauf eine Mappe heraus. Nach kurzem Blättern sagte er: »Er war nicht lang bei uns. 1985 bis 1987.«

»Gut, also können wir das Geburtsdatum von Jakob eingrenzen: zwischen 1977 und 1979.«

»Zwischen 1977 und 1979«, wiederholte Alexander, und gleich darauf wieder an Susanne gerichtet: »Zwei Treffer!«

»Zu beiden sofort einen Streifenwagen schicken, und alle Informationen sofort an mein Handy senden, bitte.«

52

Mittwoch, kurz nach Sonnenaufgang

Utas Knie zitterten, und der nächste Krampf in ihren Zehen bahnte sich an. Sie spürte, wie sich die Muskeln zusammenzogen, und versuchte, mit leichten Auf- und Abwärtsbewegungen die Schmerzen erträglicher zu machen. Sie stand noch immer in dieser Wellblechhütte. Noch immer an diesem Kreuz festgebunden. Noch immer ohne Plan, wie sie sich aus den Händen ihres Peinigers befreien konnte oder zumindest ihre Fesseln losbekam, die in ihre Handgelenke schnitten wie ein Steakmesser.

Ihre Gedanken waren in dichte Wolken gehüllt. Da kam ihr eine Idee, wie eine Offenbarung, ein kleiner Lichtstrahl am grauen Himmel. So absurd, so krank, dass sie tatsächlich funktionieren konnte.

Links. Ich nehme links.

Hatte sie doch vor Kurzem den Film *Das Spiel* von Stephen King gesehen, in dem eine Frau versuchte, sich aus Handschellen zu befreien, und zu drastischen Mitteln griff. Und genau dies manifestierte sich zu dem Plan, der funktionieren könnte. Die einzige Möglichkeit! Auch wenn sie damit rechnen musste, dass sie sich ihre Hand häuten würde.

Die Panik vor dem Schmerz war in ihrem Hirn schon präsent, bevor dieser überhaupt einsetzte. Sie zitterte am ganzen Körper, als sie ihre linke Hand in dem Drahtseil bewegte. Ein gellender Schrei entrang sich ihrer Kehle. Und erst als das Brennen einigermaßen nachließ, wusste sie, dass sie zu schwach war. Die Furcht war einfach zu groß. Sie würde es nicht schaffen, sich selbst von den Fesseln zu befreien.

Es muss einen anderen Ausweg geben. Vielleicht wollte sie sich selbst nur Mut zusprechen, und doch schluchzte sie laut los. *Es gibt keinen anderen Weg! Du musst es tun, wenn du überleben willst!*

Die Autotür schlug mit einem lauten Knall zu.

Zu spät! Viel zu spät! Verdammte Scheiße, fluchte sie, obwohl sie sonst keine Schimpfwörter oder dergleichen verwendete. *»Du musst immer in einer schönen Sprache sprechen, wenn aus dir etwas werden soll«*, hatte Mama immer zu ihr gesagt, wenn sie eines der bösen Wörter benutzt hatte. Und daran hatte sie sich bis heute gehalten. Bis vor fünf Minuten. Bis zu dem Zeitpunkt, als seine Worte wieder durch ihr Hirn hallten wie ein Echo: *»Du bist die Nächste!«*

Das Rolltor ging auf, und aus dem Augenwinkel sah sie ihn, wie er in die Hütte stapfte. Sein Gesicht war knallrot, und die Hände waren zu Fäusten geballt. Es schien so, als wäre sein Plan nicht aufgegangen. Einer seiner Pläne. Hatte er überhaupt mehrere? Es verwirrte sie, dass sie überhaupt darüber nachdachte, was ihn augenscheinlich so wütend gemacht hatte. Sie lebte. Noch! Somit gab es zumindest eine Chance. Vielleicht! Oder doch nicht?

Uta, jetzt hör auf damit. Du machst dich selbst ganz konfus. Denk nach, streng dein Hirn endlich an. Du musst hier raus. Aber schnell.

Sie beobachtete ihn, wie er zu seinem Computer ging und den Bildschirm einschaltete. Dann hörte sie Tippgeräusche. Wie Geier um ihre Beute kreisten ihre Gedanken über einer Möglichkeit, ihr Leben zu behalten. Sie war so konzentriert, dass sie sich erschrak, als er plötzlich vor ihr stand und sich der Gestank nach Schweiß in ihre Nase quetschte.

Es muss eine Möglichkeit geben!

»Ich mach alles, was du willst«, sagte Uta, aber durch das Klebeband auf ihrem Mund kam nur ein unverständliches Gemurmel, das sie nicht einmal selbst verstand. Wie sollte er es verstehen? Sie stellte sich wie eine Ballerina auf ihre Zehenspitzen, war in diesem Moment dankbar, von ihrer Tanzlehrerin bis zu blutigen Zehen gedrillt worden zu sein, und neigte ihre Knie nach außen. Die Wadenmuskulatur verkrampfte sich sofort, und obwohl ihr die Tränen hinunterrannen, hielt sie durch. Sie musste! Genau so wie damals vor ihren großen Auftritten. Ihr ohnehin knapp sitzender Minirock schob sich weitere Zentimeter nach oben, und inständig hoffte sie, dass er ihre Botschaft verstehen würde. Mit ihren Augen klimperte sie ihn verführerisch an. Zumindest versuchte sie es. Sie war sich nicht sicher, ob er nicht glauben würde, sie stände kurz vor einem epileptischen Anfall. Sie zog ihre rechte Augenbraue in die Höhe. Sie musste um jeden Preis seine Aufmerksamkeit auf das Wesentliche ziehen.

Der Mann wich einen Schritt von ihr zurück und starrte sie fassungslos an. Uta konnte sich kaum mehr auf den Zehenspitzen halten.

Bitte! Bitte versteh endlich, was ich dir anbiete. Aber lass mich am Leben!

Die quälenden Schmerzen waren kaum mehr auszuhalten und saugten alle Energie aus ihr heraus. Sie dachte an den einen Wettkampf – den goldenen Schwan –, den sie gewonnen hatte, weil sie ihre Zähne zusammengebissen und den Schmerz ignoriert hatte. Wie stolz Papa auf sie gewesen war. Papas Prinzessin hatte den ersten Platz gemacht.

Uta, konzentrier dich auf das Wesentliche!

Erst jetzt hörte sie sein schallendes Lachen. Er kam nahe an sie heran, packte sie am Hintern und drückte ihren Unterleib gegen seinen. Vor Utas Augen flackerten bunte Lichter auf, als ihre Handgelenke sich anfühlten, als würden sie von Säure zerfressen.

»Du willst, dass ich dich ficke?«, sagte er, und sie spürte seinen Atem auf ihrer Haut. »Wirklich? Einmal noch willst du genommen werden? Oder sollen wir es treiben, während du stirbst? Was meinst du? Was würde sich für dich geiler anfühlen? Du darfst da frei entscheiden. Einmal zwinkern heißt: jetzt sofort. Und zweimal zwinkern heißt: während du deinen letzten Atemzug tust.«

Ohne dass sie darüber nachdachte, zwinkerte sie einmal. Wieder ertönte sein schallendes Lachen, und er ließ von ihr ab. Dann ging er in den hinteren Bereich der Hütte und verschwand aus ihrem Sichtfeld.

»Du glaubst doch wohl nicht allen Ernstes, dass ich dir diesen Gefallen tue, oder doch?«, schallte es zu ihr herüber. Scharren. Geklimper. Dann wieder Ruhe. Er trat wieder näher an sie heran. Sie erkannte eine Zange in seiner Hand. Eine rostige, breite Zange, und sie dachte an Franz' Finger.

Würde er … Er wird doch nicht …

Plötzlich donnerte es draußen, und die Regentropfen prasselten sogleich auf das Wellblechdach.

Sogar der Himmel weint um mich, dachte sie noch und schloss ihre Augen. Sie wollte auf keinen Fall zusehen, was er machte. Sie schwor sich, nie wieder ihre Augen zu öffnen. *Egal, was er machte. Nie wieder!*

Er fummelte an ihren Händen herum, und jeden Moment erwartete sie, dass der erste Finger dran glauben müsse. Doch welcher? Sie konnte nicht genau herausfinden, was passierte, denn schon seit Stunden waren ihre Finger taub. Blutleer.

»Nimm deine Hände endlich runter!«

Sie blinzelte vorsichtig. Ganz langsam nahm sie ihre Hände herunter, und als würden Tausende von Ameisen durch ihre Venen schießen, setzte das Kribbeln ein.

»Wenn du Mätzchen machst, bist du gleich tot. Es wäre zwar schade und du würdest mir meinen Spaß nehmen, aber das hast du dann selbst zu verantworten.«

Ein knackendes Geräusch erklang, und auch ihre Fußgelenke waren befreit. Sie stellte ihre Fußsohlen ab, und für einen Moment genoss sie die Entspannung, die sie sofort wie eine Welle der Erleichterung durchflutete. Das nächste Knacken war dicht an ihrem Ohr. Was hatte er jetzt vor? Würde er sie vergewaltigen? War es überhaupt eine Vergewaltigung, wenn sie doch zugestimmt hatte? War das ihre Chance zur Flucht? Sie wankte leicht, als sie komplett aufrecht stand und sich einen Gesamtüberblick über den Innenraum verschaffte. Und da sah sie es. Mitten im Raum. Ihr Blut erstarrte augenblicklich.

Das Seil baumelte von der Decke. Es war an einem Querbalken befestigt. Die Schlinge schwang hin und her und schien sie zu verhöhnen.

»Bist du nun endlich bereit, Buße zu tun?«, flüsterte er ihr ins Ohr.

Uta schnappte nach Luft, denn in diesem Moment schien der Sauerstoff von einer Sekunde auf die nächste aus dem Raum entwichen zu sein.

53

Vor 35 Jahren

Ich staunte nicht schlecht, als ich dieses schlossähnliche Gebäude sah, an dem die Frau mit mir vorbeifuhr. Ich erblickte einen runden Turm mit einer goldenen Kuppel. Obendrauf war eine Spitze, die aussah wie die Spitze von Omas Weihnachtsbaum. Vor den Fensterscheiben waren Gitter angebracht. Direkt über den Säulen am Eingang, die sich in Grau von dem ansonsten weißen Gebäude abhoben, standen große Figuren. An der Hausfassade war eine Verzierung angebracht, die den gesamten Bereich einrahmte. Zwei Männer standen vor dem dunkelbraunen Tor. Der eine anscheinend schon sehr alt; aufgrund seiner vielen Falten im Gesicht vermutete ich das zumindest. Der jüngere Mann lächelte freundlich, als ich aus der hinteren Scheibe nach draußen sah. Ich ignorierte sein Lächeln. Derzeit wollte ich nur mehr eines: zurück zu meiner Mama!

Die Frau hielt den Wagen an, stieg aus und öffnete die hintere Tür.

»Komm, Kleiner. Aussteigen. Wir sind angekommen.«

Ich stemmte mich fest in den Rücksitz und verschränkte meine Arme vor der Brust. Auf keinen Fall würde ich hier aussteigen. Warum auch? Ich war hier nicht zu Hause.

Die Frau erhob ihre Stimme und herrschte mich an: »Du sollst aussteigen, hab ich gesagt!«

Ich tat so, als ob ich ihre Worte nicht gehört hätte. Manchmal war das einfach besser. Traurigkeit machte sich in mir breit.

Wo ist Mama? Warum hat sie mich nicht geholt?

Ich drehte meinen Kopf von der Frau weg, da die ersten salzigen Tränen meine Wangen hinunterrannen, und schaute in die andere Richtung. Schließlich hatte mir KD eingetrichtert, dass ich niemals weinen durfte. Auch niemals laut sein durfte. Ich sah einen riesengroßen Garten, der vermutlich auch zu diesem Bauwerk gehörte. Überall blühte es in den verschiedensten Farben.

Plötzlich legte sich eine Hand auf meine Schulter, und ich schaute in stechend blaue Augen.

»Hallo«, sagte ein junger Mann, der sich zu mir ins Auto beugte. »Ich bin Franz. Und wer bist du?«

Du musst eine Antwort geben, schoss es wie eine Pistole durch meinen Kopf, und doch zuckte ich nur mit meinen Schultern. Es gab viele Namen, auf die ich hörte, die meisten davon hatte mir KD gegeben.

»Du bist Jakob, stimmt's? Schön, dich kennenzulernen. Darf ich dir mal das Schloss zeigen? Es ist super hier. Du wirst sehen. Bist du hungrig? Dann gehen wir gleich mal in der Küche vorbei und holen uns was zum Naschen. Aber psssst ... das darf natürlich keiner wissen.« Wieder lächelte er, und seine weißen Zähne blitzten im Sonnenlicht. Er roch total angenehm. So frisch. Wie auf Befehl knurrte mein Magen.

Soll ich wirklich mit ihm gehen?

Wieder rumorte es in meiner Bauchgegend.

»Okay«, antwortete ich und sprang aus dem Auto.

Franz nahm mich bei der Hand und führte mich ins Innere. Mir blieb der Mund offen stehen, als ich an die Decke schaute. Nicht nur die Höhe beeindruckte mich, sondern auch die gemalten Verzierungen.

»Komm«, sagte Franz, und wir schritten einen lichtdurchfluteten Gang entlang. In der Ferne hörte ich Kinderlachen und blickte durch eines der bodenebenen Fenster nach draußen. Mehrere Jungen spielten Fußball auf der Wiese. Ich blieb stehen und wollte mich am liebsten nie mehr von der Stelle bewegen. »Du kannst dann später gerne auch mitspielen. Aber zuerst holen wir uns etwas zu essen. Danach werde ich dir dein Zimmer zeigen, du wirst dich dort duschen, und ich hole dir frische Kleidung. Einverstanden?«

Ich nickte und folgte ihm in die Küche, die so groß war, dass unser Wohnwagen locker fünfmal hineingepasst hätte. Wenn nicht sechsmal. Verschiedene Gerüche krochen in meine Nase und entfalteten ihre Aromen explosionsartig. So etwas Leckeres hatte ich noch nie gerochen, und in meinem Mund sammelte sich der Speichel, sodass ich mir vorsichtshalber über die Mundwinkel wischte, da ich Angst hatte zu sabbern. Einige Frauen, die Netze über ihre Haare gespannt hatten, blickten kurz von ihrer Arbeit auf, beachteten uns aber nicht weiter.

»Warte hier«, sagte Franz und drängte mich an einen kleinen Tisch, an dem sich zwei Stühle gegenüberstanden. Er schritt davon, holte einen Teller aus einem der zahlreichen Schränke und hob den Deckel eines Topfes an. Dampf stieg empor und hüllte Franz für einen Augenblick komplett ein. Ich musste schmunzeln, weil es doch so komisch aussah. Ich beobachtete ihn genau, wie er mit einem Schöpflöffel eine orangefarbene Masse auf den Teller gab und sich damit wieder auf den Weg zu mir machte. Er stellte den Teller vor mir ab und reichte mir eine Semmel aus dem Brotkorb. Ich nahm den Löffel in die Hand und kostete nur ein kleines bisschen. »Kartoffelgulasch mit extra viel Frankfurter Würstchen. Eines meiner Lieblingsessen.«

Ich kannte den Geschmack. Oma hatte dieses Gericht gekocht, als ich im Sommer bei ihr gewesen war.

Oma, ich vermisse dich. Mama, dich auch.

Schlagartig, als hätte sich bei mir ein Schalter umgelegt, flossen wieder die Tränen und tropften ins Essen.

»Komm, iss erst mal. Wenn du magst, können wir uns danach unterhalten, ja?«, sagte Franz, und ich löffelte den ganzen Teller leer. Den zweiten, den er mir brachte, auch.

54

Mittwoch, morgens

»Also«, sagte Susanne und legte ihr Handy in die Mittelkonsole des Autos. Sie steckte den Schlüssel ins Schloss, startete aber nicht. »Es kommt nur mehr einer dieser beiden Jakobs als Täter infrage. Der andere hat ein hieb- und stichfestes Alibi. Er war an dem Tag, als Uta Schwenger und Franz Jenner verschwanden, bei seiner Frau im Krankenhaus, die ihr erstes Kind bekommen hat. Sie lag sechsunddreißig Stunden in den Wehen. Somit kann er es nicht gewesen sein. Den zweiten haben sie nicht unter der gemeldeten Adresse angetroffen. Leider können wir die Wohnung nicht öffnen lassen, da der Staatsanwalt meinte, es ist keine Gefahr im Verzug. Denn nur weil die beiden im selben Kinderheim aufgewachsen sind, muss das nicht zwangsläufig etwas heißen. Auch hat Jakob Schmiederer keine Vorstrafen oder ist sonst irgendwie polizeilich in Erscheinung getreten. Es ist zum Verrücktwerden. Wo steckt dieser Kerl, und wie können wir ihm etwas nachweisen?«

»Ich denke, wir fahren zur Polizeiinspektion Rastenfeld zurück und schauen die Jugendakten durch, die du abfotografiert hast«, sagte Alexander. »Was meinst du dazu?«

»Was anderes können wir im Moment nicht machen. Wir müssen auch auf die Luftbilder rund um Zwettl warten. Lisa sagte ja, dass es eine Wellblechhütte mitten im Wald war. Die muss doch von oben zu sehen sein. Ach, das kostet alles wertvolle Zeit. Wir müssen den Typen schnappen, bevor er dieser Uta etwas antut.«

Susannes Handy gab einen Ton von sich. Sie zog es hervor und las die Nachricht von Lisa.

Mama, ich bin aus dem Krankenhaus entlassen worden. Es sind nur ein paar Prellungen und Schürfwunden. Ich bin auf dem Weg zu Tobias. Seine Mama hat gemeint, ich wäre bei ihnen am sichersten, bis du nach Hause kommst. Aber mein Babysitter, den du mir mitgeschickt hast, steht vor der Tür Wache. Wollte dir nur Bescheid geben. HDL.

Susanne schickte ein Smiley mit einem Herzen zurück. Sie war erleichtert, dass es ihrer Tochter gut ging. Jetzt galt es, Uta Schwenger zu finden und sie heil zu ihrem Vater zu bringen.

Keine zehn Minuten später kamen sie in Rastenfeld an. Der Regen war strahlendem Sonnenschein gewichen, und Susanne parkte den Wagen direkt vor der Polizeiinspektion. Sofort schoss ein kleines, mit einer blauen Uniform bekleidetes Männchen aus dem Haus heraus. *»Eine Handbreit über einem Schwein«*, hörte sie Sebastians Stimme in ihrem Kopf. Das hatte er über jeden gesagt, der nicht einmal die eins sechzig auf der Messlatte schaffte. Sebastian selbst hatte fast die Zwei-Meter-Markierung geknackt. Susanne hatte immer schallend darüber gelacht, weil doch das Kopfkino dazu so lustig war.

»Fahren Sie hier weg. Das ist kein öffentlicher Parkplatz«, sagte der Beamte und wedelte mit seinen Händen, als wolle er Fliegen verscheuchen.

»LKA Wien Süd. Ich bin Abteilungsinspektorin Kriegler, das ist mein Kollege Braun.«

Der Mann riss ungläubig seine Augen auf, und schon stürmte Josef Halber aus dem Gebäude. »Geh an deinen Schreibtisch und mach sonst was. Aber bitte geh!«, herrschte er seinen

Kollegen an. Der Beamte zog ohne Widerworte ab, und Josef Halber wandte sich Susanne zu. »Haben Sie etwas Neues? Haben Sie meine Uta schon gefunden?«

»Nein, haben wir nicht«, entgegnete Susanne. »Aber dürfen wir nochmals Ihr Büro benutzen, bitte? Wir haben einige Fakten, die wir überprüfen müssen, und das ist im Auto sehr umständlich.«

»Natürlich. Kommen Sie rein. Sie kennen den Weg.« Während er sprach, ließ er den Kopf sinken, und zu dritt gingen sie in die Polizeiinspektion.

»Wir finden sie«, sagte Susanne. »Ich verspreche es Ihnen. Warum sind Sie überhaupt schon wieder hier?«

»Ich kann doch nicht zu Hause schlafen, während meine Tochter in den Fängen eines Irren ist.« Er öffnete die Tür zu seinem Büro, und mit einer Handbewegung wies er die beiden an einzutreten.

»Verstehe ich«, sagte Susanne und zeigte auf den Bürostuhl. »Darf ich mich auf Ihren Stuhl setzen? Ich bräuchte mal Ihren PC.«

»Natürlich. Fühlen Sie sich hier bitte wie zu Hause. Ich werde uns in der Zwischenzeit was zu trinken besorgen. Kaffee, Tee? Was darf ich bringen?«

»Ein Kaffee wäre toll.« Susanne nahm Platz. Alexander saß ihr gegenüber und nickte.

Josef Halber verließ das Büro, ließ aber die Tür angelehnt.

Alexander holte sein Notizbuch aus der Jackentasche und schlug es auf einer leeren Seite auf. »Kann ich mal dein Handy haben, damit ich mir die Jugendakten von Paul Klasen und Jakob Schmiederer durchlesen kann? Wir wissen ja jetzt, dass es sich bei der Entführung und der Verstümmelung von Franz Jenner um einen Racheakt gehandelt haben muss. Ich meine, womöglich hat er die beiden Jungs auch sexuell missbraucht. Darüber muss doch etwas in den Akten zu finden sein. Meinst du nicht?«

»Glaub ich kaum. Denn dann hätte ihn wohl Herr Auer vom Kinderheim in Krems nicht als Leiter empfohlen. Aber such du mal. Währenddessen kann ich hier auch auf Google Maps schauen, ob ich diese Wellblechhütte entdecke. Das kann ja nicht so schwierig sein.«

Josef Halber betrat das Büro, und der Duft nach starkem Kaffee drang sofort in Susannes Nase. Und auch der Drang nach einer Zigarette breitete sich in ihrem Körper wellenartig aus. Sie trank einen Schluck aus ihrer Tasse, die ihr Herr Halber hinstellte, und schob sich einen Nikotinkaugummi in den Mund. Herr Halber nahm wortlos neben Alexander auf dem Besucherstuhl Platz. Susanne zoomte in jedes Waldstück hinein, das sie auf dem Bildschirm in der Umgebung von Zwettl sah. Das war nicht mehr die Suche nach der Nadel im Heuhaufen, sondern die Suche nach dem Wassertropfen im Ozean. Nach etlichen Minuten des Schweigens sah sie zu Herrn Halber, der mit Alexander die Informationen auf den Fotos, die Susanne gemacht hatte, durchlas.

»Herr Halber? Sagen Sie mal. Würden Sie bei Dr. Otto anrufen? Ich möchte gerne wissen, wie es Franz Jenner geht und wann wir ihn befragen können. Würden Sie das für mich tun?«

Josef Halber sprang von seinem Stuhl auf. »Natürlich«, sagte er freudestrahlend. »Ich besorg Ihnen diese Information. Bin gleich wieder da.« Mit diesen Worten verschwand er aus dem Büro.

Alexander schaute ihm nach. »Ich kann nicht mehr, ehrlich!« Er prustete los, und Sekunden später war er knallrot im Gesicht. »Das war jetzt so, als hättest du einem Kind gesagt, es könne nun endlich sein Geschenk auspacken.«

Susanne musste mitlachen.

»Hast du schon was in den Akten gefunden?«, fragte sie dann. »Irgendwas, was uns weiterhilft?«

»Die Eltern von Paul Klasen sind bei einem Verkehrsunfall ums Leben gekommen. Lkw gegen Pkw. Der Fahrer des Lastkraftwagens ist eingeschlafen und kam auf der Schnellstraße auf die Gegenfahrbahn. Der Vater von Paul Klasen hatte keine Chance auszuweichen, und es kam zu einem Frontalzusammenstoß. Paul war auch in dem Pkw. Sein Glück war, dass er einen riesigen Teddybären auf seinem Schoß hatte, den er an diesem Tag auf dem Jahrmarkt bekam. Er wurde von der Feuerwehr aus dem Fahrzeug geschnitten – wie durch ein Wunder unverletzt. Seine Eltern waren sofort tot. Paul kam mit acht Jahren ins Kinderheim in Krems. Das Schlimme ist, dass kein Verwandter ihn bei sich aufnehmen wollte. Nicht mal seine eigenen Großeltern. Nach zwei Jahren im Kinderheim kam er zu einer Pflegefamilie, die ihn ein Jahr später adoptierte. Paul war in der Gruppe von Dirk Glaubner. Der war auch Franz Jenner als Helfer zugeteilt. Als Glaubner das Kinderheim verließ, übernahm Jenner die Gruppe.«

»Wir sollten noch mal bei Wolfgang Auer nachfragen, wieso dieser Glaubner das Kinderheim nach zwei Jahren wieder verlassen hat. Mist, darauf hätte ich auch gleich kommen können.« Susanne wählte die Telefonnummer von Herrn Auer. Schon nach dem zweiten Klingeln nahm er ab.

»Auer?«

»Hallo, Herr Auer. Abteilungsinspektorin Kriegler, LKA, Abteilung eins. Entschuldigung, dass ich Sie schon wieder stören muss, aber eine Frage ist gerade aufgetaucht. Wieso hat Herr Glaubner Ihre Einrichtung nach nur zwei Jahren wieder verlassen?«

»Er ist verstorben. Ganz plötzlich an einem Hirnschlag. Ich hab ihn gefunden in seinem Bett. Er hatte Dienst in der Nacht.

Sein Gesicht war schmerzverzerrt, und seine Augen standen so weit offen, dass es fast so aussah, als würden sie gleich aus den Höhlen herausfallen. Sie müssen wissen, damals war ich dreißig Jahre alt, und es war die erste Leiche, die ich in meinem Leben gesehen hatte. Diesen Anblick vergisst man nie wieder. Kein Thriller konnte mich bisher so schocken wie dieses Bild, das sich in mein Hirn eingebrannt hat. Sogar bis in meine Träume hat es mich die ersten Jahre verfolgt.«

»Also ein natürlicher Tod. Okay. Danke Ihnen, Herr Auer. Das hat uns schon sehr weitergeholfen.« Sie beendete das Gespräch und schaute in Klaus' dunkelbraune Augen, als er in diesem Augenblick das Büro betrat, gefolgt von Josef Halber.

»Hallo, Susanne«, sagte Klaus, und seine Grübchen an den Mundwinkeln zogen tiefe Krater. »Hallo, Herr Bezirksinspektor Braun. Ich bin gleich persönlich vorbeigekommen, da ich doch um die Ecke wohne.«

»Hallo«, murmelte Susanne, und wieder kribbelte es leicht in ihrer Bauchgegend. »Also, dann sag. Wann können wir zu Franz Jenner?«

»Er ist vor zwei Stunden an seinen Verletzungen verstorben. Die Blutvergiftung war schon zu weit fortgeschritten, von dem erlittenen Blutverlust ganz zu schweigen. Die Ärzte im Krankenhaus konnten nichts mehr für ihn tun.«

»Scheiße«, entfuhr es Susanne. »Er war vermutlich der Einzige, der uns wertvolle Hinweise über das Motiv des Täters hätte liefern können. Mist.«

»Leider war er nicht ansprechbar in der Zwischenzeit. Er war im Delirium, und die Medikamente haben ihn völlig ausgeknockt.«

»Okay. Danke für die wertvollen Hinweise, die du auch gerne am Telefon hättest übermitteln können.« Sie wandte ihren Blick wieder dem Bildschirm zu.

»Ich dachte, vielleicht möchtest du jetzt mit mir einen Kaffee trinken gehen. Nach dieser actionreichen Nacht solltest du dringend mal eine Pause machen, findest du nicht?«

»Genau«, sagte Susanne und zoomte den nächsten Wald ein wenig näher heran. »Ich werd jetzt Pause machen und damit wertvolle Zeit verplempern. Sicherlich. Tolle Idee.« Sie schaute Klaus nicht einmal an, und ein abschätziger Unterton hatte sich in ihre Stimme geschlichen.

»Ich komm einfach auf dich zu, wenn du den Fall gelöst hast. Vergiss nicht: Ich hab noch was gut bei dir! Du musst mit mir einen Kaffee trinken gehen.« Klaus drehte sich um und ging aus dem Büro.

Fassungslos blickte Susanne ihm hinterher. Was genau meinte er nun wieder damit? Der Typ hatte sie doch nicht alle. Sie unterdrückte den Impuls, ihm hinterherzurennen und ihn als Idioten zu bezeichnen. Sie war Profi, musste Profi sein. Und das Herunterschlucken von Emotionen gehörte eindeutig dazu.

»Ach?«, sagte Alexander, und obwohl sie nicht hinsah, wusste sie, dass er grinste wie ein Honigkuchenpferd. »Er hat was gut bei dir? Das hast du mir noch gar nicht verraten.«

»Sei still, Grünschnabel, und lies lieber die Infos über diesen Jakob vor. Was hast du über ihn?«

Alexander wollte gerade auf ihre Frage antworten, als ihr Telefon läutete.

»Kriegler?«

»Siegbert hier. Es gibt einen möglichen Ort, an dem sich der Verdächtige Jakob Schmiederer aufhalten könnte. Er besitzt dreizehn Hektar Wald. Ob sich dort die gesuchte Wellblechhütte befindet, konnten wir nicht feststellen. Die Bäume stehen zu dicht aneinander, um sich da mittels Luftaufnahmen ein genaueres Bild machen zu können. Ich schick dir die Koordinaten auf dein Telefon. Der Staatsanwalt wurde schon darüber informiert. Wenn sich das Entführungsopfer in dieser Hütte befindet, sollt ihr eingreifen.« Gleich darauf erklang ein Ton in der Leitung, der eine Nachricht ankündigte.

»Schick alle verfügbaren Kräfte. Der Verdächtige ist bewaffnet und gefährlich.« Susanne legte auf, gab den Standort ins Handy ein und startete die Route. Vierzehn Minuten zeigte der Routenplaner an. »Abteilungsinspektor Halber. Schicken Sie uns bitte Ihre Männer mit. Möglich, dass wir in eine Sackgasse rennen, aber es ist einen Versuch wert.«

»Natürlich. Ich komme selbstverständlich auch mit.«

Selbstverständlich, dachte Susanne und seufzte. Wenn sich der Täter dort aufhielt, würde Halber wohl nicht mehr zu halten sein. Eigentlich sollte sie ihm nicht erlauben mitzukommen, und doch hatte sie Verständnis für ihn. Auch sie war nicht zu bremsen gewesen, als es um Lisas Leben gegangen war.

Herr Halber hatte seine gesamte Mannschaft, die nur aus vier Polizisten bestand, zusammengetrommelt. Susanne war sich nicht sicher, ob es der richtige Weg war, mit diesen Kollegen das Gebiet dort abzusuchen, aber etwas anderes blieb ihr wohl nicht übrig.

»Manuel?«, sagte Alexander, der einige Schritte hinter Susanne stand, in sein Handy. »Bis wann kannst du bei den Koordinaten sein, die ich dir gerade geschickt habe? Wir brauchen hier dringend erfahrene Unterstützung.«

Susanne drehte sich zu ihm um.

Was ist er nur für ein kluges Köpfchen!

»Okay, Leute«, rief sie den Uniformierten zu und hob ihre Hände in die Luft, um die Aufmerksamkeit auf sich zu ziehen. »Es gibt in diesem Gebiet keine Alleingänge. Alle unterstehen meinem Kommando. Wir werden so leise wie möglich sein, um den Täter nicht aufzuschrecken. Wir müssen auf alles achtgeben, also achtet auch darauf, wo ihr hinsteigt. Also, auf geht es.«

»In einer halben Stunde ist Manuel Meierhofen mit seinem Team vor Ort«, flüsterte Alexander in ihre Richtung.

Susanne nickte und hoffte, dass die halbe Stunde wie im Fluge vergehen würde. Denn allein der Anblick der Polizisten vor ihr, die unbeholfen und naiv wirkten und wie aufgescheuchte Hühner umherliefen, ließ ihr einen kalten Schauer über den Rücken rieseln.

55

Mittwoch, morgens

Utas Brustkorb presste sich zusammen wie eine Zitrone in der Hand. Sie hatte keine Ahnung, wie lange sie hier schon hing. Die Schlinge, bei deren Anblick sie vorhin noch voller Panik gedacht hatte, dass sie für ihren Hals sei, hatte ihr dieser kranke Typ um die Oberschenkel gezurrt und sie damit in die Höhe gezogen. Sie hörte das Blut in den Ohren rauschen. Der Druck, der sich durch die Überkopfposition in ihrem Schädel gebildet hatte, erschwerte nicht nur das Denken, sondern einfach alles. Fast hatte sie das Gefühl, dass ihr Gehirn nach und nach Funktionen, die nicht lebensnotwendig waren, einfach abschaltete. Plötzlich drängte sich das Bild eines Astronauten in ihre Gedanken. Fühlte sich so die Schwerelosigkeit an? Wieder schoss ein heißer Schwall durch ihre Adern. Ihre Stirn war kalt und schweißnass. Ihre Füße fühlten sich geschwollen an. Doch am schlimmsten fand sie, dass der Täter sie immer und immer wieder anstupste, sodass ihr Körper vor und zurück schaukelte. Als Kind hatte sie dieses Gefühl geliebt, das jetzt allerdings einen Brechreiz in ihr auslöste. Nie wieder würde sie sich, wenn sie das Ganze hier irgendwie überleben sollte, auf die Schaukel setzen, die bei ihren Eltern im Garten an einem dicken Ast befestigt war. Nie wieder! Wie lange war es möglich, in dieser Position zu überleben? Stunden? Oder noch schlimmer: Tage? Würde sie sterben, weil ihr Herz irgendwann aufgab und nicht mehr die Kraft hatte, das Blut durch ihren Körper zu pumpen? Oder würde ihr Hirn vorher explodieren? Sie tippte aufs Gehirn, weil es sich anfühlte wie eine tickende Zeitbombe.

Wenn ich doch nur meine Hände befreien könnte ... Doch diese waren mit Gaffa-Tape fest an ihren Körper gebunden. *Papa, hilf mir doch!*

Plötzlich trat er vor sie. Sie versuchte, ihn zu fixieren, doch schaffte es nicht. Das Bild von ihm war trüb. Wie in einer Art Nebel. Er holte ein Schmuckstück aus der Hosentasche hervor. Es sah aus wie eine goldene Kette, die mit grünen und roten Edelsteinen besetzt war.

»Die werd ich dir tief in den Rachen schieben, damit jeder meine Botschaft versteht. Keine Sorge, nicht jetzt! Dafür haben wir später noch Zeit. Tu Buße, Uta!«

Uta glaubte, ein Lächeln in seinem Gesicht zu erkennen, und erschauderte. Er verschwand wieder aus ihrem Blickfeld.

Sie zuckte zusammen, und ihr Herzschlag verdoppelte sich von einer Sekunde auf die nächste, als sie den Ruck in ihrem Rücken spürte, der ihren Körper wieder stärker zum Schaukeln brachte.

Obwohl sie ständig blinzeln musste, quetschten sich ihre Augäpfel ein Stück weit nach vorne. So als würden sie von hinten mit einem leichten Druck herausgedrückt und schon sehr bald nach einem lauten »Plopp« auf dem Boden herumkullern.

Verdammt! Ich muss hier raus! Raus! RAUS! Aber wie?

56

Mittwoch, vormittags

Susanne übernahm die Führung und gab das Zeichen. Alle setzten sich gleichzeitig in Bewegung. Unter ihr knacksten die Zweige bei jedem Schritt. Hinter ihr raschelten die welken Blätter.

Sie hatte sich während der Autofahrt im Internet die Satellitenbilder genauer angesehen und war der festen Überzeugung, dass sich nur wenige Hundert Meter vor ihnen ein Weg befand. Sie wusste, dass der Täter ein Transportmittel benutzte. Zumindest war der Fundort der beiden Toten nicht der Tatort gewesen. Und tatsächlich, sie schien mit ihrer Theorie richtigzuliegen, denn wenige Meter vor ihr erschien ein staubiger Weg, verdeckt von den hohen Baumkronen, die nur wenig Licht durchließen.

Susanne hob ihre Hand in die Höhe, und sofort verstummte hinter ihr jedes Geräusch. Nur einige Vögel sangen leise ihr Lied. Sie zeigte nach links, und das Rascheln reihte sich in den Vogelgesang ein. Wenn sie den Täter überraschen wollten, dann mussten sie sich durch den Wald kämpfen. Durch das dichte Gebüsch und zwischen Beerensträuchern hindurch, die ihnen ihre Dornen in die Haut bohrten. Je weiter sie in das Innere des Waldes kamen, desto dunkler wurde es.

Werden wir diese Wellblechhütte hier finden?

Und wenn nicht, welche Optionen blieben ihnen dann? Die Gedanken flitzten wie Kakerlaken umher, die an einer Stelle aus dem Bild verschwanden, nur um blitzschnell wieder an einer anderen Stelle aufzutauchen. Seit sie die Koordinaten von Siegbert bekommen hatte, hatte sich ein flaues Gefühl in ihrer Magengegend bemerkbar gemacht, das mit jedem Schritt stärker wurde. Sie erinnerte sich an Sebastian, an die gemeinsame Autofahrt. Auch da hatte sie ein derartiges Gefühl gehabt. Würde auch heute wieder etwas Schlimmes passieren? Sie drehte ihren Kopf nach links und bedachte Alexander, der nur eine Schrittlänge von ihr entfernt ging, mit einem Blick.

Ein »Pssst«, das von ihrer rechten Seite kam, riss sie aus ihren Gedanken. Sie schaute den Beamten an, der mit seinem Zeigefinger geradeaus deutete. Und tatsächlich, es waren nur noch ein paar Dutzend Meter bis zu der Wellblechhütte, die zwischen den hohen Bäumen auf einer Art Lichtung stand. Daneben erkannte sie diesen Zwinger, den ihr Lisa beschrieben hatte. Die Hütte selbst war in einem desolaten Zustand, doch auf der Vorderseite sah sie ein neues Rolltor. Ein Dröhnen wie von einer Maschine erklang. Sie zog ihre Pistole aus der Halterung, hielt sie mit beiden Händen fest, richtete sie aber gen Boden. Die Anspannung wuchs in ihr mit jedem Herzschlag. Ein lautes Rascheln, gefolgt von einem »Aaaahhh«, das mit einem Glockenläuten endete, erklang, und sie starrte, wie alle anderen auch, auf den Beamten, der in einem Netz zwischen zwei Bäumen gefangen war. Er zappelte wie ein verwundetes Tier, doch all seine Versuche, sich zu befreien, halfen nichts. Alle standen stocksteif da. Keiner rührte sich vom Fleck. Susanne musste tief durchatmen, um den Gefangenen nicht anzuschreien.

Was sind das hier nur für Stümper?

Stattdessen ging sie auf ihn zu, holte ihr Messer heraus und schnitt ein Loch in das Netz, sodass der Uniformierte Sekunden später unsanft auf dem Waldboden aufkam.

»Super«, zischte sie. »Jetzt haben wir unseren Besuch angekündigt!«

In der Ferne sah sie einige Personen auf sie zulaufen.

Das ist hoffentlich die Verstärkung, damit ich diese unfähige Gruppe dorthin zurückschicken kann, wo sie hingehört. An ihren Dorfschreibtisch, in der Hoffnung, dass sie sich nie wieder von ihrem Stuhl erheben müssen.

Ein großer, dunkel gekleideter Mann kam als Erstes bei ihr an. Abteilungsinspektor Manuel Meierhofen. Leiter einer weiteren Gruppe im LKA Wien Süd, die sie schon bei der Befreiungsaktion von Lisa unterstützt hatte. »Hallo, Frau Abteilungsinspektorin Kriegler. Wir haben Sie mittels GPS gefunden.« Drei ebenfalls dunkel gekleidete Personen standen hinter ihm. Eine davon war die Kollegin, die den Lockvogel vor der Kirche gespielt hatte.

»Gut!«, sagte Susanne. »Keine Zeit für Erklärungen. Wir haben soeben geklingelt. Der Verdächtige weiß nun, dass wir hier sind. Er hat eine Gefangene, vermutlich in der Wellblechhütte. Keine Ahnung, ob sie noch lebt. Auch hat der Täter eine Waffe und scheint zu allem bereit zu sein. Also, höchste Vorsicht!«

»Sollen wir uns aufteilen?«, fragte Abteilungsinspektor Meierhofen.

»Wir müssen zuerst mal die Hütte sichern. Ich denke, ein Teil von uns wird die Hinterseite in Augenschein nehmen und wir werden von vorne kommen. Drei und drei.« Sie hatte ihren Befehl noch nicht ganz beendet, da stellte sich einer der Männer aus Meierhofens Team an ihre und Alexanders Seite.

»Gut. Wir sichern von hinten. Frequenz einundzwanzig«, sagte Meierhofen und verschwand mit den beiden anderen im Schutz des Dickichts.

Susanne drehte sich zu den Rastenfelder Beamten um, die sie bedröppelt anschauten. »Sie alle bleiben genau hier stehen. Keiner macht einen Mucks oder atmet auch nur zu laut. Sie können uns Rückendeckung geben, aber sonst nichts. Klar?«

Alle nickten, und Susanne wandte sich der Hütte zu. Nur noch wenige Schritte, und sie bezogen Stellung hinter einem dicken Baumstamm. Ein weißer Lieferwagen stand vor der Hütte. Kein Mensch war zu sehen. Innerlich betete Susanne, dass der Irre nicht hier war und sie Uta unbeschadet in Empfang nehmen konnten. Doch andererseits, wie sollten sie ihm sonst das Handwerk legen?

»Sauber!«, erklang es aus ihrem Funkgerät. »Kein Eingang auf der Hinterseite. Auf der linken Seite ein kleiner Anbau, der anscheinend als Abstellraum fungiert. Hinter der Hütte steht ein Fahrzeug, das mit einer Plane abgedeckt wurde.«

»Zugriff!«, befahl Susanne und sah Meierhofens Team, das bis zur Hinterseite der Hütte rannte. Sie selbst sprintete los und klebte sich an die Blechwände. Einen Schritt neben ihr war das Rolltor.

Plötzlich erklang das Surren eines Motors, und wie von Geisterhand hob sich das Tor in die Höhe. Es war gute dreißig Zentimeter offen, da stoppte es abrupt. Stille kehrte wieder ein. Susannes Puls hatte sich verdreifacht. Was sollte sie nun tun? Sie hatte das Kommando und ebenso für jeden, der hier in der Nähe der Hütte war, die Verantwortung.

57

Mittwoch, vormittags

»Hast du gehört? Es hat geklingelt! Der Besuch ist da«, sagte ich spöttisch zu dem hängenden Individuum mit dem dunkelroten Kopf. Wieder stieß ich sie an, härter als zuvor. Sie stöhnte auf, und das gefiel mir so gut, dass ich ihr noch einen Schubs gab. Doch ein weiteres Geräusch gab sie nicht mehr von sich. Schade eigentlich. »Was meinst du? Sollen wir unsere Gäste hereinlassen?«

Ich schaute ihr tief in die Augen, wusste aber, dass sie mich nicht mehr klar und deutlich sehen konnte. Darüber hatte ich mich im Vorfeld schon informiert, als ich die verschiedenen Methoden des Todes in mein Buch geschrieben hatte. Jeder von ihnen sollte auf seine eigene Weise sterben. Das war mir wichtig. Das hatten sie sich alle verdient.

Sie schaukelte hin und her, versuchte, mich mit ihren Augen zu fixieren, und doch gelang es ihr nicht. Ich ging zurück zu meinem Schreibtisch, und auf den Bildern, die mir die Überwachungskameras boten, die ich schon Monate zuvor an allen Seiten meiner Werkstatt angebracht hatte, sah ich einfach alles. Drei Personen rannten von hinten auf meine Hütte zu und drei von vorne. Mein Herz machte einen kleinen Sprung, als ich die Inspektorin erkannte. Sie erschien zu früh zu unserem Date, aber ich war ja flexibel. Ich holte die Glock 17, die ich der Polizistin entwendet hatte, und hoffte, dass alle siebzehn Schuss im Magazin waren. Die würde ich vermutlich auch brauchen.

Schon einige Male zuvor hatte ich mit einer Waffe geschossen, schließlich hatte Opa mir seine Flinte vermacht. Doch eine Pistole schien wieder etwas anderes zu sein. Sie lag federleicht in meiner Hand, und mein Zeigefinger schmiegte sich an den Abzug. Ein unbeschreibliches Gefühl der Macht durchflutete mich, als ich den Türöffner betätigte und das Rolltor sich in Bewegung setzte. Ich schaute wieder auf den Bildschirm und musste schmunzeln, als ich den entsetzten Blick der Inspektorin sah.

Hab ich dich überrascht?

Die Sonne strahlte hell in den Raum, und ich schaltete das Licht in der Hütte ab. Es war wieder still, ruhig. Genau so wie ich es mochte. Ich stellte mich neben diese Zeitungstussi und ging in die Knie. Nichts geschah für gefühlte Minuten. Meinen Blick richtete ich auf den Bildschirm und sah, wie ein schwarz gekleideter Mann etwas aus seiner Jackentasche holte. Durch die innerliche Anspannung vibrierte mein Körper förmlich.

»Die vorletzte Kugel im Magazin wird deine sein«, flüsterte ich Uta ins Ohr. »Ich versprech es dir. Tu Buße. Sag Gott, was du getan hast!«

Dann rannte ich an der Wand entlang und stellte mich genau an die Stelle, an der die Inspektorin auf der Außenseite stand. Ich konnte ihre Aura fühlen, ihre Anspannung, ihre Furcht. Ein Glücksgefühl erfüllte mich. Einen Moment überlegte ich, ob ich durch die Wellblechwände schießen sollte. Doch war ich mir nicht sicher, ob nicht die Kugel abprallen und ich mir damit selbst – im wahrsten Sinne des Wortes – ins Knie schießen würde. Davon abgesehen hätte ich ihren Kopf treffen müssen, denn sie trug bestimmt eine schusssichere Weste.

Das Bild auf dem Monitor zeigte mir, dass der dunkel gekleidete Mann in die Hocke ging und einen Stab in Richtung Öffnung schob. Ich beugte mich nach vorne, um sehen zu können, was das war. An dem Stab war ein kleiner Spiegel angebracht, und er drehte und wendete ihn, bis er ihn Augenblicke später wieder zurückzog. Ich schaute erneut auf den Bildschirm. Er hob den rechten Zeigefinger in die Höhe. Also hatte er mich nicht entdeckt, was ich nun zu meinem Vorteil ausnutzen wollte. Eine Tränengasgranate konnten sie nicht einsetzen. War in dem Raum nichts, was auf den ersten Blick gefährlich erschien. Nur eine Person, die fröhlich von der Decke baumelte. Zudem hatten sie augenscheinlich keinen Atemschutz dabei.

Ich versuchte, mich in den Kopf der Inspektorin zu versetzen, zu erfahren, was sie nun vorhatte. Wie ein Mantra betete ich die Bitte herunter, dass sie als Erstes hier hereinkam. Ich wusste, sobald ich das Feuer eröffnen würde, wären die Höllentore geöffnet, und ich müsste schnell handeln. Vor allem mein Ziel treffen. Das hielt ich für die größte Schwierigkeit.

Draußen herrschte anscheinend noch immer keine Einigkeit, da die Inspektorin und der schwarz gekleidete Mann sich stumm unterhielten. Sie gaben sich gegenseitig Handzeichen. Meine Aufregung stieg ins Unermessliche. Das Adrenalin strömte durch meine Adern wie Gift. Noch nie in meinem Leben hatte ich mich so lebendig gefühlt. Es war wie ein Orgasmus der Seele, tausendmal besser als der beim Sex. Dieses leichte Prickeln, das stärker und stärker wurde. Diese Taubheit aller Sinne kurz vor der Explosion.

Und jetzt sah ich sie, tatsächlich kam sie als Erstes herein in meine gute Stube. Ein Schuss in ihre Richtung, gefolgt von dem nächsten. Ohrenbetäubende Schreie! Ich zielte auf die Reporterin, drückte ab, und in diesem Moment traf mich eine Kugel.

Ich konnte zuerst nicht deuten, wo sie mich getroffen hatte. Der Schmerz entfaltete sich wie die Detonation einer Atombombe. Hiroshima explodierte in mir. Mit aller Kraft versuchte ich, meine Augen offen zu halten. Meinen Triumph noch einen Herzschlag lang zu genießen. Endlich würde auch ich meine Sünden büßen. Doch Gott wusste schon lange von meinen Taten, und er war es, der mir jedes Mal wieder Mut gemacht hatte, meine Rache durchzuziehen.

Bring deine Sorgen in Gottes Haus!

Ich dachte an Paul, den ich wohl nie wieder besuchen konnte. Er würde nun mit sich allein sein. Auch er musste endlich abschließen. Wie ein Strudel im Meer, der sich plötzlich aufgetan hatte, riss es mich in die endlose schwarze Tiefe.

58

Vor 35 Jahren

»Hier ist dein Zimmer. Du teilst es dir mit noch drei Jungs. Du wirst dich sicher bei uns wohlfühlen.« Franz lächelte, als er auf das Bett neben dem Fenster zeigte. Ich war mir unschlüssig, was er damit meinte: *»Du wirst dich sicher bei uns wohlfühlen.«*

Warum sollte ich das? Mama wird mich doch sicher gleich holen kommen. Mama liebt mich!

Natürlich war das Essen hier gut gewesen, und ich hatte davon so viel gegessen, dass mein Bauch zufrieden gluckerte und ich sehr schläfrig wurde. Doch es war helllichter Tag, und Franz hatte mir versprochen, dass ich mit den anderen im Garten Fußball spielen durfte. So wie damals mit Opa im Wald. Ich hörte sein Lachen in meinem Kopf und sah seine unzähligen Falten im Gesicht, die alle mitlachten. Es war schön bei Oma und Opa, und ich liebte die beiden genauso wie Mama auch.

»Geh dich duschen. Handtücher sind im Bad. Ich bring dir frische Anziehsachen. Und die, die du anhast, lässt du einfach im Badezimmer liegen, ja?« Franz wies auf die zweite Tür in diesem Raum.

Ich schaute hinein. Ein Badezimmer mit vier gefliesten Kabinen und genauso vielen Waschbecken.

»Ich kann dich doch kurz allein lassen, oder? Kannst du dich selbst duschen?« Er beugte sich zu mir herunter und schaute mich mit seinen stechend blauen Augen an.

Ich nickte. Natürlich konnte ich das. Schließlich hatte ich doch bei Oma im Haus auch duschen müssen und bei Mama eben draußen. Mama mochte es sowieso gerne, wenn ich im Freien spielte. »Das fördert den Sinn für die Natur«, hatte sie mal zu Oma gesagt. Warum sich Oma dann aufgeregt hatte, verstand ich leider nicht. Ich war gern draußen. Nur nachts sehnte ich mich danach, bei Mama ins Bett zu kriechen, so wie damals bei Oma und Opa.

»Na, dann geh. Ich komme gleich, ja?« Franz verließ das Zimmer, und ich gehorchte. So wie ich immer gehorchte. Denn wenn ein Kind nicht das tat, was die Erwachsenen ihm sagten, dann bekam es die Regeln eingetrichtert. Und das tat meistens sehr weh.

Ich zog mich aus und ließ die Anziehsachen liegen, wie es mir gesagt worden war. Mit nackten Füßen trat ich in eine der Kabinen hinein und schaltete das Wasser an. Ich zuckte zurück, als der kalte Strahl auf meinen Körper traf. Doch schon wenige Momente später prasselte warmes Wasser herab, und ich seifte mich mit der Duschseife ein, die in einem Spender an der Wand hing. So etwas hatte ich schon oft gesehen, an irgendwelchen Raststätten, wenn wir mal wieder an einen schöneren Ort gezogen waren. Sorgfältig rieb ich meinen gesamten Körper ein und genoss den frischen Duft. Ich schloss meine Augen, als ich meine Haare nass machte und das Shampoo auftrug.

»Wer bist denn du?«, fragte eine Stimme. Schnell wusch ich mir die Seife aus den Augen und trat einen Schritt aus dem Wasser hinaus. Vor mir stand ein Junge, vermutlich genauso alt wie ich. Er hatte eine Frisur, als hätte jemand einen Topf auf seinen Kopf gesetzt und die braunen Haare am Rand abgeschnitten. Seine Pausbäckchen waren rot angelaufen, und anscheinend hatte er auch Fußball gespielt. Zumindest den grünen Flecken auf seinen Knien nach zu urteilen. Und doch bedachte er mich mit einem freundlichen Blick.

»Ich bin Paul«, sagte er und reichte mir die Hand. Ich zögerte nur für einen klitzekleinen Moment und erwiderte seinen Handschlag.

»Jakob«, flüsterte ich kaum hörbar. Ich wusste nicht, was ich sonst hätte sagen sollen.

»Hey. Dann willkommen. Hier wird es dir besser gehen als bei dir zu Hause. Du wirst sehen, es sind hier alle nett. Und mit der dicken Köchin musst du dich gut stellen, dann bekommst du immer eine Extraportion von dem, was du magst.«

»Aber meine Mama wird mich sicher gleich abholen.«

Paul zuckte nur mit den Schultern und verschwand wieder aus dem Badezimmer. Ich duschte fertig und trocknete mich mit dem Handtuch ab, das in dem Regal an der Wand lag.

Da kam Franz und hielt mir frische Anziehsachen entgegen. »Die werden dir sicher passen.«

Ich nahm die Sachen entgegen, zog sie an und folgte ihm ins Zimmer. »Wann kommt meine Mama mich abholen?«

»Jakob.« Franz setzte sich auf das Bett und klopfte mit seiner rechten Hand auf die Bettdecke. Ich setzte mich zu ihm. Kleine Wassertropfen von meinen nassen Haaren rannen meinen Nacken hinunter. Er nahm meine Hand in seine. Dann schaute er mich an, wie Paula es immer getan hatte, wenn sie dachte, dass sie etwas angestellt hatte. »Du musst jetzt echt stark sein. Deine Mama lebt nicht mehr. Sie ist jetzt bei Gott im Himmel und schaut auf dich herunter. Sie wird immer hier drinnen sein.« Er tippte auf die linke Seite meines Brustkorbes.

»Nein, das kann nicht sein«, antwortete ich tonlos. »Mama liebt mich. Sie würde mich niemals alleinlassen.«

»Einige Polizisten kommen ein wenig später hierher und werden dir Fragen stellen. Ich werde dir nicht von der Seite weichen, okay?«

»Nein!« Es kam aus meinem Mund herausgeschossen, sodass ich mich selbst über meinen Tonfall erschrak.

»Hör zu, Jakob. Es ist wichtig, dass du den Polizisten alles erzählst, was du weißt. Deine Mama hätte das so gewollt.«

Es war der erste Moment in meinem Leben, in dem ich nicht wusste, was ich fühlen sollte. War ich traurig? Oder böse? Warum ließ mich Mama hier allein? Eine unsichtbare Schlinge legte sich um meinen Hals und schnürte mir die Luft ab. Ich röchelte, und Franz klopfte mir auf den Rücken. Plötzlich bekam ich wieder Luft und atmete kräftig ein, wie nach einem langen Tauchgang im See. Furcht und eine immense Traurigkeit kamen wie durch einen Schuss ausgelöst in meine Seele und entfalteten sich sofort, sodass mir schwindlig wurde. Alles um mich herum drehte sich wie ein Kettenkarussell. Geistesgegenwärtig beugte ich mich nach vorne und färbte den Boden mit einer orangefarbenen Flüssigkeit ein. Als der Geruch des Erbrochenen in meine Nase stieg und ich die kleinen gelben Kartoffelstücke erkannte, würgte ich sofort den nächsten Teil, der sich noch in meinem Magen befand, heraus. Panisch rannte ich davon auf der Suche nach einem Lappen. Schließlich durfte ich doch nichts dreckig machen. Franz holte mich schnell ein und stand mit mir im Badezimmer, in dem ich eines der Handtücher aus dem Regal zerrte.

»Jakob! Lass das bitte. Ich mach das. Du machst dich erst mal sauber. In der Zwischenzeit werde ich den Boden reinigen, ja? Schaffst du das?« Er legte seine Hand auf meine Stirn.

Ich brach in Tränen aus, und nur mehr Wortfetzen gelangten zwischen dem lauten Schluchzen aus meinem Mund. »Ich ... sauber ... ansonsten ... eintrichtern.«

Es war der Moment, in dem mich Franz ganz fest an seinen Körper drückte und mir sanft über den Rücken streichelte. »Ich bin da, Jakob. Lass alles raus.«

59

Mittwoch, vormittags

Susanne kam unsanft auf dem Boden auf, und einige Momente lang bekam sie keine Luft. Sofort sah sie um sich herum lauter Beine. Alexander beugte sich zu ihr herunter. Sie sah, wie sich sein Mund bewegte, konnte aber aufgrund des Gebrülls der anderen nichts verstehen. Sie glaubte, vier Schüsse gehört zu haben. Hatte der Täter viermal auf sie geschossen? Oder war zumindest einer der Schüsse aus ihrer Pistole abgefeuert worden? War dieser Scheißkerl tot?

Sie spürte, wie Alexander ihr etwas auf die Schulter presste.

Verdammt! Was macht er da? Bin ich etwa getroffen worden? Warum spüre ich nichts?

Alexanders Augen waren weit aufgerissen, und seine Lippen bebten. Nein, er sprach mit ihr. Doch noch immer hörte sie ihn nicht. Erst als sie sich stärker konzentrierte, kam seine Stimme an ihrem Trommelfell an.

»… blutest. Der Krankenwagen kommt gleich!«

Susanne musste alle Kraft aufwenden, um sich aufzusetzen, obwohl Alexander ihr dazu riet, einfach liegen zu bleiben. Ein schwummriges Gefühl waberte durch ihren Kopf, das gleich wieder verschwand.

»Hilf mir lieber auf«, sagte sie zu Alexander, der ihr sofort seine Hand entgegenhielt und sie in die Höhe zog. Erleichtert stellte sie fest, dass der Verdächtige am Boden lag, mit dem Gesicht nach unten, und Handschellen seine Handgelenke zierten.

Nach und nach traten die Erinnerungen an die letzten Sekunden wieder in ihr Hirn. Sie drückte das Tuch, das Alexander ihr gegeben hatte, auf ihre Schulter. Immer noch stand ihr Körper unter Schock, sie fühlte keinen Schmerz. Noch nicht! Das Einzige, was sie feststellen konnte, war, dass ihr linker Arm anscheinend nicht mehr zu ihr gehörte. Er hing schlaff hinunter ohne jegliche Regung, so sehr sie sich auch bemühte, ihn zu bewegen. Erst jetzt bemerkte sie, dass das Tor ganz offen stand.

Wann ist das passiert?

»Susanne. Mach langsam, bitte«, sagte Alexander, während sie auf Uta zuging, die in der Ecke mit dem Rücken an der Wand saß.

Ein Großteil der Hütte war tapeziert. Mit einer hellbraunen Tapete mit einem Retromuster aus den Achtzigerjahren. Derselbe Hintergrund, der auf dem Foto von Isabella Hertz zu sehen gewesen war, das dieser Irre der Reporterin übergeben hatte. Die Kollegen hatten Uta Schwenger aus der misslichen Lage befreit und sie aufrecht mit angezogenen Beinen hingesetzt, damit das Blut wieder richtig fließen konnte.

»Uta? Können Sie mich hören?«, sagte Susanne und hockte sich neben sie.

Uta sah sie mit einem verständnislosen Blick an, als ob sie mit ihr in einer anderen Sprache gesprochen hätte. »Ich ...«

Mehr verstand Susanne nicht. Es klang so, als wäre Uta sturzbetrunken.

»Uta«, hörte sie Herrn Halbers Stimme hinter sich und drehte sich zu ihm um. Herr Halber wollte soeben auf seine Tochter zustürzen und sie in den Arm nehmen. Diese Reaktion war ihm nicht zu verdenken, aber Susanne wusste nicht, wie lange Uta kopfüber gehangen hatte.

»Herr Halber«, sagte sie, stand so schnell auf, dass ihr wieder schlagartig schwindlig wurde, und stellte sich ihm in den

Weg. »Ich weiß, Sie wollen zu Ihrer Tochter. Aber Sie müssen vorsichtig sein. Keine Umarmung oder dergleichen. Ich glaube auch nicht, dass sie momentan in der Lage ist, Sie zu verstehen. Sie hing kopfüber an diesem Seil, das um ihre Oberschenkel gebunden war. Aufgrund des Eigengewichtes des Körpers kann es dazu kommen, dass die Venen gequetscht werden und der Blutrückstrom von den entfernten Gliedmaßen behindert wird. Sie hätte sterben können, wenn sie noch länger in dieser Position verharrt hätte. Also bitte, machen Sie nichts Überstürztes.«

Josef Halber bedachte Susanne mit einem Blick, als hätte sie ihm soeben gesagt, dass die Welt gleich untergehen würde. Er stand stocksteif da, und seine Augen gingen zwischen ihr und Uta ratlos hin und her.

»Nehmen Sie vorsichtig ihre Hand. Streicheln Sie ihr Gesicht, reden Sie mit ihr, aber bitte bewegen Sie sie nicht.«

Herr Halber brach in Tränen aus, kniete sich neben seine Tochter und streichelte mit seinem Zeigefinger ihren Handrücken. Susannes Herz zersprang bei diesem Bild in tausend Stücke.

Das hätte auch Lisa sein können, dachte sie.

Die starken Hände des Sanitäters packten Susanne und zwangen sie dazu, mit nach draußen zu kommen. Sie setzte sich auf die Liege im Rettungswagen.

»Legen Sie sich bitte hin, damit ich Sie untersuchen kann.«

»Mir fehlt nichts«, sagte Susanne. »Also, zumindest ist alles noch an mir dran. Helfen Sie lieber der jungen Frau. Sie hat mit Sicherheit ein Hängetrauma.«

Sebastian und sie waren begeisterte Kletterer gewesen. Doch nach dem Unfall von John Edward Jones im Jahr 2009, der auch durch die Medien gegangen war, bei dem der junge Mann in einer Höhle kopfüber stecken blieb, trotz der Bemühungen vieler Helfer an Ort und Stelle verstarb und bis heute in seinem steinernen Grab hing, gingen die beiden nur mehr wandern, nie wieder klettern.

Es könnte durchaus noch immer passieren, dass Uta aufgrund eines akuten Nierenversagens stirbt.

»Darum kümmern sich die Kollegen«, sagte der Sanitäter. »Bitte legen Sie sich hin!«

»Ich bin hier die leitende Beamtin. Kleben Sie einfach etwas drauf, damit die Blutung endlich aufhört. Dann komme ich später zu Ihnen ins Krankenhaus.«

»Susanne, bitte sei vernünftig.« Alexander betrat den Krankenwagen und stellte sich neben sie. »Lass dich gründlich untersuchen. Ich verspreche dir, ich erzähl dir jede Kleinigkeit. Davon abgesehen ist hier vor Ort genug Unterstützung.«

»Einen Verband drauf, bitte!«, herrschte sie den Sanitäter an.

»Aber ...«, erhob der Mann Widerworte, doch schon im nächsten Moment umwickelte er die Wunde mit einer elastischen Binde. »Ich geb Ihnen zehn Minuten. Dann fahren wir gemeinsam los.«

Susanne sagte nichts dazu, und doch wusste sie, dass er recht hatte. Sie musste auf ihre Gesundheit achten. Das war das A und O in ihrem Beruf. Alexander hielt ihr die Hand hin, damit sie aus dem Rettungswagen aussteigen konnte. Sie hatte gar nicht mitbekommen, wie viele Leute hier tatsächlich vor Ort waren. Es wimmelte von Blaulichtern, Uniformierten und zwei Rettungswagen.

Sie ging zurück in die Hütte. Uta saß noch immer an der Wand. Abteilungsinspektor Halber hielt einen Infusionsbeutel in die Höhe. Doch der Psychopath lag nicht mehr auf dem Boden. Somit war er entweder in einem der Rettungswagen oder in einem Streifenwagen.

»Hab ich ihn erwischt?«, fragte Susanne und drehte sich zu Alexander um, der ihr nicht mehr von der Seite wich.

»Ja! Du hast ihn am Brustkorb erwischt. Es scheint, dass es nichts Lebensgefährliches ist. Zumindest lebt der Scheißkerl noch im Gegensatz zu den meisten seiner Opfer.«

»Gut. Ich dachte, ich habe vier Schüsse gehört, oder täusche ich mich da?«

»Er hat einmal auf dich geschossen, beinahe zeitgleich hast du einen Schuss abgegeben. Er schoss noch einmal in Richtung Uta Schwenger, die er aber verfehlt hat, und nur Millisekunden später hat der Kollege vom anderen Team ihn getroffen. Scheiße, das hätte echt in die Hose gehen können. Er hat an der Außenseite der Hütte Kameras angebracht. Das heißt, er hatte uns ständig im Blick.«

»Frau Abteilungsinspektorin? Das müssen Sie sich bitte ansehen!«, sagte die Kollegin vom anderen Team und winkte sie zu sich vor die Hütte. Währenddessen setzte sie einen Funkspruch ab und forderte einen weiteren Krankenwagen an. Der Sanitäter, der sie gerade eben noch verbunden hatte, stürmte aus dem Rettungswagen und verschwand einen Augenaufschlag später um die Ecke der Hütte.

Der Schock ließ nach, und ihre Schulter pulsierte unter ihren schnellen Schritten. Der Sanitäter kam an dem Geräteschuppen an, stellte seine Notfalltasche ab, ging einen Schritt in den Schuppen hinein, trat zwei Schritte zurück und übergab sich auf den Boden. Susanne war sich sicher: Es musste sich um eine verweste Leiche handeln, die im Inneren entdeckt worden war. Es war sogar denkbar, dass es sich hierbei um den gesuchten Paul Klasen handeln könnte. Zumindest wäre dann sein spurloses Verschwinden aufgeklärt.

Sie bereitete sich geistig auf den Anblick des Todes vor. Sofern man dies auch nur irgendwie konnte. Einmal diesen Geruch wahrgenommen, einmal eine sich aufblähende Leiche gesehen – dieses Bild wurde man nie wieder los, und es verfolgte einen noch bis in die Traumwelt.

Die Kollegin vom anderen Team zeigte auf den Schuppen und blieb einen Meter davor stehen. »Sorry, aber das muss ich nicht noch mal sehen. Ich hab einen sensiblen Magen.«

Susanne drehte sich zu Alexander um. »Du bleibst auch hier stehen, okay? Ich mach das schon.«

Sie nahm einen kräftigen Atemzug und ging nach vorne. Doch als sie ins Innere sah, pustete sie all die Luft aus ihren Lungen. Auf diesen Anblick war sie beim besten Wille nicht gefasst gewesen.

Über die morschen Holzbretter, aus denen der Schuppen gebaut worden war, schoss eine Ratte panisch vor ihren Füßen in Richtung Wald davon. Fliegen waren überall. Und am Boden kreuchte und fleuchte alles, was mehr als vier Beine hatte. Ein strenger Geruch trat in ihre Nase. Es roch nach Fäkalien und Erbrochenem. Zwei Augen starrten sie hilfesuchend an; gefesselte Hände, gefaltet wie zum Gebet, reckten sich ihr entgegen. Über und über mit Dreck beschmiert, nur das Weiß der Maden, die sich an seinen Wunden labten, war deutlich zu sehen. Die Lippen bewegten sich, und undeutliche Laute drangen hervor.

Verdammte Scheiße! Er lebt noch!

60

Mittwoch, nachmittags

Sie saß mir gegenüber und versuchte, mit ihrem Röntgenblick meine Gedanken zu erraten. In meinem Kopf dröhnte es wie nach einem Heavy-Metal-Konzert. Neben mir piepte ein monotoner Ton. Ich stellte mit Erschrecken fest, dass ich mich in einem Krankenhaus befand. Mein Plan war nicht aufgegangen, sie lebte noch.

Diese eingebildete Polizistenfotze!

Wut entfaltete sich in mir wie ein Fächer. Ich räusperte mich und bewegte meinen Arm. Anscheinend hatte ich starke Schmerzmittel bekommen, denn ich fühlte mich, als wäre ich außerhalb meines Körpers. Mein Mund fühlte sich an wie Schmirgelpapier, und meine Zunge klebte am Gaumen fest, sodass mir nur ein Stöhnen entfuhr.

Dann sah ich den Beamten durch die Glasscheibe, der mich wohl bewachte.

Verdammt, warum hatte ich nicht einfach sterben können? Das hätte vieles einfacher gemacht. Ich war doch mehr als bereit dafür gewesen und hatte auch Buße getan. Nicht so wie die anderen, die gegangen waren, ohne zu bereuen. Einfach gestorben waren, weil sie aufgegeben hatten.

»Warum haben Sie das getan, Jakob?«, fragte sie mich und rutschte mit ihrem Stuhl näher an mich heran. Ihre Hose mit den vielen Taschen an jedem Bein war dreckverschmiert, genauso ihr Pullover, auf dem groß »Polizei« stand. Ihre rötlichen

Haare hingen strohig ins Gesicht, und die Falten in ihrem Gesicht waren so tief, dass sie mindestens zehn Jahre älter aussah, als sie vermutlich war. Sie hätte ein perfektes Reueopfer abgegeben. Da war ich mir sicher.

Das ausgefranste Loch in ihrem Pullover und ihr linker Arm, der teilnahmslos in einer Schlaufe hing, ließen den Triumph in mir aufwallen. Sieg! Sehr gut, ich hatte sie erwischt. Wenigstens etwas. Sie würde ein Leben lang an mich denken. Aber was war mit der Reporterschlampe? Ich war mir sicher, dass ich auch auf sie geschossen hatte. Oder nicht?

»Hören Sie mich?«, fragte sie, diesmal mit sanfter Stimme.

Ich zwinkerte mit den Augen. Ich war nicht sicher, was ich tun musste, wie ich mich verhalten sollte.

»Sie will Antworten«, schoss eine Stimme durch meinen Kopf. *»Gib ihr, was sie verlangt. Dann kommt deine Zeit.«*

»Meine Zeit«, murmelte ich, und der Gesichtsausdruck der Inspektorin änderte sich augenblicklich.

»Was meinen Sie? Was bedeutet ›meine Zeit‹?«

Ich hob meine rechte Hand an. Zumindest versuchte ich es. Metall auf Metall erklang.

Natürlich, dachte ich. *Ich bin an das Bett gefesselt. Wie dumm von mir, davon auszugehen, frei zu sein?*

Ich schloss meine Augen, tat so, als hätten mich die Medikamente noch voll im Griff. Schleunigst musste mir eine Idee kommen, was ich sagen könnte. Was ich tun könnte!

61

Mittwoch, nachmittags

Susanne seufzte, als sie sah, dass er wieder weggedöst war. Sie hatte Glück im Unglück gehabt. Es war nur ein Streifschuss an der Schulter, den sie abbekommen hatte, und dieser hatte mit einigen Stichen genäht werden können. Sie musste nicht hierbleiben, hatte es sich aber nicht nehmen lassen, Jakob nach dem Motiv zu fragen. Sie brauchte Antworten.

Er war auf dem Operationstisch gelandet. Die Kugel hatte in seinem Brustkorb gesteckt, nur wenige Zentimeter vom Herz entfernt. Auch die nächsten Tage würde er das Krankenhaus nicht verlassen dürfen. Was Susanne bei den Ermittlungen zugutekam.

Als sie spürte, dass ihr Handy in der Hosentasche vibrierte, verließ sie das Krankenzimmer.

»Wo sind Sie, Frau Abteilungsinspektorin?«

»Chef. Ich bin soeben aus dem Behandlungsraum raus.« Susanne drehte sich zu dem Beamten, der links neben der Tür stand, und zwinkerte ihm zu. Er legte seinen Zeigefinger auf den Mund. »Die Wunde wurde mit vier Stichen genäht. Ich komme gleich ins Büro.«

»Nein, Sie sind freigestellt. Sie wissen doch genau, dass ein Ermittlungsverfahren gegen Sie läuft. Schließlich haben Sie mit Ihrer Dienstwaffe geschossen. Sie fahren jetzt erst mal nach Hause und ruhen sich aus.«

»Aber …«

»Kein Aber. Das ist ein Befehl, dem Sie Folge leisten müssen. Klar?«

»Natürlich …« Sie steckte ihr Telefon wieder zurück in die Tasche, als ihr Chef das Gespräch beendet hatte. »… nicht«, vervollständigte sie den Satz. Sie musste einen Weg finden, wie sie an die Informationen kam. Nur wie?

»Hier bist du!«, hörte sie Alexander hinter sich. »Dachte ich mir doch, dass du dich hier heraufschleichst.«

»Er wird uns nichts sagen. Das ist mal fix. Wissen wir schon, wer die Person war, die wir in dem Schuppen gefunden haben? Wie geht es Uta Schwenger?« Susanne griff sich an ihre schmerzende Schulter.

»Du gehst jetzt erst mal nach Hause. Ich bin dem anderen Team zugeteilt worden. Manuel kenn ich von der Fortbildung, die ich vor einem Jahr besucht habe. Er hat echt was drauf. Ich bin dort gut aufgehoben. Ich verspreche, ich werde dich auf dem Laufenden halten.«

»Abgelehnt. Nächster Vorschlag.« Susanne grinste.

»Hör zu. Es ist eine Dienstanweisung, die auch ich erhalten habe. Du darfst nicht mehr ermitteln in diesem Fall. Du bist involviert.«

»Ach, ist doch nicht wahr. Er hatte es nicht auf mich abgesehen. Er wollte die Frau von Paul Klasen.«

»Du stehst auf seiner Liste.« In diesem Moment schlug sich Alexander auf den Mund, und seine Augen weiteten sich.

»Welche Liste? Wovon sprichst du?«

»Ich darf dir das nicht erzählen. Das ist dir doch klar, oder? Aber wenn ich dir mein Handy gebe, damit du deine Tochter anrufen kannst, und du rein zufällig in meine Fotogalerie schaust …« Er sprach mit gedämpfter Stimme und sah sich immer wieder nach links und rechts um. Außer dem

Beamten, der keine Notiz von den beiden nahm, waren sie allein auf dem Flur.

»Darf ich bitte von deinem Handy aus Lisa anrufen?«, fragte Susanne und grinste.

»Natürlich.« Er reichte ihr sein Handy.

Wenige Momente später sah sie auf dem Display die Antwort auf ihre Frage. Das Foto eines zusammengeknüllten Zettels. Die Namen Isabella Hertz, Franz Jenner und Uta Schwenger waren mit einem Kreis versehen und durchgestrichen. Neben dem Namen Boris Kaminski prangte ein Haken, geschrieben mit einem schwarzen Filzstift. Dann standen noch Melanie Klasen und ihr Name – Susanne Kriegler – als Letztes auf dem Zettel. Sie pfiff durch ihre Zähne.

»Scheiße. Der hatte es ja wirklich auf mich abgesehen!«

»Ja, und deswegen bist du raus.«

»Dieser Boris Kaminski wird vermutlich der Typ aus dem Geräteschuppen sein. Meinst du nicht? Aber wo ist Paul Klasen? Anscheinend war er keines der Opfer, also doch ein Mittäter?«

»Ich denke mal, hier ist kein guter Ort, das zu besprechen. Ich bring dich nach Hause, okay?«

***

Susanne ließ sich auf den Beifahrersitz des Wagens fallen. Sie bemerkte, wie die Anspannung der letzten Tage ihren Tribut forderte und auch die Müdigkeit ihren Körper in Besitz nahm. Sie gähnte lautstark. »Also, erzähl! Wer ist nun in diesem Werkzeugschuppen gewesen? Was habt ihr herausgefunden?«

Alexander fuhr vom Parkplatz und blickte stumm auf die Fahrbahn.

»Hör mal!« Susanne rutschte mit ihrem Hintern ein Stück nach vorne und blickte ihn an. »Wir sind Partner, schon vergessen? Ich stehe auf dieser verdammten Liste. Und ich habe ein Recht zu erfahren, wieso!«

»Susanne, ich darf nichts sagen. Versteh mich doch. Wenn der Chef rausbekommt, dass ich dich in die bisherigen Ermittlungsergebnisse eingeweiht habe, dann … Er hat mich schon auf dem Kieker. Daran bist du nicht ganz unschuldig.«

»Es tut mir leid«, sagte sie, obwohl sie es nicht so meinte. Klar, Vorschriften waren Vorschriften. Aber sie war seine Partnerin. Eine Welle der Empörung schwappte über sie hinweg, und die Worte prasselten aus ihrem Mund, ohne dass sie sie wirklich laut aussprechen wollte. »Ich würde mein Leben für deines geben. Und du willst mir nicht verraten, wieso dieser Irre es auf mich abgesehen hat? Na, schönen Dank auch!«

»Ich würde dasselbe für dich tun. Das weißt du. Ich verstehe, dass du Antworten haben willst. Doch wenn ich dir diese gebe, bin ich meinen Job los und kann mir ein Bild meiner neuen Wohnung in mein Zimmer bei Mama hängen. Ich halte es für besser, wenn du erst mal ein paar Stunden Schlaf abbekommst und später noch mal mit dem Chef sprichst. Du findest sicher einen Weg, ihn davon zu überzeugen, dass du an den Ermittlungen teilhaben kannst.«

Sie nickte nur.

62

Donnerstag, morgens

Ihr Körper fühlte sich an wie mehrmals durchgekaut und wieder ausgespuckt. Susanne lag in ihrem Bett, komplett bekleidet. Ihr Schädel brummte wie nach einer durchzechten Nacht. Mit größter Mühe schaffte sie es nach mehrmaligen Versuchen, aufzustehen und sich in die Küche im Erdgeschoss zu schleifen.

»Mama!« Lisa saß mit Tobias an dem großen Esstisch und sprang sofort von ihrem Stuhl auf. Ihre Stimme war eindeutig zu laut, sodass sich Susannes Kopfschmerzen um ein Vielfaches verstärkten. »Alexander hat mich angerufen und Bescheid gegeben, dass du zu Hause bist.«

»Hallo, Susanne.« Tobias nickte ihr zu.

»Hallo«, erwiderte Susanne, und ein Brennen fuhr durch ihre Schulter, als Lisa sie in die Arme nahm. Es tat so gut, ihre Tochter zu halten, zu riechen, zu spüren, dass sie für einen Moment alles um sich vergaß. »Vorsichtig, Schatz. Mein Arm ist verletzt.«

Lisa wich einen Schritt zurück. »Entschuldige. Mama, ich mach dir einen Kaffee. Du siehst echt grauenhaft aus.«

»Oh, danke für deine aufbauenden Worte«, sagte Susanne, und ein Lächeln legte sich auf ihre Lippen. Lisa hatte schon immer offen und direkt gesagt, was sie dachte. Und das war auch gut so. Sie würde es in ihrem Leben noch weit bringen. Lisa verschwand in die Küche, die an das Esszimmer angrenzte. Susanne nahm neben Tobias Platz.

»Susanne? Darf ich dich was fragen?«

»Ja, natürlich. Frag nur.« Sie hoffte, dass es nicht eine zu schwere Frage war, die er ihr stellen wollte, denn ihr Gehirn war matschig, und jede Anstrengung würde dazu führen, dass die Kopfschmerzen noch aggressiver wurden.

»Habt ihr den Täter gefasst, der Lisa entführt hat?«

»Ja, haben wir. Jetzt gilt es herauszufinden, warum er das alles getan hat. Aber auch dieses Rätsel werden wir lösen. Da bin ich mir sicher.«

Lisa stellte die Tasse mit dem dampfenden schwarzen Gold vor ihr ab und setzte sich wieder neben Tobias. Susanne nahm einen Schluck.

»Mama, erzähl. Was ist dir passiert? Also, ich weiß nur, dass du angeschossen wurdest.«

»Lisa. Es war nur ein Streifschuss. Aber den Täter haben wir. Du brauchst dir keine Sorgen mehr zu machen. Du bist in Sicherheit.«

Lisa senkte ihren Blick. »Ich werde heute noch zu Oma fahren, wenn das für dich okay ist. Wie besprochen komme ich jeden Freitag nach Hause. Auch in den Ferien bin ich hier. Aber der Weg zur Uni ist einfach von Omas Haus kürzer. Ich hätte viel mehr Zeit zu lernen. Aber das weißt du ja selbst.«

»Das heißt, Oma wird jetzt Vegetarierin und ich darf wieder Fleisch essen, außer am Wochenende?« Susanne konnte sich ein Lachen nicht verkneifen, und das schmerzhafte Pochen in ihrem Schädel setzte wieder ein. Trotzdem konnte sie sich nicht beruhigen, da sie daran dachte, mit welchem Widerwillen ihr Schwiegerdrachen sich wohl auf diesen Deal einlassen würde. Hannelore war Fleischesserin. Am liebsten ohne Gemüse und Beilage. Tobias sowie Lisa stimmten in das Lachen ein.

»Als ich Oma gesagt habe, dass ich nicht will, dass sie in meiner Gegenwart Fleisch oder Fisch ist, war sie schon für einen Moment still. Aber ich denke, sie kriegt das hin. Meinst du nicht? Ich hab ihr auch die Fotos und Videos gezeigt, wie die Tiere vor dem Schlachten behandelt werden. Oma wurde ganz weiß im Gesicht.«

»Schön«, meinte Susanne. »Zumindest muss ich mir das nicht mehr ansehen und keine Belehrungen mehr über mich ergehen lassen. Ich hab dich lieb, meine Kleine.«

Lisa stand auf und drückte ihr einen dicken Kuss auf die Wange, um dann mit Tobias in ihr Zimmer zu verschwinden. Susanne starrte in ihre Tasse, als ob sie ihr eine Antwort geben könnte. Die Fragen, die sie vor wenigen Stunden Alexander gestellt hatte, ploppten wieder auf. Sie stand auf, füllte ein Glas voll Wasser und trank es in einem Zug aus. Die Kopfschmerzen besserten sich ein wenig.

Warum stehe ich auf dieser Liste? Wer ist der Mann, den wir in dem Schuppen gefunden haben? Wo ist dieser Klasen?

Es war wie eine Eingebung, als sie ihr Telefon zur Hand nahm und die Fotogalerie öffnete, in der die Bilder aus Jakob Schmiederers Jugendakte waren. Sie hatte die gesamten Infos an das andere Team weitergeschickt, bezweifelte aber, dass bis jetzt jemand die Zeit gefunden hatte, sich diese genauer anzusehen.

»Da ich sowieso nicht ins Büro darf, kann ich doch auch im Home Office arbeiten, oder?«, sagte sie zu sich selbst, und unmittelbar danach schloss sie ihr Handy am Laptop an und begann zu lesen.

Erstaufnahme: Der achtjährige Jakob wurde von einer Mitarbeiterin des Jugendamtes gebracht. Sie gibt an, dass der Junge wohl in einer Hundehütte hausen musste, die direkt neben dem Wohnwagen stand, in dem die Mutter als Prostituierte tätig war. Das Skelett eines Hundes wurde nur wenige Hundert Meter von dem

Wohnwagen entfernt gefunden. Der Junge selbst ist in schlechter körperlicher und seelischer Verfassung. Mehrere Hämatome und Abschürfungen sind auf dem Körper ersichtlich. Eine genauere ärztliche Untersuchung erfolgt in den kommenden Tagen. Für den Moment ist Ruhe verordnet.

Der Junge kam mit verschmutzter, verschlissener Kleidung im Kinderheim an. Allem Anschein nach hatte sich die letzten Jahre niemand um seine Gesundheit und um sein Wohlergehen gesorgt. Er ist so weit abgemagert, dass jede weitere Gewichtsabnahme negative gesundheitliche Folgen nach sich ziehen würde. Jakob hat keine weiteren lebenden Verwandten, somit verbleibt er in der Obhut des Staates.

Einschätzung des Psychologen: Jakob befindet sich in einem labilen Zustand und stellt immer wieder Fragen zum Verbleib seiner Mutter. Der allgemeine Wissensstand des Achtjährigen gleicht dem eines Sechsjährigen, obwohl er bereits bis 30 zählen kann und auch fehlerfrei das Alphabet beherrscht. Doch es gibt enorme Wissenslücken, die darauf schließen lassen, dass der Junge keine Schule besucht hat und auch nur unregelmäßig zu Hause unterrichtet wurde. Ebenso auffällig ist, dass Jakob unterwürfig reagiert, sobald er eine Anweisung erhält. Die Vermutung liegt nahe, dass der Junge hörig war. Er spricht immer wieder von einem Mann namens KD, der anscheinend der Freund seiner Mutter war und ihm bestimmte Höflichkeitsformen – um es mit seinen Worten auszudrücken – »eingetrichtert« hat. Somit spricht vieles dafür, dass Jakob psychisch und auch physisch von dem Freund der Mutter misshandelt wurde. Inwieweit die Mutter darin involviert war, kann ich zu diesem Moment noch nicht sagen.

»Oh, wow«, stieß Susanne aus, machte sich Notizen und scrollte weiter nach unten. »Der arme Junge. Kein Wunder, dass der so drauf ist. Was der schon in seinen jungen Jahren durchmachen musste.«

Keinerlei Eintrag über den Jungen im Einwohnermeldeamt. Sämtliche Papiere fehlen.

Vater: unbekannt.

Mutter: Anna Schmiederer, geboren 17.04.1962, gestorben 19.07.1986. Die Mutter wurde tot von einem ihrer Freier in dem Wohnwagen gefunden. Der Mann reagierte geistesgegenwärtig und brachte den Jungen auf die nächstgelegene Polizeiinspektion in Wullowitz, kurz vor der tschechischen Grenze.

Die Mutter wurde als Kind von dem Ehepaar Schmiederer adoptiert. 157/13/66

Was bedeuten diese Zahlen?, fragte sich Susanne. *Sieht aus wie ein Aktenvermerk.* Sie scrollte weiter und fand schließlich die Adoptionsunterlagen von Anna Schmiederer, die mit diesen Zahlen gekennzeichnet waren. Doch warum war der Junge nicht zu den Adoptiveltern von Anna gekommen? Das wäre doch das Naheliegendste gewesen. Sie suchte weiter in den Unterlagen, fand aber nichts darüber. Somit loggte sie sich ins Polizeisystem ein und gab den Namen des Adoptivvaters ein.

Cornelius Schmiederer, geboren 21.12.1936, gestorben 05.08.1984. Überfall mit Todesfolge.

Susanne klickte auf den kleinen Button, der die gesamte Akte zu dem Fall öffnete. Sie verschlang den Bericht so schnell, dass sich die Informationen in ihrem Kopf überschlugen. Dann gab sie den Namen Anna Schmiederer – die Mutter von Jakob – ins System ein und überflog den Bericht. Ein »Aha!« entfleuchte ihr. Sie griff zu ihrem Handy und öffnete ihren Maileingang. Unter ihren Mails befand sich die komplette Liste der Kinder, die im Kinderheim untergebracht worden waren. Sie öffnete sie. Weitere Klicks später wählte sie Alexanders Nummer.

»Hey«, erklang seine fröhliche Stimme. »Geht es dir besser? Konntest du schlafen?«

»Selber hey. Ja, es ist ein bisschen besser. Sag mal, habt ihr euch schon die Akte von Jakob Schmiederer vorgenommen? Da steht einiges Interessantes drin.«

»Nein, wir hatten erst vor einer Stunde unser Meeting. Wir brauchten alle ein wenig Schlaf. Jetzt wollen wir ihn mal zum Reden bringen. Und du sollst nicht arbeiten. Schon vergessen?«

»Jaja. Hör mal zu. Gib mir bitte den Teamleiter. Ich muss ihm etwas Wichtiges erzählen.«

63

Vor 34 Jahren

Wieder erwachte ich schweißgebadet und hoffte, dass das Knarren der Tür nur ein Teil meines Traumes war, aus dem ich flüchten wollte. Doch als ich meine Augen öffnete, sah ich den schwarzen Schatten, der wie selbstverständlich auf mein Bett zukam. Heute war ich an der Reihe. Ich drehte meinen Körper automatisch auf die rechte Seite, sodass mein Blick auf die weiße Wand fiel. So war es gewünscht. Ich musste es tun, wenn ich nicht wieder seinen Zorn spüren wollte. Mein Magen verkrampfte sich, und schon spürte ich, dass sich meine Decke hob und wieder senkte. Der heiße Atem, der sich auf meinem Hals wie Küsse anfühlte, ließ mein Blut zu Eis erstarren. Schon waren seine Hände unter meinen Pyjama gerutscht, und er knetete meinen Hintern. So fest, dass ich meine Hand auf meinen Mund legte, um ja keinen Laut herauszulassen. Er schob meine Hose ein Stück weit hinunter und mein Oberteil weiter hinauf. Ich war unfähig, mich zu bewegen, unfähig zu denken. Ich wusste nur eines: *Sei still! Es ist ein Geheimnis zwischen dir und mir.*

Schon rutschte er an mich heran, und ich fühlte seine nackte Haut auf meiner. Spürte sein steifes Glied zwischen meinen Pobacken, das sich hin und her bewegte. Sein Atem auf meiner Haut beschleunigte sich und bescherte mir eine Gänsehaut. Er rieb seinen Körper an meinem, und seine nassen Stellen übertrugen sich auf mich. Er bewegte seine Hand nach vorne und umfasste mein Glied, das er immer wieder durch seine Finger gleiten ließ. Ich hoffte, dass es bald wieder vorbei war. Dass er wieder ging und ich mein Bett nur für mich hatte, auch wenn ich mit Sicherheit nicht mehr schlafen konnte.

64

Donnerstag, nachmittags

Susanne betrat das LKA Wien Süd. In ihrer rechten Hand hielt sie den Notizblock mit ihren gesammelten Informationen. Abteilungsinspektor Meierhofen, der jetzige Leiter des ermittelnden Teams im Fall Schmiederer, erwartete sie an der Eingangstür. Gerade als sie mit ihm in Richtung des Besprechungsraumes gehen wollte, erklang die Stimme von Al Capone lautstark hinter ihr.

»Kriegler! War mein Befehl nicht deutlich genug?«

Noch bevor sie Widerworte einlegen konnte, hörte sie Meierhofen sagen: »Chef. Ich brauch die Unterstützung der Kollegin. Frau Abteilungsinspektorin Kriegler hat wichtige Informationen, die ich dem ganzen Team vortragen möchte. Die Vernehmung unseres Verdächtigen bringt uns nicht weiter. Er sagt kein Wort. Somit müssen wir andere Wege einschlagen, um ihn zum Sprechen zu bringen.«

»Frau Kriegler ist derzeit nicht im Dienst. Das wissen Sie doch, Meierhofen!« Das runde Gesicht des Chefs war knallrot angelaufen, und Speicheltröpfchen flogen durch die Luft. Sein schütteres weißes Haar wehte auf und ab durch seine energischen Armbewegungen. Immer wenn Al Capone sich aufregte, dann vergaß er, Rang und Titel zu nennen.

»Das weiß ich, Chef«, sagte sie. »Ich werde Abteilungsinspektor Meierhofen nur beratend zur Seite stehen. Ich verspreche, ich mische mich nicht ein. Ich habe einige interessante Verbindungen herausgefunden, und ich möchte den Fall so schnell wie möglich aufgeklärt wissen. Sie etwa nicht, Chef?«

Das hat definitiv gesessen, dachte Susanne, und Al Capone schnaufte. Augenblicklich verschwand seine ungesunde Gesichtsfarbe.

»Frau Abteilungsinspektorin! Sie wissen, dass ich Sie von diesem Fall abgezogen habe, und Sie haben sich meinen Anweisungen vorsätzlich widersetzt. Sollten Ihre Informationen nur heiße Luft sein, können Sie sich auf ein Disziplinarverfahren gefasst machen. Manchmal komme ich mir vor wie im Irrenhaus. Na gut, ich erlaube es, aber Sie verschwinden hier, sobald Abteilungsinspektor Meierhofen Ihre beratende Funktion nicht mehr braucht.«

»Natürlich, Chef. Was immer Sie wünschen«, sagte Susanne, und Al Capone stapfte in Richtung seines Büros davon. Sie drehte sich zu Meierhofen um. »Danke.«

»Nichts zu danken. Wir kennen ihn doch alle und wissen, dass er tief in seinem Inneren ein feiner Kerl ist. Und ja, wir wissen auch, wie wir kriegen, was wir wollen.« Meierhofen lachte.

Sie betraten gemeinsam den Besprechungsraum. Susanne erkannte die beiden Kollegen, die sie bereits bei dem Einsatz an der Hütte kennengelernt hatte. Alexander schaute sie an, als hätte er einen Geist gesehen.

»Was machst du hier?«, zischte er ihr zu, als sie neben ihm Platz nahm.

»Schön, dass alle hier sind«, sagte Meierhofen. »Frau Abteilungsinspektorin Kriegler wird uns beratend zur Seite stehen. Sie hat Informationen über unseren Verdächtigen Jakob Schmiederer. Ich erteile Ihnen nun das Wort.« Mit einer Handbewegung wies er auf sie.

Susanne räusperte sich und schlug ihren Notizblock auf. »Also, ich habe herausgefunden, dass die Mutter von Jakob Schmiederer – Anna Schmiederer – am frühen Vormittag des 19. Juli 1986 ermordet in ihrem Wohnwagen in der Nähe der tschechischen Grenze aufgefunden wurde. Sie arbeitete im horizontalen Gewerbe. Der Hauptverdächtige war ein gewisser Konstantin Dechsler. Er gab bei der Vernehmung an, dass er und das Opfer liiert waren und er von sieben Uhr in der Früh bis zum Mittag in seiner Autowerkstatt war. Was auch von einem Kunden der Werkstatt, der zum fraglichen Zeitpunkt anwesend war, bestätigt wurde. Dechsler war der einzige Hauptverdächtige. Ihm konnte die Tat nie nachgewiesen werden, obwohl aus der damaligen Ermittlungsarbeit hervorgeht, dass die Beamten massiv nachgeforscht haben. Es ist bis heute ein Cold Case. Und jetzt kommt es. Dieser Konstantin Dechsler wurde vor zwei Jahren ermordet. Ich war damals an diesem Fall dran. Es ging um betrügerische Erpressung. Er hat mittels einer Prostituierten, die für ihn gearbeitet hat und ebenso ermordet wurde, seine potenziellen Opfer auf seine Website gelockt und ihnen eine sogenannte Ransomware auf die Computer installiert. Diese versieht alle Daten mit einem Sperrcode. Die Opfer gingen damit nicht zur Polizei. Vermutlich aus Scham oder auch aus Angst, dass ihre Ehefrauen von ihren Fehltritten erfahren würden. Damals gingen wir bei dem Täter von einem Mann aus, der auch auf diese Erpressung hereingefallen ist und sich gerächt hat. Doch ich ahne, dass unser Verdächtiger diesen Mord an Konstantin Dechsler begangen hat. Es wurden Täterspuren am Tatort gesichert, doch es gab keine Übereinstimmung im System. Wir sollten uns den Fall unbedingt noch mal genauer ansehen. Aus den Unterlagen des Kinderheimes, in das Jakob kam, geht hervor, dass er in einer Hundehütte hausen musste und wohl auch schwer misshandelt wurde von einem gewissen KD. KD ist mit Sicherheit eine Abkürzung für Konstantin Dechsler. Jakob Schmiederer wurde an dem Tag, als seine Mutter starb, von einem Lkw-Fahrer, der vermutlich ein Freier war, neben dem Wohnwagen gefunden. Der Zeuge gab an, dass er Anna Schmiederer bereits tot vorfand und noch versuchte, sie wiederzubeleben, und als das nicht gelang, wollte er per Funk die Polizei informieren. Da hat er den Jungen gesehen und geistesgegenwärtig zur nächsten Polizeiinspektion gebracht.« Sie machte eine Pause, schenkte sich ein Glas Wasser aus der Karaffe ein, die mitten auf dem Tisch stand, und trank einen Schluck. »Kann mir noch jeder folgen?«

Alle nickten zustimmend.

»Vor seinem achten Lebensjahr tauchte Jakob Schmiederer nirgends auf«, fuhr Susanne fort. »Es gab keine Geburtsurkunde, keinen Krankenhausaufenthalt. Es war so, als würde der Junge nicht existieren. Die Mutter von Jakob Schmiederer wurde im Jahr 1966 vom Ehepaar Schmiederer adoptiert. Damals war sie vier Jahre alt. Es gab wohl immer wieder Probleme mit ihr, als sie Teenager war, und manchmal verschwand sie auch tagelang, was die zahlreichen Vermisstenanzeigen beweisen. Als sie sechzehn wurde, verschwand sie völlig von der Bildfläche. Ihre Adoptiveltern hatten sogar einen Finderlohn auf sie ausgesetzt und laut den Unterlagen auch einen Privatdetektiv beauftragt. Doch es gab keine Spur von ihr. Laut Zeugenaussagen der unmittelbaren Nachbarn im Mai 1984, also knapp sechs Jahre nach dem Verschwinden von Anna Schmiederer, tauchte ein circa sechsjähriger braunhaariger Junge bei den Schmiederers auf. Auf Nachfrage einer Nachbarin erklärte das Ehepaar, dass dies ihr Enkelsohn sei und er nun bei ihnen wohne. Was genau mit der Tochter passiert war, wusste die Nachbarin leider nicht. Am 5. August 1984 in den Abendstunden meldete besagte Nachbarin Schüsse, die aus dem Wohnhaus der Schmiederers kamen. Als die Polizei dort eintraf, bot sich ein Bild der Verwüstung. Herr Schmiederer lag blutüberströmt auf dem Küchenfußboden. Zwei Schüsse, einer direkt ins Herz. Frau Schmiederer lag im Keller. Ein Schuss in den Bauch und mehrere Knochenbrüche, die den Schluss zuließen, dass jemand sie die Treppe hinuntergestoßen hat. Sie erlag ihren Verletzungen wenige Stunden später im Krankenhaus. Doch von besagtem Enkelsohn fehlte jede Spur. Da alle Wertgegenstände in dem Haus fehlten und auch sämtliche Fenster und Türen offen standen, gingen die damaligen Beamten von einem Raubmord aus. Täter nach wie vor unbekannt.«

»Ich hab eine Zwischenfrage«, sagte Meierhofen. »Wie soll uns diese Information helfen? Ich meine, die über die Schmiederers senior.«

»Ich hab eins und eins zusammengezählt«, antwortete Susanne. »Ich denke, Folgendes ist damals passiert: Anna ist mit sechzehn schwanger geworden und von zu Hause abgehauen, sie ist vermutlich auf die schiefe Bahn geraten und hat diesen KD kennengelernt. Drogen und Alkohol, das Übliche. Irgendwie haben es die Schmiederers geschafft, vielleicht mithilfe dieses Privatdetektivs, ihre Tochter zu finden. Sie ließen Jakob zu sich bringen, damit zumindest der Junge ein vernünftiges Zuhause hatte, wenn sie schon ihrer Adoptivtochter nicht helfen konnten. Ich nehme an, dieser KD hat Anna unter Druck gesetzt, dass sie ihre Eltern gemeinsam überfallen, um Geld herbeizuschaffen. Und ich vermute, Jakob hat sich, als er älter wurde, an Bestimmtes erinnern können, was in der damaligen Nacht passiert ist, und deswegen Rache an diesem KD genommen.«

»Klingt nachvollziehbar«, meinte Meierhofen, »aber beweisen können wir das auch nicht.«

»Jetzt seien Sie doch nicht so ungeduldig. Ich hab noch einiges, was Licht ins Dunkel bringt. Und damit werden wir diesen Jakob zum Reden bringen. Da bin ich mir sicher. Sie müssen erst die ganze Geschichte bis zum Ende hören, bevor Sie darüber urteilen können, ob sie nun glaubhaft ist oder nicht.«

Alle im Raum schwiegen und bedachten sie mit neugierigen Blicken.

Susanne fuhr mit ihren Ausführungen fort: »Gut, nun geht es weiter im Kinderheim. Also, der damals achtjährige Jakob kam in die Einrichtung. Verdreckt, abgemagert ... ein seelisches und körperliches Wrack. Dort lernte er Paul Klasen kennen, der in etwa so alt ist wie er selbst, und freundete sich mit ihm an. Jakob bekam vom Jugendamt einen Psychologen gestellt, Dr. Kürschner, der dreimal die Woche mit ihm Gespräche führte, um ihm einen Start ins normale Leben zu ermöglichen. Der Junge fasste zu ihm Vertrauen und erzählte ihm seine Geschichte. Ich war auf der Webseite von Dr. Kürschner und habe ihm eine Mail geschrieben, dass er sich dringend bei uns melden soll. Falls er das nicht tut, sollten Sie jemanden bei seiner Praxis vorbeischicken. Ich denke, er ist der Schlüssel, um einen Zugang zu Jakob zu bekommen. In etwa ein Jahr lang fanden diese Therapiesitzungen regelmäßig statt, doch plötzlich hörten sie auf. Leider konnte ich den Grund dafür noch nicht rausfinden. Aber ab diesem Zeitpunkt wurde Jakob aggressiv und ging sogar mit einem Messer, das er aus dem Speisesaal geklaut hatte, auf einen Jungen, der vier Jahre älter war als er, los. Und nun dürfen Sie alle dreimal raten, wer dieser Junge war.« Susanne schaute in fragende Gesichter. »Boris Kaminski. Warum Jakob diese Tat beging, darüber kann ich noch nichts sagen, aber Jakob kam daraufhin in ein Einzelzimmer und durfte nicht mehr mit den anderen zusammen sein.«

»Dann unterbreche ich Sie hier mal«, sagte Meierhofen. »Dieser Boris Kaminski wurde vor mehr als vier Wochen von seiner Ehefrau als vermisst gemeldet. Er wollte an dem Abend seines Verschwindens nur schnell im Supermarkt um die Ecke Babynahrung für das sieben Monate alte Baby besorgen. Als er Stunden später immer noch nicht zu Hause war, meldete ihn seine Ehefrau als vermisst. Sein Auto wurde unversperrt auf dem Parkplatz gefunden, doch von ihm fehlte jede Spur. Wir konnten das Opfer aus dem Schuppen schon befragen. Ihm wurde die Zunge herausgeschnitten und mit einem glühenden Eisen die Wunde verschlossen, sodass er unsere Fragen nur schriftlich beantworten konnte. Er gab an, der vermisste Boris Kaminski zu sein. Auf die Frage, warum Jakob Schmiederer ihm dies angetan hatte, wusste er keine Antwort. Zumindest keine eindeutige für uns. Er schrieb ›Tu Buße‹ auf den Zettel. Leider steht er unter Medikation und dämmerte auch während des Gespräches immer wieder weg. Laut Arzt braucht er viel Ruhe und muss zu Kräften kommen. Ich denke, gleich morgen in der Früh werden wir ihm erneut einen Besuch abstatten.«

Susannes Telefon läutete, und sie nahm das Gespräch entgegen.

»Kriegler?«

»Hallo, Frau Abteilungsinspektorin. Mein Name ist Kürschner. Dr. Kürschner. Sie haben mir eine Nachricht geschrieben, dass ich mich bei Ihnen melden soll. Allerdings glaube ich nicht, dass Sie damit mich meinen, sondern eher meinen Vater. Ich hoffe, ich kann Ihnen trotzdem weiterhelfen.«

»Herzlichen Dank für Ihren Rückruf. Ihr Vater ist nicht zu sprechen? Es geht um einen Fall aus den Jahren 1986 und 1987.«

»Nein, es tut mir leid. Mein Vater ist vor sieben Jahren verstorben. Aber ich habe seine Praxis übernommen. Somit habe ich auch alle seine Patientenakten noch. Er würde mir das niemals verzeihen, wenn ich auch nur eine davon weggebe oder vernichte. Gerne studiere ich seine Aufzeichnungen, die auch mir immer wieder nützlich sind, weil er doch eine Koryphäe auf seinem Gebiet war. Wenn Sie mir den Namen sagen, um wen es sich handelt, und Sie einen Beschluss haben, dass ich Ihnen diese Akte geben darf, dann lasse ich sie Ihnen gerne zukommen.«

»Der Name des damaligen Patienten ist Jakob Schmiederer. Es wäre sehr nett, wenn Sie mir die Akte schicken würden. Und ich werde gleich mit der Staatsanwaltschaft sprechen, kein Problem. Sie praktizieren als Psychologe? Hab ich das richtig verstanden?«

»Ja, so wie mein Vater es auch getan hat. Er wollte immer, dass ich in seine Fußstapfen trete. Kinder- und Jugendpsychologie ist auch mein Fachgebiet.«

Susanne schaute zu Abteilungsinspektor Meierhofen, der sie ebenso ansah. »Warten Sie mal«, sagte sie in das Telefon und hielt dann ihre Handfläche darauf. »Was wäre, wenn wir den Sohn des Psychologen zu Jakob schicken würden? Meinen Sie, wir kriegen dann was aus dem Verdächtigen raus?«

Meierhofen fuhr sich mit der Hand durch das pechschwarze Haar. »Versuchen wir es. Mehr, als dass wir nichts erfahren, kann nicht passieren.«

»Ich hab eine ungewöhnliche Frage an Sie, Herr Doktor. Wäre es Ihnen möglich, mitsamt der Akte und allem, was Sie über diesen Fall finden, zu uns zu kommen? Ich schicke Ihnen gleich die Adresse, wo Sie hinmüssen. Wir denken, dass wir nur mit Ihnen eine Chance haben, unserem Verdächtigen Informationen zu entlocken. Er hatte zu Ihrem Vater anscheinend ein gutes Verhältnis.«

»Das ist tatsächlich sehr ungewöhnlich, was Sie da vorschlagen, und ich habe Termine hier in der Praxis. Außerdem müsste ich mich in die Akte einlesen. Das braucht alles Zeit.«

»Zeit ist etwas, das wir momentan nicht haben. Wir müssen es zumindest versuchen und brauchen hierzu Ihre Hilfe.«

»Gut«, meinte der Doktor schließlich. »Dann machen wir das so.«

»Danke Ihnen. Dann bis später«, sagte Susanne und beendete das Gespräch.

Meierhofen legte seine Stirn in Falten. »Und, Frau Kollegin? Wie wollen Sie nun den Staatsanwalt davon überzeugen, dass Sie so schnell einen Beschluss für die Akteneinsicht brauchen? Davon abgesehen dürfen Sie momentan nicht mal ermitteln.«

»Dann kann ich auch nichts falsch machen, wenn ich einen alten Freund um einen Gefallen bitte, oder?« Sie zwinkerte ihm zu.

65

Donnerstag, abends

Ich traute meinen Augen kaum, als Dr. Kürschner vor meinem Krankenhausbett stand. Ihn begleitete der schwarzhaarige Mann, der auch in der Hütte gewesen war, als ich angeschossen wurde, und der mich heute in der Früh schon genervt hatte mit seinem Frage-Antwort-Spiel. Der Schwindel, der mich Minuten zuvor noch im Griff gehabt hatte, verebbte allmählich. Ich legte meinen Kopf auf das Kopfkissen und taxierte den Doktor mit meinem Blick. Nach all den Jahren wollte er wieder mit mir reden. Dabei hätte ich ihn nach der schlimmen Zeit damals gebraucht. Eine Schulter zum Ausweinen.

»Jakob«, sagte der Doktor, holte sich den Stuhl aus der Ecke näher ans Bett heran und setzte sich. Ich glich das heutige Bild mit dem in meiner Erinnerung ab. Er sah noch immer gleich aus, kaum ein Jahr älter. Was aber vermutlich an dem fehlenden Vollbart lag. Seine dunkelbraunen, liebevollen Augen schauten mich an. »Das hier ist Abteilungsinspektor Meierhofen. Ihn kennst du ja schon. Er ist hier, weil er unserem Gespräch beiwohnen möchte. Ist das für dich in Ordnung?«

Obwohl ich nicht damit einverstanden war, dass dieser Bulle auch hier stand, nickte ich. Schließlich wollte ich Dr. Kürschner nicht verärgern. Damals hatte ich ihm alles anvertraut. Fast alles.

»Es ist schon lange her, als wir beide uns das letzte Mal gesehen haben. Nicht wahr? Ich glaube, du wirst mir bei dem einen oder anderen Detail auf die Sprünge helfen müssen. Aber das machst du, nicht wahr?« Ein Lächeln zierte sein Gesicht, und ich spürte sofort wieder dieses Vertrauen, diese angenehme Ruhe, die er ausstrahlte.

»Natürlich, Herr Doktor. Ich find es schön, dass Sie mich besuchen kommen.«

»Jakob, du hast einige schlimme Dinge getan. Ich bin mir sicher, du willst mir diese erzählen, nicht wahr? Du hast mir doch immer alles anvertraut, was dir auf der Seele lag.«

»Ich habe nichts Schlimmes getan! Sie haben es alle verdient! Alle!«, schrie ich und fuhr aus dem Bett hoch, sodass die Handschellen in meine Handgelenke schnitten.

»Jakob. Beruhige dich. Ich möchte dem Ganzen einfach nur auf den Grund gehen und mit dir darüber sprechen. Du fühlst dich sicher besser, wenn du mit mir sprichst und mir sagst, warum es alle verdient haben zu sterben. So wie damals, als du ein kleiner Junge warst. Kannst du dich noch daran erinnern, wie gut es sich angefühlt hat, als du mir von dem Streit beim Fußballspielen erzählt hast und ich dir geraten habe, dich mit deinem besten Freund Paul wieder zu versöhnen? Ihr habt sogar eine Extraportion Eis bekommen von der Köchin. Kannst du dich erinnern?« Wieder legte sich dieses sympathische Lächeln auf seine Lippen.

Ich musste auch lächeln. Ja, daran konnte ich mich erinnern. Der Streit war kindisch gewesen, nutzlos, und doch hatte jeder recht behalten wollen, ob ich die Spielfeldlinie übertreten hatte oder nicht. Und Dr. Kürschner hatte mir geraten, dass es in einem Spiel nicht wichtig war, zu gewinnen oder zu verlieren. Freundschaft sei um ein Vielfaches wichtiger. Somit ging ich zu Paul und entschuldigte mich, und zu meiner Überraschung entschuldigte er sich auch bei mir. Und eine Extraportion Schokoladeneis schmeckte zu zweit auch um ein Vielfaches besser. Ich schwelgte in Erinnerungen, und sogar der Geschmack nach Schokolade entfaltete sich in meinem Mund.

»Jakob?«, fragte Dr. Kürschner. »Kannst du mir erzählen, was passiert ist? Warum mussten Isabella Hertz und Franz Jenner sterben? Was haben sie getan?«

Ich musste einen Moment überlegen, war ich doch gedanklich noch in der Vergangenheit. In einer schönen Zeit, wenn sie auch kurz gewesen war.

»Sie zerstörte eine Ehe«, sagte ich. »Mit voller Absicht. Sie hat Paul nur benutzt und ihn dann in die Ecke gestellt wie ein ungeliebtes Spielzeug. Verstehen Sie? Sie war schuld an allem. Sie hat Pauls Leben ausradiert. Es ging ihm gut, bevor sie in sein Leben getreten ist. Er verlor von einem Tag auf den anderen alles. Sie war ein berechnendes Biest. Sie hat den Tod mehr als verdient. Sie musste für ihre Taten büßen. Musste Buße tun! Fragen Sie doch seine Ex-Frau nach dem Geld. Sie hat ein Herz aus Eis.«

»Welches Geld meinst du?«

Ich zog es vor zu schweigen, hatte ich doch schon genug erzählt, und ich fühlte noch nicht die Woge der Erleichterung, die ich damals empfunden hatte.

Dr. Kürschner schaute zu dem Bullen und dann gleich wieder zu mir. »Und Franz Jenner? Was hatte er mit der Sache zu tun?«

»Ich wurde bestraft! Ich!«, schrie ich und verstand nicht, warum Dr. Kürschner den Zusammenhang nicht selbst herstellen konnte. War er schon immer so schwer von Begriff gewesen? Tränen stiegen in meine Augen, als die Erinnerungen hochschwappten. Die unzähligen Tage, Wochen, Jahre in diesem Zimmer, das gefühlt nicht größer war als Paulas Hundehütte. Eingepfercht, mit Medikamenten vollgepumpt, um mich ruhigzustellen. Isoliert. Einsam. Erst als Paul wieder in mein Leben getreten war, hatte ich verstanden, dass Franz mich um ein glückliches Leben gebracht hatte. Um meine Kindheit. Ich hatte niemals eine Chance gehabt, genau wie meine Mama.

»Erklär es mir, Jakob. Sag mir, was du denkst. Sag mir, was passiert ist. Sprich mit mir. Das wird dir helfen.«

»Einen Scheiß werd ich!« Ich spie ihm die Worte entgegen, und im gleichen Augenblick tat mir meine Reaktion leid, und ich murmelte: »Entschuldigung.«

»Alles gut, Jakob. Es ist gut, wenn du Gefühle zeigst. Lass deine Trauer und deine Wut heraus. Es ist okay.« Er tätschelte meine Hand, so wie er es damals auch gemacht hatte. Die Wärme, die durch die Berührung auf meiner Haut entstand, zog wie ein Beruhigungsmittel durch meine Adern.

»Franz steckte mich ins Verlies. Dabei hatte ich doch nichts gemacht.« Ich fixierte die linke Ecke des Krankenzimmers. Ich konnte ihm nicht in die Augen schauen, die diesen mitfühlenden Blick auf mich legten.

»Du meinst, die Strafe dafür, dass du Boris mit einem Messer niedergestochen hast, war nicht gerechtfertigt? Sag mir, warum! Was hat Boris gemacht, dass du so wütend geworden bist?

»Er kam zu uns ins Bett!«, sagte ich, und die letzten Worte wurden von einem Seufzer erstickt, der direkt aus meinem Inneren trat. Nein, ich wollte nicht darüber sprechen. Was sollte das auch bringen? Die Zeit heile alle Wunden, hatte Oma immer zu mir gesagt. Doch stimmte das nicht, wie ich schmerzlich feststellen musste. Es brannte in mir noch immer, nach all den Jahren, als wäre es erst Minuten zuvor passiert.

Als der Doktor keine weitere Frage stellte, schaute ich wieder zu ihm. Er war in ein leises Gespräch mit dem Bullen vertieft. Ich hatte nicht mehr seine ungeteilte Aufmerksamkeit.

»Ich bin müde!«, sagte ich und zog die Bettdecke ein Stück höher. Ich wollte jetzt nicht mehr sprechen. Weder mit ihm noch mit dem Bullen. Nie wieder. Ich hatte genug gesagt und schloss demonstrativ meine Augen.

»Jakob?«, fragte Dr. Kürschner wieder. »Wo ist dein Freund Paul?«

Ich ignorierte ihn. Seine Worte, seine Anwesenheit. Einfach alles. Es gab nur noch mich und die Liste, die ich nicht abgearbeitet hatte. Ich hatte versagt. Mein Versprechen gebrochen. Erst als die Tür ins Schloss fiel, sank ich in die Traumwelt. Ein Traum, in dem ich mit meinem besten Freund Schokoladeneis aß.

66

Freitag, mittags

Susanne schaute durch den Venezianischen Spiegel in den Vernehmungsraum. Ihr Kollege Meierhofen schritt im Zimmer auf und ab. Melanie Klasen hingegen saß ruhig auf ihrem Stuhl und beobachtete ihn. Sie wirkte auf Susanne noch kühler als bei ihrer ersten Begegnung. *Sie hat ein Herz aus Eis.* Das hatte Jakob Schmiederer in der Vernehmung gesagt, und sie fand, dass er damit recht hatte.

»Also«, sagte Meierhofen, blieb stehen und stemmte seine Hände auf die Stuhllehne. »Ich frag Sie jetzt nochmals. Haben Sie Isabella Hertz Geld bezahlt, dass sie Ihren Ehemann verführt?«

Frau Klasen lehnte sich zurück und verschränkte die Arme. Ihre Gesichtszüge waren versteinert.

»Frau Klasen! Wir haben das Konto von Isabella Hertz überprüft. Sie haben ihr dreißigtausend Euro überwiesen. Das Geld kam von einem Ihrer Konten. Also, spucken Sie es endlich aus! Ich will jetzt die Wahrheit wissen. Haben Sie Frau Hertz angestiftet, Ihren damaligen Ehemann zu verführen, damit Sie bei der Scheidung gut dastehen?«

Die Tür flog auf, und ein breitschultriger Mann in Anzug und Krawatte betrat den Raum. Susanne schaltete den Lautsprecher aus und sah, wie Abteilungsinspektor Meierhofen sofort nach Erscheinen des Anwaltes den Raum verließ.

Susanne seufzte und vergrub ihr Gesicht in den Händen.

Das hier ist zum Mäusemelken!

Sie merkte den kühlen Luftzug, und sogleich hörte sie die Stimme ihres Kollegen: »Frau Abteilungsinspektorin Kriegler. Ich trommle alle zusammen. Wir treffen uns in fünf Minuten im Besprechungsraum?«

Sie nickte, erhob sich, nahm ihren Notizblock und sah noch einmal in den Vernehmungsraum, in dem Frau Klasen mit ihren Händen in der Luft herumwirbelte und der Anwalt den Kopf schüttelte. Sie schritt den Gang entlang, holte sich einen Becher schwarzen Kaffee aus der Teeküche und nahm im Besprechungsraum Platz.

Alexander saß dort und telefonierte. »Ja, Mama, versprochen! Jedes zweite Wochenende«, flüsterte er in den Hörer. »Mama, ich muss jetzt echt Schluss machen. Wir haben ein Meeting.« Er legte das Hand zur Seite und drehte es mit dem Display nach unten.

»Darfst du jetzt endlich zu Hause ausziehen?«, fragte Susanne und betrachtete Alexander genauer. Er hatte dunkle Augenringe, und auch sein Dreitagebart sah nicht so gepflegt aus wie sonst.

»Ja, aber nur, wenn ich sie alle zwei Wochen besuchen komme. Das Gute ist, meine Mutter ist verliebt. Ich hoffe, bei ihrem neuen Freund spielt sie nicht die Helikoptermutter. Ich hab die letzten beiden Tage nach Feierabend meine neue Wohnung eingerichtet. Das ist eine Arbeit, sag ich dir.« Er pustete Luft aus seinem Mund, als hätte er soeben einen schweren Schrank verschoben.

»Ja, das glaub ich dir gerne. Schön für deine Mama. Es freut mich zu hören, dass sie verliebt ist.« Das Wort *verliebt* stach mitten in ihr Herz. Sie dachte an Sebastian, an die gemeinsame Zeit, an all die schönen Jahre. Doch plötzlich verschwamm das Bild vor ihren Augen, und Klaus' Lächeln trat in den Vordergrund. Erschrocken räusperte sie sich und drückte ihren Rücken durch.

»Was ist?«, fragte Alexander. »Hast du Schmerzen? Brauchst du eine Pause?« Er machte eine besorgte Miene.

»Nein, alles gut.«

»Meine Herrschaften«, sagte Meierhofen, als er zusammen mit den anderen beiden Kollegen seines Teams den Raum betrat. »Zeit für ein Update. Also, was habt ihr beide herausgefunden? Ihr wart doch bei Boris Kaminski im Krankenhaus.«

Die Frau schlug ihre Notizen auf. »Also, wir haben die schriftliche Aussage von Kaminski, dass er im Alter von zwölf Jahren begonnen hat, Jakob und Paul zu missbrauchen. Seiner Aufzählung nach waren es insgesamt fünf Jungen im Alter zwischen sechs und zehn. Dafür kann er ja heute nicht mehr belangt werden. Ihr wisst schon, Verjährung und so. Das österreichische Rechtssystem ist nicht immer gerecht. Ich denke, deswegen hat er so bereitwillig eine Aussage gemacht. Er gab an, dass er am Vorabend der Messerattacke auf ihn mit Jakob Sex gehabt hatte. Vorher wäre es nur Kuscheln gewesen. Sorry«, sagte sie, trank einen Schluck Wasser und fuhr fort. »Ich finde das Ganze echt abscheulich, und das hier so emotionslos abzulesen noch mehr.«

»Schon gut«, sagte Meierhofen. »Was ist mit Kaminskis Gesundheitszustand?«

»Na ja. Es wird sicher eine Umstellung für ihn, da er nicht mehr richtig sprechen kann ohne Zunge. Aber der Arzt sagt, er wird sich zumindest körperlich wieder erholen. Er bekommt eine psychiatrische Behandlung. Seine Frau war bei dem Gespräch anwesend, auch auf Wunsch von Kaminski. Zumindest beim ersten Teil der Vernehmung, danach ist sie rausgerannt. Ich denke mal, sie hat die Wahrheit nicht verkraftet. Stell dir mal vor, du hast mit einem Mann ein Kind, einen Sohn, der gerade mal ein paar Monate alt ist, und erfährst, dass dein geliebter Ehemann als Kind andere Jungs missbraucht hat ...«

Sie wandte sich an ihren Kollegen: »Kannst du das weiter übernehmen? Ich muss kurz raus.« Sie schob ihm den Notizblock zu und verließ fluchtartig den Raum.

Meierhofen blickte ihr nach. »Die Kollegin ist in der elften Woche schwanger. Ich denke mal, deswegen geht ihr das so nah. Lassen wir sie erst mal zur Ruhe kommen. Machst du weiter?« Er schaute seinen Kollegen an, der nickte.

»Wir haben ein wenig nachgeforscht, und es gab in den letzten fünf Jahren, seit die Kaminskis nach Wels gezogen sind, drei sexuelle Belästigungen von Jungen im Alter zwischen sechs und acht Jahren. Es ist derzeit nur eine Mutmaßung, aber wir sollten auch diesem Verdacht nachgehen. Es könnte ein Zufall sein, aber in diesem Job glaub ich nicht an Zufälle.«

»Das wird ja immer schlimmer.« Susanne konnte kaum glauben, dass sie ihren Gedanken laut ausgesprochen hatte.

»Wie gesagt, das muss nichts heißen.« Abteilungsinspektor Meierhofen bedachte sie mit einem eindringlichen Blick. »Und was haben Sie herausgefunden, Frau Kriegler?«

»Ich bin die Akte von dem Mord an Konstantin Dechsler nochmals durchgegangen und habe die Fingerabdrücke von Jakob Schmiederer mit denen verglichen, die damals am Tatort sichergestellt wurden. Sie stimmen überein.«

»Gut, dann werden wir ihn auch diesbezüglich noch einmal befragen müssen. Dr. Kürschner wird uns auch weiterhin unterstützen. Ich bin froh, dass dieses Täuschungsmanöver geklappt hat. Ehrlich gesagt, auch mich könnte man damit täuschen, denn er gleicht seinem Vater wie ein Zwilling dem anderen. Und Jakob lebt in seiner eigenen Welt, zudem vernebeln die starken Schmerzmittel seine Sinne.«

»Wir haben die letzten Tage auch sämtliche Aufzeichnungen der Therapiesitzungen durchgesehen«, sagte Alexander und deutete zuerst auf Susanne und dann auf sich selbst. »Anhand dieser ist klar erkennbar, dass Jakob Schmiederer den Mord an seinen Großeltern gesehen haben muss. Er konnte sich nur bruchstückhaft daran erinnern, doch erzählte er davon, dass ihn seine Mama an dem Tag, als Oma die Treppe heruntergefallen ist, wieder mit zu sich nahm. Man muss bedenken, dass er damals erst sechs Jahre alt war und die ganze Tragweite nicht begriffen hat. Auch mit acht konnte er das nicht verarbeiten. Aber ich denke mal, Herr Dr. Kürschner wird herausfinden, dass Jakob sich, als er älter wurde, wieder an den genauen Ablauf erinnert hat und sich deshalb an dem Mörder seiner Großeltern gerächt hat. Bei der Durchsuchung seiner Wohnung in Zwettl sind etliche Ordner aufgetaucht. Er hat alle Zeitungsberichte gesammelt, die er kriegen konnte. Über den Tod seiner Großeltern und den seiner Mutter. Es gibt auch etliche handschriftliche Notizen, die aber allesamt noch nicht ausgewertet sind. Das wird sich mit Sicherheit noch Wochen hinziehen, bis wir damit durch sind. Ebenso wurde die Hütte im Wald auf den Kopf gestellt. Darin befanden sich zwei Computer. Jakob Schmiederer hat sich seine kompletten Computer- und Programmierkenntnisse selbst angeeignet. Und sich im Darknet viel an Infos und Programmen besorgt. Auf den Computern wurden unzählige Fotos von Isabella Hertz, Franz Jenner, Uta Schwenger und Melanie Klasen gefunden. Alle wurden aus der Ferne aufgenommen und zeigten die Personen bei Alltagsbeschäftigungen. Er hat alle ausspioniert. Er kannte jedes Detail, denn in seinem Notizheft fanden wir von jeder der genannten Personen einen minutiösen Tagesplan. Es wurde auch ein Schlüsselbund sichergestellt, an dem Kopien der Haus- und Wohnungsschlüssel seiner jeweiligen Opfer hingen. Für ihn war es ein Leichtes, in die Wohnungen zu kommen, war er doch gelernter Schlosser und hatte seit Jahren einen Schlüsseldienst. Vermutlich hat er sich so Zutritt zu den Wohnungen verschafft. Wir wissen ja, dass bei Isabella Hertz sowie bei Melanie Klasen eingebrochen wurde. Vermutlich hat er den Zweitschlüssel gesucht oder wie in dem Fall der beiden Damen selbst das Schloss eingebaut. Wir haben das überprüft, und die Firmendaten stimmen überein.«

»Aber bei Franz Jenner wurde nicht eingebrochen, oder weißt du da etwas Neues?«, fragte Meierhofen Alexander.

Susanne räusperte sich. »Ich hab mit einem netten Herrn von einem Schlüsseldienst gesprochen. Er hat mir erzählt, dass man binnen zehn Sekunden eine Tür, die nicht abgeschlossen ist, öffnen kann. Wir vermuten, dass dies bei Franz Jenner der Fall war. Davon abgesehen muss Jakob Schmiederer dort eingebrochen sein. Wie hätte er sonst an den Ring von Franz Jenner kommen sollen?«

»Okay«, meinte Meierhofen. »Wie geht es Uta Schwenger? Konntest du mit ihr reden?«

»Ja, ich hab mit ihr gesprochen«, antwortete Alexander. »Sie ist stabil, und die Ärzte sagen, dass sie bis auf wenige Ausfälle wieder vollkommen genesen wird.«

»Was sich mir noch immer nicht erschließt: Warum war Uta Schwenger auf seiner Todesliste? Warum ausgerechnet Döllersheim? Und wo ist dieser Paul Klasen?« Abteilungsinspektor Meierhofen bedachte Susanne mit einem fragenden Blick.

»Wir sollten uns noch einmal die Bilder der Fundorte von Franz Jenner und Isabella Hertz ansehen. Es wäre möglich, dass wir einen Hinweis übersehen haben.«

»Dann machen Sie beide das«, sagte Meierhofen, und in diesem Moment betrat ein uniformierter Beamter den Besprechungsraum.

»Abteilungsinspektor Meierhofen? Frau Klasen und ihr Anwalt möchten Sie sprechen.«

Mit einem Nicken verließ Meierhofen den Raum.

***

Susanne ließ ihren Kopf nach vorne fallen und bewegte ihn nach rechts und dann nach links. Es knirschte und knackste. Sie massierte mit der Hand ihren verspannten Nacken. Schon seit einigen Stunden sortierten Alexander und sie die Fotos der beiden Fundorte – in der Kirche und am Friedhof – von einer Seite des Tisches auf die andere. Ohne Erfolg. Wieder fiel ihr das Bild von Franz Jenner in die Hände, das Alexander noch gemacht hatte, bevor die Sanitäter ihn mitgenommen hatten. Ein Häufchen Elend, mehr tot als lebendig, lehnte an einem alten Grabstein. Wie von einem Stromschlag getroffen, fuhr sie von ihrem Stuhl hoch und kramte in den Fotos.

»He«, protestierte Alexander. »Das hab ich gerade geordnet. Was suchst du?«

»Such alle Fotos, die wir von dem Friedhof haben. Alle. Ich glaub, ich weiß, warum der Ort so etwas Besonderes für Jakob Schmiederer ist.«

Nach wenigen Minuten lagen alle Bilder vor ihr, aufgereiht wie Tarotkarten. Susanne ließ ihren Blick über die einzelnen Gräber schweifen. Alexander stand hinter ihr.

»Dieses Grab sieht gepflegt aus. Dieses auch«, sagte er und tippte auf die beiden, die er meinte.

»Das könnte der Schlüssel zu dem Ganzen sein. Wir fahren nach Döllersheim. Ich will mir das vor Ort ansehen.« Susanne stand auf, wollte soeben den Besprechungsraum verlassen, da stellte sich ihr Meierhofen in den Weg.

»Wo wollen Sie hin?« Der Tonfall war freundlich, aber bestimmt.

»Nach Döllersheim. Ich glaube, wir haben die Verbindung zu dem Ort gefunden.«

»Und die wäre?«

»Einige der Gräber werden noch von Angehörigen gepflegt. Wenn wir mit unserer Annahme richtigliegen, dann wurde dort jemand begraben, der unserem Täter wichtig war.«

»Dort wurde doch schon seit über sechzig Jahren niemand mehr begraben«, erwiderte Meierhofen.

»Das stimmt. Die Theorie ist folgende: Jakob Schmiederers Großmutter, bei der er als Kind zwei Monate verbrachte, könnte eine Verwandte auf dem Friedhof von Döllersheim gehabt haben. Davon hat er vielleicht gewusst und das Grab weiterhin gepflegt. Es ist nur ein Schuss ins Blaue, aber einen Versuch wert.«

»Sie wissen, dass Sie nicht ermitteln dürfen? Sie machen nichts, aber auch wirklich gar nichts, ohne mein Wissen. Sie schauen sich dort um, und wenn Sie etwas gefunden haben, dann will ich das auf der Stelle, in der Sekunde, in der Sie es erfahren, auch wissen. Und natürlich wird Alexander mit Ihnen kommen, schließlich sind Sie derzeit nicht im Dienst. Ja?«

»Natürlich.« Susanne knirschte mit ihren Zähnen. Normalerweise machte sie die harten Ansagen, aber in diesem Fall musste sie wohl klein beigeben.

67

Freitag, nachmittags

»Wir machen es so«, sagte Susanne zu Alexander. Sie gingen geradewegs auf den Friedhof zu. Die Sonne strahlte vom Himmel, doch ein kühler Wind hatte Susanne gezwungen, eine Jacke um ihren Oberkörper zu legen. Sie hielt diese mit einer Hand fest. »Von jedem gepflegten Grab schreiben wir uns die Namen ab und überprüfen die dann im Büro.« So machten sich die beiden, jeder eine Reihe nehmend, an die Arbeit.

Susanne schrieb soeben den ersten Namen auf ihren Block, da klingelte ihr Telefon. Sie holte es heraus. Die Nummer, die angezeigt wurde, war ihr nicht bekannt.

»Kriegler?«

»Hallo, Susanne.« Ihr Herz sprang wild in ihrem Brustkorb, als sie seine Stimme hörte.

»Hallo, Klaus. Na? Wie geht es dir?«

»Die Frage ist eher: Wie geht es *dir*? Ich habe soeben erst von Josef Halber erfahren, dass du angeschossen wurdest. Da musste ich dich anrufen, weil ich mir Sorgen um dich mache. Und ich dachte, du wolltest mit mir einen Kaffee trinken gehen, wenn dieser Fall abgeschlossen ist.« Er grinste, da war sie sich sicher. Dieses freche Grinsen, mit dem er sie schon bei ihrem ersten Aufeinandertreffen hatte rumkriegen wollen.

»Der Fall ist noch nicht abgeschlossen.« Sie wollte so cool wie möglich klingen und hoffte, dass er das leichte Zittern in ihrer Stimme nicht mitbekam.

»Wo bist du gerade?«

»Bei der Arbeit.«

»Ich dachte, du bist zu Hause?«

»Es geht dich nichts an! Verstehst du nicht? Ich kann jetzt nicht mit dir sprechen, und ich will auch nicht.«

»Susanne, jetzt komm schon. Gib dir einen Ruck. Ich weiß genau, dass du mich magst. Ich mag dich, auch wenn ich deine unterkühlte Art kindisch finde. Aber wie heißt es so schön? Harte Schale, weicher Kern.«

Susanne blieb die Luft weg, und eine heiße Welle, wie eine plötzlich auftretende Hormonwallung, durchfuhr sie. Schweißperlen standen Sekunden später auf ihrem Gesicht. Hilfesuchend blickte sie sich um. Alexander war einige Meter von ihr entfernt, und ein wissendes Lächeln zog sich über sein Gesicht.

»Ich ... muss arbeiten!« Sie beendete das Gespräch, doch das Flügelschlagen in ihrer Bauchgegend blieb. Sie atmete kräftig durch.

Susanne, beruhige dich!, sagte sie sich in Gedanken.

»Also, deiner Reaktion nach zu urteilen war das der Dorfdoktor«, rief Alexander ihr zu.

»Sei still und mach deine Arbeit. Es ist nichts. Er wollte nur wissen, wie es mir geht.« *Ich mag dich*, hallte noch in ihr wie ein Echo nach.

»Klar, deswegen hast du auch deine Gesichtsfarbe gewechselt wie ein Chamäleon. Was hast du gegen ihn? Warum bist du so abweisend?« Alexander kam näher an sie heran.

Susanne schaute auf ihren Ehering und drehte daran. »Ich bin mit Sebastian verheiratet.« Ein unsagbar schlechtes Gewissen übermannte sie. Sie könnte Sebastian das nicht antun! Niemals würde sie ihn betrügen. Es fühlte sich so falsch an, Gefühle für einen anderen Mann zu empfinden.

Alexander stand nun neben ihr und legte seine Hand auf ihre Finger, sodass sie aufhören musste, den Ring zu drehen.

»Hör mir mal zu«, sagte er. »Ich weiß, dass ich nicht das Recht habe, dir zu sagen, was du tun oder lassen sollst, aber es ist an der Zeit, loszulassen. Sebastian würde nicht wollen, dass du dein ganzes restliches Leben allein bleibst und um ihn trauerst. Was spricht dagegen, dass du dir den Doktor mal genauer ansiehst? Geh mit ihm essen oder einfach nur spazieren. Egal. Lern ihn kennen. Du musst ihn auch nicht auf der Stelle heiraten.«

»Das sagt mir der Grünschnabel, der versucht, aus dem Hotel Mama auszuziehen.« Susanne lachte. »Du hast recht. Aber ich muss mit Lisa sprechen. Ich will nicht, dass sie denkt, ich hab ihren Papa vergessen.«

»Rede mit Lisa. Ich denke mal, sie wird sich auch freuen, dass du endlich in die Zukunft schaust und nicht mehr der Vergangenheit nachtrauerst.«

Susanne rann eine Träne die Wange herunter, und schnell wischte sie diese mit ihrem Handrücken weg. »Lass uns jetzt arbeiten. Wir müssen herausfinden, was an diesem Ort so besonders ist.«

Alexander nickte und ging wieder zurück in seine Reihe.

Es war schon eine halbe Stunde vergangen, und Susanne hatte sich bereits acht Namen inklusive Geburtsdaten notiert, da sah sie eine Gruft. Diese befand sich am Ende des Friedhofs und sah wie eine Miniaturnachbildung eines Hauses aus. Schwungvoller Stuck auf der teilweise bröckelnden Außenfassade. Zwei große Steinadler waren links und rechts auf dem Dachvorsprung über dem Eingang angebracht. Ein in die Jahre gekommenes Wappen prangte über der aufwendig verzierten Eingangstür. Die Farbe war teilweise abgeblättert und durch die Witterungsverhältnisse ausgebleicht. Zwei Säulen ragten in die

Höhe. Susanne schritt die beiden Stufen in die Höhe und drückte gegen die Tür. Sie wich zurück, als diese mit lautem Knarren einen Spalt aufging. Sie drehte sich zu Alexander um, der auf sie zulief und währenddessen seine Waffe zog. Sie selbst hatte ihre auf Anweisung von Al Capone abgeben müssen. Alexander nickte ihr zu, hielt seine Pistole auf Brusthöhe, und Susanne stieß die Tür auf.

Ein ohrenbetäubendes Quietschen erklang, gleich darauf knarrte es, als würde die komplette Gruft in sich zusammenfallen. Eine Schar Fliegen suchte den Weg nach draußen und schwirrte um Susannes Kopf herum. Das Bild, das sich ihr bot, konnte ihr Hirn im ersten Moment nicht fassen. Reagenzgläser mit schaurigem Inhalt neben einer vermutlich männlichen Leiche. Sie erkannte Finger, die in einer klaren Flüssigkeit schwammen. Allem Anschein nach stammten sie von Franz Jenner. Daneben ein Glas mit einem unförmigen roten Beutel. Ein menschliches Herz. Sie wandte ihren Blick ab und schaute zu dem Leichnam. Die Haut des Gesichtes war verschrumpelt, und es sah so aus, als hätte der Tote eine Halloween-Maske auf. Ein Käfer huschte vom Ohr über die eingefallenen Augen, in denen er verschwand. Doch schon mit Susannes nächstem Atemzug trat eine Duftwolke in ihre Nase, die sie sofort zum Rückzug zwang.

Alexander drehte auf dem Absatz um, rannte zwei Schritte und erbrach sich. Mit glasigen Augen sah er sie an, spuckte noch einmal und sagte: »Ich glaube, wir müssen Manuel informieren.«

Susanne nickte und holte ihr Handy hervor.

***

Gut eine Dreiviertelstunde war der Anruf bei Meierhofen her, und die beiden hatten vorsorglich weiter alle Namen der gepflegten Gräber notiert. Susanne kam auf neun Gräber und Alexander auf vier. Doch noch immer hatten sie keinen Bezug zu Jakob Schmiederer gefunden. Nichts deutete auf eine mögliche Verbindung hin. War der Leichnam in der Gruft Grund genug, dass Jakob sich diesen Ort ausgesucht hatte? Susanne bezweifelte diese Theorie stark, die sie selbst erst Minuten zuvor aufgestellt hatte.

»Was ist los?«, fragte Alexander und schaute Susanne an. »Du stehst da wie paralysiert.«

»Ich weiß noch immer nicht, wieso ausgerechnet dieser Ort.« Eine Strähne hatte sich aus ihrem Pferdeschwanz gelöst, und sie strich diese hinter ihr Ohr.

»Frau Abteilungsinspektorin. Sie und Ihren Kollegen kann man wohl nirgends allein hinschicken. Sie finden überall eine Leiche.« Susanne drehte sich zu Abteilungsinspektor Meierhofen um und sah, dass er nicht nur sein Team, sondern auch gleich die Spurensicherung mitgebracht hatte.

»Na ja. Mir wäre es auch lieber gewesen, wenn ich hier auf keine ... Toten gestoßen wäre.« Sie musste über die Ironie lachen, stand sie doch mitten auf einem Friedhof.

»Lustig, Frau Kollegin.« Meierhofen lachte ebenso. »Haben Sie schon herausgefunden, wer unser Leichnam ist?«

»Ich nehme mal an, wir haben Paul Klasen gefunden. Aber das wird sich sicher mit einem DNA-Abgleich endgültig klären lassen. In der Gruft stehen Reagenzgläser. Allem Anschein nach handelt es sich hierbei um die verschwundenen amputierten Körperteile der Opfer. Es sieht aus wie ein Schrein. Jakob Schmiederer hat wohl seinem Freund Todesbeigaben gebracht. Vielleicht aus Reue?«

»Gut, wir werden alles einpacken. Haben Sie schon herausgefunden, warum Schmiederer seine Opfer hierherbrachte?«, sagte Meierhofen, wurde aber von einem Kollegen der Spurensicherung unterbrochen.

»Herr Abteilungsinspektor? Das haben wir gefunden. Der Tote hatte es in der Innentasche seiner Jacke. Ansonsten kein Ausweis oder dergleichen.«

Meierhofen schlüpfte in seine Handschuhe, die er aus seiner Hosentasche hervorholte, und nahm das Kuvert entgegen. Es hatte an den Rändern eine bräunliche Verfärbung, vermutlich durch den Verwesungsprozess. Mit spitzen Fingern holte er ein Blatt Papier heraus. Es war handschriftlich mit einem Kugelschreiber oder Ähnlichem verfasst worden. Susanne stellte sich neben Meierhofen und las:

Lieber Jakob, mein bester Freund, mein einziger wahrer Freund!

Es tut mir leid, aber ich kann mein Leben einfach nicht mehr ertragen. Nichts auf dieser Welt habe ich mir mehr gewünscht, als dass ich meine Vergangenheit vergessen oder zumindest verdrängen kann. Dass ich einfach mein Leben wieder in den Griff bekomme, so wie du es wolltest. Und doch bin ich zu schwach, verfalle immer wieder in die alten Muster. Mein Herz pocht nicht mehr in mir, es wurde mir schon vor langer Zeit aus dem Körper gerissen. Und auch meine Ex-Frau (was hab ich diese Frau geliebt) wird noch ihre gerechte Strafe bekommen, für das, was sie mir angetan hat. Das Karma ist eine Bitch, mein Freund!

Ich weiß, du verstehst meine Entscheidung, und du darfst dir auf keinen Fall einen Vorwurf machen. Ich bin es nicht wert, dass du mir auch nur eine Träne nachweinst. Weißt du, als ich den Artikel von dieser Journalistin gelesen habe und das Bild von ihm sah, wusste ich, dass mein Leid niemals ein Ende haben wird. Ich werde immer der Verlierer sein. Er hat mir auf die Finger geklopft, als ich alles aufklären wollte. Er hat mich förmlich kastriert. Mir den Mund verboten. Ich konnte … durfte dir nicht helfen. Niemand hat mir geglaubt, genauso wenig wie dir. Du bist besser dran ohne mich. Ich werde dich niemals verlassen und immer über dich wachen. Wir sehen uns eines Tages auf der anderen Seite wieder. Ich danke dir!

In tiefer Verbundenheit

Dein Freund Paul

68

Samstag, vormittags

»Jakob? Was ist mit Paul passiert?«, hörte ich Dr. Kürschner fragen. Doch wollte ich es ihm erzählen? Musste er es wissen? Eine tonnenschwere Last legte sich auf meinen Brustkorb und erschwerte mir das Atmen. Ich verstand noch immer nicht, wieso Paul das getan hatte. Warum er mich auf dieser schrecklichen Welt einfach alleinließ.

»Auf einmal war er tot.« Die Worte fielen mir schwer, und ich kämpfte gegen die Tränen an.

»Jakob? Wie kam er in die Gruft? Erzähl es mir!«

»Er hat mir erzählt, dass seine Urgroßeltern in Döllersheim begraben sind. Und da dachte ich an meine Oma, wie lieb sie immer zu mir war. Deswegen hab ich Paul zu seinen Urgroßeltern gebracht. Sie würden gut auf ihn aufpassen. Als ich ihn in der Hütte meines Großvaters fand, in der Hand den Brief, da wusste ich, was ich zu tun hatte. Er schrieb doch: ›Das Karma ist eine Bitch.‹ Ich wollte nur, dass auch wirklich jeder seine gerechte Strafe erhält. Alle trugen Schuld an seinem Tod. Einfach alle!«

»Was ist an dem Tag passiert, bevor du Paul gefunden hast?«

»Ich war arbeiten. So wie jeden Tag. Es gibt doch immer wieder Kunden, die sich aus ihrer Wohnung oder aus dem Haus aussperren. Auch an Sonn- und Feiertagen.«

»Aber wie kam Paul in die Hütte?«, fragte Dr. Kürschner. »Kannst du mir das sagen?«

»Wir haben monatelang gemeinsam in meiner Wohnung gelebt und Tisch und Bett geteilt. Sie müssen verstehen, es war Schicksal, dass wir uns wieder über den Weg gelaufen sind. Ich habe Paul von der Straße geholt. Ich habe ihn dazu überredet, zu den AAs zu gehen. Und er war trocken. Er hat keinen Tropfen Alkohol mehr angerührt. Paul schien glücklich zu sein und sprach über seine Träume, seine Wünsche ... über seine Zukunft. Er hatte wirklich Pläne. Und dann kam dieser Scheißartikel. Es fühlte sich an wie ein Schlag mitten ins Gesicht. Zumindest für mich. Für Paul schien es eher eine Abrissbirne gewesen zu sein, die alles um sich herum zerstörte und ihn zerriss.«

Dr. Kürschner schaute mich genau an und hörte mir zu.

»Er wollte danach ein paar Tage allein sein, da hielt ich es für eine gute Idee, ihn dort unterzubringen. Ich hatte sogar extra Lebensmittel für ihn eingekauft. Ravioli in Dosen. Die aß er doch am liebsten, und die kann man sich auch gut mit dem kleinen Gaskocher warm machen, den Opa mir hinterlassen hat.« Ich stockte. Wieder kam dieses Bild von ihm hoch, als ich ihn gefunden hatte. Auf dem Tisch, neben einer geöffneten Dose Ravioli, hatte die Zeitung gelegen. Das Bild von Franz war mit einem Kugelschreiber unkenntlich gemacht. Leere Medikamentenblister lagen daneben. Sein Kopf ruhte auf der Tischplatte. In seiner Hand der Brief. Wie lange er gebraucht hatte, die richtigen Worte an mich zu finden? Wie viel Überwindung musste es ihn gekostet haben, den Brief zu verfassen?

»Jakob? Hast du mich nicht verstanden?« Dr. Kürschner berührte meinen Unterarm, und ich zuckte zurück.

»Ja. Nein. Ich ... weiß nicht.«

»Wieso hast du nicht die Polizei gerufen? Ich meine, du hattest doch nichts mit Pauls Tod zu tun. Dafür konntest du nichts.«

»Doch, ich habe ihn alleingelassen. Es war meine …« Das Schluchzen verschluckte den restlichen Satz.

Ich habe ihn alleingelassen. Ich war schuld an seinem Tod. Ich musste wiedergutmachen, was ihm widerfahren ist. Er war doch mein bester Freund.

»Jakob.« Dr. Kürschner bedachte mich mit einem freundlichen Blick. »Verstehe ich das richtig? Du hast all diese Leute auf deine Liste gesetzt, weil du der Meinung warst, dass sie euer Leben zerstört haben?«

Ich nickte.

Epilog

15 Jahre später

Utas Mund blieb offen stehen, als sie über den Ticker auf ihrem Handy informiert wurde, dass ein neuer Bericht in der Tageszeitung *S-I-G-A* online gegangen war.

Wird er seine Liste abarbeiten?

Bei diesem Satz stockte Uta der Atem, und ihr Puls schnellte in die Höhe. Sie mochte solche reißerischen Überschriften gern, benutzte sie selbst auch. Doch diesmal … diesmal war alles anders. Sie fasste sich an ihre Handgelenke, um zu überprüfen, ob der Druck, der so plötzlich kam, nur Einbildung war. Sie war nicht mehr gefesselt, sie hing auch nicht kopfüber, aber sie stand auf seiner Liste!

Heute, in den frühen Nachmittagsstunden, kam Jakob S. nicht von seinem Freigang zurück. Ihm wurde vor wenigen Wochen der Antrag auf stundenweise Freigänge gewährt, um eine Resozialisierung durchzuführen. Die Pressekonferenz ist für heute um 17:00 Uhr angesetzt. Wir halten Sie auf dem Laufenden.

S. ist vor 15 Jahren zu lebenslanger Sicherheitsverwahrung in der Justizstrafanstalt Göllersheim (NÖ) verurteilt worden. Er hat vier Menschen auf bestialische Art und Weise getötet und zwei weitere Menschen gefoltert (wir berichteten darüber). Die Fahndung nach dem Flüchtigen läuft. Die Polizei bittet um Ihre Mithilfe. Hinweisnummer: 0221/556 856

Utas Kopf drohte zu explodieren. Vor ihren Augen verschwammen die Buchstaben zu einem Brei. Ihr Handy läutete. Sie erschrak, und es fiel auf den Schreibtisch. Noch immer erklang der Klingelton, und sie blinzelte einige Male, um den Namen auf dem Display lesen zu können.

»Unbekannter Teilnehmer«

Die Angst, der Tod, die Qual – alles auf einmal brach über sie herein wie eine riesengroße Welle, die an den Felsen zerschellte und alles mit sich in das unendliche Meer riss. Ihr Kopf war leer. Sie musste vergessen haben zu atmen, dann sog sie den Sauerstoff in sich auf. Das Klingeln verstummte. Es blieb nur die Nachricht »Ein Anruf in Abwesenheit« auf ihrem Display.

Wieder ein Klingelton. Diesmal auf dem Festnetzanschluss der Redaktion.

»Unbekannter Teilnehmer«

Ist er das? Ruft er mich an? Will er zu Ende bringen, was er begonnen hat? Sind die stundenlangen Gespräche mit der Psychologin umsonst gewesen? Alle Trainingseinheiten, die sie über sich ergehen lassen musste, um wieder ein einigermaßen normales Leben zu führen? Jeder noch so kleine Fortschritt, um wieder die Kontrolle über ihren Körper zurückzubekommen?

Das Schnurlostelefon verstummte. Uta starrte darauf, als könnte sie so alles ungeschehen machen, was ihr vor fünfzehn Jahren passiert war. Damals hatte sie ein unbeschwertes Leben geführt. Sich um nichts und niemanden Sorgen machen müssen. Sie hatte davon geträumt, endlich aus dem Dorfleben ausbrechen zu können. Auf eigenen Beinen zu stehen. Sich zu verlieben. Kinder zu bekommen. Heirat. Doch plötzlich … war alles anders gewesen. Kopf oder Zahl. Leben oder Tod.

Das Telefon klingelte erneut. Wieder wurde keine Telefonnummer angezeigt. Uta hob ihre Hände schützend über den Kopf, und ein Schrei trat aus ihrem Mund, als sie die Hand ihres Kollegen auf ihrer Schulter spürte.

»Mensch, Uta! Was ist denn los mit dir? Dich will ein Abteilungsinspektor sprechen. Er meinte, es ist dringend. Wenn du Infos kriegst über diesen entflohenen Häftling ... Es ist meine Story. Nur dass wir uns da richtig verstehen.«

Uta riss das Telefon aus der Ladestation und hielt es an ihr Ohr. Ihre Hände zitterten. Sie ignorierte ihren Kollegen, der noch immer hinter ihr stand. »Hallo?« Es war mehr ein Krächzen, das aus ihrem Mund kam.

»Abteilungsinspektor Alexander Braun hier. Sie erinnern sich an mich? Sie wissen, warum ich anrufe, Frau Schwenger?«

»Ja!«

»Wo sind Sie?«

»In der Redaktion der *S-I-G-A*. Bin ich in Gefahr?«

»Sie bewegen sich auf keinen Fall dort weg. Bleiben Sie bitte im Gebäude, immer in der Nähe von Menschen, die Sie kennen. Ich schicke jemanden, der Sie abholt.«

»Ja, ich warte hier. Wo ist Ihre Kollegin?«

»Sie meinen Frau Chefinspektorin Kriegler-Otto? Sie und auch ihre Tochter wurden an einen sicheren Ort gebracht.«

»Okay!« Uta legte auf, packte ihre Sachen in Windeseile in die pinke Handtasche und steckte sich ihre schwarze Sonnenbrille ins Haar. Die pinke Sonnenbrille hatte sie vor wenigen Wochen verloren, dabei war diese ihr Lieblingsstück gewesen. Sie lehnte sich in ihrem Schreibtischsessel zurück und schloss die Augen. Eine Decke der Sicherheit hüllte sie ein.

Mir kann nichts passieren!

***

Es waren drei Stunden vergangen, seit ein uniformierter Beamter sie an ihrem Arbeitsplatz abgeholt hatte. Drei Stunden, in denen Uta Zeit gehabt hatte, über das soeben Geschehene nachzudenken. Es gab eine Frage, die sie sich stellte. Die ultimative Frage: Würde sie den Rest ihres Lebens in Angst und Schrecken verbringen müssen?

Sie schluckte, in der Hoffnung, dass dadurch auch das miese Gefühl in ihrer Bauchgegend verschwinden würde.

»Frau Schwenger? Sie dürfen gehen.« Es war die Stimme des Beamten, die sie aus ihren Gedanken riss. Und doch wollte sie die Worte nicht wahrhaben. Sofort fingen ihre Hände an zu zittern.

»Was? Nein. Auf keinen Fall. Ich kann nicht ...« Doch ihre Worte wurden von einem lautstarken Schluchzer abgewürgt. Die Angst beherrschte ihren ganzen Körper. Niemals wieder würde sie auch nur einen Fuß vor die Tür setzen.

»Jakob Schmiederer ist tot.«

»Was?«, brachte sie über die Lippen.

»Er wurde soeben in dem Wald auf seinem Grundstück gefunden. Direkt neben der Wellblechhütte hat er sich erhängt. In seiner Hand haben wir eine Notiz gefunden, auf der stand: ›Ich habe Buße getan.‹«

\- Ende -

Liebe Leserin, lieber Leser,

herzlichen Dank für den Kauf dieses Buches. Diesmal werden meine Worte, die ich gerne am Schluss an Sie richte, etwas länger ausfallen, als Sie es von mir gewohnt sind. Wie Sie schon in der Story selbst erfahren haben, ist Döllersheim ein Lost Place mit dem einen oder anderen Geheimnis. Tatsächlich sind alle Facts wahr, sogar die Gruft der Grafenschaft Lamberg. Allerdings entsprach die Gruft, die in Wahrheit aussieht wie ein größeres Grab, nicht meinen Vorstellungen. Somit verwandelte ich sie in eines dieser kleinen Häuschen, wie sie auch auf etlichen anderen Friedhöfen zu finden sind. Ebenso entspringt die Sage von dem Geist im letzten Grab auf dem Gelände meiner Fantasie. Ich hoffe, Sie werden mir diese künstlerische Freiheit verzeihen.

Meine Recherche über den Ort hat sich wirklich über Wochen hingezogen, da es sehr viel darüber im Internet zu lesen gibt. Ich fand die Geschichte von Döllersheim sehr spannend und auch den Umstand, dass Hitlers Großmutter in der Kirche getraut und dort zu Grabe getragen wurde. Ihr Grab konnte tatsächlich nicht mehr eruiert werden, aber die Gemeinde hat ein »Ehrengrab« für sie errichtet. Der Hauptplatz des ehemaligen Ortes trug den Namen »Alois-Hitler-Platz«, also den Namen von Adolf Hitlers Vater. Er selbst wurde 1939 zum Ehrenbürger des Marktes Döllersheim ernannt. Nur zwei Jahre später ließ er den Ort räumen, um einen Truppenübungsplatz für seine Armee anzulegen. Die Kirche wurde damals geplündert und damit entweiht und erst im Jahre 1986 wieder bischöflich geweiht. Ich könnte noch mindestens zwanzig Seiten darüber schreiben, was ich Ihnen in der Story leider nicht erzählen konnte. Aber das würde den Rahmen sprengen. Dafür stelle ich Ihnen eine Linksammlung meiner Recherchen inklusive Fotos (die Genehmigung des

Fotografen liegt mir vor) auf meiner Website unter der Rubrik »Recherche« zur Verfügung.

So wie in jedem meiner bisher erschienenen Bücher bedanke ich mich bei allen Mitwirkenden, die dieses Buch, so wie Sie es jetzt in Ihren Händen halten, überhaupt erst möglich gemacht haben:

An erster Stelle kommt mein Lieblingsmensch. Danke für deine Geduld und deine Kochkünste. Ohne dich würd ich vermutlich verhungern. ;-) Ich liebe dich.

An zweiter Stelle steht natürlich Sascha, mein absoluter Lieblingslektor. Danke, dass du jedes meiner Manuskripte zu einem Diamanten feilst. Ohne dich will ich nie wieder sein. (Welch eine Liebeserklärung ;-))

An dritter Stelle, aber nicht weniger wichtig, kommen meine TestleserInnen Corinne, Franziska, Bianca, Bettina, Janina, Tanja, Heidi Troi, Roland Hebesberger und Verena. Ohne eure zahlreichen Anmerkungen wäre das Buch nur halb so gut für das Lektorat vorbereitet gewesen. Ich danke euch sehr.

Das Cover kommt diesmal von Chris Gilcher. Ist es nicht schön geworden? Ich finde es total passend. Danke dafür.

Auch möchte ich mich beim EMPIRE-Verlag bedanken für die tolle Unterstützung, vorrangig natürlich bei Thomas, der mir meine Freiheiten lässt. Ja, ich bin ein wenig schwierig und hab meinen eigenen Kopf. Aber das hast du ja schon gemerkt. Danke, dass du mich so tolerierst, wie ich bin.

Weitere Recherchen habe ich über Dr. Manfred Lukaschewski bezogen, der mir gerne Rede und Antwort stand. Danke, Manfred. (PS: Bei mir sind nun alle 6 Bände seiner Fachbücher eingezogen.)

Bei den Fragen zur Ermittlungsarbeit habe ich mir diesmal Hilfe von Marcel geholt. Sie finden ihn auf Instagram unter »der_lesende_typ«. Er selbst ist Polizist und hat alle meine Fragen ausführlich beantwortet. Ich hoffe, ich habe wirklich alles genau beachtet, was du mir erzählt hast. ;-)

Und natürlich darf hier Ariana Lambert nicht unerwähnt bleiben. Als ehemalige Staatsanwältin steht sie mir gerne Rede und Antwort in Sachen Rechtssystem.

An dieser Stelle möchte ich mich auch bei allen meinen Buchbloggern bedanken für die großartige Unterstützung, die ich bei jeder Buchveröffentlichung von euch bekomme. Und natürlich auch für den Spaß, den wir gemeinsam haben.

#Miteinanderstattgegeneinander

Und auch an Sie, liebe Leserin, lieber Leser, ein Dankeschön. Ich hoffe, es hat Ihnen Spaß gemacht und ich durfte Sie ein paar Stunden mit einer spannenden Story unterhalten. Ich freue mich, Sie in meinem nächsten Thriller wieder begrüßen zu dürfen.

Sie wollen mir Feedback geben zu meinem Buch? Schicken Sie mir eine Mail oder schreiben Sie einige Worte auf der Plattform, auf der Sie das Buch gekauft haben. Jede Autorenseele braucht ihre Streicheleinheiten.

Schauen Sie auf meiner Website vorbei: www.dreasummer.com und melden Sie sich gleich zu meinem Newsletter an.

Ihre
Drea Summer

Trigger-Hinweise

Dieses Buch enthält fiktive Schilderungen von Erlebnissen, die ggfs. Auslösereiz bei Betroffenen sein können.

Folgende Liste wurde gewissenhaft erstellt, dennoch kann keine Garantie für Vollständigkeit übernommen werden:

- Blut
- Sexueller Missbrauch Minderjähriger
- Gewalt
- Mord
- Folter
- Verstümmelung

Leseprobe
Drea Summer: Totennektar

1

Ein Schrei ertönte und hallte an den unverputzten Steinwänden der Parish Church wider. Oliver Johnson rannte über die grüne Fläche, vorbei an den mehr als 400 Jahre alten Grabsteinen, die an eine schlimme Zeit erinnerten. Eine Zeit, in der es keine Hoffnung mehr für die Einwohner von Eyam gegeben hatte. Die Sonne streckte ihre letzten Strahlen noch über den Turm der Kirche aus. Bald würde es dunkel werden in Eyam. Wieder ertönte ein Schrei, diesmal intensiver als zuvor. Oliver bog um die linke Ecke und sah die Menschenansammlung, die sich rund um den abgesperrten Bereich um das keltische Kreuz gebildet hatte.

Einige Leute wichen zurück, und er erspähte einen Augenaufschlag lang eine Frau, die wild gestikulierte. Doch schon im nächsten Moment war sie verschwunden.

»Gehen Sie zur Seite! Polizei!«, rief er noch bevor er bei der dicken Eisenkette ankam, die das keltische Kreuz einzäunte. Unter dem aus Stein gemeißelten Kreuz befand sich kein Grab, sondern es wurden damit, zumindest nach den vielen Überlieferungen, besondere Plätze markiert. Oliver bahnte sich einen Weg durch die Schaulustigen. Er kreuzte für wenige Sekunden seine Finger. Ihm stockte der Atem, als er die nackte blutverschmierte Frau sah. Sie war höchstens 25 Jahre alt. Ihre blonden kurzen Haare standen wie Antennen von ihrem Kopf ab. Die blauen Augen waren weit aufgerissen und gerötet. Ein Skorpion prangte dunkelrot auf ihrem rechten Oberschenkel. Das Brandzeichen, schoss es Oliver durch sein Hirn. Es war genauso wie damals, doch diese Frau lebte.

Die Bestie war also wieder zurückgekehrt, nach all den langen Jahren. In Olivers Körper tobte ein Kampf, und für einen kurzen Moment übermannte ihn Traurigkeit. Er schüttelte seinen Kopf, um die aufkommenden Gedanken aus seinem Hirn zu verbannen. Dann rannte er auf die Unbekannte zu und packte sie fest am Oberarm. Sie fauchte wie ein wildgewordenes Tier und fletschte dabei die Zähne. Kleine Speicheltröpfchen landeten auf seiner Haut. Wieder schrie sie, bäumte sich auf und versuchte mit aller Gewalt, sich aus seinem Griff zu befreien, doch im selben Moment packte Olivers Kollege Ian die Frau und riss sie zu Boden. Einen Augenaufschlag später klickten die Handschellen.

Ian rannen einige Schweißperlen seine Glatze hinab, und er stand auf. Seine Hand umfasste den Oberarm der Frau, und mithilfe eines weiteren Uniformierten zog er sie in die Höhe. Oliver sah die wunden Stellen an ihren Handgelenken. Eindeutig Fesselspuren, dachte er. Eine Decke wurde über die Schultern der Frau gelegt, um sie vor den neugierigen Blicken zu schützen.

»Wer hat uns angerufen?«, fragte Oliver in die Zuschauermenge, die von den beiden anderen Kollegen einige Meter vom Einsatzort zurückgedrängt worden waren.

Zögerlich hob ein älterer Mann mit Stock seine Hand.

Oliver ging auf den Mann zu und nahm ihn zur Seite. »Ich bin Chefinspektor Johnson. Was haben Sie gesehen?«

Der ältere Mann zögerte einen Moment. »Sie hat geschrien. Ganz laut. Das habe ich in meiner Wohnung da drüben gehört.« Er zeigte auf das Haus gegenüber mit den hellen Backsteinen und den Verzierungen rund ums Fenster, ein Haus wie es damals, im 14. Jahrhundert, üblich war. »Dann habe ich Sie angerufen und bin hierhergekommen, so schnell ich konnte.«

»Haben Sie sonst noch jemanden hier gesehen?«

Der ältere Mann verneinte.

»Sie kommen dann zu mir auf die Dienststelle, ja?« Mit diesen Worten drehte er sich zu Ian um, der ihm entgegenkam. Obwohl Ian die stattliche Größe von einem Meter achtzig aufwies, musste er zu Oliver aufschauen.

»Habt ihr ihre Kleidung gefunden?«, fragte Oliver, doch Ian schüttelte den Kopf.

»Wir suchen noch, aber bisher erfolglos. Hast du das ... ich meine ...«, setzte Ian an und stoppte sich selbst mitten im Satz. Es war ein fragender Blick, der Oliver traf.

»Ja, ich sah das Brandzeichen. Wir fahren jetzt auf die Dienststelle und suchen die Akte über den alten Fall heraus.«

»Und sie nehmen wir gleich mit, oder?«, fragte Ian. Er deutete auf die Frau, die sich nach wie vor heftig gegen ihre Festnahme wehrte. »Obwohl sie mir nicht ganz bei Sinnen zu sein scheint.«

Drei Polizeibeamte versuchten, sie unter Kontrolle zu bringen, ohne dass die Frau oder sie selbst dabei Schaden nahmen.

»Ahh!« Es war der Schrei eines Beamten, der gleich darauf die Hand auf seinen Unterarm legte.

Oliver vermutete, dass ihn die Unbekannte gebissen hatte. Das auch noch! »Ich werde meinen Bruder Arthur anrufen. Er soll auf die Polizeistation kommen und sie dort untersuchen. Dann sehen wir weiter, okay? Lass hier bitte alles absperren, und die Leute sollen alle verschwinden.« Oliver wartete nicht auf Ians Reaktion, sondern zückte sofort sein Telefon.

»Ja?«, klang es aus der Leitung.

»Hallo Arthur! Oliver hier. Kannst du bitte zu mir aufs Revier kommen? Ich brauche deine fachliche Meinung als Psychologe zu der Frau, die wir soeben aufgegriffen haben.« Oliver überlegte einen Moment, ob er Arthur die Informationen und den möglichen Zusammenhang zu diesem alten Fall weitergeben sollte, doch vorerst entschied er sich dagegen. Das wollte er nicht am Telefon besprechen. Blut ist dicker als Wasser, auch wenn Arthur und er nur Halbbrüder waren. In den letzten fünf Jahren waren die beiden zusammengewachsen, so als hätten sie auch ihre Kindheit miteinander verbracht.

»Natürlich. Was ist passiert? Soll ich etwas mitbringen?«

»Wir haben eine nackte Frau gefunden, die geistig verwirrt ist. Sie hat sogar einen Kollegen gebissen. Beeil dich, ja?«

»Klar. Bis gleich.«

Obwohl Arthur das Gespräch schon beendet hatte, hielt Oliver das Handy noch immer an sein Ohr. Er starrte ins Leere. Die Gedanken in seinem Kopf überschlugen sich. Wenn es derselbe Täter wie vor 15 Jahren ist, warum ist er jetzt wieder aufgetaucht? Hat es vielleicht etwas mit Arthur zu tun, der selbst erst seit einem Jahr wieder hier war? Oder vielleicht sogar mit ihm selbst?

»Kommst du?« Es war Ian, der ihn wieder ins Hier und Jetzt zurückholte.

Oliver nickte.

2

»Verflucht!«, flüsterte ich leise und konnte kaum glauben, was meine Augen da sahen. »Sie ist entkommen.« Scharf sog ich die Luft ein. Das Tablett mit dem Essen hielt ich noch in meiner Hand. Der Duft von dem in Teig gebackenen Fisch vermischte sich mit einer penetranten Urinnote und abgestandener Luft. Ich starrte auf die unverputzten Wände, die von einer schummrigen Glühbirne beleuchtet wurden, die in der Mitte des kleinen Raumes fröhlich hin und her baumelte. Die massiven Handfesseln, die mittels Eisenhalterungen in die Mauer gedübelt worden waren, hingen an den Eisenketten hinunter. Leer. Der Kloß in meinem Hals wurde immer größer. Mühsam schluckte ich mehrmals, doch ich wurde den Kloß nicht los.

Am liebsten hätte ich mir mit der flachen Hand auf die Stirn geschlagen. Wie doof bin ich eigentlich? Bevor ich vor wenigen Minuten aus dem Raum gegangen bin, hätte ich ihre Fesseln kontrollieren müssen. Das gibt jetzt eindeutig Ärger. Scheiße! Wie soll ich das bloß erklären?

Ich drehte mich um und rannte so schnell ich konnte die Stufen hinauf. Ich musste sie wiederfinden, bevor sie für immer verschwand.

3

Arthur griff nach seinem dunkelblauen Mantel, der auf dem Beifahrersitz lag, und zog ihn an. Dann richtete er den Kragen seines Hemdes und streifte dieses mit seiner flachen Hand glatt, bevor er den Mantel zuknöpfte. Schon als kleiner Junge war es für ihn immer wichtig gewesen, dass die Kleidung korrekt saß. Und das war bis heute so geblieben.

Der Tag war anstrengend gewesen – viele Patienten, die über ihre Probleme klagten. Manche Geschichten hörte er schon zum gefühlt tausendsten Mal, doch auch heute war es ihm wieder gelungen, seine – wie er es nannte – Schützlinge mit einer positiven Einstellung wieder auf ihre Zimmer zu schicken. Arthur atmete aus, und ein weißer Nebel bildete sich. Obwohl es erst Ende September war, waren die Abende, sobald die Sonne untergegangen war, kühl. Er nahm seine vorsorglich gepackte Arzttasche und warf die Autotür zu. Eine nackte Frau!, wiederholte er in Gedanken Olivers Worte, und in seiner Magengegend kam ein flaues Gefühl hoch. Er beugte seinen Oberkörper ein wenig nach unten und betrachtete sich im Seitenspiegel des Wagens. Aus Gewohnheit strich er über seinen präzis gezogenen Scheitel, der wie auch schon bei seinem Vater links saß, und ordnete jede einzelne Haarpartie neu an. Dadurch, dass er dies mehrmals am Tag machte, war er einen Augenaufschlag später mit seinem Aussehen zufrieden.

Er schritt dem dunklen Cottage entgegen. Auf der Steinmauer sah er die blaue Laterne, die sich perfekt in das altertümliche Gesamtbild einfügte. »Police« war auf dem Glas zu lesen. Er sprang die drei Stufen hinauf und öffnete die schwere Eingangstür zur Polizeistation. Drinnen angekommen, empfing ihn der typische Geruch eines uralten Gebäudes, den man auch mittels Lüften nie wieder aus dem Gemäuer bekam: muffig und abgestanden. Die Polizeistation in Eyam war eine der kleinsten in ganz England und doch war sie, zumindest von innen, die modernste. Er umrundete die weiße Theke und nickte den drei Beamten zu, die mit ihren Kaffeebechern in einer Ecke standen und sich unterhielten.

»Da bist du ja endlich!«, sagte Oliver, der auf ihn zukam und sich hektisch durch seine schwarzen Haare fuhr, sodass diese kreuz und quer von seinem Kopf abstanden. Die Stoppeln seines Bartes ließen Arthur darauf schließen, dass er sich – wie sooft – nicht die Zeit genommen hatte, sich zu rasieren. Dabei war gerade das äußere Erscheinungsbild das Wichtigste. »Ich bring dich gleich zu ihr, doch ich muss dir noch etwas dazu sagen.«

Arthur blieb stehen, und um seine Augenpartie bildeten sich kleine Falten. Ein sorgenvoller Blick traf ihn. Oliver, sein großer Bruder, zu dem Arthur seit knapp fünf Jahren aufblickte und dem er, zumindest was Mut betraf, stets nacheiferte, sah von einem Moment auf den anderen noch älter aus als mit seinen knapp 50 Jahren. »Was ist denn los? Was musst du mir sagen?«

Oliver legte seine Hände auf Arthurs Schultern. Oliver war nur einen Zentimeter größer als Arthur, und somit schauten sich die beiden direkt in die Augen. Es hatte fast den Anschein, als müsse Oliver seinen Bruder bei den Worten, die er ihm nun sagen würde, stützen. »Sie war blutverschmiert und hat ein Brandzeichen auf ihrem Oberschenkel.«

»Okay. Dann lass mich zu ihr.«

»Was heißt okay? Hast du verstanden, was ich dir soeben erzählt habe?«

Arthur wurde von einer Sekunde auf die andere heiß, und auf seiner Stirn bildeten sich Schweißperlen. Er räusperte sich. »Du meinst …«, Arthur unterbrach sich.

»Ja, das meine ich. Du hast diesen Schock bis heute nicht überwunden, das weiß ich genau. Schließlich hast du sie gefunden. Es ist die gleiche Brandmarke wie damals. Ich habe mir soeben die Fotos angesehen.«

»Du hast dir die Fotos kommen lassen?«

»Ja, natürlich. Er ist wieder da. Verstehst du? Aber warum nach dieser langen Zeit? Ich verstehe das nicht!«

»Habt ihr schon Proben von dem Blut genommen? War ein Arzt bei ihr?«

»Ja, Proben haben wir. Aber du musst sie ruhigstellen, verstehst du, was ich meine? Ich habe schon den Arzt aus Stoney Middleton bestellt, aber der braucht eine Stunde, bis er hier ist. Solange können wir nicht warten.«

»Warum? Ich verstehe nicht.«

Oliver antwortete nicht, sondern zeigte Arthur mittels Handbewegung an, dass er ihm folgen sollte. Sie gingen den Flur entlang, und immer wieder hörte man Schreie, gepaart mit Flüchen in einer anderen Sprache. Als Oliver die Tür zum Arrestraum öffnete, sah Arthur die nackte Frau, die an den Gitterstäben ihrer Zelle rüttelte. Sie erstarrte in ihrer Bewegung, und ihre Augen weiteten sich. Sie steckte ihre Nase zwischen die Gitterstäbe und schnüffelte hörbar. Diese Geste erinnerte Arthur an ein wildes Tier, das zuerst den Geruch seines Gegenübers wahrnehmen musste, um dann blitzschnell zu entscheiden, ob dies nun Freund oder Feind war.

»Du!« Die Unbekannte zeigte anklagend mit ausgestrecktem Zeigefinger auf Arthur. Ihr Gesicht verzog sie zu einer Fratze. Dann senkte sie ihren Arm und lachte hysterisch.

»Okay«, sagte Arthur und stellte seine Tasche auf den kahlen Boden. »Du hältst ihren Arm fest, und ich injiziere ihr ein Beruhigungsmittel. Dann lassen wir sie in die Klinik bringen. Hier ist es für sie eindeutig zu gefährlich. Wir können sie hier nirgendwo fixieren.«

Oliver wartete, bis Arthur die Flüssigkeit in die Spritze gezogen hatte. Beide traten näher an die Gitter. Die Frau lachte noch und beugte sich leicht vornüber. Alles spielte sich innerhalb weniger Sekunden ab: Oliver griff beherzt ihren Arm und zog ihn durch die Gitterstäbe, Arthur injizierte ihr das Beruhigungsmittel. Mit aller Kraft stemmte sich die Unbekannte gegen ihr Gefängnis, aber wenige Augenblicke später ließ ihr Widerstand nach, und sie wankte.

»Los, sperr auf! Wir müssen sie auffangen, bevor sie umkippt.« Oliver drückte auf den Schalter, der auf der gegenüberliegenden Wand in einen kleinen Kasten eingebaut war. Mit einem leisen Surren sprang die Tür auf, und Arthur hetzte in die Zelle. Im letzten Moment schaffte er es, die Frau aufzufangen, bevor sie mit ihrem Kopf auf den Boden geknallt wäre.

Arthur schaute in ihr Gesicht, auf dem sich ein Lächeln gebildet hatte. Es schien aber nahezu eingefroren zu sein. Speichel rann ihr aus dem Mundwinkel und tropfte auf seine Schuhspitze. »Pack an!«, forderte er Oliver auf und deutete mit dem Kopf in Richtung ihrer Füße. Gemeinsam legten sie sie auf die Liege.

Oliver holte noch die Wolldecke, die sie achtlos in eine Ecke der Zelle geworfen hatte, und legte diese über sie. »Wann kann ich sie befragen? Ich benötige alle Informationen so schnell wie möglich.«

»Du musst warten, bis ich sie untersucht habe. Ich muss zuerst wissen, welche Drogen ihr verabreicht worden sind.«

Oliver packte Arthur hart an seinem Unterarm. »Ich muss wissen, was sie weiß.«

Arthur nickte.